本书为教育部人文社会科学研究基金项目“路易丝 · 厄德里克‘北达科他’系列小说研究”（13YJA752006）最终成果

黎会华 著

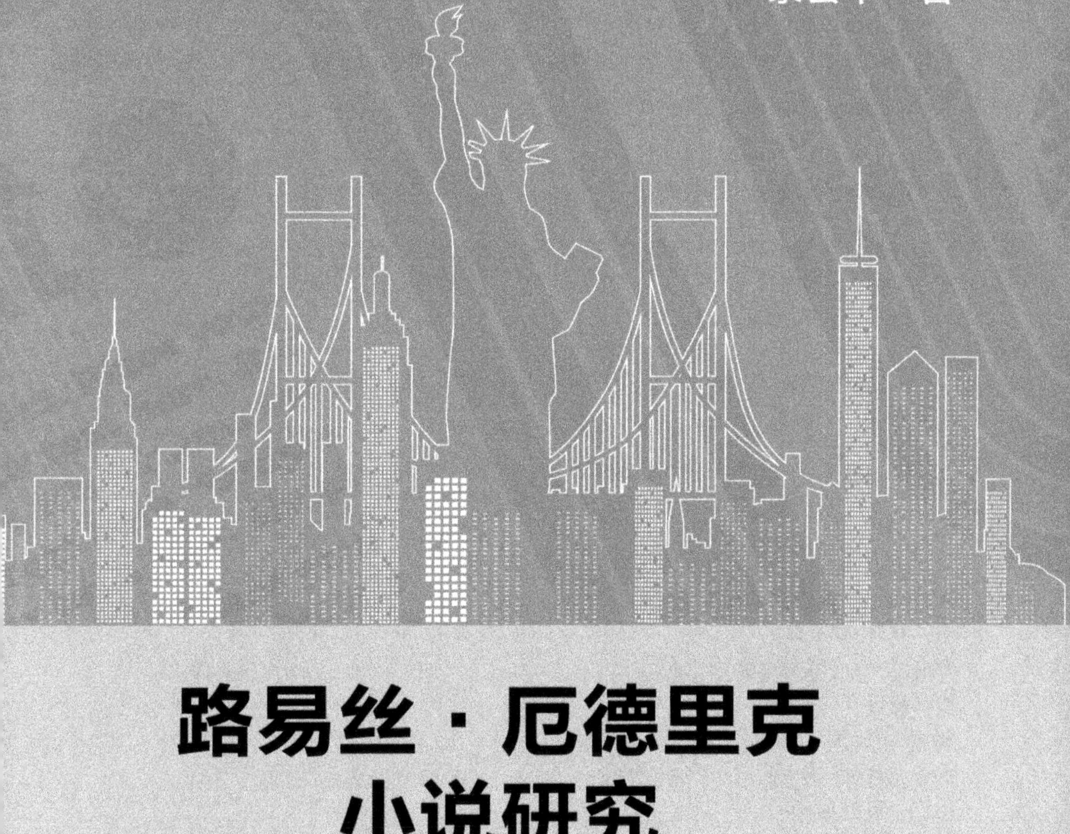

路易丝 · 厄德里克小说研究

内容提要

本书从作家研究和作品研究结合的视角出发，对美国印第安裔作家路易丝·厄德里克2016年之前出版小说，包括其5部儿童小说进行总体性研究。作家研究方面，由于混血和女性作家的特殊身份，本书详细地梳理了厄德里克的生活经历、教育方式、宗教背景、文学创作历程和艺术成就，涉及她2017年即将出版的小说《永生神的未来家园》(*Future Home of the Living God*，2017)，探寻影响厄德里克文学创作的背景因素，凸显其混血和女性身份与创作的关系。本书通过族裔性和文学性研究相结合的方式，从不同的主题对其小说进行研究，范围涉及历史、正义、宗教和女性主题，旨在探究厄德里克的历史观、宗教观、文化观及其作品艺术风格，揭示其作品所蕴含的复杂内涵和艺术魅力。

图书在版编目(CIP)数据

路易丝·厄德里克小说研究/黎会华著. —上海：上海交通大学出版社，2018

ISBN 978-7-313-19572-2

Ⅰ.①路… Ⅱ.①黎… Ⅲ.①路易斯·厄德里克—小说研究Ⅳ.①I712.074

中国版本图书馆CIP数据核字(2018)第125205号

路易丝·厄德里克小说研究

著　　者：黎会华

出版发行：上海交通大学出版社　　地　　址：上海市番禺路951号

邮政编码：200030　　电　　话：021－64071208

出 版 人：谈　毅

印　　制：虎彩印艺股份有限公司　　经　　销：全国新华书店

开　　本：710mm×1000mm　1/32　　印　　张：12.5

字　　数：267千字

版　　次：2018年6月第1版　　印　　次：2018年6月第1次印刷

书　　号：ISBN 978-7-313-19572-2/I

定　　价：98.00元

路易丝·厄德里克作品名称缩写

AW *The Antelope Wife*

B&I *Books and Islands in Ojibwe Country*

BBH *The Birchbark House*

BD *Baptism of Desire*

BJD *The Blue Jay's Dance: A Birth Year*

BP *The Bingo Palace*

BQ *The Beet Queen*

CC *The Crown of Columbus*

CD *Chickadee*

FS *Four Souls*

GS *The Game of Silence*

J *Jacklight*

LM *Love Medicine*

LRM *The Last Report on the Miracles at Little No Horse*

LR *LaRose*

MC *The Master Butchers Singing Club*

OF *Original Fire*: *Selected and New Poems*

PD *The Painted Drum*

PDs *The Plague of Doves*

PY *The Porcupine Year*

RH *The Round House*

ST *Shadow Tag*

TK *Tracks*

TBL *Tales of Burning Love*

前言

PREFACE

2008年长篇小说《爱药》中文译本出版，路易丝·厄德里克这个名字为更多的中国学者和读者所熟知；2017年6月她的第二本中文译本《鸽灾》问世；2017年3月，厄德里克2016年出版的长篇小说《拉罗斯》荣获美国书评家协会奖。这是她第二次获得该奖项，第一次是她1984年的成名作《爱药》，如张廷佺教授概括，同时获得过美国书评家协会奖和美国国家图书奖桂冠的都是文坛声名显赫的大家。他们是约翰·奇弗、约翰·厄普代克、埃德加·劳伦斯·多克托罗、菲利普·罗斯、雪莉·哈扎德，厄德里克已经成为他们其中一员，她的小说早已进入美国文学正典之列。2017年11月，厄德里克的第15部长篇小说《永生神的未来家园》(*Future Home of the Living God*)出版。我们用美国"最著名""最多产""最有才华""创造力最旺盛"来概括厄德里克的文学成就。作为研究者，从她三十几年的创作生涯看，她创作速度之快、作品之多、主题之丰富、体裁之多样、受众面之广泛，我们似乎无法跟上她的创作步伐了。本来自认为把她的"正义三部曲"纳入本书研究范围，应该算涉及她的最新作品了，但研究尚未完成，她又有新作出版，所以厄德里克研究永远是开放、延展的。

本书试图对厄德里克的作品进行整体研究，那么如何进行研究是本书要考虑的问题。作为一名少数族裔作家，不仅能够发出自己的声音，还能使其作品进入美国文学正典，厄德里克的小说创作离不开本土文化传统和西方现当代文学的滋养。研究厄德里克的小说，如果忽略了其小说所呈现的族裔性，就无法透彻地对其进行解读和诠释；反之，如果忽略了其文学性，对厄德里克小说的研究就沦为单纯的文化解读。因此，本书从作家研究与作品研究结合的视角，通过族裔性和文学性研究相结合的方式，立足文本细读，适当结合其他批评方法阐释文本，如后殖民主义、新历史主义等批评方法，发掘文本所蕴含的复杂内涵和艺术魅力。

作家研究方面，本书将厄德里克小说置于美国本土裔文学语境内，探究其创作与美国本土裔文学的衍生与流变关系，对她的文学生涯及其所有的作品内容进行详细的梳理和评介。小说研究方面，她的小说数量多，如何操作呢？我们知道，作为有着混血和少数族裔特殊身份的作家，厄德里克的小说始终围绕历史、宗教、女性和正义主题，聚焦北达科他邮票大小土地上的奥吉布瓦人民，凸显印第安文化与白人文化对立与错位、排斥与融合、冲突与影响的复杂关系，表现和探索他们的历史、命运和精神世界，通过这些主题体认生命的意义，探究世界的终极存在。因此，按主题分类进行研究是比较可取的方法。小说研究主体包括“历史书写”“宗教探索”“正义书写”和“童书书写”，重点放在研究厄德里克如何展现这些主题上。厄德里克的“童书”书写也是她创作的一个重要领域，国内，目前对其研究和关注明显不足。因此，本书专辟一章对她的

《桦树皮小屋》系列进行研究。当然，这样划分主题研究无法将其2016 年前发表的 14 部长篇小说全部纳入本书研究。但是，在本书的作家研究方面，对小说研究中未涉及的小说内容已经进行详细的述评，由此，我们可以了解未纳入这些主题研究范围作品的基本内容和艺术特色。

除绪论外，本书共分为六章。内容如下。

绪论部分主要梳理国内外厄德里克小说研究的概况，以期为本研究和国内厄德里克研究提供资讯。

第一章，阐明“美国本土裔文艺复兴”与厄德里克小说创作的衍生关系。本部分主要概述美国本土文学的发展与现状、特点，以及美国本土裔文学在恢复、重建印第安文化中的作用，指出厄德里克在这支新兴力量中的卓越表现。

第二章，着重对厄德里克的生活经历、教育方式、宗教背景和文学创作历程加以梳理总结，凸显其混血身份与创作的关系，探寻影响厄德里克文学创作的背景因素，同时，本章对厄德里克所有的作品进行了梳理和评介，对她与已故前夫多瑞斯的合作关系做了梳理和分析，还概述了她 2017 年的新作《永生神的未来家园》。

第三章，主要考察后殖民语境下历史叙述中被边缘的奥吉布瓦人的历史境况，指出对厄德里克所代表的当代美国本土裔作家来说，从文学进入历史是他们抵抗边缘化，表征自己文化以及文学的一个主要形式。本章主要分析《痕迹》《四灵魂》和《屠宰师傅歌唱俱乐部》几部小说。《痕迹》和《四灵魂》揭示《道斯法案》及各种联邦政策剥夺奥吉布瓦人土地，以及土地丧失造成的社群分裂，文化传统毁灭，但也从叙事指出其复苏希望。《屠宰师傅歌唱俱乐部》分析厄德里克如何表征伤膝大屠杀的历史和其父辈德裔美国人的家族史,以及饱受战争创伤的奥吉布瓦人和欧裔美国人如何平衡过去,如何在当下勉力生存。

第四章,主要从人物的精神求索探讨奥吉布瓦传统精神性与天主教之间冲突、相互影响与融合的复杂关系。本章主要分析《痕迹》《四灵魂》《爱药》和《小无马保留地神迹的最终报告》。《痕迹》和《四灵魂》分析厄德里克如何通过塑造纯血和混血代表芙乐与宝林,再现传统精神性与天主教的冲突;《爱药》探讨芙乐和宝林的后代如何在奥吉布瓦传统精神性与天主教之间寻求平衡,揭示女性在传承和延续传统中的重要作用;《小无马保留地神迹的最终报告》分析来保留地传教白人牧师达米安在纳纳普什的影响下,接受奥吉布瓦精神性并用于其日常宗教实践,最后她的传教成为对生命意义的探究和思考。对几部作品的分析旨在说明,文化属性具有其历史,但不是永远固定在本质的过去,任何文化间冲突结果可能是相互渗透或相互同化。厄德里克通过刻画几代人的精神追求揭示宗教的本质应是对生命的终极关怀。

第五章,探讨厄德里克的"正义三部曲"《鸽灾》《圆屋》和《拉罗斯》的"正义书写"。《鸽灾》围绕私刑与粗暴正义(Rough Justice)探究私刑的种族主义历史根源,及其对美国印第安人造成难以治愈的伤害,强调历史对当下的影响;《圆屋》研究复仇与应报正义(Retributive Justice)的复杂关系,虽然主人公通过以暴制暴获得应报正义,但这不是获得正义的正确途径,纠正美国司法不公才能真正获得正义;《拉罗斯》探讨宽恕与修复式正义(Restorative Justice),关注疗治心灵创伤。厄德里克试图把印第安古老的修复式正义传统编织入小说中,她试图揭示较之西方正义系统的惩罚性正义,修复式正义更利于疗治受害者和肇事者双方心灵的创伤。

虽然“正义三部曲”主要探讨正义主题，但最终厄德里克所探讨的是过去如何影响现在，并最终如何疗愈。

第六章，研究厄德里克儿童小说《桦树皮小屋》系列的家族历史书写，从一个奥吉布瓦家族的历史变迁透视美国印第安人的历史。因国内对美国印第安儿童文学研究和关注严重不足，所以本章首先梳理，概述了美国印第安儿童文学的发展、特点，以及美国印第安儿童作家肩负的责任。他们要以自己的视角书写真实的印第安文化，纠正主流媒介错误表征的文化和印第安人形象。《桦树皮小屋》通过分析，从主人公的灵性成长，从儿童的视角再现奥吉布瓦人与白人移民接触前的田园生活，表征印第安文化；《沉默游戏》聚焦白人移民逼近，奥吉布瓦传统生活方式面临威胁，突出他们被迫离开祖辈生息的家园的焦虑与无奈；《豪猪年》侧重分析主人公家族在寻找新家园路上遭遇的各种生存挑战，以及厄德里克如何展现他们的精神风貌；《山雀》从主人公历险的角度，分析厄德里克如何表征奥吉布瓦传统文化习俗将遭受彻底改变。厄德里克的童书书写不仅为儿童提供了有别于官方叙事的历史，而且刻画得有血有肉的人物颠覆了主流媒介妖魔化的印第安形象。

本书为教育部人文社会科学研究基金项目“路易丝·厄德里克‘北达科他’系列小说研究”(13YJA752006)最终成果。此外，在本书撰写过程中，我参考了自己发表的前期研究成果。这些成果是：

(1)《圆屋》中的叙事策略与诗性正义，《名作欣赏》，2016 年 15 期；

(2)路易丝·厄德里克的儿童文学创作——兼评《桦树皮小屋》四部曲，《外国文学动态》，2013 年第 4 期；

(3)历史事件与小历史书写:解读路易丝·厄德里克《鸽灾》,《外国文学》,2011 年第 3 期;

(4)婚姻的智力游戏——评厄德里克的《捉影游戏》,《外国文学动态》,2011 年第 1 期;

(5)暴力·爱情·历史——评厄德里克的小说《鸽灾》,《外国文学动态》, 2010 第 3 期。

由于上述论文中的观点和片段分散于本书的相关章节,并与整体叙事有机融合,无法一一指出。特此说明。

目录
CONTENTS

绪论　厄德里克研究中外评说

路易丝·厄德里克（1954—）是龟山齐佩瓦部落注册成员，美国当代最著名、最多产，创作力最旺盛的作家之一，也是“国际上最成功美国本土裔作家”。[①] 她的作品题材广泛，内容丰富，体裁包括诗歌、长篇小说、短篇小说、儿童文学，以及散文随笔。自 1984 年长篇小说《爱药》获得美国书评家协会奖，厄德里克进入美国主流文学的视野，在此后 30 多年的时间里她一直活跃在文坛，保持鲜活的创造力，成为读者和学术界追捧的对象。由于《爱药》在商业和学界获得巨大成功，厄德里克的名字经常被与“美国本土裔文艺复兴”代表作家司各特·莫马迪、莱斯利·玛蒙·西尔科、杰拉尔德·维兹诺和詹姆斯·韦尔奇相提并论，被公认为“美国本土裔文艺复兴”第二次浪潮的代表人物。自 1984 年《爱药》出版以来，厄德里克保持着快节奏的创作态势，几乎两三年一部长篇小说。她的长篇小说常驻《纽约时报书评》名单，短篇小说经常出现在《纽约客》《哈泼斯》《巴黎评论》和《大西洋

---

① Tillett, Rebecca. *Contemporary Native American Literature*. Edinburgh: Edinburgh University Press, 2007, p 69

月刊》上。在其30多年的创作生涯中，厄德里克七次荣获欧亨利短篇小说奖，两次获美国书评家协会奖，一次获得美国国家图书奖。此外，她的《小无马保留地神迹的最终报告》入围美国国家图书奖，《鸽灾》入围普利策奖。[①] 单从厄德里克的获奖情况，读者也可以管窥她的文学成就。

厄德里克的作品不仅深受大众喜爱，也吸引学术界的关注和研究。她的作品成为大学课程内容，收录文集中的短篇小说和诗歌用于“妇女研究、族裔研究、作文和创作课程”；而长篇小说是“美国文学、美国本土裔文学和多民族文学课程的主要内容”。[②] 有关其作品的评论文章不仅发表在美国，也在加拿大和欧洲出版；著名的《美国印第安文学研究》(*Studies in American Indian Literatures*, *SAIL*)季刊曾开辟三期专门刊载厄德里克的研究文章，有关厄德里克的研究文章常出现在学术期刊如《美国印第安文化与研究杂志》(*American Indian Culture & Research Journal*)、《美国多民族文学研究》(*MELUS*)、《思辨》(*Critique*)、《儿童文学协会季刊》(*Children's Literature Association Quarterly*)、《大平原季刊》(*Great Plains Quarterly*)、《欧洲美国土著研究评论》(*European*

---

① 有关她所获奖项在后文详述。根据张廷佺的统计，同时获得美国书评家协会奖和全国图书奖两个桂冠的均是声名显赫的文坛大家，他们是：约翰·奇弗(John Cheever)、约翰·厄普代克(John Updike)、埃德加·劳伦斯·多克托罗(Edgar Lawrence Doctorow)、科马克·麦卡锡(Cormac McCarthy)、菲利普·罗斯(Philip Roth)、雪莉·哈扎德(Shirley Hazzard)和路易丝·厄德里克(Louise Erdrich)。

② Wright, Gregory A.. "The Work of Louise Erdrich: A Survey of Critical Responses", in Critical Insights: Louise Erdrich. Ed. P. Jane Hafen. Massachusetts: Salem Press, 2012. 47—67, p 48.

Review of Native American Studies)、《美国西部文学》(*Western American Literature*)和《宗教与文学》(*Religion and Literature*)等等,其数量之多不好统计,美国文学数据库搜索 1991 至 2017 年间就有近四百篇论文,有六十几篇聚焦其作品硕博论文,还有多部研究论文集和专著。厄德里克的小说为什么如此受欢迎,学者拉弗恩·布朗·劳夫(A. LaVonne Brown Ruoff)对此做了概括:

> 批评家和学者们高度赞扬她(厄德里克)娴熟地将奥吉布瓦民族史编入其叙事,巧妙地运用口述传统和多层故事,有力的人物刻画(特别是女人)、欢闹的幽默:从调侃英勇战斗到生存笑话,无误地描写大众文化,诗意地描写自然。①

从劳夫的评论我可以看到,厄德里克的创作主题丰富、技艺娴熟、善用口述传统,又贴近大众文化,这也许是其作品提供更多研究视角可能性的原因。用赖特的话说,"她的散文与诗歌热情奔放、色彩纷呈,厄德里克以此教授、娱乐并挑战她的读者",厄德里克在其系列小说中描写了一个"独特的部落社群",每出一本小说,"厄德里克的'社群'在虚构的小无马保留地内部发展扩大,并超越保留地"。② 事实上,她的"部落社群"从其早期的"北达科他系列"中的几个主要家族:芙乐·皮拉杰、拉马丁、拉扎雷和莫里西,扩展到其后期小说的"正义三部曲"中的家族:穆夏姆、库茨、皮斯、拉

---

① Ruoff, A. LaVonne Brown. "Afterward". *The Chippewa Landscape of Louise Erdrich*. Ed. Allen Chavkin. Tuscaloosa: University of Alabma Press, 1999, p 183.

② Wright, Gregory A.. "The Work of Louise Erdrich: A Survey of Critical Responses", in Critical Insights: Louise Erdrich. Ed. P. Jane Hafen. Massachusetts: Salem Press, 2012, p48.

罗斯家族,而地域虽然仍在北达科他,但地点又增有虚构的普路托镇和保留地。她书写北达科他奥吉布瓦家庭在失去土地和文化主权后如何生存,她描写婚姻、情爱故事,家族间宿怨,印第安家庭之间和本土裔、非本土裔之间的血亲关系,正义问题,环境问题等等,可谓涉及面甚广,而且,她的创作一直没有停歇。在2016年推出《拉罗斯》和桦树皮小屋系列之《小熊》后,其新作《永生神的未来家园》(*Future Home of the Living God*)于2017年11月出版。评论说这是一部令人毛骨悚然的反乌托邦小说,既刺激又具预见性,是令人震惊的原创之作,它围绕我们时代令人不安的变革谈论女性能动性、自主能力、生物学和自然权利等问题。厄德里克的创作力如此旺盛,创作速度如此之快,学者跟进其研究似乎永是在行进中。面对"浩繁"的厄德里克研究,如何梳理也是个问题。那么本部分主要就美国和国内对其研究的专著和研究视点进行概括梳理。

第一节　美国路易丝·厄德里克研究概述

美国国内对厄德里克的研究始于1985年,20世纪90年代开始升温,大批成果出现在21世纪。由于《爱药》一经出版大获成功,《美国印第安文学研究》(*SAIL*)1985年专门出一期刊载研究《爱药》的文章。由布朗和吉恩(Dee Brown, Ursula K. Le Guin)撰写厄德里克及其作品简介和对《爱药》的评论,一篇简短的关于小说运用的独特叙事的文章,以及一篇论及厄德里克第一部诗集《篝灯》的书评。随着厄德里克《甜菜女王》(1986)和《痕迹》(1987)

的出版,*SAIL* 的编者们在 1991 年和 1992 年连续刊出新的研究。这两期的批评主要集中在厄德里克的第三部小说《痕迹》,许多学者聚焦叙事技巧和奥吉布瓦文化身份。例如,法尔文(James Falvin)的"路易丝·厄德里克《痕迹》中小说作为表演交流"("The Novel as Performance Communication in Louise Erdrich' s *Tracks*")研究厄德里克的叙述风格,认为厄德里克用纳纳普什和宝林两个讲述者轮流讲述使她能够模仿口述性,他们通过不同角度提供给读者同一件事情。最后法尔文说明"聚焦语言、口述传统及它们对部落文化的重要性……创作一部充分运用框架故事的小说,将其作为阿尼什纳比文化中语言本质主体的部分"。[①] 这两期中关注的另一个重要的问题是身份问题,学者戴克(Annette Van Dyke)在其文章"灵性问题:路易丝·厄德里克齐佩瓦景观中的血统"("Questions of the Spirit: Bloodlines in Louise Erdrich Chipewa Landscape")中指出,露露·纳纳普什和玛丽·拉扎雷的"精神性遗产"型塑她们的身份,为她们"运用所继承的力量确保其民族的连续性"做准备。[②] *SAIL* 继续刊载像法尔文和戴克这样有洞见的批评文章。2009 年和 2011 年 *SAIL* 发表了 J. James Iovannone 的"'Mix-ups, Messes, Confinements, and Double-Dealing': Transgenered Performances in Three Novels by Louise Erdrich"和 Summer Harrison "The Politics of Metafiction in Louise Erdrich's *Four Souls*". 像 *SAIL* 这类学术期刊,主要提供

① Falvin, James. The Novel as Performance Communication in Louise Erdrich' s Tracks. SAIL. 3. 4(1991):1—12, p11.

② Dyke, Annette Van. Questions of the Spirit: Bloodlines in Louise Erdrich Chipewa Landscape. SAIL. 4. 1(1992):15—27, p24.

最新的关于美国印第安作家的批评论文，应该是厄德里克小说和诗歌批评的理论方法主要源泉。20 世纪 90 年代不仅有大量厄德里克研究的学术论文和硕博论文，还出版了 3 部研究书籍，到 21 世纪厄德里克研究的书籍已经达 10 几部。研究书籍主要包括：访谈录、批评指南/小说导读、教学指南、研究论文集和专著。那么下文从访谈和导读/指南、专著和论文集几方面梳理厄德里克研究的书籍。

一、访谈录、批评指南和小说导读概述

1994 年，由艾伦· 查夫金(Allan Chavkin)和南希·查夫金(Nancy Feyl Chavkin)编辑出版了《与路易丝·厄德里克和迈克尔·多瑞斯对话》(*Conversations with Louise Erdrich and Michael Dorris*)。书中收录 1985 年至 1993 年多名学者对厄德里克和其前夫多瑞斯有关其创作思想的访谈，访谈有助于学者和读者理解厄德里克的创作，以及她与前夫多瑞斯的合作。

斯图基(Lorena L. Stookey)1999 年出版的《路易丝·厄德里克：批评指南》(*Louise Erdrich*: *A Critical Companion*，以下简称《批评指南》)，从情节、人物、主题和文学风格方面介绍厄德里克的 6 部小说：《爱药》《甜菜女王》《痕迹》《宾果宫》《燃情故事集》和《羚羊妻》。《批评指南》的主要读者针对中学和大学生，它遵循受欢迎的当代作家批评指南系列模式：作家生平、作家作品的文学语境和发表的每一篇小说，讨论了厄德里克作为小说家、诗人和讲故事人在文学传统中的地位。此外，斯图基为每一篇小说提供“视角轮换”(Alternate Perspective)部分，用西方批评方法阅读小说。如

她的女性主义阅读《羚羊妻》，"以多种方式探讨女性经验"，[①]女性主义阅读最有意义的贡献是理解小说中的女性人物如何展现其"坚强及韧性""展现说'不'的女性的能力"。[②]《批评指南》为读者提供了对厄德里克作品和美国本土裔文学基本介绍；斯图基独到而深刻的分析有助于学生和文学爱好者欣赏厄德里克的作品和她的叙述风格。

厄德里克小说中创造的虚构世界广袤、详细，复杂且连贯，令人印象深刻。《爱药》《甜菜女王》《痕迹》《宾果宫》《燃情故事集》《羚羊妻》《小无马保留地神迹的最终报告》《屠宰师傅歌唱俱乐部》《四灵魂》和《手绘鼓》这 10 部小说，每一部小说与其他小说通过地方、历史和文化联结起来。厄德里克的小说追溯小无马保留地内外几个家族的历史：阿黛尔、喀什帕、拉马丁、拉扎雷、莫里西和皮拉杰家族；历史上，这些家族通过婚姻、性关系和收养关系融合。许多学者把厄德里克的小无马保留地小说与福克纳的约克纳帕塔法县相提并论，因为这两个作家的小说中都有几百个相互联系的人物。不难理解，读者在试图追溯家族之间的联系时容易迷失和困惑。为帮助读者了解厄德里克小说的复杂性，贝德勒(Peter G. Beidler)和巴顿(Gay Batton)1999 年出版了《路易丝·厄德里克小说导读》(*A Reader's Guide to the Novels of Louise Erdrich*，以下用《小说导读》)，后进行修订扩展至 10 部小说于 2006 年出版。贝德勒和巴顿的《小说导读》旨在针对不熟悉厄德里克的读者，但是

---

① Stookey, Lorena L. Louise Erdrich: A Critical Companion [M]. Westport, Conn: Greenwood Press, 1999: 140.

② Ibid. p142.

对学者而言,《小说导读》也是重要且便捷的资料。《小说导读》特点是第一部分从地理、宗谱图表和小说中的主要事件年表方面介绍厄德里克的10部小说,他们辛苦地梳理每一部小说以便判定厄德里克虚构的保留地的大致位置;第二部分包括10部小说的目录和详尽人物词典,更有助于读者进一步厘清人物关系;第三部分提供了奥吉布瓦文字、短语和句子的术语汇编。可以说,《小说导读》为理解厄德里克的小说提供了全面、详尽的指南。贝德勒和巴顿两位学者旨在"帮助读者在厄德里克世界的混沌景观中追溯模式和联系"。[①] 但是"作者没有表明'混沌景观'反映了口述故事传统",[②]故事就是联系,它们互相建构、补充,并彼此复杂化。读者必须像听者一样,把碎片似的信息联结成不完美的整体。

有关厄德里克指南、导读类著作值得一提还有教学指南。《厄德里克作品教学方法》(*Approaches to Teaching the Works of Louise Erdrich*)是现代语言协会出版的教学方法系列的一部分,由萨里斯(Greg Sarris)、雅各布(Connie A. Jacobs)和贾尔斯(James R. Giles)编辑,2004年出版。虽然该书属教材类专著,但书中介绍了齐佩瓦人的历史文化背景,批评方法和教学方法对厄德里克研究具有一定借鉴意义。编者们将论文集分成两大部分:"材料"和"方法"。"材料"部分相对简短,只有9页,包括厄德里克

---

① Beidler, Peter G. and Gay Barton. A Reader's Guide to the Novels of Louise Erdrich: Revised and Expanded Edition [M]. Columbia, MO: University of Missouri Press, 200: 6.

② Wright, Gregory A.. "The Work of Louise Erdrich: A Survey of Critical Responses" [A]. In P. Jane Hafen (ed.). Critical Insights: Louise Erdrich[C]. Massachusetts: Salem Press, 2012: 56.

前 9 部小说的概要，以及她诗歌、散文和儿童文学的简要评述，作为推荐补充阅读、批评研究和视听材料。“方法”部分再分成 4 个部分：“历史与文化”“厄德里克的小说世界”“教学策略”和“批评与理论视角”。编辑们还收录了 4 个对学生有价值的附录：厄德里克北达科他小说主要家族的谱系图表，两张表现奥吉布瓦 1800 年代晚期土地的地图和 20 世纪平原奥吉布瓦保留地地图，以及齐佩瓦龟山历史中重要日期年表和前 8 部小说的学习指南。批评赏析部分，读者能够找到有女性主义理论的不同论文。戴安娜(Vanessa Holford Diana)的“《甜菜女王》的女性主义阅读”、性别理论：凯莉·温特(Kari J. Winter)的“《甜菜女王》中的性别装扮”、后殖民主义：霍恩(Dee Horne)“《痕迹》的后殖民阅读”和俄国形式主义：霍利汉(Patrie E. Houlihan)的“‘这不是真正的地产’：《宾果宫》的巴赫金解读”。与传统的西方文学方法相对，和简·哈芬(Gwen Griffin and P. Jane Hafen)的文章“厄德里克作品的一种原住民教学方法”提出在部落语境中阅读，帮助学生“获得独特的奥吉布瓦文化和奥吉布瓦视角意识的洞见”。[①]

综上，无论访谈、批评指南、小说导读还是教学方法，其目的是面向学生和不熟悉厄德里克的读者，这些书籍都提供了有价值的材料，同时，也表明厄德里克小说的受众面在不断扩大。

---

① Sarris, Greg et al eds. Approaches to Teaching the Works of Louise Erdrich [C]. New York: The Modern Language Association of American, 2004:110.

二、研究专著概述

从2001年到2015年,已经有5部专著出版。康妮·雅各布斯(Connie A. Jacobs)2001年出版的专著《路易丝·厄德里克小说:她族人的故事》(*The Novels of Louise Erdrich: The Stories of Her People*)是最早有深度的厄德里克研究专著,该书着重于分析口头文学和当代批评双重视域中对奥吉布瓦文本的重述。雅各布斯对厄德里克的前6部小说做了整体研究,而且,为将厄德里克的作品置于文学和泛印第安语境,她也给读者提供了相关的历史和文化基本材料,以期扩展并推进以本土裔为核心的批评研究,雅各布斯希望填补"批评空白""在文学研究范畴内提供厄德里克作品的全貌"。[①] 雅各布斯认为厄德里克作品研究中缺乏本土裔美国历史、文化、神话和典仪的关注。雅各布斯首先简要概述自1968年莫马迪出版《日诞之地》以来的美国本土裔文学,阐释本土裔文化中故事讲述的作用,以及口述性理论和龟山齐佩瓦简要的历史。基于此,她阐释厄德里克在美国本土裔文艺复兴中的地位,作为讲故事人的作用和部落背景,这些有助于理解其主题和美学。在此框架下,雅各布斯评价芙乐和甜心·卡莉科,认为厄德里克能够创作这些有力而神秘的人物,她自己成为"神话的缔造者"。[②] 结语篇,雅各布斯强调厄德里克的本土遗产是她文学创作动力的

---

① Jacobs, Connie A. The Novels of Louise Erdrich: Stories of Her People [M]. New York: Peter Lang, 2001: xiii, xiv.

② Ibid. 151.

重要源泉。

厄德里克的资深评论者简·哈芬(P. Jane Hafen)2003年出版了56页的小册子“阅读路易丝·厄德里克的《爱药》”(Reading Louise Erdrich's *Love Medicine*),这是博伊西州立大学出版的西方作家系列的部分。这本小册子包括美国本土裔文学研究的介绍,厄德里克简要的生平和《爱药》每一章的细读。哈芬主张以原住民方式阅读厄德里克作品,坚持部落为核心的阅读。她将《爱药》置于奥吉布瓦批判传统进行阅读“分析厄德里克生存的圭臬,颂扬与北部平原奥吉布瓦特别文化和地方联系……以及抒情且引人入胜的故事讲述”。[①] 通过本土批判视角,哈芬的分析说明《爱药》是抵抗、生存和疗愈的小说。例如,哈芬指出“勇敢的一跳”和“战斧工厂”表现得像个有关印第安人民和文化的幽默剧。“战斧工厂”闹剧式的幽默像是在娱乐,其实厄德里克在批判本土裔身份被符号和商品化。哈芬的小册子虽短,但是她明确的部落方式细读《爱药》为研读厄德里克文本提供了洞见。

2010年斯蒂勒普(David Stirrup)的《路易丝·厄德里克》(*Louise Erdrich*)是对厄德里克作品进行综合研究的专著。斯蒂勒普借用很多批评方法应用于厄德里克的整体作品研究。“他运用本土和后殖民理论提供的方法,进行历史和文化阅读;女性主义、后现代主义,还有少部分地方主义方法”。[②] 斯蒂勒普专著的特点是采用本土和西方批评结合的方法分析厄德里克的诗歌、早

---

① Hafen, P. Jane. Reading Louise Erdrich's Love Medicine [M]. Boise: Boise State University, 2003:6.

② Stirrup, David. Louise Erdrich [M]. Manchester and New York: Manchester University Press, 2012: 4.

期和后期的长篇小说,特别是对其儿童小说和非小说也进行了分析。以往厄德里克研究中,她诗歌、儿童文学和非小说研究比较薄弱,可以说斯蒂勒普丰富了厄德里克的研究。此外,他还分析厄德里克与其前夫合作的小说《哥伦布的桂冠》。斯蒂勒普认为厄德里克的作品日益增强对美国本土裔文学中伦理和美学之间关系的政治敏感度。厄德里克坚持被看作美国作家,表明在她与其奥吉布瓦文化传统不断相互影响的对话中。《路易丝·厄德里克》是继雅各布斯专著后全面研究厄德里克作品的专著,极大地丰富了对厄德里克的研究。

2013 年弗朗西丝·沃什伯恩(Frances Washburn)出版了《一页上的痕迹:路易丝·厄德里克、其生平和著作》(*Tracks on a Page: Louise Erdrich, Her Life and Works*)。该书是第一部详细、全面介绍厄德里克生平、文学成就,提供最新信息和视角的专著。作为本土裔美国人,沃什伯恩以对厄德里克创作产生影响的女性和美国印第安人的身份,将文学分析和生平紧密结合,为读者提供了全面细致的多角度理解。《一页痕迹》是第一部从非欧洲,非西方视角解读厄德里克和其著作的专著。沃什伯恩将厄德里克的生平和写作置于美国印第安人历史、政治、经济和文化的视角语境内,为读者提供新的方法解读厄德里克。

2015 年希玛·库鲁(Seema Kurup)的《理解路易丝·厄德里克》(*Understanding Louise Erdrich*)是目前最新、最全面综合研究厄德里克作品的专著。库鲁详述厄德里克作品的历史与文化殖民主题,及其持久影响,分析的作品从小说《爱药》开始到国家图书奖小说《圆屋》、儿童文学《桦树皮小屋》系列,非小说《蓝松鸦之舞》和《奥吉布瓦国岛与书》,以及诗选,她的分析涵盖了厄德里克

2012年以前几乎所有的作品。库鲁通过细读阐释厄德里克的历史语境、主题和文学策略，提供厄德里克研究入门方法，指出进一步研究的几个切入点。库鲁置厄德里克的创作于历史语境，强调厄德里克没有浪漫化美国印第安人的过去，而是将其作品置于美国印第安人当今文化身份和主权建构的讨论中，这表现在为他们争取主权和基本民权而进行得非常现实的斗争。库鲁探究厄德里克轻松地从恶作剧者的幽默到强烈的悲怆，从个人到政治转换的方式，库鲁分析厄德里克创作中的身份、同化和社群问题。库鲁表明，厄德里克刻画了鲜活复杂的本土裔美国生活，人物充满生气，三维立体，同时用诗一般的语言见证奥吉布瓦人永恒的生存力量，以及他们在场并参与美国的历史建构。

以上5部专著反映了厄德里克研究的进程，学者们无论是从本土裔视角，抑或非印第安裔视角，或者两者结合审视、评介厄德里克的作品，都反映了美国本土裔文学研究的发展动向。

三、研究论文集概述

从1999年到2012年已经有5本厄德里克研究论文集出版。阿伦·查夫金(Allan Chavkin)1999年编辑出版的《厄德里克齐佩瓦景观》(*The Chippewa Landscape of Louise Erdrich*)收录了8篇重要的厄德里克学者早期未公开发表的文章，劳夫(Ruoff)撰写后记。查夫金指出，“论文集的目的系扫除理解厄德里克小说的障碍，由此提高读者欣赏其精湛艺术的能力”。[①] 他表明“这本论文集的批评者聚焦厄德里克艺术的齐佩瓦方面，不仅因为这是她独创性的源泉，而且因为这也是大多数非印第安读者不熟悉齐佩瓦神话、传统和文化最大困难的根源”。[②] 论文集的标题指涉这个观点。但是，如果仔细研读这些论文，我们会发现实际上有很少几篇涉及“齐佩瓦景观”或者奥吉布瓦文化，也没有探究奥吉布瓦文化、典仪、语言、历史和地貌如何贯穿厄德里克的小说。多篇论文尝试用西方理论解读作品：从狂欢到女性主义。莫里斯（Robert A. Morace）的论文“从圣环到宾果宫：厄德里克的狂欢小说”，以巴赫金的狂欢理论探究厄德里克的小说，将她的小说和福克纳、博尔赫斯、马尔克斯和薄伽丘小说进行对比。希克（William J. Scheick）的论文“厄德里克‘一个楔形阴影’中的叙事和道德观”认为厄德里克未能实现叙述的相互联系，理解其小说的最佳手段来自美术——雾化。希克主张“细查厄德里克艺术基石”。[③] 彼得森（Nancy J. Peterson）的论文“《宾果宫》中的印第安幽默和恶作剧者正义”给出厄德里克运用幽默的可能起源和框架。

另一部对学者和学生比较有价值的研究论文集是赫莎·甜心·王（Hertha D. Sweet Wong）2000 年编辑出版的《路易丝·厄德里克〈爱药〉：专题汇编》（*Louise Erdrich's Love Medicine: A Casebook*）。这本论文集的特点是收录了一些重要的，经常引用的有关厄德里克《爱药》的批评文章。因为《爱药》适合多种批评和理

---

① Chavkin, Allan, ed. The Chippewa Landscape of Louise Erdrich. Tuscaloosa: University of Alabama Press, 1999: 2.

② Ibid.

③ Ibid. p118.

论方法。该书的明确目的是为读者提供可能的应用案例，包括文化历史、读者反应以及批评方法。该书包括四个部分："语境：历史、文化与故事讲述""混血身份和多重叙事""个人与文化生存：幽默与归家"，以及"阅读自我、阅读他者"。该书还收录了四篇与厄德里克和多瑞斯的访谈（曾经发表的），让厄德里克自己言说其"混血身份"和她讲述故事的文化源泉。该书还收录了厄德里克的散文"我身处之地：一个作家的地方感"，最初发表在《纽约时报书评周刊》，"玫瑰夜色、夏日风暴、蜘蛛和文学母亲一览表"，文章选自她的散文《蓝松鸦之舞：早期母亲身份回忆录》（1995）。这些在当时最新的材料将厄德里克的作品置于历史、地理、部落和文学语境内。此外，该书还收录了一些美国本土裔文学研究中最著名和最受尊敬的学者的很多重要批评文章。如路易斯·欧文"厄德里克和多瑞斯的混血和多重叙事"，选自他的著作《他者命运：理解美国印第安小说》的一章；凯瑟琳·雷恩沃特（Catherine Rainwater）的"两界之间阅读：路易斯·厄德里克小说中的叙事性"，最早发表在1990年的《美国文学》上。

随着厄德里克作品的不断推新，研究论文集也不断关注其新作品。梭尼（Brajesh Sawhney）2008年主编的批评论文集《美国本土裔作家路易丝·厄德里克的文学成就研究》（*Studies in the Literary Achievement of Louise Erdrich, Native American Writer: Fifteen Critical Essays*）主要聚焦厄德里克极少受到批评关注的作品。梭尼主张论文集提供厄德里克作品研究的"新的研究方法”。[①] 他指出最近的小说特别是《小无马保留地神迹的最终报告》《四灵魂》《手绘鼓》和她的青少年小说《桦树皮小屋》,《沉默游戏》缺乏批评关注。论文集撰稿人有资深的厄德里克学者,包括贝德勒(Beidler)、戴克(Van Dyke)、维利(Alan R. Velie)、玛奇尔(Thomas Matchie)和麦迪森(Deborah Madsen),还有这个领域年轻的学者。除了他们的论文,梭尼还收录了2007年美国本土裔文学专题讨论会关于“厄德里克小说中的人物”的论文集。这部论文集新的突破是偏重西方文学理论,除了巴克(Barker)外,几乎忽略了本土裔的批评声音。例如,Thomas Matchie“弗兰纳莉·奥康纳和路易丝·厄德里克:厄德里克《痕迹》中的怪诞”,Holly Messitt 的“早期美国囚禁叙事的痕迹:路易丝·厄德里克小说的囚禁、土地和身份”,Gretchen Papazian“消除小木屋:《桦树皮小屋》和《沉默的游戏》中的厄德里克故事的美国‘边疆’”。该论文集的大部分论文涉及厄德里克的西方文学传统的背景,似乎奥吉布瓦历史、语言和文化对理解厄德里克的作品不那么重要。

黛博拉·麦迪森(Deborah L Madsen)2011年主编出版了论文集《路易丝·厄德里克:〈痕迹〉〈小无马保留地神迹的最终报告〉〈鸽灾〉》(*Louise Erdrich*: *Tracks*, *The Last Report on the Miracles at Little No Horse*, *The Plague of Doves*)。根据麦迪森的观点,厄德里克的“核心主题是奥吉布瓦观念的‘美好生活’

① Sawhney, Brajesh, ed. Studies in the Literary Achievement of Louise Erdrich, Native American Writer: Fifteen Critical Essays [C]. Lewiston: Edwin Mellen Press Ltd, 2009:1.

'mino bimaadiziwin'",不管"殖民环境……物质和文化灭绝的历史"。[①] 麦迪森为每章论文找到联系的主题。在《痕迹》这章,论文探讨了殖民主义对个人、家庭和部落社群的影响。雅各布斯的论文"'我知道不再有像我一样的另一个殉道者':宝林·普亚特(Puyat)、历史创伤与《痕迹》",运用创伤理论,特别是历史创伤阅读《痕迹》,认为宝林是历史创伤的受害者,因为"厄德里克表明了500年对美国印第安人的历史压迫"。[②] 有关《小无马保留地神迹的最终报告》的论文,考察神父达米安/艾格尼丝在其所处的阈限空间进行调停。霍尔拉(Patrice Hollrah)在其论文"爱情与性取向滑坡:U/G/B/T/Q等,《小无马保留地神迹的最终报告》中的情感"令人信服地说明原住民方法阅读小说显示女性人物"参与无数可能性,包括一生中改变她们的性别身份和性取向"。[③]《鸽灾》论文部分,是回应厄德里克的抵抗分类、疆界设定和二元制思考。[④] 在文章中,瓦伦蒂诺(Gina Valentino)以女性主义回应原住民文学民族主义,甘伯(John Gamber)解构坚忍克己印第安人的固化形象,雷恩沃特(Catherine Rainwater)运用环境批评理论表明小说如何重新定义西方信仰中的人格。麦迪森论文集特别重要的部分是评介《鸽灾》的论文,因为这些论文是首要评析《鸽灾》的论文。赖特认为这本论文集的批评文本有明确的世界主义倾向;只有霍

① Madsen, Deborah L., ed. Louise Erdrich: Tracks, The Last Report on the Miracles at Little No Horse, The Plague of Doves [C]. New York: Continuum International Publishing Group, 2011: 129.

② Ibid. 104.

③ Ibid. 115.

④ Ibid. 119.

尔拉和哈芬提供了小说的原住民阅读。而且，一些论文表现出对美国印第安文学的民族主义敌意。他认为瓦伦蒂诺的论文"最后一切无果：路易丝·厄德里克《鸽灾》中民族主义和性别"是很明显的例证。瓦伦蒂诺声称民族主义主要是男性主导的观点，它阻碍并边缘化了女性观，发现了"未受抑制的父权民族主义充满危险"。[①] 赖特继续指出，在许多方面，霍尔拉的原住民阅读《小无马保留地神迹的最终报告》反驳了瓦伦蒂诺的论点，即民族主义仅仅珍视男性方法解读美国印第安文本。她指出土著性别互补性概念，"认为男性和女性角色相互补充的重要方面，他们对社区所做的贡献同样被重视，一方并不比另一方重要"。[②] 两者的观点表明厄德里克的作品同时适用不同的理论方法阅读。

由简·哈芬主编，2012 年出版《批评洞见：路易丝·厄德里克》(*Critical Insights*：*Louise Erdrich*)是比较新的厄德里克研究论文集。主编哈芬在序言中道，使本论文集独特的是论文主题贯穿路易丝·厄德里克的文学生涯。从其早期创作的《篝灯》(1984)和《爱药》(1984)直至她最近创作的小说《捉影游戏》(2010)，本书的作者们发现了相似主题，运用多种批评方法和阐释策略。他们有资深的美国印第安文学研究者，也有受益于大学教育的年轻学者。因此，研究方法包括去殖民化、创伤理论、比较性分析、抵抗写作、文化研究、语言学和性别研究。

该论文集由三大部分构成："生涯、生平和影响""批评语境"和

---

① Madsen, Deborah L., ed. Louise Erdrich: Tracks, The Last Report on the Miracles at Little No Horse, The Plague of Doves [C]. New York: Continuum International Publishing Group, 2011:129.

② Ibid. 104.

"批评阅读",总共16篇文章。"生涯、生平和影响"和"批评语境"两个部分为厄德里克的初学者提供了厄德里克的生平略传;4篇论文概览厄德里克作品的批评接受,探讨文化历史语境,将厄德里克置于其同代作家之间,评析其作品的主题。寻求深入理解作家的读者可以细读"批评阅读"部分。这部分的论文探究的论题有美国本土裔身份、唯灵论(spiritualism)、语言和同化问题,以及血缘关系、经济和社会问题。分析的作品包括《爱药》《羚羊妻》《小无马保留地奇神迹的最终报告》《鸽灾》《屠宰师傅歌唱俱乐部》《捉影游戏》,以及短篇小说和诗歌选篇,可谓涉及内容广泛。

从这几部研究论文集收录的论文我们可以看到,厄德里克的研究在不断拓宽,对厄德里克后期的作品和儿童小说开始关注。像《屠宰师傅歌唱俱乐部》和《捉影游戏》是厄德里克研究中受学者的关注比较少的作品。

四、研究视点概述

梳理厄德里克的研究视点,借鉴格利高里·赖特(Gregory A. Wright)做法,有必要概述美国印第安文学研究的状况和方向。西蒙·欧提兹(Simon Ortiz)在其1981年的文章"走向民族印第安文学:民族主义中的文化真实性",认识到美国本土裔文学中出现的民族主义,认为坚持自主权是印第安故事最真实的东西。自欧提兹文章发表后几十年里,美国本土裔文学的批评家思考如何解读本土裔作家的文本,思考用于阅读他们作品的理论方法。本土裔和非本土裔学者的讨论焦点主要围绕当代文学民族主义的价值和合法性。主张民族主义的学者,有时被称之为"本质主义者,或者分裂主义者、独立派”，[①]他们认为部落文化历史和地方对更好地理解本土裔文本是至关重要的；反对者主张世界主义阅读，研究文本的美学和文学价值。有关本土裔美国文学研究中的民族主义和世界主义之争，国内学者王建平有很详尽的论述。沃马克(Craig Womack)1999年出版的《红上红：美国本土裔文学分离主义》(*Red on Red*: *Native American Literary Separatism*)可以说推动了民族主义和世界主义的论战。沃马克主张“本土裔文学及围绕它的批评需要更特别关注部落事务”。[②] 他认为本土裔文学批评应该是：

> 强调土著抵抗殖民主义运动，面对种族主义，讨论自主权和本土民族主义，寻求理想和解放斗争之间的联系，最后，根植文学于土地和文化……强调独特的本土世界观和政治现实，寻求差异以及共性，试图发现本土裔文学在印第安国的地位，而不是本土裔文学在经典中的地位。[③]

沃马克明确指出了美国本土裔文学和批评的性质及功用。像厄德里克这样的本土裔作家，由于其长篇小说、短篇小说、儿童文学作品和诗歌根植于特别的部落文化和土壤，首先应该从土著部落的视角阅读这些作品，但是并不意味着非本土裔批评者应该被排斥。美洲原住民的语言、声音和故事一直被试图压制。学者们，如沃马克、哈芬和韦弗，要求允许本土裔作家阐明部落身份和主张

---

① Wright, Gregory A.. "The Work of Louise Erdrich: A Survey of Critical Responses" [A]. In P. Jane Hafen (ed.). Critical Insights: Louise Erdrich [C]. Massachusetts: Salem Press, 2012:49.

② Womack, Craig. Red on Red: Native American Literary Separatism [M]. Minneapolis, MN: University Of Minnesota Press, 1999: 1.

③ Ibid. 11.

部落文学自治的理论模式。

对许多非本土裔批评者而言，沃马克《红上红》和罗伯特·沃里尔的《美国文学民族主义》(*American Literary Nationalism*)以及韦弗的作品代表了以原住民文本对他们著作的抨击。反对本土裔文学民族主义的学者主张更加世界主义的方法，倾向于西方理论方法和美学。这些批评家指出大多数美国印第安作家是混血儿，没有在后殖民国家生活和创作，他们在大学受教育，知晓并理解欧裔美国文学中普遍文学策略，并用英语写作。艾尔维拉·普利塔诺(Elvira Pulitano)主张世界主义批评方法，认为本土文本"其自身性质系大量杂语和杂糅"。[①] 换言之，土著人民的文学产品自身适合后殖民理论批评方法。而且，普利塔诺认为"部落中心"的民族主义阅读弊大于利：民族主义方法合法化会更加危险，因为他们继续使"本土裔文学产品以及本土身份僵化为一种博物馆文化"。[②] 以普利塔诺为代表的批评家们认为应把文本阅读为生活在当下而不是固守在过去的人民叙事，并声称美国印第安作家如厄德里克，其作品所表现的叙事的复杂性超越了他们的部落身份。奥吉布瓦小说家、批评家大卫·特罗伊尔(Treuer)认为绝大部分有关美国本土裔文学的思想聚焦"文本如何在与历史和文化关系的定位上"。[③] 因此，特罗伊尔表明"美国本土裔小说不存在"，因为"最令人惊奇的是美国本土裔文学的创作者和评论者勉强

---

① Pulitano, Elvira. Toward a Native American Critical Theory. London, NE: University of Nebraska Press, 2003:13.

② Ibid. 13.

③ Treuer, David. Native American Fiction: A User's Mannual [M]. St. Paul, MN: Graywolf Press, 2006:195.

把它当作存在其他文学领域内的文学”。[①] 对普利塔诺和特罗伊尔而言,厄德里克的作品首先应该被看作文学,对各种理论方法开放。

丽莎·塔托内蒂(Lisa Tatonetti)在她评论《西方美国文学》(*Western American Literature*)文章中探讨“当代文学民族主义支持者和反对者之间一个想象的分歧”,[②]发现支持民族主义或者世界主义基于他们论点错误的两分法。塔托内蒂提供了一个既接受关注部落的民族主义,也接受美学价值的世界主义方法。她在阿诺德·克鲁帕特《所有剩余的:原住民表现的多样性》(*All That Remains: Varieties of Indigenous Expressions*, 2009)中发现了潜在的协商解决方法。克鲁帕特认为“两者兼具的思想模式在传统、口述,本土社群中占主导地位,存在于本土写作。[③] 塔托内蒂认为,在这样的架构内本土裔和非本土裔学者都能够带来阐明美国印第安写作的独特洞见。

简述美国本土裔文学批评概况,反观前文对厄德里克作品研究的综述,我们可以看到厄德里克的研究者或采取民族主义的本土视角,或者采取世界主义的立场,或者两者兼具思考模式。弗朗西丝·沃什伯恩、西马·库鲁、简·哈芬等学者采取原住民、部落中心的视角解读厄德里克;而斯蒂勒普的著作则有试图找到两者兼具思考模式的中间立场。我们可以看到西方文学理论的批评方

---

① Treuer, David. Native American Fiction: A User's Mannual [M]. St. Paul, MN: Graywolf Press, 2006: 196.

② Tatonetti, Lisa. "The Both/And of American Indian Literary Studies" [J]. Western American Literature, 2009, 44(3): 277.

③ Krupat, Arnold. All That Remains: Varieties of Indigenous Expressions [M]. Lincoln: University of Nebraska Press, 2009: xii.

法：女性主义、后殖民、生态批评、叙事学、比较研究等等。

美国的厄德里克研究正在蓬勃发展，但是，她有些作品尚未受到足够关注，如《捉影游戏》、“正义三部曲”中的《圆屋》和《拉罗斯》，都获得评论者赞赏，但是还没有受到批评界的足够关注。同样未被重视的还有其儿童文学创作，因此厄德里克的研究还具有广阔空间。

第二节 国内厄德里克研究概述

国内对厄德里克的研究不论是主题挖掘的深度和广度还是研究方法的多样性方面均不如国外。CNKI 数据库检索结果显示，截至 2017 年 9 月，公开发表的期刊论文 78 篇，专题博士论文 5 篇，相关博士论文 1 篇，硕士论文 59 篇。公开发表专著 3 部：王晨的《桦树皮上的随想曲：路易丝·厄德里克小说研究》(2011)、蔡俊的《超越生态印第安：露易丝·厄德里克小说研究》(2013)、李靓《厄德里克小说中的千面人物研究》(英文版)(2014)。

对厄德里克的研究也可以从 3 个阶段概括。①初级阶段：2004 至 2008 年间论文 10 篇，其中博士论文 1 篇，硕士论文 3 篇；研究对象主要集中于《爱药》和《痕迹》两部作品；研究主题涉及印第安人生存境遇、文化冲突、文化身份建构、历史书写和叙事特征，研究视角主要是后殖民批评和叙事学。②快速增长阶段：2009 至 2012 年间论文 47 篇，其中硕士论文 23 篇，博士论文 3 篇，仅论文数量而言就是过去的 5 倍；研究者开始关注其新作品，如《四灵魂》《鸽灾》和《捉影游戏》，研究问题涉及本土文学话语建构、千面人物重构等。但是主要研究对象还是《爱药》《痕迹》;除上述研究视角外还涉及生态批评视角、空间理论。③研究纵深拓展:2013 至 2017 年 74 篇,其中硕士论文 32 篇,博士论文 1 篇。也许是因为厄德里克 2012 年获得美国国家图书奖的缘故,研究论文剧增,研究范围触及她的儿童小说,"正义三部曲"之《鸽灾》和《圆屋》的研究论文数量增加,其中有关《圆屋》的论文就有 8 篇,而且《拉罗斯》的研究论文已经出现。研究视角多样化,创伤理论、女性主义、成长小说、生态批评,后殖民理论等,探讨厄德里克作品中的各种主题和艺术特色,陈靓、蔡俊、李靓、宋赛楠、张琼等人的研究成果尤为值得关注。

相对国外而言,国内专著出现稍晚,刘玉 2008 年出版的英文版专著《文化对抗——后殖民氛围中的三位美国当代印第安女作家》讨论了艾伦、希尔克和厄德里克小说中不同的文化对抗策略,即恢复前接触时期的传统、收回土地和接受杂糅性;厄德里克的《爱药》是她书中讨论"接受杂糅性"的一章。王晨 2011 年出版的《桦树皮上的随想曲:路易丝·厄德里克小说研究》将厄德里克的长篇小说置于社会生态学视野下进行审视,通过"关爱、平等、和谐、自信"关键词,试图对厄德里克 2010 年以前已经出版的长篇小说作一整体性研究,洞悉其中弘扬了关爱自然、崇尚人与自然、人与人、人与自我和谐关系的思想,揭示作家人文观和自然观相汇聚的文学理念和创作模式。正如宋赛楠在其博士论文中指出的"全书只对《爱药》《痕迹》《报告》(《小无马保留地地神迹的最种报告》)和《羚羊妻》多有论述,其他小说,只做了片断式截取。譬如,著者在言及《鸽灾》(著者将其译为《鸽子的灾祸》)这部小说时,仅截取了小说的开篇农民对付旅鸽破坏农田的场景描写。从篇幅上讲,此处描写只占整部小说的三十分之一”,[①]实际上,她并未真正实现厄德里克小说的整体研究。蔡俊在其博士论文的基础上于2013出版了《超越生态印第安:露易丝·厄德里克小说研究》。她的研究仅涉及“北达科他四部曲”,以生态学视角入手,讨论了厄德里克作品中的“归家主题”“动物主题”和“女性主题”,蔡俊试图打破当代美国社会,特别是环境运动和生态批评领域内对“印第安文化生态化”的集体想象,所以“超越”是蔡俊理解厄德里克小说的关键词。李靓2014年出版的《厄德里克小说中的千面人物研究》对厄德里克“北达科他四部曲”中的“千面人物”(trickster)进行研究,讨论了“千面人物”的文化身份和母性传统。从这三部专著研究内容的范围看,后两部只涉及“北达科他四部曲”,王晨的也未涉及2010年后的作品。

国内的博士论文是研究厄德里克小说的主要阵地之一,有必要简述这些博士论文,以其管窥厄德里克研究动态。陈靓(2008年)的《路易斯·厄德瑞克作品杂糅性特征研究》从本土和后殖民双重语境出发,分析厄德里克以芙乐为中心的5部小说,较为深入地探讨了厄德里克作品中的叙事杂糅、宗教杂糅、神话杂糅和性别杂糅。提出杂糅性的文学策略是在当代多元文化背景下的必然发展趋势。张廷佺的《作为另类叙事的齐佩瓦人故事:厄德里克小无马保留地家世传奇研究》(2009年)聚焦厄德里克的故事讲述叙事,讨论土地问题、寄宿学校、天主教等对印第安人生活和精神产生深刻影响的问题,认为在叙事碎片中,在丰富的意象之后散落着

① 宋赛楠,《根与路:厄德里克的灾难生存书写研究》[D]. 北京:北京外国语大学,2013:23.

厄德里克的批判性态度。这些故事重述土地问题，颠覆了宏大叙事，呈现了齐佩瓦人失去土地的真实画面。栾述蓉的《族裔与生态：路易斯·厄德里克“北达科他四部曲”中部落身份研究》(2012年)从文化的内在视角，系统研究厄德里克“北达科他四部曲”中的多维度的部落身份。对于印第安身份的生态特质的解读，拓展了传统族裔研究的疆界。这三篇博士论文研究的小说只涉及“北达科他四部曲”及《小无马保留地神迹的最终报告》，厄德里克后期的作品没有涉及。宋赛楠的《根与路：厄德里克的灾难生存书写研究》(2013年)有了新的突破。她的研究聚焦厄德里克1996年后创作的八部小说，讨论厄德里克小说中的“灾难生存”主题。她的研究范围包括《小无马保留地神迹的最终报告》《四灵魂》《彩色鼓》《捉影游戏》《羚羊妻》《鸽灾》和《圆屋》。“灾难生存”贯穿她的分析，揭示了厄德里克小说艺术的复杂性。

纵观国内外研究，厄德里克的研究仍然有很大的空间。希望此部分的文献综述能够对厄德里克研究提供有价值的信息。鉴于前言部分对本书研究框架和内容已有介绍，这里不再赘述。

第一章　美国本土裔文艺复兴与厄德里克文学创作

谈及美国印第安人，应先从其名称的界定开始，因为美国印第安人，即美国原住民有多个称谓："印第安人"(Indian)、"美国印第安人"(American Indian)、"土著美国人"(Native American)、"首批美国人"(First Americans)、"第一民族"(First Peoples, First Nations)、"原住民"(Aboriginal People, Indigenous People)、"土著民族"(Native Nations)、"原住民族"(Indigenous Nations)。在所有这些称谓中，应用最广泛且争议最大的是"美国印第安人"和"土著美国人"。众所周知，"Indian"这个词语实际上是误用的称呼。公元1492年10月，意大利航海家C·哥伦布航行至美洲巴哈马群岛时，误以为到达了印度，因此称当地的土著居民为"印度人"(los Indios)。后人虽然发现了哥伦布的错误，但是原有称呼已经普及，所以，这个误称一直延续至今。相比而言，"土著美国人"这一词很晚才出现。随着20世纪60年代的民权运动发展和"政治正确"(political correctness)概念的出现，"土著美国人"也应运而生。它具有消弭 Indian 的野蛮形象，尊重美国原住民内涵。[①] 民族志学者/人种学者用土著美国人称呼欧洲殖民者到达前所有北美洲原住民，但当今多数土著美国人称自己为美国印第安人。[②]

肯尼思·罗默尔(Kenneth M. Roemer) 在《剑桥美国本土裔文学指南》(*Cambridge Companion to Native American Literature*)的导言中，用"广泛性"(immensity)和"多样性"(diversity)形容美国本土裔文学的特点，因为美国本土裔文学包括以印第安部落语言为载体的口述文学和以英语为写作语言的书面文学，即印第安传统文学与现代文学。鉴于其广泛性和多样性的特点，罗默尔认为没有完全令人满意的称谓可以概括美国本土裔文学，典型的名称有：美国印第安文学(American Indian literature)、美国本土裔文学(Native American Literature)、本土文学(native literature)、原住民文学(Indigenous literature)、美国印第安人文学(Amerindian literature)。他认为所有这些名称都有伦理和描述问题，因为它们强化了不准确的欧洲人的概念和语言，使其多样性成为模糊通用的、本质主义的范畴，这样就边缘化，或者曲解多样化民族和复杂的、不同文化间的历史。[③] 罗默尔继续指出，"America" 让人想起意大利探险家亚美利哥·韦斯普奇(Amerigo Vespucci)的名字，

① 有关"美国印第安人"和"土著美国人"之争，详见邹惠林. 美国原住民的称谓之争——当今美"美国印第安人"与"土著美国人"的争议. 四川大学学报，2007(2)：52－59.

② Native American Literature 本书沿用张琼的用法"美国本土裔文学"，当指人时用"土著"，或者本土裔美国人。

③ Porter, Joy and Kenneth M. Roemer, eds. The Cambridge Companion to Native American Literature[C]. Cambridge: Cambridge University Press, 2005:9.

而且它可用来指南美和北美大陆，而作为术语仅仅指美国是典型的误用。尽管“N”被大写，意指最早的土著（natives），但“Native”可以指任何美国出生的人。土著（Native）、原住民（indigenous）和美国印第安人（Amerindian）都蕴含“原始/落后”（the primitive）的固化观念的危险，而后两个用语具有社会科学术语的非人化内涵。尽管“第一民族/国家”（First Nations）强调多民族和主权概念，但是，据使用惯例，“第一民族”专指加拿大土著部落。关于命名问题，罗默尔还列举了阿诺德·克鲁帕特（Arnold Krupat）提供的、反映文学多样性的5种相互关联的定义：“印第安”文学，即地方文学（a local literature），指的是“土著民族进行中的口头表演”；原住民（indigenous）文学是印第安人与欧裔美国人文学形式之间的互动；族裔（ethnic）文学指少数民族而非历史上美国原住民创造的文学；民族（national）文学是印第安人、原住民、少数民族以及欧裔美国人创造的文学的总和；世界主义（cosmopolitan）文学是民族文学的交互作用。最后，罗默尔指出，在命名问题上，学者和学术出版商之间进行了30几年的对话，但至今尚未达成共识。保留地的印第安人、报纸编辑以及许多当代作家倾向用美国印第安人，他们借此误称重写表现泛部落（pan-tribal）联盟与骄傲。另一方面，大部分都市和郊区的印第安人、学者、批评家以及出版商偏好用土著美国人。[①] 因此，美国印第安文学和美国本土裔文学是两个比较常用且互换的称谓。（本书的写作会交替使用这两个称谓）。为清晰

① Porter, Joy and Kenneth M. Roemer, eds. The Cambridge Companion to Native American Literature [C]. Cambridge: Cambridge University Press, 2005: 9—10.

地了解美国本土裔文艺复兴和厄德里克在美国本土裔文学中的地位，有必要首先概述现代美国本土裔文学的发展。

第一节　现代美国本土裔文学的涌现与发展

与欧洲人“接触”前，北美土著居民人口有 1000 多万，由很多的部落组成，虽然被统称为印第安人，但是，他们的体格特征、民族特点、习俗和文化多种多样；他们说着三百多种不同的语言。他们没有书面语言，通过说故事、各种仪式表演、歌谣和演说等形式保存其文化遗产和传统，内容包括创世故事、部族历史、民族风俗仪典、巫术神话、精神信仰等。这些口头传承的印第安神话、传说、故事和韵文是美国本土裔文学的开始。虽然各个部落口头文学的主题和表现形式多种多样，但有些类别的本土裔文学是相同的，如创世纪故事、恶作剧者和英雄故事、咏唱、典仪及仪式等。这些口头文本展现了土著居民的道德和审美价值、他们与自然界和精神界的关系。他们把自然景观看作神圣有生命的实体、控制邪恶和疾病的方法，也许最重要的是，通过肯定神话和历史与部落神圣地貌的联系，使过去成为现实切实可行的部分，这些口头文本为部族提供了身份认同感。

以英语为载体的美国印第安文学的涌现与基督教传教、殖民者征服印第安土地和后来的印第安寄宿学校教育密不可分。唯英语“开化”教育造就了一批印第安毕业生谙熟白人文化和话语，其中一些成为作家或者教育者。为了回应欧洲殖民者以及主流大众观点，许多土著作家经常“像19世纪的奴隶叙事一样”，[①]开始用英语写作，以出版文字为手段与白人社会进行对话。莫希干牧师萨姆森·奥克姆（Samson Occum，1723－1792）1772年出版的《摩西·保罗一个印第安人行刑前的布道文》（*A Sermon Preached at the Execution of Moses Paul, an Indian*）标志着以英语为载体的美国印第安书面文学传统的出现（文学史家们一般称其为美国印第安现代文学）。更多出版英语文学的作家出现在19世纪中叶，他们意识到文学手段在改变其人民的政治和社会现状/地位中的力量，因此发表抗议文学和自传，旨在回应一直以来的社会问题：如，种族主义、暴力和盗窃土地。佩科特族的威廉·阿佩斯（William Apes，1798－1839）是19世纪30年代最突出的印第安抗辩作家。他的杂文《给白人一面印第安的镜子》（"An Indian's Looking Glass for the White Man"）如实地描写了印第安人遭受的种族主义，揭露种族主义存在白人个体内心及其政治中，抨击白人对印第安人的偏见。他的《丛林之子》（*A Son of the Forest*，1829）是首部知名的土著美国人自传，出版时正值对安德鲁·杰克逊的《印第安人迁移法》的辩论的顶峰期，旨在此关键时刻严厉谴责白人对待印第安人的态度。

自传是美国土著作家从欧裔美国文学传统借入的首要体裁之一，用之表达他们自己关注的问题和经历。奥吉布瓦族乔治·柯普威（George Copway，1818－1869）的《卡吉噶嘎博的生活、历史和旅行》，（*Kah-ge-ga-gah-bowh* 奥吉布瓦语意为“他永远站立”）

---

① Tillett, Rebecca. Contemporary Native American Literature [M]. Edinburgh: Edinburgh University Press, 2007: 8.

(*The Life, History, and Travels of Kah-ge-ga-gah-bowh*, 1847),派犹特人莎拉·温尼木卡(Sarah Winnemucca,1844—1891)的《派犹特人的生活:他们的过失和主张》(*Life Among the Piutes: Their Wrongs and Claims*, 1883)是两部重要的个人叙述与民族志结合的自传。温尼木卡描写1876年班诺克战争(the Bannock War of 1876)期间她在印第安人和白人之间谈判的经历,批判联邦政策不顾印第安人的需求,使他们失去土地和资源。正如丽蓓卡·蒂利特指出的,"温尼木卡在'翻译'部族文化,关注更广泛的美国读者群,凸显联邦印第安人内部关系的改革需求方面非常成功"。[①] 一些本土裔美国人的生活故事,特别是那些勇士和酋长的故事,以"据本人口述"(as-told-to)的方式记录的自传,常常由非印第安人编辑。索克酋长黑鹰的《黑鹰自传》(*Black Hawk: An Autobiography*,1833)是19世纪这类自传中最引人注目之一。这部自传由安东尼·李·克莱尔(Antoine Le Claire)翻译,约翰·B·帕特森(John B. Patterson)编辑。最著名的"据本人口述"叙事应当属20世纪的《黑麋鹿如是说:苏族奥格拉拉部落一圣人的生平》(*Black Elk Speaks: Being the Life Story of a Holy Man of the Oglala Sioux*, 1932),这是拉科他人尼古拉斯·黑麋鹿(Nicholas Black Elk, 1863—1950)口述,由诗人奈哈特(Neihardt)记录成书。《黑麋鹿如是说》赞美拉科他文化,警告同化的危险。这些"口述"自传的真实性常常遭到质疑,但是,这些自传的价值在于表明印第安作家努力在美国文学传统中发出声音。

---

① Tillett, Rebecca. Contemporary Native American Literature [M]. Edinburgh: Edinburgh University Press, 2007: 13.

小说是美国印第安作家从欧裔美国文学传统借入的另一种体裁。本土裔美国人的小说在 19 世纪中期出现。切罗基人混血儿罗林·里奇(Rollin Ridge，1827—1867)是最早的美国本土裔小说家之一。他的小说《著名的加利福尼亚大盗乔奎因·穆里塔的生活和历险》(*The Life and Adventures of Joaquin Murieta：the Celebrated California Bandit*，1854) 是第一部美国印第安小说，也是第一部加利福尼亚小说。小说描写混血主人公遭受白人的不公正的待遇，致使他向主流文化复仇，成为加利福尼亚边界著名的“高贵的亡命徒”(noble outlaw)。小说神话了现实生活中的混血大盗，批判了欧裔美国人的种族主义。索菲娅·爱丽丝·卡拉翰(Sophia Alice Callahan，1868—1894)是早在 19 世纪初关注美国印第安人和妇女平等权利的文学先驱之一。她的小说《薇妮玛：丛林之子》(*Wynema：A Child of the Forest*，1891)是首部美国印第安妇女发表的知名小说。小说系家庭罗曼史，结构松散，讲述了克里克女孩薇妮玛·哈娇(Wynema Harjo)和她的卫理公会老师吉纳维芙·威尔(Genevieve Weir)之间的故事。但是，卡拉翰把当代问题，如妇女权力、印第安土地分配，以及伤膝大屠杀等编入故事。她希望通过小说创作引起大众对所有美国印第安人困境的关注。当然，聚焦“印第安政治和印第安妇女权利使小说别具意义”。①

19 世纪的美国本土裔文学是过渡文学，它成为口述传统和 20 世纪 60 年代小说出现之间的桥梁。土著美国人运用的欧裔美国

① Tillett，Rebecca. Contemporary Native American Literature [M]. Edinburgh：Edinburgh University Press，2007：23.

人的文学体裁，如自传和小说，混合了恶作剧者或创世神话的传统叙事，成为杂糅的形式(hybrid forms)。早期文本体现了印第安作家为在美国文化中发声所做的努力，但是，这些作品预示了后来美国印第安文学的要素，如驳斥美国文学中固化的印第安人形象。

20世纪初期比较突出的作家有查尔斯·伊士曼(Charles Eastman, 1858—1939)、吉特卡拉·萨(Zitkala-Sa, 1876—1938)和路德·站熊(Luther Standing Bear, 1868—1939)。他们都来自苏族，在他们文化的口述传统中成长，在白人文化中受教育，并用英语书写他们人民的历史。伊士曼是20世纪初在美国内和国外最著名的土著美国作家。他的许多书籍和为全国性杂志撰写的文章都向非印第安人说明印第安风俗、信仰和历史。作为一名改革者，伊士曼不鄙视印第安文化，对他的印第安身份充满骄傲；他的著作经常表明印第安文化习俗优于主流文化。他是公认的首位以土著视角书写美国历史的土著作家。吉特卡拉·萨是红鸟的意思，她的真名叫格特鲁德· 西蒙斯·波恩尼(Gertrude Simmons Bonnin)是第一位无须编辑、翻译或者人类学者帮助书写自己故事的美国印第安女作家。吉特卡拉·萨还是编辑、音乐家、教师和致力于社会改革的政治激进分子。她的写作和社会活动涉及社会评论、传统和文化适应之间的矛盾、文学和政治的冲突、美国印第安精神性和基督教的冲突以及其他窘境，如母女矛盾和性别家庭角色期待等。在表现这些主题中，她融合了文学艺术和抗议，借此，为当代社会活动者和试验作家提供了方向。站熊是20世纪首位美国土著作家、教育家、哲人和演员之一，因此，他在美国历史上享有盛誉。20世纪20至30年代，为改善保留地印第安人的生活状况，站熊撰写了几部关于印第安人生活和政府政策的书籍。1928

年，站熊出版他的第一部书《我的苏族人民》（*My People, the Sioux*），这部书主要以自传的形式，讲述他青年时代、卡莱尔印第安工业学校（Carlisle Indian Industrial School）的生活，以及鬼舞和牛仔戏（Wild West Show）的经历。《我的印第安童年》（*My Indian Boyhood*，1931），为青少年而作，也是一部自传。《斑点鹰的土地》（*Land of the Spotted Eagle*，1933）以民族志视角描写传统的苏族生活和习俗，批判白人同化印第安人的企图。站熊还收集整理了其部落的各种故事和传奇，于 1934 年结集出版《苏族故事》（*Stories of the Sioux*）。这几位作家既对印第安人提倡同化的价值，又强调传统部族生活"文明"的方面，以便使印第安人在主流文化中获得尊敬。相比而言，吉特卡拉·萨和站熊对同化进程更具批判性，特别是对印第安寄宿学校禁止印第安儿童说自己的语言，或者践行部族传统进行深刻的批判。

20 世纪上半叶，本土裔美国小说家继续表达印第安人关切的问题，以及联邦印第安政策的灾难性影响。哀鸽（Mourning Dove，1888—1936）、约翰·约瑟夫·马修斯（John Joseph Mathews，1894—1979）和达西·麦克尼克（D'Arcy McNickle，1904—1977）是 20 世纪上半叶重要的小说家。哀鸽来自萨利希族，真名克莱斯德尔·昆塔斯科特（Christal Quintasket），是公认的最早的美国本土裔女性小说家之一。她将其人物身为混血儿的严酷现实置于她创造的想象空间里，以此开启一个新的、她自己的跨文化样式，她称之为混血儿美学。与此同时，她决定通过写实的印第安人物展示真实的印第安特性，驳斥主流文学中固化的印第安形象。在哀鸽最著名的小说《混血儿科金维：蒙大拿大牧场的描述》（*Cogewea the Half-Blood: A Depiction of the Great Montana Cattle*

Range, 1927)中，她将日常生活的方方面面，口述传统和印第安人的宗教视域有机地编入小说，哀鸽堪称此种方式小说创作的奠基人。描写印第安保留地混血儿科金维的困境：她陷入白人和印第安文化的夹缝中，倍感孤独和疏离。小说以科金维与她心爱的人吉姆步入幸福婚姻收尾，从这个意义上说，该小说是西方爱情小说。就语言而言，由于其合作者和编辑卢库勒斯·维吉尔·麦克沃特(Lucullus Virgil McWhorter)的原因，大部分对话要么高度优雅且辞藻华丽，要么有些生硬且使用俚语。然而，哀鸽的小说揭露了混血儿遭受的不公待遇，以及他们遭受身份迷失的痛苦，特别是混血妇女遭受白人男子的虐待和折磨。波拉·甘·艾伦(Paula Gunn Allen)认为《混血儿科金维》的价值在于，它将混血儿的痛苦置于显耀地位，将神话、部族历史和仪式编入故事。哀鸽因此成为"美国印第安文艺复兴的文学祖母"。[①] 1933 年出版的《丛林狼的故事》(*Coyote Stories*)使哀鸽成为首位搜集整理并出版印第安传说的印第安作家之一。1990 年出版的《哀鸽：一个萨利希人的自传》(*Mourning Dove：A Salishan Autobiography*)不是西方意义上的自传，而是通过记忆、反思和部族历史，审视 1885 年至 1900 年间科尔维尔(Colville)保留地的生活：渐增的同化压力伴随文化的严重破坏。正如阿兰娜·K·布朗 (Alanna K. Brown)指出的，"这部自传将使哀鸽成为在上个(20)世纪之交关于印第安生活

---

① Wiget Wige, Andrew. *Handbook of Native American Literature*. New York and London: Garland Publishing, Inc. 1996: 263.

遭受严重破坏的重要的当代声音”。[①]

约翰·约瑟夫·马修斯(John Joseph Mathews, 1894—1979)具有奥色治(Osage)血统的混血儿,获得牛津大学文学学士学位和日内瓦大学国际关系证书。他最著名的小说《日落》(*Sundown*, 1934)描写混血主人公与部落传统和美国社会的疏离感。此外,马修斯最重要的是其非小说作品。在这些作品中,他记录了奥色治印第安人的历史和文化,白人定居俄克拉荷马,及其对该地土著美国人的影响。然而,马修斯的文学成就主要在其小说《日落》。评论界高度赞扬《日落》的现实主义,认为马修斯对混血儿客观的处理具有普适意义。他的非小说文学作品也被赞誉具有固有的文学品质,《同月亮谈话》(*Talking to the Moon*)经常与亨利·大卫·梭罗 的《瓦尔登湖》和约翰·缪尔(John Muir)的《我在塞拉的第一个夏天》(*My First Summer in the Sierra*,1911)相提并论。

同马修斯一样,达西·麦克尼克(D'Arcy McNickle, 1904—1977) 也是混血儿,也上过牛津大学。评论界高度赞扬麦克尼克是现代美国本土裔文学和人种史学创始人之一。麦克尼克的小说《重围》(*The Surrounded*, 1936)是本土裔美国文学的里程碑。在描写白人和印第安文化冲突方面,麦克尼克可谓技艺娴熟,因此,《重围》被誉为 20 世纪早期美国本土裔作家创作的最精美的小说,他描写的混血主人公寻找身份成为“美国本土裔文艺复兴”写作的典范。

---

① Brown, Alanna Kathleen. "The Choice to Write: Mourning Dove's Search for Survival" [A]. In B. H. Meldrum (ed.). Old West-New West: Centennial Essays[C]. Moscow: University of Idaho Press, 1993: 259.

从18世纪早期到20世纪初期，尽管美国本土裔写作形式发生了很大的变化，即，从以自传、部族历史或者新闻报道为主，到小说的出现，所有这些早期作品清晰地表达了三个目的："重申土著文化的重要性；揭露进行中的欧裔美国人的种族主义及其在联邦印第安关系和政策方面的遗产；强调印第安人的权利"。[①] 总之，19世纪、20世纪早期美国本土裔作家用他们的小说使读者了解到主权、文化、社群和身份的主要问题。这些作家以他们深刻的洞察力，刻画了美国土著人民在保留地和土地分配政策时期当传统生活改变时他们是如何生存的。这些小说证明了美国印第安作家的想象力和创造力，他们的作品继续影响和激励后来的美国本土裔作家。

第二节　美国本土裔文艺复兴及其特点

学者在研究美国印第安文学时常常把1968年作为美国印第安文学的里程碑标志，因为在这一年纳瓦雷·斯科特·莫马迪(Navarre Scott Momaday, 1934)发表了他的小说《日诞之地》(*House Made of Dawn*, 1968—)，[②]该小说1969年荣获普利策奖。欧文斯在概括美国印第安文学时指出，1969年以前，美国印第安人自己创作的小说仅有9部。尽管二战前著名的美国本土裔

---

① Tillett, Rebecca. Contemporary Native American Literature [M]. Edinburgh: Edinburgh University Press, 2007:30.

② 本人认为张廷佺译法更贴近印第安文化，其他译法有《晨曦之屋》《黎明之宅》《故乡的黎明》。

作家，如伊士曼、吉特卡拉·萨、哀鸽、马修斯、麦克尼克等，他们的作品已经日臻成熟，但是20世纪60年代前他们的作品尚未获得广泛认可。直到60年代末期、70年代初期，随着莫马迪的《日诞之地》荣获普利策奖，莱斯利·马蒙·西尔科（Leslie Marmon Silko，1948—）作品的陆续发表，美国印第安文学作品才真正亮相美国文学舞台。评论界公认1969年莫马迪的《日诞之地》荣获普利策奖开启了“美国本土裔文艺复兴”，因为莫马迪的获奖不仅使得学术界和公众关注本土裔作家，也激发了本土裔作家的创作热情。自1969年莫马迪获奖以来，在不足20年的时间里涌现了大批优秀的本土裔作家，他们创作出了大批的优秀作品，美国本土裔文学因此在主流出版界的能见度和声望不断增强，美国本土裔文学进入空前的繁荣时期，这个增长的势头直至21世纪的前10年毫不减弱。

关于“美国本土裔文艺复兴”这个术语的来源，我们可以追溯到评论家肯尼思·林肯（Kenneth Lincoln）1983年出版的专著《美国本土裔文艺复兴》（*Native American Renaissance*）。[①] 在此书中，林肯用“美国本土裔文艺复兴”命名20世纪60年代和70年代间出版的美国印第安文学。广义而言，林肯用“文艺复兴”指这不足20年间激增的美国印第安文学作品。具体而言，“文艺复兴”是印第安“口述传统以书写形式复兴并翻译成西方文学形式。所谓

---

① 关于 Native American Renaissance 这个术语国内有几种译法：王建平教授译为“土著美国文艺复兴”，张冲和张琼教授译为“美国本土裔文艺复兴”，邹惠玲教授等用“美国印第安文艺复兴”。也有人用“本土裔美国人文艺复兴”和“美国土著文艺复兴”，但是用“美国本土裔文艺复兴”和“美国印第安文艺复兴”比较多。

当代美国印第安文学的复兴其实是旧有传统的延续”。[①] 林肯指出，这些作家，如莫马迪、西尔科、奥提兹(Simon Ortiz)、韦尔奇(James Welch)等，尽管他们来自不同的文化部落，面对欧裔美国人持久的种族主义和对土著文化的灭绝政策，他们在创作中表达他们被强加“印第安人”及“被剥夺、被驱赶(a common sense of dispossession)的共同感觉”，对“历史重新安置有共同的理解(a mutual sense of historical displacement)”，以及为“文化生存和复兴共同抗争(a shared struggle for cultural survival and rebirth)”。[②] 学者苏珊妮·隆德奎斯特(Suzanne Lundquist)在其著作《美国本土裔文学入门》(*Native American Literatures: An Introduction*)中，对美国本土裔文艺复兴做了进一步概括和说明。她认为“文艺复兴”有三种表现形式：“当代本土裔作家充满自信地以其自己的文学表现重申传统；发现并重估美国本土裔作家的早期文本；对表达传统艺术的翻译文集(神话、祈祷文、礼仪、仪式、雄辩术、情歌等)重新产生兴趣”。[③]

学者们对“美国本土裔文艺复兴”这个术语有许多不同观点。詹姆斯·鲁伯特认为，“学者运用这个术语时犹豫不决，因为它可能意味着此前本土裔作家没有创作出有意义的作品，或者这些涌现的作家没有长期的部族和部落根基。的确，如果这是复兴，那

---

① Lincoln, Kenneth. Native American Renaissance [M]. Berkeley and Los Angeles: University of California Press, 1985:8.

② Ibid. 13.

③ Lundquist, Suzanne Evertsen. Native American Literatures: An Introduction [M]. New York: The Continuum International Publishing Group Inc. 2004: 38.

么，起源(original birth)是什么呢?”。[①] 其他批评家把“文艺复兴”描述为“争论之源”，认为这个术语摒弃了口述传统的文学价值。丽贝卡·蒂利特(Rebecca Tillett)则认为，“在描写发表作品的土著作家数量突然增长时，把最近迅速增长的土著写作定义为‘文艺复兴’是高度准确的”。[②] 尽管学者们对“美国本土裔文艺复兴”的称谓持有不同的观点，然而，“美国本土裔文艺复兴”出现在 20 世纪 60 和 70 年代的观念在这个领域一直是不可挑战的，还继续影响该领域的研究。我们今天谈论美国印第安文学，我们用前“文艺复兴”文学和后“文艺复兴”文学，我们会用“文艺复兴第一次浪潮”和“文艺复兴第二次浪潮”来谈论当代印第安作家，我们还一贯地评论、赞颂始于 20 世纪 60 年代和 70 年代激增的美国印第安作品。而且，林肯主张原住民的口述故事传统是当代美国印第安人的创作源头，这个观点在大多数当代学术研究中产生共鸣。

“美国本土裔文艺复兴”时期一批本土裔作家极大地拓展了美国本土裔文学经典，也增强了一般公众对土著美国历史和文化的理解，为美国本土裔文学进入主流美国文学正典提供了一个机会。也许因为这个“文艺复兴”运动，本土裔美国文学的作品被收录进美国文学选集，并纳入大学英语课堂教学。美国有几所大学成立

---

① Ruppert, James. "Fiction: 1968 to the Present"[A]. In Joy Porter and Kenneth M. Roemer (eds.). The Cambridge Companion to Native American Literature [C]. Cambridge: Cambridge University Press, 2005: 173.

② Tillett, Rebecca. "On the Cutting Edge"[A]. In Alan R. Velie and A. Robert Lee (eds.). The Native American Renaissance: Literary Imagination and Achievement [C]. Norman: Oklahoma University Press 2014: 85.

了美国土著人研究系，这也催生了土著美国人学术研究杂志的诞生，如《美国印第安文学研究》(*SAIL*)、《美国印第安季刊》(*AIQ*)和《维卡左萨评论》(*Wicazo Sa Review*)等，为促进新生代土著作家发声和出版增加了机会。

尽管“美国本土裔文艺复兴”这个术语最初用于文学，现在已经用于更广泛意义来描写“印第安人的不断繁荣和成就感……经济和文化普遍复兴”。[①] 例如，琼·纳格尔(Joane Nagel)用这个术语来指“20 世纪 70 年代和 80 年代期间美国印第安人族裔身份认同的复苏和部落文化复兴”的总体性。[②]

就美国本土裔文学的主题而言，学者苏珊妮·隆德奎斯特认为印第安身份和文化断裂(cultural fragmentation)是美国本土裔文学中两个重要的大主题。有关身份问题，隆德奎斯特在分析了奥提兹、甘·艾伦和亚历克西三位作家的作品时指出，身份问题比较复杂，这样的主题表达也涉及诸多困难。就如这三位作家已经勾勒出土著作家之间所关注的问题：“摒弃强加的印第安身份(没有印第安人存在)；承认土著美国人的文化和语言构成迥异；理解虽然有多样性，但存在共性；认可特别性质的个体土著经历；承认土著人民基本的人性；有意识地探索地方(保留地/都市)在形成身

---

① Lee and Velie. "Introduction"[A]. In Alan R. Velie and A. Robert Lee (eds.). The Native American Renaissance: Literary Imagination and Achievement [C]. Norman: Oklahoma University Press, 2014: 3.

② Nagel, Joane. "False Faces: Ethnic Identity, Authenticity and Fraud in Native American Discourse and Politics" [A]. In Joseph E. Davis(ed.). Identity and Social Change[C]. New Brunswick: Transaction, 2000: 85.

份的意义”。[①] 而文化断裂是土著人民不断被殖民者驱赶，强行改变且瓦解其土著生活方式的结果。土著作家经常以种族屠杀和种族文化灭绝的方式，即身体的终结和文化的灭亡，来表现这个主题。他们不强调土著社群在接触（欧洲殖民者）前生活的完美和谐，但是，他们的确表明“民族自决，土地和生活方式的丧失已经并且继续不断地损害北美500个部族人民的心理生活”。[②] 为了生存或者战胜实际无法克服的创伤或者困难，土著作家设想需要保持或者重申特别的族裔身份（虽然身份是动态的或者是不断变化的）。土著人物必须去除/超越造成“印第安”的复杂影响，恢复特别的部落血统和遗产以及其祖先的家园。至少，为了有一种安宁感，他们把自己置于与某种地理的、宗谱的、心理的以及哲学参照系的关系中。

隆德奎斯特继续指出，美国本土裔文学主题围绕文化断裂的原因和结果的各种描写和交锋展开，同时想象在这种衰弱的文化崩溃中，治愈可能以何种方式出现。因此，土著作家享有共同的方法表达这个主题：“①词语和故事讲述的力量作为生存手段——包括恶作剧者话语；②身份和地方感之间不可分割的联系——包括自然环境；③血统的重要性（祖先和后代）——混血或者纯血；④传统有力的性别身份不朽；⑤误用性行为（作为文化衰退/堕落的隐喻）或者增强人们的联系；⑥通过和解获得治愈的可能性”。[③] 隆德奎斯特对美国本土裔文学的主题的概括比较宏观，能比较全面

① Lundquist, Suzanne Evertsen. Native American Literatures: An Introduction [M]. Publishing Group Inc. 2004:201.

② Ibid. 202.

③ Ibid. 203.

地体现当代美国本土裔文学的主题特征。

如果再进行细化，当代美国本土裔文学涉及的主要主题有：

(1)后末世生命感：在几乎灭绝和毁灭后，美国本土裔作家经常传达末世或者世界末日已经出现的意识；

(2)与“消失的印第安人”神话/迷思相关的悲惨失败和文化毁灭；

(3)通过使古老的故事和习俗适应新环境而生存并延续；

(4)陷入传统部落方式和现代美国主流社会之间的两难选择感；

(5)基于亲缘和相互依赖观念的社区意识和身份的群体意识；

(6)语言和故事塑造个人和集体身份的力量；

(7)万物相连观念，聚焦动物、土地、人和语言之间的关系；

(8)丧失祖先家园的敏锐意识，或者是“缺席的在场”；地方、自我和社群与土地丧失(心理力量丧失)紧密相连；

(9)聚焦特定的地方/土地，对抗“快去领地”和迁移至新边疆；

(10)回击欧裔美国人的野蛮人和原始主义的固化形象，以及回应土著人民的生态和精神智慧的浪漫观念。

约翰·甘伯(John Gamber)归纳“美国本土裔文艺复兴”时期作家主要的写作特点，他认为这些作家“致力于神圣的土地；归家情节——主人公经常回到保留地；把混血主人公在两个世界中的困境作为文化主题处理”。[①] 爱梨华・沃思(Erika Wurth)指出这个时期的作家经常为非印第安读者写作。[②] 沃思和甘伯都赞同土著写作的新阶段从谢尔曼・阿莱克西开始,他摒弃了文艺复兴时期创作所关注的许多形式和主题。

其实,如果我们研究“美国本土裔文艺复兴”第一次浪潮中的代表作家的作品,如莫马迪的《日诞之地》、西尔科的《典仪》(Ceremony)和韦尔奇(James Walch,1940－2003)的《血中寒冬》(Winter in the Blood),我们不难发现,甘伯的概括非常有道理。这三部作品都已经成为美国印第安文艺复兴的经典之作。总的说来,这些作品展示了印第安乡村的凄凉景象。尽管作者对他们的人物充满同情和幽默,但是读者还是能感受到人物的主要人性,因为大部分主人公是贫穷、无所事事、酗酒的流浪者,他们通常失业,经常被关进监狱。正如鲁帕特所言,这三部力作“构成当代美国本土裔文学的结构模式”,[③]用学者威廉・贝维斯(William Bevis)的话说,“‘归家’(homing in)是美国小说本土裔共同的范式”。对贝维斯而言,“一个向着部落社区文化和区域中心的持续而贯穿始终

---

① Gamber, John. "We've Been Stuck in Place since House Made of Dawn: Sherman Alexie and the Native American Renaissance"[A]. In Alan R. Velie and A. Robert Lee (eds.). The Native American Renaissance: Literary Imagination and Achievement [C]. Norman: Oklahoma University Press, 2014:189.

② WurthErika, " The Fourth Wave" [Z]. (2012-10-24) [2017-06-15]. http://waxwingmag.org/writing.php? item=344.

③ Ruppert, James. "Fiction: 1968 to the Present"[A]. In Joy Porter and Kenneth M. Roemer (eds.) The Cambridge Companion to Native American Literature [C]. Cambridge: Cambridge University Press, 2005: 174.

的拉力构成土著叙事的情节，使主人公——通常是寄宿学校、终结政策、文化迷失和混血身份，社会和文化疏离的受害者——与传统生活以及其人民和解”。① 为进一步理解当代美国印第安作家的写作模式特点，有必要对“文艺复兴”第一次浪潮的代表作家的作品进行简要的介绍分析，因为他们的写作对后来作家的创作产生了很大影响。

第三节 美国本土裔文艺复兴第一次浪潮作家的创作特点

“美国本土裔文艺复兴”第一次浪潮中最重要的代表人物当属纳瓦雷·斯科特·莫马迪。他的《日诞之地》因获 1969 年普利策小说奖为美国“美国本土裔文艺复兴”拉开序幕。他的文学创作对莱斯利·西尔科、路易丝·厄德里克、谢尔曼·阿莱克西等美国当代印第安作家产生深远影响。莫马迪因此被誉为“美国印第安作家的精神教父”。② 除了他的扛鼎之作《日诞之地》，他的主要作品还有故事集《通向雨山之路》(*The Way to Rainy Mountain*，1969)、《姓名：回忆录》(*The Names*：*A Memoir*，1976)，诗集《跳葫芦舞的人》(*The Gourd Dancer*，1976)，小说

---

① 转引自：Herman，Matthew. Politics and Aesthetics in Contemporary Native American Literature：Across Every Border［M］. New York：Routledge Taylor，2010：4.

② Owens，Louis. Other Destinies：Understanding the American Indian Novel［M］. Norman：University of Oklahoma Press，1994：25.

《古时候的孩子》(*The Ancient Child*, 1989)等。莫马迪曾先后获得美国诗人学会奖、普利策小说奖、意大利蒙德罗国际文学奖、美国西部文学联合会奖、美洲原住民作家协会终身成就奖、美国国家艺术奖章等。

《日诞之地》背景置于20世纪50年代,印第安人重新安置和终结政策时期,讲述了混血印第安青年艾贝尔参加二战,进入城市谋生,后来回到保留地所经历的辛酸痛苦。在白人世界,艾贝尔受到排斥;回保留地后,由于难以回归本族传统,他在肉体和精神上均受到深深的困扰和折磨。最后,艾贝尔在保留地,聆听他祖父的人生故事,认识到传统和部族典仪的意义。小说以艾贝尔加入为普韦布洛部落典仪作准备的晨跑队伍结束。莫马迪用晨跑象征艾贝尔回归自己的文化传统,在部族土地上重新找到自我,将会恢复肉体和精神的健康。《日诞之地》的一个特点是,情节呈碎片化,又富有多文化和多部族象征意义,但是,小说的总体结构是循环的,开始在其结束的地方。孤独的印第安青年从白人世界回到保留地寻求自己的文化之根,这个"归家"范式对后来的印第安作家创作产生深远影响。莫马迪用这种"归家"范式展示印第安文化和世界观的核心。苏珊·思佳贝利·加西亚(Susan Scarberry-Garcia)指出,《日诞之地》的情节展现——从不和谐到和谐,模仿了纳瓦霍人的疗伤颂唱或者疗愈典仪(或者追随纳瓦霍人的疾病概念,从艾贝尔的自我分裂到积极整合)以及其他具体的细节。劳伦斯·埃弗斯(Lawrence Evers)进一步指出,小说的情节模仿了基奥瓦人和纳瓦霍人的故事讲述传统模式，作为再生旅程。[①] 其次，莫马迪将口述传统置于当代书写故事。

评论家们认为《日诞之地》凸显了美国印第安文化传统中的两个中心概念：对人与土地关系的共同理解；高度重视语言的力量。“小说中自然景色不仅仅是背景，还是主要人物，艾贝尔的身份归根结底源自土地自身”。[②]《日诞之地》强调印第安文化和世界观，展现融合文化和文体方法的才能，以及多重和多文化视角和声音，却没有两极分化或者等级体系，这些是影响后来的印第安作家的重要方面。正如欧文指出，“尽管像其前辈一样，他聚焦痛苦的印第安人似乎陷入两个世界之间，但是莫马迪以向着身份的循环历程奠定了新的范式，这个范式将继续贯穿美国本土裔小说直至目前。因为莫马迪，美国印第安小说成为一种灵视寻求，用写作反映其作者作为印第安人自我认知的历程”。[③]

继《日诞之地》后，莫马迪的许多作品都聚焦混血世系和基奥瓦文化，如《通向雨山之路》《姓名：回忆录》和他早期发表的《传统药包之旅》(*The Journey of Tai-me*，1967)。这三部作品都详细地考察了在现代美国作为印第安人，特别是混血，意味着什么？这三部作品都试图想象并恢复更加传统的基奥瓦文化形式，如《传统药包之旅》中传统基奥瓦故事和神话的文化和语言翻译。莫马迪

---

① 转引自 Allen, Chadwick. "N. Scott Momaday: Becoming the Bear"[A] In Joy Porter and Kenneth M. Roemer (ed.). The Cambridge Companion to Native American Literature [C]. Cambridge: Cambridge University Press, 2005: 211.

② Ibid.

③ Owens, Louis. Other Destinies: Understanding the American Indian Novel [M]. Norman: University of Oklahoma Press, 1994: 91.

早期作品在印第安人和白人世界之间协商，他所用的语言反映了欧裔美国文学研究和基奥瓦口述故事形式对他的影响。他的后期作品体现了他跨文化的洞见，强调整合而不是对立。如《古时候的孩子》细查混血，追寻文化身份，及需要想象和恢复该身份的复杂性，强调基奥瓦的神话里熊的故事对文化翻译的影响，显示了莫马迪对印第安文化的思考和关怀。

西尔科是“美国本土裔文艺复兴”第一次浪潮的另一个重要的代表人物。她具有墨西哥、拉古纳印第安和欧裔美国人的血统。根据文化人类学和口述传统，拉古纳是西南部适应力最强的普韦布洛社群之一，许多包含拉古纳口述传统的故事保存了抵抗和同化的复杂策略，这能够使拉古纳族调解众多的外来压力，得以生存。如同西尔科的拉古纳族人，她的作品“探究文化协调和精神蜕变”。[①] 用蒂利特的话来概括，“基本的拉古纳世界观显然是西尔科创作的基石，这主要在两个首要相互联系的主题中阐释：探究拉古纳文化和口述故事传统的作用；对欧裔美国强有力的、经常是引发争论的批判”。[②] 她的主要作品包括小说《典仪》(*Ceremony*, 1977)，《死者年鉴》(*Almanic of the Dead*, 1991)，《沙丘花园》(*Garden in the Dunes*, 1999)，文集《黄女人与精神之美：当代美国土著生活文集》(*Yellow Woman and a Beauty of the Spirit*:

---

① Nelson, Robert M.. "Leslie Marmon Silko: Storyteller" [A]. In Joy Porter and Kenneth M. Roemer. ed. The Cambridge Companion to Native American Literature [C]. Cambridge: Cambridge University Press, 2005: 245.

② Tillett, Rebecca. Contemporary Native American Literature [M]. Edinburgh: Edinburgh University Press, 2007: 55.

Essays on Native American Life Today, 1996)，《说故事人》(*Storyteller*, 1981)等。

《典仪》是西尔科的开山之作，也是当代美国本土裔文学中一部有里程碑意义的作品。作品中涉及诸多美国印第安人面临的问题："身份错位、自我迷失、与自然的联系、传统典仪的回归"。[①] 具有白人和拉古纳血统的主人公塔佑，参加二战的经历使他精神崩溃。回到家乡后无法正常生活，他求助白人医生，但无法获得治愈，因为塔佑清楚他的病根是他对自己身份的疑虑和茫然。最后在印第安药医的帮助下，找到了自己的身份，获得治愈。小说有两个相互交织的叙事：塔佑的故事主要以散文形式讲述；另外是以一系列诗歌重述拉古纳神话，反照塔佑自己的历程。如此，西尔科把混血儿塔佑作为拉古纳混血神话英雄的象征，在困难时期拯救其人民。西尔科笔下，混血儿成为"充满活力的、融合的、有适应力的印第安文化品质的隐喻"。[②] 西尔科以塔佑归家并重新融入拉古纳文化强调神话和典仪在小说结构中的重要性。小说的开始和结局都用一个词"日出"(sunrise)模仿拉古纳宗教活动，传达了完整感和重生感。《典仪》探究了美国印第安人典仪的救赎力量——不仅是正式的典仪而且是指引人生活的方式。"因为描写印第安保留地生活及其探讨哲学问题，《典仪》奠定了西尔科作为本土裔美国作家的地位，标志着她是首位美

---

① 张冲，张琼. 从边缘到经典：美国本土裔文学的源与流[M]. 上海：上海外语教育出版社，2014：256.

② Owens, Louis. Other Destinies: Understanding the American Indian Novel [M]. Norman: University of Oklahoma Press, 1994: 26.

国本土裔女小说家”。[①]

综上分析,读者不难看出《典仪》与《日诞之地》的相似之处。加西亚从三个方面总结莫马迪对西尔科的影响和贡献。“首先,西尔科仿效莫马迪,让其主人公的生命历程模仿古普韦布洛和纳瓦霍的神话英雄模式。第二,某种程度上,她把塔佑的当代故事与其人民讲述的创世纪及地球人与其造物主(Corn Woman)紧张关系的神话故事并列。因为创造世界诸要素之间的张力和不和谐,需要英雄行为调整这个失衡。塔佑从事积极的行动矫正导致拉古纳土地干旱的不端行为方式。西尔科在《典仪》中广泛探讨的个人与地方(place)及疗愈的主题在西南美国本土裔口述传统中占主要地位,但是,这是莫马迪首次将其有意义地运用至书面文学中”。“莫马迪将神话和古老的疗愈故事融入当代小说为年轻作家提供了一个重要的、令人信服的模式”。[②]

西尔科的《说故事人》集诗歌、部族故事、小说和摄影图片为一体,重建其本土裔美国传统;《死亡年鉴》宛若一部重述500年美洲征服史的史诗性作品,内容浩瀚,交织了历史、神话、预言、文化评述等,涉及美国印第安人和白人之间的冲突;“《沙丘中的花园》与《死亡年鉴》中的文化毁灭恰好相对,聚焦人们如何与世界的发展相互关联,如何在殖民主义和资本主义的破坏与贪欲中保存自己的文化。该书的体裁多重混杂,篇幅巨大,作家将细节融入多元各

---

① Poetry Foundation [Z]. [2016-10-03]. http:/ www. poetryfoundation. org/poets/leslie-marmon-silko

② Scarberry-Garcia, Susan. " Navarre Scott Momaday" [A]. In Andrew Wiget (ed.). Handbook of Native American Literature[C]. New York: Garland Publishing, Inc. 1996: 466.

异、形象生动的故事场景，刻画出鲜明独特的各色人物，展现了高超的叙述艺术”。[①]

总之，西尔科作品的主题主要涉及美国土著在白人社会的疏离、土著传统和典仪的重要性、口述故事传统和拉古纳普韦布洛印第安典仪的重要性，女性平等和制止对女性的暴力也是她作品的主题。写作风格方面，她把对拉古纳精神性的关注，如人与自然要素的关系，与当代人在白人世界中努力争取保留美国本土裔文化的复杂描写结合起来。

詹姆斯·韦尔奇也是“美国本土裔文艺复兴”第一次浪潮中重要的代表人物。他出生于美国蒙大拿州的黑脚印第安保留地，父亲有爱尔兰血统，母亲是印第安人。他的主要文学成就除小说《血中寒冬》，还有《吉姆·罗尼之死》(*The Death of Jim Loney*, 1979)、《愚弄鸦族》(*Fools Crow*, 1986)、《印第安律师》(*The Indian Lawyer*, 1990)、《飞奔麋鹿的心曲》(*The Heartsong of Charging Elk*, 2001)和一部纪实文学作品《杀死卡斯特》(*Killing Custer*, 1994)。他的作品展现“文化毁灭及个人以讽刺和反讽的方式为文化生存努力，阻挠怀旧净化的可能性”。[②] 韦尔奇通过小说和纪实文学作品表达历史、文化遗产和美国印第安身份。

《血中寒冬》中不知名的叙述者也就是主人公，住在蒙大拿州

---

① 张琼. 莱斯利·马门·西尔科：行进与交融中的文化嬗变. [Z]. (2015-02-09) [2016-3-20]. http://www.chinawriter.com.cn/bk/2015-02-09/80059.html

② Vangen, Kathryn S. "James Welch" [A]. In Andrew Wiget (ed.). Handbook of Native American Literature [C]. New York: Garland Publishing, Inc. 1996: 466.

印第安保留地，他像韦尔奇一样具有黑脚和格罗斯文特族(Gros Ventre)印第安人的血统，与母亲和继父生活，但是，他孤独，对家少有情感，找不到生活的目的和方向。他寻找可以联结他与祖先土地的纽带，但个人悲剧和他曾经引以为豪的传统的瓦解一直折磨他。与主人公故事交织的是他祖母在黑脚部落历史中角色的故事。小说结尾时，主人公尝试重获与家庭和传统的联系，因此开始融化其血液里的寒冬，开始其疗愈过程。小说结构呼应莫马迪的《日诞之地》，由四个部分组成，反映了传统的典仪概念，意味着复原。由于小说中敏锐的诗一般的意象，及韦尔奇对蒙大拿保留地生活的现实描述，评论界认为《血中寒冬》是"美国本土裔文艺复兴"中重要的作品。

文化疏离问题同样展示在韦尔奇的《吉姆·罗尼之死》中。混血主人公罗尼努力寻找与家庭和社区有意义的联系，但是，似乎无法克服使其边缘化的社会力量。他受过去折磨，身陷他无法理解的无意义中，无法找到归属感。小说结局，罗尼死在印第安警察手里，这是罗尼自己精心安排的事件。吉姆与《血中寒冬》主人公有许多相似之处，他们都是混血儿，都是文化疏离者，但又有很多不同。珊丽(Kathryn W. Shanley)这样评述：《血中寒冬》的叙述者感觉自己"被白人和印第安人吃掉"，他暗指自己没有能力保持自己，或者说他既不适应白人也不适应印第安人，因为他接触的白人和印第安人不是辱骂他，就是利用他。吉姆的疏离感不是别人怎么看他或者对待他这个"混血儿"。白人对待他的行为只会导致他消极地看待自己。最终，吉姆身陷历史与文化之间，"黑暗与黎明"

之间无法逃离。[①]

《愚弄鸦族》的主人公"愚弄鸦族"与韦尔奇前两部小说主人公不同,他更像西尔科的塔佑,是个诗性智慧般的人物。他生活的世界告诉他寻求力量为自己命名,宇宙之力回应他的探索。他面对的困境是"玛丽亚斯大屠杀"(Marias Massacre of 1870)后,[②]如何活在当下,预知未来。"愚弄鸦族"的灵视寻求使他了解到,他族人未来的生活会更加糟糕:他看到孩子们在寄宿学校,正失去他们自己的文化。白人社会的入侵威胁他们的传统生活,他们必须选择战斗或者同化。韦尔奇以美国印第安人的视角揭露暴力和种族主义构成美国殖民基础,"强调主人公浸润在传统的皮库尼(Pikuni 黑脚印第安人)文化,展示有效的典仪和仪式生活"。"韦尔奇的小说因此描写了充分发挥作用的文化,这为对欧裔美国人的日益侵蚀和同化提供了一个有力的选择。从这个意义上说,韦尔奇的视野既是保护又是抵抗:正如欧文所评论,《愚弄鸦族》展现了'文化复苏意义上深远的行动'"。[③] 欧文这样评论这部作品,"无论形式还是内容,《愚弄鸦族》都成为有力的政治作品,为印第安作家增添

---

① Shanley, Kathryn W. "Jmes Welch: Identity, Circumstance, and Chance" [A] In Joy Porter and Kenneth M. Roemer (eds.). The Cambridge Companion to Native American Literature [C]. Cambridge: Cambridge University Press, 2005: 239.

② 又称 the Baker Massacre or the Piegan Massacre,印第安战争期间,美国军队 1870 年 1 月 23 号在蒙大拿领土屠杀派岗黑脚印第安人约 200 人,大部分是妇女、儿童和老年人。

③ Tillett, Rebecca. Contemporary Native American Literature [M]. Edinburgh: Edinburgh University Press, 2007: 47.

了新的信心，指引了新的方向”。[①]《印第安律师》是个当代小说，考察了一个在白人世界获得成功的年轻印第安律师的生活。韦尔奇的故事强调在欧裔美国人世界建构印第安身份的一些问题，说明“失去与部族联系必须承担代价”。[②]《飞奔麋鹿的心曲》的历史聚焦涉及印第安战争事件对拉科塔人的影响。保留地制度的推进导致部族文化身份错位，以及如狩猎等部落活动丧失，在这样的背景下，《飞奔麋鹿的心曲》追溯飞奔麋鹿的新职业：他随“水牛比尔狂野西部秀”剧团欧洲巡演，后来受伤，在法国期间因流浪受迫害。韦尔奇探讨飞奔麋鹿在法国试图文化协商而受挫。韦尔奇描写了“高度复杂的跨文化协商问题，范围涉及从相对简单的语言翻译（飞奔麋鹿说一点，或者不懂英语或者法语）到几乎无法逾越的概念及意识形态翻译的困境（飞奔麋鹿传统的奥格拉拉世界观）”。[③]

以上对三位主要作家代表作的简要分析，我们不难看出，尽管这些作家“来自不同的部族和文化背景，但是，他们的作品很大程度上有着共享的意识和相同的世界观，这种意识和世界观主要通过身份寻求阐明：‘印第安’或者混血儿在当代美国意味着什么？”[④]在他们的小说中，印第安人不再是“浪漫、悲惨、史诗般的”人物，他们“摈弃美国哥特体——鬼魂出没、负有罪恶的荒野和命

---

① Owens, Louis. Other Destinies: Understanding the American Indian Novel [M]. Norman: University of Oklahoma Press, 1994:26.

② Tillett, Rebecca. Contemporary Native American Literature [M]. Edinburgh: Edinburgh University Press, 2007: 47.

③ Ibid. 48.

④ Owens, Louis. Other Destinies: Understanding the American Indian Novel [M]. Norman: University of Oklahoma Press, 1994: 20.

定死亡的土著,坚定地使印第安人成为其他命运,其他情节的主人公"。[①] 他们的成功显然在他们的成就上:"莫马迪、韦尔奇和西尔科都通过用他们特别的文学风格和关心的问题明确地'反写/回写'欧裔美国文学传统,即他们通过传统的土著文化习俗和世界观来颠覆这些传统"。[②] 用欧文斯的观点来说,当代印第安小说是"文化连续性和复苏的地方叙事",[③]是印第安文化复苏的一个重要因素,"因为印第安作家现在开始掌控讲述其人民的声音,从非印第安人那里攫取为其部落辩护的权力。莫马迪突破性的获奖作品促进产生更加乐于接纳,聆听和理解印第安声音的读者,文化复苏只有在这种情况下才开始"。[④] 这三位作家都荣获了各种文学奖项,这确保他们的作品纳入美国文学正典,从而增强了他们作品的影响力。这些作家的创作为美国本土裔文学的发展壮大奠定了基础,为后来的新生代作家的创作指明了方向。

后来的作家和批评家在继承和发扬前辈作家的传统时,他们尽力超越大部分美国印第安文艺复兴作品的特点,即传统和同化的冲突(或者虚假的窘境)。路易丝·厄德里克、托马斯·金(Thomas King)、格雷格·萨里斯(Greg Sarris)、杰拉尔德·维兹诺(Gerald Vizenor)运用后现代策略和主题如杂糅和碎片,以便探

---

① Owens, Louis. Other Destinies: Understanding the American Indian Novel [M]. Norman: University of Oklahoma Press, 1994: 18.

② Tillett, Rebecca. Contemporary Native American Literature [M]. Edinburgh: Edinburgh University Press, 2007: 67.

③ Owens, Louis. Other Destinies: Understanding the American Indian Novel [M]. Norman: University of Oklahoma Press, 1994:22.

④ Jacobs, Connie A. The Novels of Louise Erdrich: Stories of Her People [M]. New York: Peter Lang, 2001: 9.

究美国印第安人身份新的可能性，继而掀起了有关保持独立的、民族的土著身份，以及强调融入土著和主流文化要素的杂糅、“混合”身份的益处和弊端的争论。下面一节着重从厄德里克的文学创作，讨论其作品与印第安文化的关系，以及她在建构印第安文学和文化中的重要作用。

第四节 厄德里克的文学创作
——继承与发展

凯伦·路易丝·厄德里克(Karen Louise Erdrich, 1954—)具有德、法、奥吉布瓦(Ojbwa, Ojibwe, or Ojbway)血统，[①]是龟山齐

---

① 奥吉布瓦又称齐佩瓦(Chippewa)系阿尼什纳比人(Anishinaabe, Anishinabe)的一支。阿尼什纳比包括阿尔冈昆人(Algonquin)、尼皮辛(Nipissing)、奥吉-克里(Oji-Cree)、原住民(Odawa)和伯塔瓦托米(Potawatomi)。最初，他们的家园版图在大湖两岸，现在的加拿大和美国，美国边界东至纽约，西部至东北的北达科他，以及这两部分之间加拿大南部所有的地方。白人殖民者对其领土的侵蚀使他们向更远的西部迁移，现在的家园从密西根延至蒙大拿，以及美国北部对应加拿大的土地。奥吉布瓦人有50多个分支，在加拿大称之为第一国家(Nations)或者群队(或译作游团，Bands)。尽管许多原居民，特别是加拿大原住民，采用民族/国家这个词，目的是强调他们自治的政治地位，其他原居民继续用部落和群队。这几个术语一般情况下是可以互换的，但是某种语境下，它们还有特殊的含义。群队/游团主要有20至几百人组成，缺乏政治组织，而部落具有强烈政治意义的组织。群队/游团的人们相互关联，但通常由于生存动机联合起来。部落是由若干群队组成，没有中心领袖，人员关系松散，通常比较民主。美国有时用Bands。

佩瓦注册成员，[①]是公认的印第安文艺复兴运动第二次浪潮的重要的代表人物，也是美国当代最有成就、创作力最为旺盛、最具国际声誉的印第安裔作家之一。她的文学创作涉及诗歌、长篇小说、短篇小说、儿童文学、回忆录和散文随笔，其创作力之旺盛，几乎每隔两三年就有一部作品问世，至今已经出版了长篇小说 15 部、短篇小说集 1 部、诗集 3 部、散文随笔 3 部，以及儿童小说 7 部。1984 年她的首部长篇小说《爱药》(*Love Medicine*，1984)出版，摘取当年全国书评家协会小说奖，以及当年的各种文学奖项(有关该书获得的各种奖项会在第二章中详述)，厄德里克因此马上成为炙手可热的、最红的本土裔美国小说家。自 1984 年《爱药》出版以来，厄德里克的作品始终备受读者和评论界的追捧和关注。她的作品深受印第安和非印第安读者的喜爱，某种程度上是因为她所探讨的主题对所有的读者是如此普遍常见，所以欧文评价道，“对非印第安读者和评论家而言，厄德里克创作的小说比其他大多数土著作家的小说更熟悉”，[②]而且，她将幽默置于重要的位置，这恰恰是许多其他受欢迎的土著作家缺乏的，这也许是她收获更多大

---

① 厄德里克大部分作品指涉这个特殊的群队/游团。他们的保留地坐落在北达科他北部部中心，接近加拿大边境，而厄德里克长大的瓦佩顿坐落在州的东南角落，在北达科他和明尼苏达州边上。当奥吉布瓦人被迫从东部大湖区迁移当今的居地，他们进入由苏族人的领地，但是目前，这两个部族在北达科他、南达科他都有保留地，两个部落的大部分成员居住在保留地外的乡村和小镇里。彼此文化接近，往往经历冲突、暂时相安无事，然后互相接受，最后通婚直至每种文化接受对方的语言、文化和灵修(spiritual practice)的某些方面，而保留其自己主要独特的部分。

② Owens, Louis. Other Destinies: Understanding the American Indian Novel[M]. Norman: University of Oklahoma Press, 1994: 27.

众读者的原因。但是,对厄德里克作品获得主流认可并赢得很高的声望也有不同的声音。斯蒂勒普(David Stirrup)在其著作《路易丝·厄德里克》开篇引用《基督教科学箴言报》(*The Christian Science Monitor*)上查尔斯对厄德里克《四灵魂》书评,“不管怎样,大部分白人有两个最佳路径接触美国土著:赌城赌博或者路易丝·厄德里克。我花在厄德里克上的钱,赢得某种实际价值的概率基本上是有保证的”。[①] 斯蒂勒普说明查尔斯复述了有关厄德里克作品的主要争议的一面,但是他略去了伴随其声望的焦虑问题。他指出有关厄德里克作品共同关注的问题是,美国土著“经历”的概念,不管怎样建构或者感知,是“稀释的”,不真实的。土著美国人的“视角”被主题化,它成为一个比喻、一个方法策略,或者是个象征来吸引特别的读者群。同理,厄德里克作品易于理解,以及/或者通俗(与托妮·莫里森、谭恩美,或者安妮·泰勒相比)要么导致,要么说明其作品的非政治性,使其对美国本土裔人的政治问题“无用”。斯蒂勒普认为,查尔斯强调种族和进入文化的问题遮蔽了一个非常简单而又重要的核心问题,即最根本的文学价值。他因而引用大卫·特罗伊尔(David Treuer)评价厄德里克的《爱药》“如此美丽、有力、如此新颖,很难不去为它争取祝福。但是,使其神圣……就毁其人性。把它当作文化就毁其文学性”。[②] 斯蒂勒普引用查尔斯和特罗伊尔旨在说明,厄德里克作品不仅具有种

---

① Stirrup, David. Louise Erdrich [M]. Manchester and New York: Manchester University Press, 2012:1.

② Treuer, David. Native American Fiction: A User's Manual [M]. St. Paula: Graywolf Press, 2006: 67—68.

族和文化内涵，同时其文学价值是不容忽视的。

事实上，在其30几年的文学生涯中，厄德里克荣获的文学奖项不胜枚举。她获得的主要奖项有：手推车诗歌奖、古根海姆学者奖、纳尔逊·阿尔哥伦短篇小说奖、7次欧·亨利短篇小说奖、2次全国书评家协会小说奖、司各特·奥台尔历史小说奖（该奖为促进理解文化多样性和种族主义）、美国国家图书小说奖、戴顿文学和平奖，以及美国国会图书馆美国小说奖等奖项。这些文学奖项足以说明厄德里克小说的艺术价值。厄德里克虽然经常被冠以美国印第安裔作家，但是她已经成为当代美国作家的领军人物，她的“作品不但长居于《纽约时报》的畅销书单中，同时也经常出现在大学的各类参考书目里，……她的作品引起大批学者和批评家们的研究兴趣”。[①] 厄德里克的小说和诗歌被收入多种文学选集，其小说的创作成就已经载入美国文学经典，成为“美国土著文学、女性文学、少数族裔作家、美国文学、比较神话、政治小说和当代文学”等学科研究的对象。[②] 作为少数族裔作家，厄德里克不仅能够从边缘发出声音，进入美国文学正典，而且其作品深受大众喜爱，所有这些充分显示了其作品的文学价值所在。

纵观厄德里克的作品，我们不难发现，她对口述传统的叙述结构、部落文化和印第安文化元素的发掘和阐释无不显示“文艺复兴”第一次浪潮作家对其文学创作的影响。虽然在访谈中，厄德里

---

① Jacobs, Connie A. The Novels of Louise Erdrich: Stories of Her People [M]. New York: Peter Lang, 2001: xiii.

② Jacobs, Connie A. The Novels of Louise Erdrich: Stories of Her People [M]. New York: Peter Lang, 2001: 1.

克对自己作品被贴美国本土裔作家的标签颇有微词。在 1986 年与赫莎·王的访谈中,她这样说道:

> 我想任何标签都是真实的,而且是一种沙文主义的产品,因为很显然,男性白人作家不会被贴上"白人男性作家"的标签。然而,这些标签在某些方面还是有用的。我可以是"女作家",或者任何人想用的标签。但是,我确实不喜欢这些标签。当然我背景的很大一部分,……以及许多主题是本土裔美国人的,我更喜欢仅仅是个作家。尽管我喜欢被大家熟知我来自龟山齐佩瓦部落,来自北达科他。因此而有名我很高兴,也为家乡的人民骄傲。[①]

尽管厄德里克不喜欢被贴标签,但是,其作品的确具有鲜明的印第安特征元素,具体说是奥吉布瓦的历史和文化。"她的人物、地理背景、主题、意象、情节和故事很大程度上取材于其本土遗产。……她的人物多数是土著和欧洲后裔的混血儿,他们生活在殖民环境下,有着物质和文化灭绝的历史"。[②] 她的作品在融合了西方现代文学手法的基础上,凸显语言意识、多重叙述、身份重

① Chavkin, Allan, and Nancy Feyl Chavkin. "An Interview with Louise Erdrich" [A]. In Allan Chavkinand Nancy Feyl Chavkin (eds.). Conversations with Louise Erdrich and Michael Doris[C]. Jackon, MS: University Press of Mississippi, 1994: 31.

② Madsen, Deborah L.. "Louise Erdrich: The Aesthetics of Mino Bimaadiziwin" [A]. In Deborah L Madsen (ed.). Louise Erdrich: Tracks, The Last Report on the Miracles at Little No Horse, The Plague of Doves [C]. New York: Continuum International Publishing Group, 2011: 2.

塑,将印第安口述文学的精髓在其小说中传承。

地方及与土地的联系是美国本土裔文学的重要主题,这方面厄德里克与福克纳十分相似。她的大部分作品始终聚焦北达科他印第安保留地,及其周围的白人城市:阿格斯、琥珀当斯(Hoopdance)、普路托和法戈城。像福克纳的约克纳帕塔法县一样,厄德里克所用的地理背景也是虚构的。如果我们考量一下厄德里克北达科他小说的出版顺序,就其所运用时空而言,所呈现的是她创造的历史和地理关系的广泛扩展与延伸的复杂网络。厄德里克虚构的北达科他地域景观首先在《爱药》(*Love Medicine*, 1984)确立,其时间跨度 1898 至 1984 年,地点主要在不知名的奥吉布瓦保留地。《甜菜女王》(*The Beet Queen*, 1986)主要背景在保留地外的小镇阿格斯,原住民人物较少,主要是德裔移民社区,时间从 1932 至 1972 年,通过芙乐·皮拉杰连接两个叙事故事。芙乐是《痕迹》(*Tracks*, 1988)中的主要人物,在小镇阿格斯发生一些事件后回到保留地,时间从 1912 至 1924 年。《宾果宫》(*The Bingo Palace*,1994)发生在 20 世纪晚期,时间大概在 80 年代后期或者 90 年代初期,但是小说时间框架因运用了回忆和倒叙而变得复杂;背景主要在保留地,部分有争议的是设在印第安保留地上的当代博彩问题。法戈和北达科他是《燃情故事集》(*Tales of Burning Love*,1997)主要背景,也有一些场景在阿格斯和保留地。其中有关利奥波德修女的宣福礼首先在《小无马保留地神迹的最终报告》(*The Last Report on the Miracles at Little No Horse*, 2001)展开,时间在 20 世纪 90 年代中期,加些 20 世纪 60 年代的回忆。《羚羊妻》(*The Antelope Wife*, 1998)背景在当代明尼阿波利斯,但是包括叙述人物八代的故事,他们的故事从当前时间

1945 年讲述。《小无马保留地神迹的最终报告》主要故事发生在小无马保留地，尽管小说回溯早期小说的历史时间(1910—1997)。《屠宰师傅歌唱俱乐部》(*The Master Butchers Singing Club*，2003)回到德裔移民人物，《甜菜女王》中的人物科特卡(Peter Fritzie Kozka)生活在阿格斯，探索德裔移民两次世界大战之间和奥吉布瓦人伤膝大屠杀之后的生活。《四灵魂》(*Four Souls*，2004)继续芙乐的故事，从其 1919 年离开保留地，来到明尼阿波利斯，为丧失皮拉杰的土地而复仇；小说在她 1933 年回到保留地结束，因此故事辗转于明尼阿波利斯和保留地之间。而芙乐的出生则展现在《手绘鼓》(*The Painted Drum*，2005)中，这部小说与《四灵魂》《宾果宫》和《痕迹》之间由保留地上印第安人的代理塔特罗(Jewett Tatro)和他的祖父联结起来。当老塔特罗离开保留地时，他随身带走了掠夺来的奥吉布瓦手工艺品，这样他联结了北达科他和新罕布什尔的背景，费伊(Faye)努力将手绘鼓归还它真正的主人，如此将故事推至 21 世纪。《鸽灾》(*The Plague of Doves*，2008))与前面小说的联系不是通过人物，而是通过地方：主要的背景小镇普路托曾经是部落土地的一部分，但是现在坐落在保留地边界外面。虽然《捉影游戏》(*Shadow Tag*，2010)的故事发生在现代，人物与前面的小说没有联系，但是小说的背景也在明尼阿波利斯。《圆屋》(*The Round House*，2012)和《拉罗斯》(*LaRose*，2016)与《鸽灾》一样，故事均发生于虚构的保留地小镇普路托。《鸽灾》《圆屋》和《拉罗斯》三部小说大致按照先后顺序叙述了普路托小镇从 1911 年到 2003 年近百年的历史，以及保留地世家中错综复杂的爱恨传奇。通过这些小说，厄德里克运用北达科他作为核心的地理位置，从而创造出时空交错的复杂故事网络。

就主题而言,仅以赫莎·王对厄德里克《爱药》主题的概括,我们不难发现厄德里克小说展现的主要主题是美国本土裔文学常见的:“地方(不同的表现为土地、家园/土地,保留地)对个人、社群和文化自我定位的重要性;讲故事给予个人和文化生存的力量;(在个人、社会、文化、历史和生态层面)疗愈(healing)的必要性;寻找身份(混血的,文化的);过去对现在的影响;殖民化后家庭破裂和重构、社群在争取延续性方面的中心地位;恶作剧者的幽默、智慧以及变形(shape shifting)作为喻说对原住民生存的必要性”。[①] 此外,家庭和母性/身份、环境问题、文化生存、历史意识也是厄德里克小说中鲜明的核心主题,这些使“厄德里克的作品进入日益增长的当代美国印第安文学网络”。[②]

作为一名混血作家,厄德里克深受两种文化的影响,这体现在她的小说创作上。赫莎·王(Hertha Wong)在其编辑的《〈爱药〉专题论文集》的引言中指出,厄德里克的小说既源于又背离欧裔美国文学,它从欧裔美国文学中汲取养分又与之有所区别。许多批评家强调福克纳对她的影响(聚焦世家传奇、特定地区的重要性、历史感困扰当下、运用多重声音和非线性叙事),或者广义而言,后/现代主义作家对她的影响。显然,厄德里克也是许多当代美国

① Wong, Hertha D. Sweet, ed. Louise Erdrich's Love Medicine: A Casebook [C]. New York/Oxford: Oxford University Press, 2000: 5.

② Rainwater, Catherine. "Louise Erdrich's Storied Universe" [A]. In Joy Porter and Kenneth M. Roemer (eds.). The Cambridge Companion to Native American Literature [C]. Cambridge: Cambridge University Press, 2005: 271.

本土裔作家中的一员，她把讲故事作为手段使那些过去和现在被剥夺或被边缘化的人民发声。正如厄德里克自己所言：当代美国本土裔作家独特的任务是，“面对巨大的损失，他们必须讲述当代幸存者的故事，保护并赞美灾难后存留的文化核心”。[①] 厄德里克的主张契合了欧文有关美国印第安小说是“文化连续性和复苏的地方叙事”的观点；从厄德里克有意识地通过小说这个媒介为恢复印第安文化所做努力，我们可以看到厄德里克作为印第安裔作家的责任感。

虽然厄德里克的小说背景和主题具有鲜明的族裔性特征，但是，她往往以普世的方式展示其主题，如用爱、恨、情、仇、疾病、贫困和死亡等编织其故事。这样，她的小说能够在任何文化背景的读者中产生共鸣，这也许是她能够赢得大众读者青睐的原因之一。“一般而言，没有任何美国印第安文化的知识，或者具体的奥吉布瓦故事和文化知识，读者依然能够阅读她的作品。然而，对美国印第安读者来说，她的故事从深层次回应他们自己的经历，或者，也许是印第安亲戚或者朋友的经历，其结果是真实性的反映，这在大多数已经出版的作品中无法找到，而这些作品仅仅是关乎印第安人，但不是由印第安人书写的”。[②] 沃什伯恩强调了厄德里克作品中隐含的印第安人经验，哈芬则认为厄德里克的作品体现了“欧裔

---

① Erdrich, Louise. "Where I Ought to Be", In Wong, Hertha D. Sweet (ed). Louise Erdrich's Love Medicine: A Casebook [C]. New York/Oxford: Oxford University Press, 2000:48.

② Washburn, Frances. Tracks on a Page: Louise Erdrich, Her Life and Works [M]. Santa Barbara, California: Praeger, 2013:10.

美国小说传统语境下的齐佩瓦经历”；[①]而斯蒂勒普阐明厄德里克小说的特点，“她小说抒情诗般的特质、丰富而又栩栩如生的人物、文本的自然景观是受赞誉的主要对象”，她的作品“兼有反讽和悲悯、复杂的情节和练达的语言、巧妙的叙述转折及寻求哲学和伦理难题”，[②]这些是厄德里克作品赢得大众读者和学界好评的重要因素，斯蒂勒普接着强调，归根结底厄德里克成功的根本是，她具有“描写许多人所理解为‘齐佩瓦经历’的能力，同时创新地运用‘欧裔美国人小说传统’——成功地驾驭‘两可之间’”(betwixt and between)。[③]

厄德里克小说中人物基本上是纯血(奥吉布瓦人/齐佩瓦人)、混血儿/梅蒂斯(奥吉布瓦人与法国人混血)和白人(欧裔美国人)，他们来自不同宗族，不同社群，共同居住在北达科他保留地及附近城市。厄德里克的这些小说构建了一个复杂的、引人入胜的叙事网络，讲述几个家族、几代人的生存故事，表现一个多世纪动荡变化的家族、政治和社会的历史，其中包括齐佩瓦人遭受瘟疫、被剥夺土地、种族暴力和基督教侵袭的历史，以及这些社群之间经历相互冲突，最后彼此交融的历史。厄德里克表征历史凸显印第安文化与白人文化对立与错位、排斥与融合、冲突与影响的复杂关系，表现其人物的命运和精神世界，体认生命的意义，探究世界的终极存在。正如沃什伯恩指出“将其个人的文化背景应用到奥吉布瓦

① 转引 Stirrup, David. Louise Erdrich [M]. Manchester and New York: Manchester University Press, 2012:3.

② Stirrup, David. Louise Erdrich [M]. Manchester and New York: Manchester University Press, 2012: 2-3.

③ Ibid.

人历史和文化中，厄德里克打破了高贵与野蛮、善与恶、我们与他们的疆界，展示给读者的是，在印第安/奥吉布瓦和欧洲西方的双重文化背景内土著人民的生活掠影。她故事中奥吉布瓦人和非土著人物都享有基本的人性”。[①]

① Washburn, Frances. Tracks on a Page: Louise Erdrich, Her Life and Works [M]. Santa Barbara, California: Praeger, 2013: 13.

第二章　厄德里克生平及艺术成就

混血是一个作家的巨大的财富。我一只脚踏在部族的土地上，另一只在普通的中产阶级生活中。

——路易丝·厄德里克

如前一章所述，路易丝·厄德里克自1984年长篇小说《爱药》问世，她始终受到读者和评论界的追捧和关注；先后获得纳尔逊·阿尔哥伦短篇小说奖、欧·亨利短篇小说奖、全国书评家协会奖、司各特·奥台尔历史小说奖，以及美国国家图书小说奖等奖项；厄德里克已经成为当代美国作家的领军人物，她的"作品不但长居于《纽约时报》的畅销书单中，同时也经常出现在大学的各类参考书目里，……她的作品引起大批学者和批评家们的研究兴趣。"[①]厄德里克的小说和诗歌被收入多种文学选集，其小说的创作成就已经载入美国文学经典，成为"美国土著文学、女性文学、少数族裔文学、比较神话、政治小说和当代文学等学科研究的对象。[②]

---

① Jacobs, Connie A. The Novels of Louise Erdrich: Stories of Her People [M]. New York: Peter Lang, 2001, x iii.

② Ibid. 1.

第一节 生平略传

厄德里克的父亲拉尔夫·路易斯·厄德里克(Ralph Louis Erdrich)是德国后裔,喜爱冒险。17岁时拉尔夫一边玩牌一边做厨师助手,一路工作到阿拉斯加,不时给家里寄些钱补贴家用。他们家也住在明尼苏达州小福尔斯(Little Falls)。二战时拉尔夫在空军服役,退役后受益于《退伍军人权利法案》(GI Bill),他得以去学校读书,获得教师资格证后,他开始新的冒险,去北达科他龟山齐佩瓦印第安保留地教书,在那里遇见部落酋长帕特里克·古诺(Patrick Gourneau),一个健谈,一个是讲故事的好手,拉尔夫和帕特里克成为好朋友。拉尔夫经常去帕特里克家里拜访,当然,更重要的原因是,帕特里克有个漂亮的女儿丽塔·乔安妮·古诺(Rita Joanne Gourneau),那时丽塔在瓦佩顿公立学校(The State School of Service)就读。他们在北达科他州贝尔考特圣安教堂结婚,长女凯伦·路易丝·厄德里克于1954年6月7日在明尼苏达州小福尔斯(Little Falls)的圣玛丽医院降生,他们共孕育了7个子女。厄德里克和她的兄弟姐妹都在北达科他红河谷的瓦佩顿小镇长大,瓦佩顿距离龟山保留地南部有四五个小时的车程。拉尔夫和丽塔都在镇里一所由印第安事务局开办的学校里教书,但是他们的孩子不在父母教书的学校就读。厄德里克在瓦佩顿学校就读,先在齐默曼(Zimmerman),后在圣约翰天主学校,最后在瓦佩顿(Wahpeton)高中毕业。

厄德里克的童年与那些20世纪50和60年代中西部小镇长

大的孩子一样普通。不同寻常的是,她父母是教育工作者,从小培养他们孩子阅读、写作和语言技巧,还积极鼓励他们写故事,另一方面,她来自混血家庭,而小镇绝大部分人口是主流的欧裔美国人。厄德里克经常谈到,她的外祖父是讲故事高手,其父亲也很健谈。讲故事是美国印第安传统的一部分,父亲拉尔夫鼓励其所有的孩子们把听到故事书写出来,每写一个故事给 5 美分,厄德里克后来开玩笑说这些 5 分硬币是她最开始的稿酬。母亲为鼓励孩子们的童年创作,亲自为孩子们的手稿制作封面。厄德里克在一次访谈里提到,她甚至还不会写字时,母亲就为她做好了故事书的封面,厄德里克在书里画图画,然后给母亲讲述图画里的人在说什么。正如沃什伯恩(Washburn)指出的,"……这么早,儿童时代,厄德里克可能已经认识到文字的金钱价值和美学价值,以写作为生具有可能性"。[①] 丽塔和拉尔夫家里没有多少书籍,但他们经常带孩子们去图书馆。家里零散的几本书,《植物学》《动物园》《马乔里晨星》(*Marjorie Morningstar*),也许最重要的是《约翰·唐纳被虏历险记》(*A Narrative of the Captivity and Adventures of John Tanner*),[②]孩子们在他的故事中挖掘他们奥吉布瓦祖先的痕迹。拉尔夫凭记忆为孩子们背诵罗伯特·弗罗斯特、罗伯特·W·赛维思、亨利·沃兹沃思·朗费罗和阿尔弗雷德·丁尼

---

① Washburn, Frances. Tracks on a Page: Louise Erdrich, Her Life and Works [M]. Santa Barbara, California: Praeger, 2013:19.

② 唐纳 1790 年 10 岁时被肖尼(Shawnee)印第安人俘获,在奥吉布瓦族长大,完全被同化,掌握索尔托语,娶印第安女人为妻,在西北部为欧洲人做向导,为皮货贸易站做翻译。1830 年,他在纽约出版了《约翰·唐纳被虏历险记》,讲述其 30 年在北美内地与印第安人生活的经历。

生的诗歌。父母的鼓励支持是厄德里克走上文学道路的重要源泉。事实上,厄德里克的两个妹妹丽丝和海德都成为荣获各种荣誉、奖项和赞誉的作家。高中时代,厄德里克开始阅读诗歌,以写日记的形式继续写作,记录她的观察和经历。

作为教育工作者,父母高度重视孩子们的教育。高中毕业后。厄德里克申请新罕布什尔州的汉诺威(Hanover)达特茅斯学院,厄德里克说,她母亲了解达特茅斯,为女儿写信索取有关入学信息和材料。达特茅斯是一所历史悠久的常青藤自由艺术学院,创立于1769年;此前,学院奠基者依利扎维洛克牧师已经在康涅狄格州创立了一所以教育本土裔美国人为主的学校。达特茅斯建校之初,其办学宗旨界定为,服务于"印第安青年和其他人的教育事业",[①]但是具有讽刺意味的是,自其创办以来至1972年秋,在该校的毕业生中实际上只有12名美国土著学生。也许是学院重视美国印第安人教育吸引了厄德里克的母亲,对厄德里克来说,也许学院刚刚设立的美国土著课程更具吸引力。1972年达特茅斯学院发生了巨大的变化,一方面,达特茅斯学院结束了200年只收男生的历史,开始招收女生,(它是常青藤学院中最晚接纳女生的学院),厄德里克是首批就读该学院的女性;另一方面,该学院首次设立"美国土著研究"系。大学里,厄德里克主修英语和创作,兼修美国土著研究课程。人类学家、作家迈克尔·多瑞斯受聘担任"美国土著研究"系主任,并教授《美国土著研究》课程,厄德里克选修《美国土著研究》课程时与未来的丈夫多瑞斯相识。但那时,他们只是

① Chavkin, Allan, ed. The Chippewa Landscape of Louise Erdrich [C]. Tuscaloosa: University of Alabama Press, 1999:116.

师生关系。2009 年,厄德里克在达特茅斯学院做毕业生主题发言时回忆道,1972 年秋,她从家乡飞往波士顿,再转乘小型通勤客机最终达到新罕布什尔的黎巴嫩。这种小型通勤客机不仅载乘客,还运输“家畜”(livestock)。厄德里克说,“她感到非常害怕离家越来越远,害怕要到学校,害怕飞行,害怕转机”。[①] 到校后,厄德里克发现每个人都比她懂得多,她努力学习,奋起直追。其次,她还要半工半读,课余时间开始做早餐快餐厨师,后来在贝克尔图书馆缩微部做研究助理。夏天她回到瓦佩顿,在城里游泳池做过救生员,在修路工地做过信号旗手等其他工作。1976 年厄德里克大学毕业获得文学学士学位。毕业后,厄德里克做过各种各样的工作,这些经历为她后来的文学创作提供了丰富的素材。1977 年至 1978 年,厄德里克在北达科他艺术委员会做访问诗人和教师;1979 年,她获得约翰·霍普金斯大学创意写作文学硕士,毕业论文诗歌成为后来出版的诗集《篝灯》(*Jacklight*);1978—1979 年她担任约翰·霍普金斯大学写作教师;1979—1980 年厄德里克为波士顿印第安委员会资助的报纸《循环报》做过一年的通讯主管和编辑;1980 年她为查尔斯·梅里尔公司(Charles Merrill Company)撰写教科书。此外,厄德里克还做过其他工作,如在北达科他瓦佩顿甜菜地拔草,在瓦佩顿、波士顿和纽约的锡拉丘兹(Syracuse)做过服务员,在佛蒙特州医院做过精神病治疗助理,在监狱里教过诗歌,以及写作大赛的评委。

研究生毕业后,厄德里克应邀回达特茅斯学院朗诵诗歌,在此

---

① Washburn, Frances. Tracks on a Page: Louise Erdrich, Her Life and Works [M]. Santa Barbara, California: Praeger, 2013: 20.

她与迈克尔·多瑞斯再次相遇。诗歌朗诵会结束后，他们促膝谈心；互相交换通信地址，多瑞斯即将赴新西兰的奥克兰大学讲学，而厄德里克则去新罕布什尔州的麦柯道尔聚居区当研究员。他们的书信往来一直延续至 1980 年的整个年份，情感不断升温；也许是命中注定，他们在 1980 年同一天回到达特茅斯学院，这次厄德里克的身份是驻校作家；1981 年的 10 月 10 日，厄德里克与多瑞斯走进了婚姻的殿堂。多瑞斯单身时就已收养了美国土著的孩子雷诺·亚伯、杰弗里·萨瓦和艾德琳·汉纳(Reynaud Abel, Jeffrey Sava, Madeline Hanna)，结婚 1 年后，厄德里克正式收养了他们。婚后，厄德里克夫妇生育了三个女儿。

20 世纪 80 年代，他们的婚姻是文坛上的金色伉俪。多瑞斯成为厄德里克的文学合作伙伴、经纪人，与她共同促进美国本土裔文学的发展(关于他们的合作在下节详述)。但是家庭悲剧在 20 世纪 90 年代悄然而至，1991 年 9 月，他们的长子 23 岁的亚伯不幸发生车祸身亡，亚伯是多瑞斯《断带》(*The Broken Cord*，1989)“胎儿醇中毒综合征”(FAS)的研究对象。《断带》荣获美国国家书评会非小说奖，被拍成电影，多次获奖。多瑞斯收养的三个印第安孩子雷诺·亚伯、杰弗里·萨瓦和艾德琳·汉纳都患有“胎儿醇中毒综合征”，主要临床特征为患儿智力低下，特殊面容和多种畸形，具体行为表现包括记忆力差、认知缺陷、思考障碍、冲动行为以及精神健康失常，如焦虑和抑郁等等。导致中毒综合征的原因是母亲在妊娠期间嗜酒，从而造成胎儿在宫内与出生后生长发育的障碍。亚伯因为无法识别红绿灯才导致悲剧发生。1994 年他们第二个养子萨瓦威胁多瑞斯和厄德里克，控告他们虐待儿童，要求赔偿 15000 美元；厄德里克夫妇到丹佛参加审理，两次开庭，陪审团不予接受萨瓦的指控。但是,萨瓦的律师指控多瑞斯身体虐待和厄德里克沉默的共谋,有些陪审团成员认为这至少是有可能性的。这次经历也许是他们夫妇婚姻问题的导火索,这也许是导致他们多年婚姻崩溃的催化剂。1995 年厄德里克与多瑞斯分居,逼近离婚的痛苦情感在 1996 年加剧了。多瑞斯四个女儿从 4 岁到 24 岁,包括他收养的艾德琳都指控多瑞斯性骚扰和家庭暴力。孩子们向当局陈述,每当她们没有达到父亲的期望,多瑞斯就会大发雷霆,大打出手。这个令人震惊及毁灭性的消息彻底打破了公众心中完美夫妻、完美家庭和多瑞斯善良父亲形象。1997 年,在正式提起控诉前,多瑞斯在新罕布什尔小汽车旅馆服用大量安眠药,喝了几盎司伏特加,头缠塑料袋自杀。人们 4 月 11 日发现了他的尸体,这一天恰是多瑞斯要接受达特茅斯美国土著研究建系 25 周年授予荣誉的日子,这一天也是多瑞斯将要被起诉猥亵儿童罪的日子。他的自杀终结了所有的调查,但也留下许多没有解答的问题。逝世余波久久未平,各种谣言四起。后来,厄德里克在采访中说,多瑞斯多年为抑郁症和失眠所困扰,在他们结婚第二年多瑞斯就有过自杀倾向。多瑞斯离世后,厄德里克搬回明尼阿波利斯,居住在多瑞斯和三个女儿曾经生活的房子里。她继续创作,抚养孩子,甚至与多瑞斯的养女艾德琳和解。她的工作和孩子们都在明尼阿波利斯,但她经常回瓦佩顿,回龟山保留地,在其父母、兄弟姐妹以及她长大的社区中获得安慰,因为在那里,她不再是流言蜚语漩涡中的著名作家,在那里她只是路易丝,是女儿、姐妹和朋友,她最终走出阴霾。2000 年她第二次婚姻的女儿出生,她的丈夫 Tobasonakwuk 是奥吉布瓦传统的医者。2010 年厄德里克出版《捉影游戏》,她在小说中剖析了“偶像”般的婚姻解体的原因,这也许是对他们婚姻的反思，也许是对流言蜚语的回击。2009 年厄德里克重回达特茅斯学院，接受荣誉文学博士学位并作毕业典礼演讲。2010 年夏天，厄德里克不幸被查出早期乳腺癌，在家人和朋友的关怀下，厄德里克与病魔顽强抗争，最终在 2011 年走出病痛的阴霾，康复。

厄德里克与家人现居明尼阿波利斯，她笔耕不辍，新作不断问世。2000 年她和家人开设一家非营利性书店，取名“桦树皮书屋”(Birchbark Books)。书屋表达了厄德里克对奥吉布瓦和天主教文化传统敬意。对奥吉布瓦人来说，桦树皮几乎可以制作一切东西——器皿、储藏容器和独木舟。厄德里克说：“我们给书店取名‘桦树皮书屋’是为向北美这块土地最早的书籍表达敬意”。书店内部由天主教的告解室隔开，这个告解室是厄德里克在建筑回收店买的，她承认买告解室是因为她“破天荒想坐在神父的告解室里”。妹妹海德建议用它作听 CD 和磁带的亭间，母亲认为作摆放有关罪过的书籍更好，最终告解室只作装饰之用，内置 1837 年奥吉布瓦条约的影印件，到底谁对谁有罪，极具讽刺意味。桦树皮书屋是自成一家的邻家书店，经营印第安历史与文化方面的书籍，以及印第安手工艺品，如串珠、豪猪刺编织的手工艺品等等。书屋也是艺术中心，每年邀请著名的，以及新锐小说家、诗人举办读书会，如美国本土裔作家迪尔(Ada Deer)、哈娇(Joy Harjo)、金(Thomas King)、诺思拉普(Jim Northrup)、特鲁戴尔(John Trudell)都曾在书屋介绍他们的作品，并留下签名作；厄德里克也经常在书屋网页上发表博文。

第二节 艺术创作及成就

在获奖的相关系列长篇小说和短篇小说中，厄德里克始终聚焦北达科他这块土地，在那里，她的祖先相遇、融合，以英美文学传统展现齐佩瓦族经历。许多批评家认为厄德里克的小说创作忠实其土著祖先的神话和艺术想象，率直地探索了现代美国印第安人和混血儿面对的文化问题。也有评论家认为，“厄德里克的成就在于，她所编织的作品本身超越了作为受政治主宰人民的后裔——当代美国本土裔美国人生活，探究更大的普世问题——身份问题、模式与无序性，以及生命自身的意义”。[①]

一、创作之源

“混血是一个作家的巨大的财富。我一只脚踏在部族的土地上，另一只在普通的中产阶级生活中”。[②] 厄德里克的祖父来自德国一座名叫普福尔茨海姆(Pforzheim)的小镇，第一次世界大战后，他离开德国来到美国，在厄德里克的出生地明尼苏达州小福尔斯开了一家肉店。他的家庭是典型的移民家庭，孩子们在贫困中

---

① "Louise Erdrich" [Z]. [2016-04-03]. https://www.poetryfoundation.org/poets/louise-erdrich

② Farry, Eithne. " Love and Erdrich's Ojibwe Heritage". In Louise Erdrich's *Love Medicine* ("About the Book", p11). New York: Harper Perennial Modern Classics, 2005.

长大，长时间地拼命工作，试图出人头地。母亲的法裔祖先可以追溯到皮货商和探险家（voyageurs），其奥吉布瓦祖先是大湖部落最大的一支。奥吉布瓦意为“皱褶”（puckered），指的是他们穿的鹿皮靴上打褶裥的缝线。奥吉布瓦人是一流的猎手，他们捕猎，与欧洲殖民者交换皮货。因为土地贫瘠，生长期短，这块土地从来没有过密集的移民，因而奥吉布瓦能够保存他们大部分的传统文化和语言。外祖父母居住在北达科他龟山保留地。外祖父帕特里克·古诺（Patrick Gourneau）曾经做过龟山齐佩瓦保留地部落酋长多年，他会串珠，是帕瓦仪式的舞者，也是非常出色的讲故事的人。作为龟山保留地部落酋长，古诺敬奉奥吉布瓦传统信仰，同时又是虔诚的天主教徒。外祖父教厄德里克文化和宗教，赋予她创作灵感。厄德里克保有许多儿时的美好记忆：拜访保留地上的祖父母和聆听家族故事，有些记忆已经浮现其作品里；聆听父母讲述许多20世纪30年代大萧条时期保留地生活及德国移民城市生活的故事，这些构成了厄德里克生活的重要部分，她后来提到聆听家族故事某种程度上对她的文学创作有着重要影响。父母对她写作的鼓励和支持也是她走上文学生涯的重要源泉。虽然厄德里克按天主教徒养大，但作为混血儿，厄德里克深受两种文化浸染。她今天的创作成就离不开奥吉布瓦文化和西方文学传统的滋养。在一次采访中厄德里克列举了她在学徒期喜爱的作家：莎士比亚、马克·吐温、约翰·巴斯、威廉·福克纳、薇拉·凯瑟、威廉·巴特勒·叶芝、弗拉基米尔·纳博科夫等；厄德里克说，琳达·霍根、谭恩美、珍妮特·温特森（Jeantte Winterson）、A. S. 拜厄特、詹姆斯·韦尔奇、乔伊斯·卡洛尔·欧茨和玛格丽特·阿特伍德都是她敬仰的作家，而安吉拉·卡特、加西亚·马尔克斯、薇拉·凯瑟、吉恩·瑞斯(Jean Rhys)、艾德丽安·里奇(Adrienne Rich)、简·奥斯汀以及福克纳和托妮·莫里森等等是对她产生直接影响的作家。[①] 大量西方文学经典阅读培养了她对语言的敏感性及艺术的感受力,拓宽了视野,为其日后的艺术创作奠定了坚实的基础。

20 岁时,厄德里克十分清醒地认识到作家是她毕生要选择的职业。达特茅斯学院的大学生活让厄德里克开始对自己的奥吉布瓦背景发生兴趣。正如她后来所说,"达特茅斯的课程确实强调保持你的传统的重要性"。[②] 1977 年夏天,厄德里克在内布拉斯加州林肯市做一档关于北部平原印第安人的大众电视纪录片,这段经历使她有机会进一步了解美国印第安人,加深了自己对美国本土裔种族不断增长的兴趣。在波士顿做《循环报》编辑时,厄德里克在市内的一个印第安社区工作,发现这段经历与她早期接触保留地印第安生活完全不同。在那里,她遇见很多与她一样的混血儿,意识到她自身的土著传统是她生命的重要组成部分,是她想要写的某种东西。事实上,她开始发现自己"被迫"书写自己作为混血本土裔美国人的经历。[③] 正如她接受迈克尔·舒马赫(Michael

---

① Chavkin, Allan and Nancy Feyl Chavkin, eds. Conversations with Louise Erdrich and Michael Dorris [C]. Jackson: University Press of Mississippi, 1994: 221—222, 232—233.

② Wong, Hertha D. "An Interview with Louise Erdrich and Michael Dorris" [A]. In A. Chavkin and N. F. Chavkin. (eds.). Conversations with Louise Erdrich and Michael Dorris [C]. Jackson: University Press of Mississippi, 1994:33.

③ Stookey, Lorena L.. Louise Erdrich: A Critical Companion [M]. Westport: Greenwood Press, 1999: 4.

Schumacher)采访时说,“我没有选择素材;是素材选择了我”。[①]

二、初试啼声/与夫合作

厄德里克以写诗开始其文学生涯,还在大学时代,她在《飞镖》(DART)[②]杂志上以凯伦·厄德里克发表 4 首诗歌和 1 篇短篇小说。此外,《女士》(*Ms*)杂志刊登了厄德里克的诗歌,这是她首次获得公众认可的作品。读硕士学位期间,她创作了许多诗歌,1984 年这些诗歌结集出版名为《篝灯》(*Jacklight*),与此同时,她着手创作其进行中(a novel-in-progress)的小说,取名《痕迹》(*Tracks*),但是该小说在 10 年后的 1988 年才出版。正如厄德里克自己所说,“我的文学生涯以写诗开始,我在诗歌中讲故事,后来认识到,除非你是弥尔顿写出鸿篇巨著,否则,诗歌没有足够的空间讲故事。……我认识到我要成为小说家”。[③] 1978 年至 1982 年间厄德里克发表了许多诗歌和短篇小说,但是这一时期她主要以写短篇小说为主。

厄德里克在学界崭露头角,并不断获得读者的广泛认可离不开丈夫多瑞斯的鼓励、支持与精诚合作。他们的婚姻和职业生涯紧密相连。早在婚前的通信中,厄德里克就把自己的短篇小说《红

---

① Stookey, Lorena L.. Louise Erdrich: A Critical Companion [M]. Westport: Greenwood Press, 1999: 4.

② 《飞镖》系文学杂志,由英语系教研组主办,1976 年杂志停办。

③ Coltelli, Laura. "Louise Erdrich and Michael Dorris" [A]. In Allan Chavkin and Nancy Feyl Chavkin (eds.). Conversations with Louise Erdrich and Michael Dorris [C]. Jackson: University Press of Mississippi, 1994:23.

色敞篷车》(*The Red Convertible*)寄给多瑞斯评价。结婚之初,他们便开始有益的合作尝试。新婚的夫妻,经济窘迫,他们以笔名迈路·诺斯(Milou North)发表系列传奇小说,期望获得可观的收入,改变家庭的经济状况。他们在格兰瑟姆(Grantham)采访中说,“迈路·诺斯是迈克尔(Michael)加上路易丝(Louise)再加上他们的居住地北方(North)”而成,他们有“1篇小说发表在《红书》(*Redboook*)杂志上,其余的在欧洲发表。其大致的主题是家庭危机——金钱、旧爱复燃之类的事情”。[①] 令他们失望的是,这些故事没有给他们带来预想的收益,但追忆过去,厄德里克认为,“在作家成长的岁月,按规定写作(write to spec)并不是一件坏事”,[②]她认为这是很好的练习,从中他们学会了针对定向读者群体采取特定风格的写作原则。1982年,厄德里克从一个亲戚获知有关小说写作大赛的消息,但是离截止日期只有几天的时间。在丈夫多瑞斯鼓励下,厄德里克决定参赛。当时家里有很多客人,又正值孩子们放假,厄德里克只能把自己关在厨房里,全神贯注,写就短篇小说《世上最了不起的渔夫》(*The World's Great Fisherman*),与多瑞斯多次讨论后定稿,参加“纳尔逊·阿尔格伦小说奖(Nelson Algren Fiction Award)”竞赛,在2000多名参赛者中脱颖而出,摘取了“纳尔逊·阿尔格伦短篇小说奖”,赢得5000美元奖金。这个

---

① Grantham, Shelby. "Intimate Collaboration or A Novel Partnership"[A]. In Chavkin, Allan and Nancy Feyl Chavkin (eds.). Conversations with Louise Erdrich and Michael Dorris [M]. Jackson: University Press of Mississippi, 1994:10.

② Chavkin, Allan, ed. The Chippewa Landscape of Louise Erdrich [C]. Tuscaloosa: University of Alabama Press, 1999: xi.

颇具声望的奖项真正开启了厄德里克的文学创作生涯。同年，厄德里克获得美国国家艺术基金会奖助金（National Endowment for the Arts Fellowship），次年，她又发表了诗歌和小说。诗歌“印第安寄宿学校”荣获“小手推车奖”（a Pushcart Prize），短篇小说《地磅》（Scale）赢得“国家杂志小说奖”（the National Magazine Award for Fiction）并上榜 1983 年美国最佳短篇小说。国际笔会辛迪加小说项目（PEN Syndication fiction project）选定她的短篇小说在《卡森·杜普雷的神圣感孕》（"*The Immaculate Conception of Carson Du Pre*"）出版。

厄德里克和多瑞斯的文学合作初见成效，此后，他们的文学合作日臻成熟，取得了卓越的成果。在后来的一次次采访中，厄德里克和多瑞斯强调他们的写作计划，这些计划最终以厄德里克或者多瑞斯的名字发表小说。短篇小说的成功使厄德里克和多瑞斯深信他们可以继续合作写一部长篇小说。事实上，是多瑞斯使她看到之前发表的小说《红色敞篷车》《地磅》和《世上最了不起的渔夫》同属于“一系列情节片断”，它们“可以连成一个很长很长的故事”，但是，他们需要找到更大叙事结构，这些独立的故事才能“相互协调”成为长篇小说。[①] 他们花了一年半的时间思考、讨论小说里面的人物，一起散步，想象小说里的场景，甚至坐下来画人物的画像，最终厄德里克的第一部长篇小说《爱药》（*Love Medicine*）于 1984 年问世，这是厄德里克文学创作生涯的重大突破，为此，多瑞斯做出了最重要的贡献。是他帮助情节设计，策划小说中故事的次序。

---

① Stookey, Lorena L.. Louise Erdrich: A Critical Companion [M]. Westport: Greenwood Press, 19: 8.

尽管有一段时间厄德里克拒绝改变最初的故事次序，但最终，多瑞斯和霍尔特出版社的编辑使她相信原来的次序是令人困惑的。[①]尽管这是他们合作的小说，多瑞斯没有署名，他说，厄德里克是作者，“我手拿铅笔阅读”，这意味着他扮演编辑的角色，是“厄德里克做最终决定”。[②] 为推动《爱药》的出版，多瑞斯亲自做厄德里克的经纪人，在亨利·霍尔特出版公司接受出版《爱药》之前，他联系了很多家杂志社，寄出小说的部分章节并附上介绍厄德里克的长篇信函，最终获得霍尔特出版公司肯定。1984 年《爱药》一经出版，立即获好评如潮。托妮·莫里森、菲利普·罗斯、安·泰勒都给予了高度的评价。路易斯·欧文斯（Louis Owens）评价道，“除了 N·斯科特·莫马迪 1969 年获普利策奖的《日诞之地》的显著地位外，没有哪一位美国印第安作家像厄德里克第一部小说《爱药》那样即刻获得巨大成功”。[③]《爱药》如此畅销，其销量不仅超越了先前的印第安作家任何小说，而且获得评论界的奖项也非常引人注目。它赢得了“每月一本读者俱乐部”的高度评价，并且顺利摘取了 1984 年全国书评家协会奖，所获奖项还包括美国艺术暨文学

---

① Grantham, Shelby. "Intimate Collaboration or A Novel Partnership", in Chavkin, Allan and Nancy Feyl Chavkin. Eds. Conversations with Louise Erdrich and Michael Dorris. Jackson: University Press of Mississippi, 1994, p17.

② Grantham, Shelby. "Intimate Collaboration or A Novel Partnership", in Chavkin, Allan and Nancy Feyl Chavkin. Eds. Conversations with Louise Erdrich and Michael Dorris. Jackson: University Press of Mississippi, 1994, p17.

③ Owens, Louis. Other Destinies: Understanding the American Indian Novel[M]. Norman: University of Oklahoma Press, 1994:192.

学会最佳处女作奖(American Academy and Institute of Art and Letters award for the Best First Novel)、弗吉尼亚·麦考马克·史考利(the Virginia McCormack Scully Prize)1984年关于印第安人或墨西哥裔美国人最佳图书奖、前哥伦布基金会颁发的美国图书奖(the American Book Award from the Before Columbus Foundation)以及《洛杉矶时报》该年度最佳小说奖。1985年,该小说又获得了由美国文学艺术院颁发的苏·考夫曼奖,但是,对厄德里克来说,最获益和最有威望奖项当属1985年的古根海姆奖(Guggenheim Fellowship)。古根海姆奖由美国国会议员西蒙·古根海姆及妻子于1925年设立的古根海姆基金会颁发,每年为世界各地的杰出学者、艺术工作者等提供奖金以支持其继续探索和发展,涵盖自然、人文社会科学和创造性的艺术领域,不受年龄、国籍、肤色和种族限制;资助时间长达一年。从此,厄德里克集中精力进行小说创作。

1984年版的《爱药》由14篇相互联系且又独立的故事组成,1993年厄德里克对《爱药》进行修订,增加4篇故事。《爱药》讲述拉马丁和喀什帕两个家族三代人的故事;小说人物众多,关系复杂,时间跨度从1934年到1984年。故事的中心人物是露露·拉马丁和玛丽·喀什帕,她们是两个家族的祖母,又是情敌,在她们所爱的人尼科特得了老年痴呆去世后,两人冰释前嫌,联合起来,共同捍卫印第安人的传统文化。很多感人的故事都通过她们的家族关系和情敌关系讲述:文化身份失与得、遭受天定命运(Manifest Destiny)驱赶至资源稀少保留地的齐佩瓦人艰难求生存以及他们的勇气和智慧复苏的故事。露露和玛丽代表齐佩瓦部落成员既相互联系又相互冲突的两个部分:传统文化和天主教文化(欧洲殖民者强加给齐佩瓦人,又经过他们改造的一种天主教形式)。另一个重要的人物是利普夏,玛丽·喀什帕抚养长大的年轻人。通过他寻找爱药的真谛,读者看到了印第安人的希望所在。

小说的独到之处,故事由不同叙述者轮番讲述,一章中通常有几个叙述者,读者听到的不是"独唱"而是"合唱",[①]如小说以琼·喀什帕在晚春大雪中死亡开篇,但故事转入厨房谈话,琼生活中重要的亲属围坐餐桌旁,讲述她的故事,这样,有关琼是谁,她为什么离开保留地,为什么又回来的事实就呈现在读者面前。这种集体讲述(communal storytelling)奠定了琼尽管死后也是社群一员的地位,她活在社群复杂的记忆网中,同时使读者知道琼·喀什帕和她的生命为什么非常重要,她不能为自己言说,但有他人为她代言。"情节的复调特征(polyvocality)确立了集体身份的重要性,当叙述者们讲述琼的故事,他们必然要展现自己,以及他们在家族和文化身份复杂网络中的地位"。[②] 另外,小说中各个独立的故事由一个循环的结构联结成整体:以琼在归家途中死亡开篇,以她的儿子利普夏把她的魂灵带回家结束。这种循环结构既契合印第安人生死轮回、万物相连的循环观,又呼应了"印第安文艺复兴"作家开启的归家(homing-in)主题。《爱药》的成功奠定了厄德里克的叙述风格,在她后来的许多作品中都运用这种多声叙述的方式。

1984年秋,霍特尔出版公司还出版了厄德里克的第一部诗集《篝灯》。《篝灯》中的诗歌聚焦土著和非土著文化之间的冲突,但

---

① Washburn, Frances. Tracks on a Page: Louise Erdrich, Her Life and Works [M]. Santa Barbara, California: Praeger, 2013:32.

② Ibid. 33.

是诗集也歌颂了家庭纽带和族亲关系，诗歌中有自传的沉思、戏剧性独白、爱情诗以及奥吉布瓦神话和传说的描述。厄德里克的大部分诗歌是叙事诗，经常运用戏剧独白，如《屠夫之妻》直接讲述故事。正如罗蕾娜·劳拉·斯图基(Lorena Laura Stookey)指出的，“厄德里克成熟的文学生涯以诗人开始，……在她的抒情散文中，在她灵活运用的意象和隐喻中，在其小说中运用的模式化的结构和重现的母题中”，[①]我们能够看到其长篇小说和诗歌有交集的地方。诗歌中一些标题诗、人物以及水的意象出现在其后来的短篇小说和长篇小说中。例如，第二首标题《爱药》的诗探究了与其第一部小说《爱药》类似的主题，也涉及了水的意象；在另一首诗《水之书》(The Book of Water)中，厄德里克不仅涉及具体的阿尼什纳比(Anishnaabe)意象温迪戈(Windigo)，[②]而且还援引一些天主教的意象；诗中的人物“一步半瓦莱夫斯基”(Step-and-a-Half Waleski)成为她后来小说《屠宰师傅歌唱俱乐部》(*The Master Butcher's Singing Club*)中的中心人物。“在这一点上来说，阅读《篝灯》是对厄德里克生活的一个回顾，也是她未来作品隐秘的预告”。[③]

---

① Stookey，Lorena L.. Louise Erdrich：A Critical Companion [M]. Westport：Greenwood Press，1999：8.

② 温迪戈(Windigo)：英文中也拼写为 windigo，weendigo，windago，waindigo，windiga，witiko，wihtikow 等，是一种食人的怪物，源自于美国和加拿大阿尔冈昆族(Algonquian)印第安人的传说。它们被认为是遭恶灵附身的人类变化成具有人类或怪物特征的食人怪物，它们在面临危险的情况下同类相食，并且传说似乎已经强调把这种做法列为禁忌。

③ Washburn，Frances. Tracks on a Page：Louise Erdrich，Her Life and Works [M]. Santa Barbara，California：Praeger，2013：33.

1986 年，厄德里克的第二部小说《甜菜女王》(*The Beet Queen*)出版。尽管小说并未赢得任何奖项，但是小说大卖。“小说显示了厄德里克通过描写人物的行动和心理活动展示人类行为的天赋”[①]，这里的人物包括白人和印第安人。小说由过去已经发表的 12 篇短篇小说发展而来，大部分短篇是在 1986 年《甜菜女王》出版之前发表的，所以小说给人仓促之感。

接下来 1987 年厄德里克夫妇发表了许多短篇小说，也获得了很多奖项。同年，多瑞斯也加入撰写长篇小说之列，发表了他的第一部长篇小说《蓝水河上的黄木筏》(*The Yellow Raft in Blue Water*)，获得许多奖项提名，最后未能拿到任何奖项。1988 年，厄德里克的第三部小说《痕迹》出版，上榜《纽约时报》畅销书榜单。厄德里克在约翰·霍普金斯大学时便开始《痕迹》的创作，前后花费了 10 年时间，不断修订，终得出版。期间，她将手稿中删节部分写成短篇。之前在《哈珀斯杂志》上发表的《陷阱》(Snares)就取自该手稿，后被收入 1988 年《美国最佳短篇小说》。《痕迹》与《爱药》和《甜菜女王》一样属短篇小说成套故事集(short story cycle)，较之标准的长篇小说，其结构松散，每章的故事可以独立成篇，没有开始、发展和结局，但是每篇故事的主题、背景和人物都服务于一个连贯的整体。

《痕迹》涉及两个重要主题：丧失土地及伴随的文化和社群的毁灭；天主教对阿尼什纳比人的影响。《痕迹》是讲故事的杰作，实际上也揭露了道斯法案和天主教对美国印第安社群造成的毁灭性

---

① Washburn, Frances. Tracks on a Page: Louise Erdrich, Her Life and Works [M]. Santa Barbara, California: Praeger, 2013:33.

后果。小说人物复杂，特别是宝林·蒲叶特(Puyat)和芙乐·皮拉杰进入美国文学中刻画最好的人物之列。有关这部作品及人物会在后面章节中进行详细探讨。

1989年多瑞斯的文学创作也取得了可观的成就。他的《断带》荣获全国书评家协会奖，同年多瑞斯获得颇具声望的国家艺术资助项目的艺术创作奖金(A National Endowment for the Arts creative writing fellowship)。这样，厄德里克夫妇有足够的经济基础，多瑞斯得以减少学术工作，从达特茅斯的全职教授职位退下来，成为兼职教授，因而可以有更多的时间投入创作。厄德里克又回到诗歌创作，1989年她出版了第二本诗集《愿洗》(*Baptism of Desire*)。诗集的标题出自天主教晦涩的教义；诗集本身涉及精神性(spirituality)和宗教的杂糅形式，即天主教和土著价值的冲突与融合。《愿洗》中有些诗的意象采自天主教和阿尼什纳比的神话和传说。诗集由无标题的五个部分组成；第一部分涉及天主教仪式和神秘主义，而第四部分由阿尼什纳比主题的短篇故事或者叙事诗构成；第二部分继续厄德里克在《篝灯》中“屠夫之妻”部分的叙述；第三部分只有一首名为《许德拉》(Hydra)的诗；第五部分12首诗歌关乎个人情感和沉思。诗集中大部分诗歌是厄德里克在怀孕期间创作的，所以诗集中包含关注母亲身份和孩子诗歌。厄德里克在创作《许德拉》时怀有身孕，诗中她唤起其未出世的婴儿和神话中蛇的形象，而言者把自己比作圣经中的母亲夏娃和玛丽，该诗受高度赞扬。尽管《愿洗》没有给他们带来巨大的经济回报，但它是厄德里克不断增加的出版目录中的又一部重要之作。

20世纪90年代，厄德里克夫妇似乎成了美国梦的象征，他们成为从资深的文学杂志到小镇报纸争先采访的对象。《路易丝·厄德里克和迈克尔·多瑞斯访谈录》(*Conversations with Louise Erdrich and Michael Dorris*)于 1994 年出版,选录了 1983 年到 1992 年间的访谈。1990 年 5 月厄德里克入选《人物》(*People*)杂志评选的美国当年最美的 100 名人物。厄德里克夫妇获得共同创作小说《哥伦布的桂冠》(*The Crown of Columbus*)的合同,出版社预支他们 150 万美元。该书旨在以美国印第安人的视角向哥伦布发现美洲大陆 500 年致敬。《哥伦布的桂冠》是唯一署名多瑞斯和厄德里克两个人名字的作品,小说集历史、传奇、侦探小说和诗歌于一体,于 1991 年出版。评论界反应不温不火,赞誉声微弱。熟悉厄德里克夫妇生活的读者会发现小说中的男女主人公分明是他们自己。他们没有创造与他们自己性格完全不同的人物,而是选择把他们自己直接写入故事,把他们自己明确地植入小说情节。“小说似乎落入俗套,令人不爽,再次让人回想起他们早年合作的迈路·诺斯传奇小说”。① 但是,小说确实大卖,蝉联《纽约时报》畅销书单 7 周之久,是最为广泛阅读的美国本土裔文学作品之一,但是厄德里克和多瑞斯的写作声誉某种程度受损。

虽然学界对《哥伦布的桂冠》反应平平,但是,20 世纪 90 年代早期,多瑞斯和厄德里克还有一些好消息降临。1991 年,多瑞斯被任命为“救助儿童基金董事会”成员(the Board of Directors of Save the Children Foundation),并荣获莎拉·约瑟法·霍尔文学

① Washburn, Frances. Tracks on a Page: Louise Erdrich, Her Life and Works [M]. Santa Barbara, California: Praeger, 2013:43.

奖(the Sarah Josepha Hale Literary Award)。[①] 1992 年,厄德里克获得由西部文学协会颁发的一项奖(the Western Literature Association);电影版的《断带》已经发行并赢得多项奖项。此外,多瑞斯的小说《晨光女孩》(*Morning Girl*)夺得司各特·奥台尔(Scott O'Dell)年轻读者最佳历史小说奖,他关于津巴布韦的随笔赢得了由"人类学和新闻学中心"(the Center for Anthropology and Journalism)颁发的奖项,并获得海外出版俱乐部(Overseas Press Club)的表彰。

这期间厄德里克继续创作她的第四部小说《宾果宫》(*The Bingo Palace*),小说于 1994 年出版。《宾果宫》继续讲述厄德里克早期小说人物的故事。主人公利普夏·莫里西是《爱药》中琼的儿子、露露·拉马丁的外孙,露露是《痕迹》中芙乐·皮拉杰的女儿。利普夏是个无所事事的浪子,回家见外祖母露露,寻求俘获女孩肖尼·罗伊(Shawnee Roy)芳心的建议。小说的主线围绕利普夏寻爱展开,真爱追寻逐渐获得回报,但是,其他人物和副线与主线交织缠绕。厄德里克的故事讲述不乏幽默,例如,冰雪皇后的食物大战,利普夏灵的视寻求(Vision Quest)醒来发现自己紧紧依偎着一个讲话的臭鼬等等。小说结构比《甜菜女王》严谨,但是不如《痕迹》。评论界好评如潮,但是,评论家开始不把厄德里克的小说看成独立的个体,而是把它们看作是相互联系且不断进行的长篇故事。事实上,评论界把《爱药》《甜菜女王》《痕迹》和《宾果宫》看

① 莎拉·约瑟法·霍尔文学奖是新英格兰的一项奖,自 1956 年始,该奖每年由美国新罕布什尔州纽波特的理查兹自由图书馆信托公司颁发,以资奖励文学领域卓越的作品。

作"北达科他四部曲"。四部曲中的每一部都有一个中心意象，即描绘自然的元素，分别为水、空气、土地和火，这些元素与印第安人信仰的自然神相呼应。1993 年，厄德里克做《美国最佳短篇小说》(The Best American Short Stories, 1993)客座主编。1994 年，厄德里克为《福尔肯》(*The Falcon: A Narrative of the Captivity and Adventures of John Tanner during Thirty Years Residence among the Indians in the Interior of North America*)的再版撰写导言；《福尔肯》1830 年首次出版，名为《囚徒的讲述和约翰·塔纳福历险记》(*A Narrative of the Captivity and Adventures of John Tanner*)，1956 年再版，1994 年再次出版，在导言中，厄德里克写到，1956 年版的《福尔肯》是她外祖父帕特里克·古诺藏书的一部分，她儿时读过。

三、婚姻/合作之殇

这对文坛夫妇在各自采访中热情地表达他们是彼此欣赏的合作伙伴、爱人、父母亲，并一直在各自发表的作品中彼此互相题献。在公众的眼中，厄德里克和多瑞斯是迷人的文学超级明巨星，令人羡慕。但是，他们的个人世界正摇摇欲坠，面临崩溃。1994 年，养子起诉遭受厄德里克夫妇虐待，虽然未损他们的公众形象，但这个事件导致或者加速了多瑞斯和厄德里克婚姻的破裂，也许他们的婚姻问题早已经存在多年，最终 1995 年厄德里克与多瑞斯分居。

1995 年在多瑞斯和厄德里克的合作关系和婚姻解体之际，厄德里克发表了自己首部非小说作品《蓝松鸦之舞》(*The Blue Jay's Dance: A Memoir of Early Motherhood*)。在本书的题献中，厄德里克没有直接提多瑞斯，而是引用了歌德改写的玛丽安妮·冯·维勒默尔(Marianne Von Willemer)的诗句：你唤醒了我心底的这本书/你把它献给我/因为我身心愉悦地说出的词语/是你甜美生活的回响。当然，引用的诗句可以理解是献给多瑞斯的，但该书是关于怀孕和分娩的，那么引文更像是献给其孩子的。而且题献很长，在第二段提到多瑞斯在他们的新罕布什尔农舍写作，而厄德里克则在马路对面的小房子里写作。显然，从地理位置上说，他们作品上是分开的。正如弗朗西丝·沃什伯恩指出的，"书中的主题使她很方便将她的作品与多瑞斯的分开，同时，给她从婚姻中喘息的空间"。[①]

1996 年厄德里克从家里搬出，据厄德里克夫妇的朋友乔伊·哈娇(Joy Harjo)说，厄德里克决定创造一个新的身份，与多瑞斯分开的身份。他们的婚姻和合作关系持续了 14 年，他们合作的时间已经超出预想的好多年。尽管厄德里克在 1988 年访谈中强调，没有多瑞斯她不能继续创作。但是，分居后她的创作确实继续进行。1996 年厄德里克出版了《燃情故事集》(*The Tales of Burning Love*)，也许在开始创作时他们夫妇还在一起，作品可能是在他们分居之后完成的。厄德里克沿用她以往的写作策略，把已经发表的 4 篇短篇小说修改，扩展成长篇小说。像《爱药》中的人物琼一样，小说的中心人物杰克·毛瑟在小说开场时已经死去，而他在幸存者讲述自己和关乎他的回忆中获得了新生。厄德里克和多瑞斯的关系也在小说中有所体现："她的婚姻，尽管

① Washburn, Frances. Tracks on a Page: Louise Erdrich, Her Life and Works [M]. Santa Barbara, California: Praeger, 2013:52.

安全,使她保持头脑清醒。作为法戈重要人物的妻子既令人满足,又受太多限制。……当地报纸会报道她的每一个行动,她20世纪初的房子让人羡慕。……她以其独创的、甚至有点古怪的插花而闻名,……她的报纸专栏……一句话,她已经成为令人钦佩的女人"(TBL 220)。[①]

也在1996年,厄德里克发表了第一部儿童文学作品《祖母的鸽子》。全书共32页,大部分是插图,故事简单,但充满神秘的奇幻色彩。故事一开始,性格古怪的祖母宣布,她要骑海豚(porpoise)去格陵兰岛旅行。祖母走后,家人发现她留在房间鸟巢里的三枚蛋神奇般地孵化成三只鸽子,经鸟类专家鉴定,这些是候鸽,目前已经绝种。之后,科学家、记者络绎不绝地拜访这个家庭。故事以孩子们在夜晚将鸽子放生结局。故事主题牵涉环境保护主义和殖民主义是显而易见的。欧洲殖民者踏上北美大陆时,这里有50多亿只旅鸽;由于土地开垦,森林破坏,人和家畜的大量捕杀,食用其肉,甚至用作肥料,到19世纪末,已减少到很难见到几只鸟的小群。当人类采取保护措施时已太迟,1900年最后一只野生旅鸽被杀死。《祖母的鸽子》没有沿用厄德里克以往的写作策略,故事不是曾经发表的短篇小说的扩展。厄德里克挑战不同的创作题材时,她得以用另一种方式表达其独立,脱离与多瑞斯的合作关系。1997年4月多瑞斯自杀,厄德里克与其丈夫的婚姻和合作关系最终画上了句号。

---

① Edrich, Louse. Tales of Burning Love. New York: Harper Collins, 1997: 220. 本书接下来出现厄德里克小说的引文皆用小说的缩略加页码。

四、“老根新芽”

弗朗西丝·沃什伯恩在《一页上的痕迹》(*Tracks on a Page*, 2013)中写道,厄德里克在1988年的采访中说,没有多瑞斯,她将不会继续写作,那时她是诚挚的;但是,到1996年他们分居并提起离婚诉讼,厄德里克改变了主意,也许她更加了解自己了。他们当时声称合作写作如此紧密,有时无法分清发表的作品到底谁写了什么,因此,分居后及多瑞斯自杀后,如果不是出版商,至少是读者,想发现厄德里克的独立写作是否在质量、数量和风格上与多瑞斯作为编辑及合作者时发表的作品相同。[①]

多瑞斯离世后,厄德里克1998年出版了首部小说《羚羊妻》(*The Antelope Wife*)。在题献中,厄德里克把此书献给她的5个孩子,但也包括一个卷首语,“此书写在我丈夫去世前。他的家人以爱铭记他”。沃什伯恩认为,这与其说是厄德里克的题献,倒不如说是她的免责声明。厄德里克为自己,为她的孩子们言说;厄德里克曾说过,她相信死者应该安息。逝者已矣,有关多瑞斯的调查文件在他逝世后永远封存了。多瑞斯自杀的第二天,厄德里克在《西雅图邮讯报》的文章中明确表明,多瑞斯和他随之而来的自杀系私人的、家庭事务,有关逝者的任何流言蜚语和猜测都是过分、不合情理的。《羚羊妻》以其冷峻犀利的笔调表现本土裔美国人的绝望、奇迹和幽默。小说可能写于厄德里

---

① Washburn, Frances. Tracks on a Page: Louise Erdrich, Her Life and Works [M]. Santa Barbara, California: Praeger, 2013: 62.

克与多瑞斯分居后和他自杀前，厄德里克刻画了一个公众眼里迷人的、具政治意识的主人公理查德·怀特哈特·珠子（Richard Whiteheart Beads）；他自私、自我中心，在前妻罗金娜（Rozina）与另一个男人结婚当天他多次自杀。罗金娜无法与他共同生活，在他第一次自杀时提出离婚诉讼，几年后，在理查德最终自杀后，罗金娜选择沉默，回到保留地的家从事传统的串珠工作，与她幸存的女儿和其他家庭成员共度时光。厄德里克不能预言她的生活与小说里的主人公相似，但是，与多瑞斯生活的那些年，他的抑郁、自杀的想法和表达显然影响了她的创作。理查德与多瑞斯有相似之处，但是多瑞斯的朋友和相识不愿接受他是遭受自杀折磨，经常对孩子实施暴力，对妻子和她的作品施加控制影响力的人。

自多瑞斯逝世后，厄德里克多年一直抵触在公共场合谈及他的自杀和他们婚姻的实际情况。只有在2010年《巴黎评论》的访谈中，她谈了这个痛苦的话题。采访人莉萨·韩礼德问厄德里克与多瑞斯合作《哥伦布的桂冠》的经历与写作其他作品的经历有什么不同。厄德里克回答：

> 我一直没有过多谈及同迈克尔工作的感受，部分原因是我感到有些不公平。他不能为自己讲述。我们曾经一起做每一件事情。他让我做他的遗稿保管人我很感动。（It touches me that he left me as his literary executor.）我想他相信我一定（遵守他的诺言）会很好地执行，我已经尽力去做。……所以很难澄清是非，因为这是我的看法，我看问题的方式。他生前不断地操控我们的故事/叙述。我厌倦所有陈旧残余的臆断，人们得继续生活还能做什么呢？

我愿意迈克尔作为作家有他自己的生活,而不是觊觎我作为作家的生活。但是他情不自禁。所以同意写《哥伦布的桂冠》时,我确实提出了一个条件,至少是我的想法,如果我们共同写这本书,那么我们能坦率地工作——分开工作——当然,事实上,我们一直是这样做的。[①]

厄德里克的陈述,回答了过去访谈中经常问的问题:以他们个人名义发表的作品都是他们共同创作的吗?显然,厄德里克的回答是否定的。那么厄德里克为什么让多瑞斯享有这样的荣誉呢?厄德里克在韩礼德的采访中继续说道:

我想让他快乐。他是那种别人想让他快乐的人。人们一直这么做,他们尽力让他快乐,但是,他自身内心深处没有这种可能性,他不可能真正地快乐,或者,他不能独自快乐。[②]

弗朗西丝·沃什伯恩在分析他们的关系时指出,厄德里克爱这个男人,所以她尽力让他快乐,可是似乎是她越让他快乐,他便要求越多。在他们婚姻早期,厄德里克陷入他的要求、他的暴怒中,无法打破这个循环。那么除了他们公开表明他们永恒的爱情和他们每件事上的合作,她能做什么呢?她认为共同写一本书,两个人的名字同在书的封面会让他满意,然后他们可以作为个体自由写作,她虽然没有直接表明,但是厌恶他要求署名她的作品。她说道:

---

① Halliday, Lisa. "Louise Erdrich, The Art of Fiction No. 208" [Z]. [2015-09-21]. https://www.theparisreview.org/interviews/6055/louise-erdrich-the-art-of-fiction-no-208-louise-erdrich

② Ibid.

> 所以我有写《哥伦布桂冠》的想法；我做了很多研究工作，这是计划。我们可以一起写作，因为你可以写你的部分，我写我的，我们的名字都会在封面上。
>
> ……我希望《哥伦布桂冠》是迈克尔想要的。现在够了，我们真正合作了。相反，这成为他想要每部作品的开始。当他告诉我，他想要每部作品都有我们的名字，我内心的某种东西——我想是作家——不能再忍受，这是漫长终结的开始……①

就此，厄德里克搬到他们新罕布什尔房子马路对面的小房子写作。也许，《宾果宫》和《燃情故事集》都是在多瑞斯的审视之下完成的。然而，在他们生活在一起的后几年，厄德里克在其写作计划上，如《蓝松鸦之舞》关乎怀孕、初为母亲的体验，而《祖母的鸽子》系儿童故事，尽力选择远离多瑞斯参与的题材。

当韩礼德继续探究为什么多瑞斯那么想成为作家，厄德里克没有像 13 年前回避这个问题，她回答：

> 也许是因为我喜欢写作，他那么爱我；也许是因为他是个优秀的作家；或者也许——我这么说不是否定或者评判，因为不管他们承认与否，作家的情况就是如此——迈克尔非常喜欢与身份有关的一切事情。他喜欢与其他作家聚会，喜欢成为文学界的一部分。他会回复每个给他写信的人。我不喜欢

---

① Halliday, Lisa. "Louise Erdrich, The Art of Fiction No. 208" [Z]. [2015-09-21]. https://www.theparisreview.org/interviews/6055/louise-erdrich-the-art-of-fiction-no-208-louise-erdrich.

做这样的“作家”。[①]

沃什伯恩认为，厄德里克描述了两种类型的作家：内向型和外向型。多瑞斯显然是外向型的，而厄德里克是内向型。外向型作家能够把自己关在房间独自写作，但是只能是固定量的时间。他们需要社会活动，渴望作为一个成功作家应得的关注。对他们而言，写作和出版业是最终获得积极反馈的手段。而内向型的作家更喜欢独处，时间都花在填写空白纸页。对他们而言，写作即目的本身，获得成功出版的关注是某种必须忍受的事情，而不是去寻求和享受，签字售书是他们不得不去做的事情。当然也有中间型的作家，即有时是内向型，而有时又是外向型。内向型和外向型结合的婚姻可以互补。厄德里克和多瑞斯婚姻开始时是如此，但是，随着时间的推移，外向的人似乎开始操控。沃什伯恩用了一个比喻说明厄德里克夫妇的关系，“园丁在他们的院子种了蒲苇，长势很好，但让园丁不安的是，蒲苇自然播种，开始侵占其他植物，不铲除，它会危及院子里所有的植物”。[②] 厄德里克在韩礼德的访谈中谈到，她继续让多瑞斯接手她的职业生涯。她说：

> 开始就有迹象，我忽略了，或者甚至是竭尽全力地鼓励。……事实上，我累了。《爱药》和《篝灯》1984 年出版，那

---

① Halliday, Lisa. "Louise Erdrich, The Art of Fiction No. 208" [Z]. [2015-09-21]. https://www.theparisreview.org/interviews/6055/louise-erdrich-the-art-of-fiction-no-208-louise-erdrich.

② Washburn, Frances. Tracks on a Page: Louise Erdrich, Her Life and Works [M]. Santa Barbara, California: Praeger, 2013:70.

> 时我孩子小,《甜菜女王》出版时,我生了二女儿。这样的女人能做什么呢?疲倦的女人让她的丈夫去做访谈,因为她有两件最幸福的事情——婴儿和写作。然而,访谈在一定程度上影响了写作。我照镜子就看到迈克尔。我开始偷偷写作,写出长篇小说,不给他看。[①]

也许这本小说就是《羚羊妻》。对该小说评论与《哥伦布的桂冠》的不温不火截然不同。

《纽约时报》评论员角谷美智子(Michiko Kakutani)热情地敦促厄德里克的读者避免从《羚羊妻》情节中寻找厄德里克私人生活的影子。他认为,所有作家的作品都来自他们个人的生活经验,所以故事与作家个人生活之间具有相似性是不可避免的。他指出,《羚羊妻》是厄德里克非凡写作技艺的"杰出"展现,这是他对该作品想说的一切。

厄德里克向她的读者和文学评论者证明,她是一位具有才华的作家,不需要多瑞斯的"合作",或者编辑工作,没有他的影响,她照样能够做得很好。她的下部作品《小无马保留地神迹的最终报告》(*The Last Report of the Miracles at Little No Horse*)[②]将在2001年出版,但是对厄德里克来说,1998至2001年之间这3年是丰富而有益的,她蓄势待发。

---

① Halliday, Lisa. "Louise Erdrich, The Art of Fiction No. 208" [Z]. [2015-09-21]. https://www.theparisreview.org/interviews/6055/louise-erdrich-the-art-of-fiction-no-208-louise-erdrich.

② Ibid.

五、生机勃发再创奇迹

2001年至2003年间，厄德里克出版了5部作品：小说《小无马保留地神迹的最终报告》、儿童故事《永恒牌火炉》(*The Eternal Range*, 2002)、《屠宰师傅歌唱俱乐部》(*The Master Butcher's Singing Club*, 2003)、随笔《奥吉布瓦国的书与岛》(*Books and Islands in Ojibwe Country*, 2003)和诗集《原始的火焰》(*Original Fire*, 2003)，其中后3部作品都是2003年出版的。厄德里克非凡的创造力不仅体现在她对小说、诗歌和儿童故事不同题材的作品的把握，而且所有这些作品既畅销又获业界好评，这本身某种程度上就是个奇迹。

《羚羊妻》写于多瑞斯去世前，某种意义上说，1999年是厄德里克创作生涯的转折点，她发表《桦树皮小屋》(*The Birchbark House*,1999)，标志她走出伤痛的阴霾，开始其文学创作的新篇章。《桦树皮小屋》是厄德里克的第二部儿童故事。1996年发表《祖母的鸽子》时，她的三个女儿最大的只有12岁；《桦树皮小屋》献给她的女儿珀西亚(Persia)，在致谢页，厄德里克感谢珀西亚，并表明此后的系列故事试图追溯其家族历史。《桦树皮小屋》从奥吉布瓦小女孩奥玛凯阿丝(Omakayas)的视角讲述其家族故事。《桦树皮小屋》出版当年既获业界好评，又入选各种畅销榜单和推荐书单：美国图书馆协会青少年十大历史小说、美国图家书馆协会编辑推荐书单、《纽约时报》推荐童书、《出版者周刊》最佳图书；同时，《桦树皮小屋》荣获该年度美国国家图书奖提名，并进入最后竞逐。

2001年《小无马保留地神迹的最终报告》(以下简称《报告》)

问世。《报告》中的人物把我们带回其早期的作品:《痕迹》《爱药》和《宾果宫》。厄德里克说,这部作品的创作始于1988年。主人公是阿格斯(Argus)本地的神父达米安,他在《爱药》和《痕迹》中是个次要人物,他把社区中所有的忏悔泄密给一个作家,结果这个作家是厄德里克本人。小说情节围绕罗马教廷委派牧师调查保留地修女利奥波德的圣徒身份展开,因为人们认为利奥波德身上发生了很多神迹;但是《报告》是关于达米安的故事。她其实是阿格尼斯·德威特(Agnes DeWitt),做过修女,回归凡世,又遭遇丈夫去世、在红河水泛滥中,碰到洪水中死去的神父达米安,她换上他的圣袍,女扮男装,成为达米安神父,来小无马保留地布道,默默地帮助保留地居民精神需求80余载,通过她的回忆,读者从新的视角看到厄德里克前期作品中熟悉的许多人物和事件。厄德里克的故事讲述融合了幽默与伤感、传奇与梦幻、智慧与诗意,这些是其最佳小说的典型特征。小说关乎性别政治、宗教政治,但是,厄德里克认为这些是显在的,厄德里克最想表达的是,“她(阿格尼斯·德威特)所做的这种重要的人生选择,以及这个选择如何影响了她的生命”,以及“一个牧师在许多方面皈依了那些他/她要归化的人”。① 《报告》获业界好评,且多次再版,入围美国国家图书小说奖决选名单。

2002年,厄德里克的第二部童书《永恒牌火炉》②出版。故事

① Mudge, Alden. "Louise Erdrich explores mysteries and miracles on the reservation" [Z]. (2001-04) [2016-03-26]. https://bookpage.com/interviews/8091-louise-erdrich#.Wb3VcYUmQ6o.

② 本人曾在发表的文章中译为《永恒的火炉》,感觉宋赛楠译的《永恒牌火炉》更贴切。

的讲述者，年轻的母亲，回忆她孩提时代住在北达科他龟山部落保留地时，家里一只蓝色搪瓷火炉的故事。火炉不仅仅提供热量，火炉散发出的光和温暖可以抵御夜晚的恐惧；在小女孩的眼里，炉火投在墙上的影子，变成了一幅幅很久很久以前大草原的画面：肥沃的牧草，成群的野牛、狼群、狐狸群，小女孩儿看到了永恒的牧场。厄德里克通过小女孩儿看到的画面把火炉上前面凸起的文字"永恒牌火炉"(The Range Eternal)联系起来，因此，"Range"不仅仅是"火炉"的含义，也具有"牧场"之意，它包含了作者对已经消逝的"牧场"的缅怀。几年后，年轻的母亲在古玩店发现了"永恒牌火炉"，把它买回家，她把心中的记忆讲给丈夫和儿子听。这个恬静温暖、集记忆和想象的故事，把几代人联结起来。全书虽然只有32页，但是温馨，富有童趣，适合儿童阅读。

2003年，厄德里克的第二部非小说《奥吉布瓦国的书与岛》(以下简称《书与岛》)发表。《书与岛》是厄德里克的游记，但是，在某种意义上也是回忆录。她和丈夫带着她们18个月的女儿驱车前往加拿大的伍兹湖。厄德里克的第二任丈夫是加拿大的灵疗师(spiritual healer)、巫医(medicine man)，其职责负责举行汗屋仪式，指导那些4天隐居进行灵视寻求(vision quest)的人，他的工作与基督教的牧师相似，很受尊敬，但不同的是，灵疗师没有薪水。书的大部分是关于伍兹湖的历史和文化信息，也包括有关古老的岩画描写。当代奥吉布瓦人把岩画看作"教义和梦的指导"，也看作艺术作品。厄德里克游历了雷尼湖(rainy lake)，拜谒了真正的书岛，100多年前，探险家，奥吉布瓦人的朋友(Ernest Oberholtzer)在此建立了非凡的图书馆，藏书11000多册。最后，厄德里克得出结论，书应该保存，应该分享，是书的存在使她找到了慰藉，因此永不孤独。这样岛与书交汇，构成此书的标题。

2003 年，厄德里克还发表了诗歌和小说。与以往小说一样，《屠宰师傅歌唱俱乐部》（以下简称《俱乐部》）中部分内容以短篇小说形式发表过，如“屠夫之妻”发表在《纽约客》上。《俱乐部》既获业界好评又畅销。与其早期作品不同的是，《俱乐部》转向关注其父亲德裔美国人的历史与文化。厄德里克在一次采访中说，《俱乐部》是根据她祖父的经历创作的，2003 版小说封面上的年轻屠宰师就是其祖父 17 岁时的照片，厄德里克以其丰富的想象力编织了其德裔和美国印第安裔祖先的传奇故事。小说长达 388 页，是厄德里克最长、最规模宏大的作品之一，其长度几乎与和多瑞斯合著的《哥伦布的桂冠》媲美。

诗集《原始的火焰》（*Original Fire*：*New and Selected Poems*）也在 2003 年出版。诗集中的许多诗选自前两部诗集，也包括一些新诗，主题涉及妊娠、分娩、育儿。唐娜·西曼（Donna Seaman）在《书目报》中指出，“厄德里克丰硕的诗歌是她备受赞誉小说的温床”“深层地与神圣一致，因为从阳光到石头，到水，到植物再到动物，神灵显现在万事万物中；在诗中厄德里克以令人愉快的感恩、激起情欲的狂喜、辛辣的讽刺、强烈的悲伤和激烈的决意，设法处理本土裔美国人和基督教信仰，解决由两种信仰之间冲突而激起的矛盾”。一位《出版者周刊》书评家注意到厄德里克的影响力，他强调指出，“厄德里克独特的地域景观和亲缘关系，以及她处理神话和保护神的方式，使其新旧诗歌保持了其自身的优势”。[①]

---

① "Louise Erdrich"[Z]. [2016-04-03]. https://www.poetryfoundation.org/poets/louise-erdrich

六、再创辉煌

2004—2010 年 7 年间，厄德里克发表了 7 部作品，平均每年 1 部，7 部作品包括 2 部童书、4 部小说和 1 部短篇小说集。《四魂灵》(*Four Souls*)是这 7 年间的第 1 部小说，于 2004 年出版。《四魂灵》续讲小说《痕迹》主人公芙乐・皮拉杰(Fleur Pillager)的故事。小说从《痕迹》的结尾开始，芙乐在竭尽全力保护其土地失败后，带着其母亲四魂灵的遗骨离开奥吉布瓦保留地，去明尼阿波利斯市找伐木业巨头约翰・詹姆斯・毛瑟复仇，因为毛瑟窃取了她的土地。故事以一心一意的复仇开始，却马上变得错综复杂，芙乐与仇人毛瑟结婚，诞下一个孤独症患儿。颇具传奇色彩的是，这个孤独症患儿是天才的玩牌高手，芙乐带他回保留地，最终通过玩牌赢回了失去的土地。与厄德里克以往的故事一样，《四魂灵》由多人讲述：纳纳普什、纳纳普什的老婆玛格丽特，以及毛瑟一直未婚的妻姐波莉。《四魂灵》确实关乎复仇以及为此付出的巨大代价，但是，小说不乏幽默和滑稽场面。

2005 年，《桦树皮小屋》系列之《沉默游戏》(*The Game of Silence*)出版，续写奥玛凯阿丝族人的故事，他们将面临失去家园，踏上迁移之路。因为在本书第六章中详细讨论，这里不做展开。《沉默游戏》的出版再次赢得业界和读者的青睐，荣获了当年斯科特・奥台尔(Scott O'Dell)历史小说奖，[①]同时也是美国图家书馆

---

① 斯科特・奥台尔 1982 年创立，奖励前一年出版的，优秀的儿童和青少年作品。每本奖金 5000 美元。

协会推荐童书、美国图书馆协会编辑推荐书单、《纽约时报》推荐童书。

2005年,厄德里克的第十部小说《手绘鼓》(*The Painted Drum*)问世。《手绘鼓》是厄德里克又一部根植于奥吉布瓦文化的小说。对奥吉布瓦人而言,鼓是他们文化实践的一个重要的方面。仪式鼓具复苏/复原、消除痛苦记忆和治愈的神奇功效,这些恰是《手绘鼓》的中心情节。围绕鼓,小说穿梭于现在——过去——现在,讲述了三段错综复杂、充满悲伤、又紧密相关的故事。故事由两个叙述者分别讲述。第一个讲述者费伊·特拉沃斯(Faye Travers)是奥吉布瓦的后裔,在新罕布什尔做遗产鉴定师,在评估已故邻居的本土裔美国人的文物遗产时,她发现一只罕见的鼓,听从鼓声的召唤,费伊把鼓偷回家。然后,她与母亲历尽艰辛去北达科他保留地,把鼓归还其制作者的后裔伯纳德·沙瓦诺(Bernard Shaawano),如此,费伊重新认识自己的土著传统,也走出失去妹妹的阴影;第二个讲述者伯纳德讲述其祖父如何在他的亡女魂灵指引下做成这只鼓,制作鼓的过程使他重拾生活信心,走出失女的悲伤,最终回归正常生活。在当今的保留地,神秘的鼓声又指引3个孩子走出暴风雪的夜晚,最终获救。通过引人入胜的叙述,《手绘鼓》探究了逝去孩子对生者记忆施与的神奇力量。

2008年,厄德里克出版了两部作品:小说《鸽灾》(*The Plague of Doves*)、(桦树皮小屋)系列之《豪猪年》(*The Porcupine Year*)。《鸽灾》一出版便好评不断,进入《纽约时报》畅销书排行榜之列。2009年获阿尼斯菲尔德·伍尔夫图书奖(Anisfield Wolf Book Award),同年4月入围普利策小说奖,进入最后竞逐,并获得明尼苏达州图书最佳小说奖。《华盛顿邮报》《芝加哥论坛报》《旧金山记事报》和《基督教科学箴言报》将其列为该年度最佳图书。《鸽灾》沿用厄德里克一贯的写作模式,将已经发表的短篇小说和新创作的短篇编织成长篇故事。小说由四个叙述者讲述了二十个相互关联的故事,其中 9 篇已分别发表在《纽约客》《大西洋月刊》和《北达科他季刊》上,其中 2 篇获 1998 年和 2006 年度欧·亨利故事奖,1 篇获 2003 年美国最佳短篇小说奖,2 篇获 2005 年和 2008 年美国最佳悬疑小说奖。基于真实的历史事件和人物:1897 年发生在北达科他州埃蒙斯县(Emmons County)的处私刑事件中被绞死的保罗·圣迹(Paul Holy Track)和 19 世纪保护梅蒂斯人土地的历史人物瑞尔(Louis Riel, 1844—1885),厄德里克探究了美国殖民主义、种族主义和印第安人失去土地的历史。

《豪猪年》描写奥玛凯阿丝和她的族人背井离乡,艰难跋涉,寻找一个安宁、能够永远生活的新家园的旅程。《豪猪年》虽然未获各种奖项和推荐,但出版至今依然受读者追捧。2009 年,厄德里克的短篇小说集《红色敞篷车》(*The Red Convertible*)出版。小说集包括 36 篇故事,其中 26 篇是先前发表的,小说集长达 500 页。弗朗西丝·沃什伯恩在评价该书时指出,通读此书犹如拜访厄德里克的生活,从童年到中年,也仿佛看到那些故事中的种子长成长篇小说的参天大树。[①] 小说集里有栖居厄德里克作品中所有的人物、奥吉布瓦的背景、神话、喜剧与悲怆。《红色敞篷车》获得评论界的一致赞扬,有些评论者认为,对那些从未读过厄德里克作品的

---

① Washburn, Frances. Tracks on a Page: Louise Erdrich, Her Life and Works [M]. Santa Barbara, California: Praeger, 2013: 92.

人来说,《红色敞篷车》是进入其作品的导言,他们中大多数推荐该书作为厄德里克用这些故事创作其杰出长篇小说的备忘。多数评论者的赞誉保留在先前发表的作品上,对其新作品赞誉甚少。但是,《红色敞篷车》商业上非常成功。对厄德里克而言,她的事业发展轨迹也许并未达到高点。

七、勇攀高峰

2010—2013 年是厄德里克文学生涯又一个丰收的 3 年。2009 年夏天,著名导演弗兰切斯卡·赞贝罗(Francesca Zambello)来到明尼阿波利斯,执导舞台版劳拉·因加尔斯·怀尔德(Laura Ingalls Wilder)的《大草原上的小木屋》(*Little House on the Prairie*),她在厄德里克的桦树皮书屋隔壁的肯伍德咖啡馆消磨时光,不时到书店,碰巧读到《屠宰师傅歌唱俱乐部》,决定将其搬上舞台。弗兰切斯卡邀请普利策奖剧作家玛莎·诺曼(Marsha Norman)操刀,将该小说改编成剧本,厄德里克只给一些建议。该剧于 2010 年 9 月 9 日至 10 月 30 日在明尼阿波利斯的百老汇——格斯里剧院(the Guthrie Theater)上演。虽然《俱乐部》荣获了埃杰顿基金会美国新剧奖(Edgerton Foundation New American Plays award),虽然玛莎·诺曼是获奖剧作家,但这显然不是她的最佳作品。《俱乐部》未能按原计划结束上演,于 10 月 25 日提前结束,主要是票房原因。

2010 年 1 月,厄德里克的第十三部小说《捉影游戏》(*Shadow

Tag)出版。[1]《捉影游戏》详述一对偶像失败的婚姻，书中描写了沉迷酒精的妻子、受过精神创伤的孩子，以及喜欢操控又自我中心的艺术家丈夫。丈夫吉尔是小有名气的美国本土裔画家，但是，他的艺术事业一直靠画妻子的各种肖像维系。在吉尔的画中，妻子是裸体的，摆出的各种性感姿势让人产生联想，介乎于软色情的边缘。他不是真正爱她，而是需要她，把她客体化并利用她。最终，妻子无法忍受他的苛求和控制的行为，决定反控制，设法操纵他。深知丈夫有读她日记的习惯，她用红色日记编写自己婚外情的故事，目的是刺激他，让他同意离婚；而把自己的真实想法感受记录在蓝色日记中，并把它封存起来。吉尔不仅毁坏了他们的婚姻，他还对孩子实施暴力。在奥吉布瓦文化里，画像即人的影子，影子即人的灵魂，通过影子可以捕获人的灵魂。玩儿捉影游戏的人设法踩到对方的影子，但却不投下自己的影子，以免对方捉到自己的灵魂。因此，本书标题《捉影游戏》就成为控制与反控制游戏的隐喻。

弗朗西丝·沃什伯恩在梳理书评家对该小说的评论时指出，尽管小说是几乎不加掩饰的厄德里克和多瑞斯关系的传记，但大多数评论者都忽略了这个事实。她认为，直接谈到这个问题的是《华盛顿邮报》评论员罗恩·查尔斯(Ron Charles)。查尔斯声称，读者肯定认出小说的人物和情节直接源自厄德里克的个人经历，查尔斯称之为“窥阴诱惑”。他赞扬厄德里克用个人经验创作小

---

① 张琼译《影子标签》，宋赛楠译《踩影游戏》。《影子标签》强调小说人物族裔身份的被标签，难以超越；《踩影游戏》系直译；我译《捉影游戏》意在以“捉影”强调主人公之间为控制和反控制所采取的智谋。

说,他相信这是普世性的悲剧,不只是厄德里克个人的经历。沃什伯恩认为,查尔斯的观点是所发表的评论中最公允的,因为他指出了《捉影游戏》的风格与厄德里克以往的小说不同,这是其他评论者未涉及的。沃什伯恩还列举了一些关注厄德里克私人生活经历体现在作品中的评论者的观点。但是,沃什伯恩自己的观点是,自多瑞斯自杀后,厄德里克多年在访谈中避免谈及与多瑞斯的话题,原因是她也许不想打破"死者为大"的社会公约。再者,死者不能为自己辩护,所以厄德里克没有办法为自己辩护,那么,小说是厄德里克为自己辩护的最好方式。在这个意义上来说,《捉影游戏》既不是厄德里克公开疗治心理创伤,也不是中伤死者,而是她为自己辩护最勇敢的尝试。①

2010 年也是厄德里克人生重要的关口,她被查出乳腺癌早期,经历了艰辛的治疗,在戏剧《俱乐部》开幕时,她的头发掉光了,只能戴假发坐在观众席上。但是,在病魔面前,厄德里克没有绝望,而是表现其坚韧不拔与病魔抗争的勇气。2012 年秋,她又有两部作品问世:《圆屋》(*The Round House*)和《山雀》(*Chickadee*)②。面对人生最困难挑战,写作和家人也许是厄德里克获得治愈力量并得以生存的源泉。在《圆屋》的后记中,厄德里克感谢家人在她艰难时期给予的支持,特别感谢献给了她的四个女儿。

《圆屋》与《鸽灾》中的人物、部分情节和主题都具有一定的相关性,是《鸽灾》的延续,也是厄德里克计划创作三部曲中的第二

---

① Washburn, Frances. Tracks on a Page: Louise Erdrich, Her Life and Works [M]. Santa Barbara, California: Praeger, 2013: 97.

② *Chickadee* 本人曾译为《齐克迪》,但是《山雀》更符合印第安文化特色。

部。《圆屋》通过描写美国印第安女性遭受强暴事件，直击美国司法公正的问题。《圆屋》从一个 13 岁印第安男孩的视角，讲述其母亲遭受强暴后，他与伙伴们追查凶手，寻求正义的故事。小说一改作者以往多人叙事风格，自始至终由主人公单一视角叙述。在小说“后记”中，厄德里克解释了故事发轫于印第安保留地发生的众多强奸案，“三个印第安妇女中就有一个在有生之年会遭受强奸，86％的强奸或性攻击是非印第安人所为，而他们极少会遭到起诉”，其原因是，根据《反暴力侵害妇女法案》，白人在保留地对印第安妇女施暴，部落法庭无权对其起诉，这就意味着，白人嫌犯通常会逃脱法律制裁。厄德里克旨在通过《圆屋》唤起民众对司法公正的关注。2013 年 3 月，国会通过了奥巴马总统签署的《防止对妇女施暴重新授权法》（Violence Against Women Reauthorization Act），承认部落法庭有权对某些家庭暴力案犯定罪和量刑，无论他们是印第安人或不是印第安人。也许厄德里克的小说对纠正司法不公起到了某种作用。

《圆屋》一经出版获得评论界一致好评。《纽约时报》书评家角谷美智子（Michiko Kakutani），曾经评论过厄德里克多部小说，撰文道，《圆屋》是一部力作，值得阅读；而《明尼阿波利斯星坛报》（Minneapolis Star-Tribune）称该书为“巧妙平衡的推理小说”；《今日美国》（USA Today）有人撰稿说，《圆屋》展现了“绝妙的语言”，是厄德里克迄今为止“最好的作品”，称该小说令人想起福克纳、马尔克斯和莫里森（Toni Morrison）。厄德里克不负众望，在 2012 年 11 月的美国国家图书奖的评选中，《圆屋》击败众多重量级的对手，如前普利策奖小说奖得主朱诺特·迪亚兹等，斩获该年度国家图书奖小说奖。2015 年，厄德里克获得国会图书馆美国小说奖。

《桦树皮小屋》系列之《山雀》的焦点转到奥玛凯阿丝的孩子们：山雀(chickadee)和小熊(Makoons)兄弟。故事开始，山雀被绑架到红河谷，与其兄弟分离，山雀为了和家人团聚，在他的保护神山雀指引下，逃脱奴役，学会完全靠自己在森林中生存下来，最终与家人团聚。《山雀》描写了本土裔美国人历史的重要关头，他们传统的游牧生活将永远改变，他们要开始全新的生活，他们必须学会与梅蒂斯人(Metis，奥吉布瓦与法国人的混血儿)为邻并和睦相处。

凯文·南斯(Kevin Nance)在其2012年对厄德里克的访谈中指出，厄德里克最喜欢的艺术形式之一是“拼贴，她的读者能够在其大多数小说中感觉到一种类似的东西”。[①] 南斯概括厄德里克小说的特点，从获美国书评家协会奖的《爱药》到入围普利策文学奖决选名单的《鸽灾》，这些作品具有层次分明的合唱，甚至是交响乐的品质，作品中多重人物和视角，交织缠绕，互相竞争，有时相互矛盾。但是，从《捉影游戏》开始到《圆屋》，再到她的新作《拉罗斯》，厄德里克尝试新的叙事形式：线性叙事方式，故事从开始直接达到终点。厄德里克为什么做这样的改变，南斯认为也许是与某种终极期限压力有关，她58岁(2012年)，尽管厄德里克是美国最著名、最多产的作家之一，已经出版了体裁多样的作品，但是她还有“一个很长待写作品的单子，包括几部小说(有关寄宿学校、有关农业企业化，有关围绕土著保留地的问题)她希望在下个20年完成”。[②]

---

① Nance, Kevin. Never the Same River Twice: A Profile of Louise Erdrich [J]. Poets & Writers Magazine. Nov. Dec. 2012: 48.

② Ibid. 49.

时隔4年，厄德里克在2016年又出版两部力作：长篇小说《拉罗斯》(*LaRose*)和桦树皮系列第五部《小熊》(*Makoons*)。《小熊》继续讲述奥玛凯阿丝孪生儿子山雀和小熊的故事。小熊与家人来到达科他地区的大草原与兄弟山雀会合。那里他们必须学会捕猎水牛，再次帮助其族人在新土地上安家。故事以小熊不祥的灵视开始，他和他的兄弟山雀将成为强壮的猎人，但是再也不能回到东部家园。除此之外，《小熊》笔调清晰，充满童趣。兄弟俩嬉笑戏谑，爱恶作剧。小熊和山雀收养了一头水牛犊孤儿，取名飞翔，他的命运为故事增加了一条主线。厄德里克的描写真实可信，也许是因为她的外曾祖父曾是蒙大纳米尔克河一带最后的水牛猎人。

《拉罗斯》与其之前的《鸽灾》和《圆屋》构成有关探讨司法公正问题三部曲。《拉罗斯》一经出版，摘取2017年美国书评家协会小说奖，并进入2017年福克纳小说奖决选名单（Finalist for the 2017 PEN Faulkner Award)[①]。"《鸽灾》《圆屋》和《拉罗斯》与厄德里克早期短篇小说集式的长篇故事不仅在叙事形式上有所不同，而且在主题上也有不同。这三部小说将笔墨倾注于探索美国印第安人家庭关系的维系、保留地上的法律制裁、文化和宗教受创后的重建等主题。厄德里克在接受采访时说，'《拉罗斯》的故事是印第安的伤痛历史的缩影'"。[②] 三部小说拥有各自完整而独特的

---

① 在美国文学界，福克纳小说奖是专门奖励小说的最重要奖项，1980年成立，1981年首次颁奖，由笔会/福克纳基金会(PEN/Faulkner Foundation)负责颁奖及提供经费，得奖者必须是美国公民并在美国发表作品。大奖获得者奖金1.5万美元，其他4名入围提名者每人奖金5000美元，该奖项以美国大文豪威廉·福克命名。

② 张廷佺. 长篇小说《拉罗斯》出版厄德里克"公正三部曲"收官[N]. 中华读书报，2016—07—20.

故事和形象鲜明的人物，却又相互呼应，共同讲述保留地世家中错综复杂的爱恨传奇。

2017年11月，厄德里克的又一部长篇小说《永生神的未来家园》(*Future Home of the Living God*，2017)出版。根据网上搜集的资料对小说的故事作简要概括。小说描绘了令人震惊的末世景象，年轻的母亲为自己和她未出世的孩子与随之而来的激变重压抗争。世界将终结，进化倒转，这影响地球上所有的生命。科学无法阻止世界的倒转，因为一个接一个女人生的孩子似乎是人类的原始物种(返祖)。希达尔·霍克·桑美科(Cedar Hawk Songmaker)32岁，是明尼阿波利斯自由主义者的养女，这对父母慷慨，豁达。希达尔像其周围的其他美国人一样惴惴不安。但是，对希达尔而言，这种变化深不可测，又很私人。她怀孕4个月。尽管养父母把她从婴儿养大成人，希达尔想告诉养父母她想要找到其生母，玛丽·波茨——生活在保留地的奥吉布瓦女人，希望养父母理解她和孩子的身世。当希达尔回到其出生地时，她周围的社会对世界末日恐惧不断增长，开始分崩离析。各种传言出世：军事管制、国会关押孕妇；登记通缉妇女，对那些举报通缉妇女的人予以奖励。混乱中动荡不安且不断镇压：希达尔目睹了一个家庭的分崩离析，警察在停车场使用暴力将一个妈妈从丈夫和孩子那里拖走，她惊恐不堪。她临近街坊的街道已经用圣经重新命名。当她给养父母电话时，一个陌生人在接听，养父母消失得无影无踪。为使孩子安全，希达尔要避开潜在告密者的窥视魔眼。《永生神的未来家园》是本反乌托邦的小说，既令人振奋又具预见性，是部令人震惊的原创之作。小说对女性能动性、自我决定、生物学和自然权利有动人的思考与沉思。

纵观厄德里克的创作生涯，30 余年笔耕不辍，涉猎长篇小说、短篇小说、诗歌、儿童故事、随笔等各个体裁，取得非凡的成果。她在其 2010 年后的创作中尝试叙事风格和主题的改变：从“正义三部曲”的收官，到 2017 年即将出版的《永生神的未来家园》，厄德里克的创作主题延至关注末世生存。厄德里克在 2012 年的采访中表达“我有许多特别想写的主题和想法……但是当你进入 50 岁，你开始疑惑你是否可以活得足够长完成这些”。[①] 厄德里克在约翰·霍普金斯大学的老同学，30 多年的老朋友迈克尔·马通(Michael Martone)用“不能两次踏进同一条河流”评价厄德里克的紧迫感和她新的创作尝试，“我想路易丝有意识或无意识地听从这个忠告”“不仅河流在流动，踏入河流的人也在发生变化，她渴望更直接，更迅速切入要点，也许厄德里克的紧迫感由此产生。这带她去某些有趣的新地方”。[②] 无论厄德里克做怎样的尝试，她所写的故事是每个人的故事，因为她的人物具有普世人性。厄德里克继续从其“经验、想象和研究中创作传奇故事，来表现我们的人性和非人性，使我们思考，或者让我们休息什么也不想”。[③]

---

① Nance, Kevin. Never the Same River Twice: A Profile of Louise Erdrich [J]. Poets & Writers Magazine. Nov. Dec. 2012: 50.

② Ibid. 51.

③ Washburn, Frances. Tracks on a Page: Louise Erdrich, Her Life and Works [M]. Santa Barbara, California: Praeger, 2013:124.

第三章　厄德里克小说的历史书写

变化是混乱和痛苦的。发展中没有秩序。保留地在绝望时期出现，保留地上，我们将看到更令人绝望的事情出现。当我回头看看我们动荡不安的历史，我理解，我们至少从中获得某种东西。这小片土地。这 ishkonigan（奥吉布瓦语残羹剩饭的意思），这残羹剩饭。我们拥有它，只要我们守住它，我们将会成为某种人。

——纳纳普什

搞笑的民谣、格律严格的圣歌、德国水手歌和旅行者涉水歌、爱国的美国歌曲。……克里摇篮曲、蒸汗屋召唤、遗失的鬼舞歌、数数韵文，献给雪的赞美诗。我们的歌声传遍地球，我们互相歌唱。没有一个音符曾丢失，没有一首歌是独创。它们都来自同一个地方，……在这个世界里，屠宰师可以像天使一样歌唱。

——《屠宰师傅歌唱俱乐部》

历史是厄德里克小说的一个非常重要的主题。她在其诸多小说中都涉及并表现齐佩瓦人遭受被剥夺土地、《道斯法案》《印第安人重组法》重新安置、“终止政策”、印第安寄宿学校、伤膝大屠杀、鬼舞宗教等历史事件，以及同化政策对齐佩瓦人生存的影响。这些小说中，《痕迹》直接涉及《道斯法案》后奥吉布瓦人艰难地谋生，最后主人公因无法支付赋税而痛失土地；而《四灵魂》魔幻地夺回土地；《屠宰师傅歌唱俱乐部》把一战、二战和伤膝大屠杀作为小说背景，这里，厄德里克不仅揭露战争无论是正义抑或非正义，其本身即杀戮，对幸存者（施害者和受害者）的生活都造成了严重的影响，显示了她对战争的态度，同时，厄德里克书写战后德裔美国人和奥吉布瓦人如何求生存并保持身心平衡。厄德里克“虚构的保留地社区和市镇横跨森林、平原的边界”，①这里混居着“印第安人”“白人”和“混血儿”。总的说来，这些小说反映了 20 世纪的历史变迁。

第一节　厄德里克小说的历史文化语境

早期欧洲殖民者视自己为文明进步的使者，坚信他们到美洲大陆殖民是上帝的旨意，即“天定命运”（Manifest Destiny），而把印第安人视为他们对立面的他者——劣等的、未开化的“野蛮人”。在“天定命运”论昭示下，白人通过法案、条约、战争等手段直接剥夺并占领印第安人赖以生存的土地，把他们圈到保留地上；通过法

① Stripes, James D.. The Problem(s) of (Anishinaabe) History in the Fiction of Louise Erdrich: Voices and Contexts [J]. Wicazo Sa Review, 1991, 7 (2): 26.

律禁止他们实行自己的民族宗教；通过传教和寄宿学校对印第安人实行强制同化，以期根除他们的文化。他们所做的一切旨在改造“野蛮”的印第安人，使其进入白人的“文明”社会，让印第安人彻底消失。为更好地理解厄德里克的作品，在此有必要简述美国印第安人遭受的殖民征服和压迫的历史（有很多学者论述美国印第安人遭受的是内部殖民，这里不再重述）。

广义而言，美国印第安人遭受的殖民主义的剥削和压迫体现在他们被驱赶至保留地，遭受联邦政府有计划地剥夺其土地，以及强制同化等等。美国印第安人与殖民者接触后，战争和屠杀、疾病，特别是天花、麻疹和肺结核导致其人口锐减，15 世纪末期，约有 5000 万至 1 亿人口，到今天缩减至大约 200 万。① 然而，需要指出的是，本土裔美国人人口是当代美国增长最快的“族裔”群体之一。美国独立战争后，美国政府开始了与美国印第安人民缔结条约时期。毁约或者废除条约导致部落土地有步骤地丧失给白人殖民者。1830 年，杰克逊总统和国会通过《印第安人迁移法案》，要求东部的印第安人要全部迁往密西西比河以西为他们划定的“保留地”中去，实行种族隔离，迁移时期殖民者盗取土地加剧了。1830 年代，切罗基人西迁充满血和泪的“哭泣之路”（the trail of tears），1862 年达科塔和拉科塔人迁移，以及 1864 年纳瓦霍人长行（Navajo long walk）都在臭名昭著的被驱赶之列。绝大部分“印

---

① Madsen, Deborah L.. Madsen, Deborah L.. " Louise Erdrich: The Aesthetics of Mino Bimaadiziwin" [A]. In Deborah L Madsen (ed.). Louise Erdrich: Tracks, The Last Report on the Miracles at Little No Horse, The Plague of Doves [C]. New York: Continuum International Publishing Group, 2011: 9.

第安人保留地”在偏僻贫瘠的山地或沙漠地带，那里的生存艰难。迁移法案强制实施的结果是 10 万印第安人迁往西部。面对殖民者强占其土地，美国印第安人民拿起武器反抗。在迁移期间，他们与美国联邦的冲突愈演愈烈，爆发了许多战争，如，克里克战争(The Creek War of 1813—1814)、黑鹰战争(the Black Hawk War of 1831—1832)、塞米诺尔战争(the Seminole Wars of 1817—1818, 1835—1842, 1855—1858)，特别是美国内战结束后，高度军事化的美政府将注意力转向西部平原印第安人。所谓的印第安战争包括 1864 年沙河大屠杀(Sand Creek Massacre)、莫多克战争(the Modoc War of 1872—1873)、红河印第安战争(the Red River Indian War of 1874—1875)、小大角之战(the Battle of the Little Big Horn)、内兹佩尔塞战争(the Nez Perce War of 1877)和 1890 年伤膝大屠杀(Massacre at Wounded Knee)。

然而，盗取美国印第安人土地最具毁灭性的行动计划是《道斯法案》或者 1887 年《道斯土地分配法》(Dawes General Allotment Act)。应该指出的是，保留地建立时，整个保留地的土地归部落所有，任何个人无权买卖土地。没有部落的同意和签字，保留地土地不得出售或者转让。美国印第安人的土地概念与欧裔美国人的不同，他们认为土地像空气和水一样属于每个人，人们可以永久拥有土地。土地上的任何自然资源——狩猎的动物、用作食物的植物、做木材的树木、水，水里的鱼等等，都被认为是共同财产，每个人都可以获得。简言之，印第安人没私人拥有土地的概念。《道斯法案》的颁布旨在通过立法解除部落体制以使印第安人个体化，最终使其纳入主流社会。官方认为，个人土地所有制会将美国印第安人改变成自给自足的农民，他们将消失在美国大众之中。同时，土地会向西进的殖民者开放。国会授权将保留地土地分割成份额，按每户160英亩分配给有资格的个人，因此保留地的土地由部落所有转为个人所有。为了获得土地分配资格，部落成员必须提交血缘比例(blood quantum)测试，证明他们是"印第安人"才能获得土地。在《道斯法案》实施的最初15年里，联邦政府强制分配了"3.3万份土地，并将保留地内大约2850万英亩所谓多余土地转售给了白人"。① 在殖民者和土地投机商的巧取豪夺之下，印第安人分得的土地也纷纷落入白人之手。麦迪森(Madsen)引用崔格尔(Trigger)和沃什伯恩(Washburn)的研究说明，根据"20世纪30年代最后统计，政府官员估计道斯法案致使印第安人痛失近9000万英亩"土地，超过1887年所有土地的百分之六十。②

1934年《印第安人重组法》终结了土地分配政策，其目的是为试图保护印第安人的传统文化、重建部落政府、改变对印第安人的强制同化策略，开始系列措施承认部落国的自主权。其结果是重新归还了一些部落的土地，允许部落政府对自身财产有更大的控制权。这项政策延续了20年，从20世纪40年代末期开始了"终结"(Termination)时期，持续到20世纪60年代早期。20世纪50年代又开始《终止与重新安置法》(Termination and Relocation Acts)。在此期间，印第安人事务局(BIA)整理了一份联邦政府可

① 胡锦山. 二十世纪美国印第安人政策之演变与印第安人事务的发展[J]. 世界民族，2004(2)：25.

② Madsen, Deborah L.. "Louise Erdrich: The Aesthetics of Mino Bimaadiziwin" [A]. In Deborah L Madsen (ed.). Louise Erdrich: Tracks, The Last Report on the Miracles at Little No Horse, The Plague of Doves [C]. New York: Continuum International Publishing Group, 2011: 10.

以中断条约关系的部落名单，取消部落自治地位，“终结”联邦认可的部落地位，以及担保的条约权利、付款和保留地土地的保护，终止其与联邦政府的“托管”关系。美诺米尼(Menominee)和克拉马斯(Klamath)以这种方式被“终结”了，但是接踵而来的贫困和社会问题激起其他部落的强烈反抗，标志这个政策的终结和最终放弃。联邦政府通过印第安人事务局强制同化土著人民的政策持续到 20 世纪中期，1956 年颁布《印第安人重新安置法》(Indian Relocation Act)，该法也被称为印第安人“新政”，通过职业培训和重新安置扶助，鼓励土著人民离开保留地，迁移至政府指定的城市中心，如，明尼阿波利斯、芝加哥、洛杉矶、丹佛、圣弗朗西斯科、俄克拉荷马市和克利夫兰。但是，许多人远离家人，困在城里，无法找到工作。

文化上，美国建国初期，乔治·华盛顿和亨利·诺克斯(Henry Knox)构想了“教化”美国印第安人的计划，并制定政策鼓励印第安人“文明化”进程。同化变成美国行政管理的一贯政策。19 世纪末期，把印第安人同化到美国“大熔炉”的各种计划加强了。为了使印第安人进入社会，政策制定者们尽一切努力根除他们的传统文化。传教士进驻保留地扑灭“异教徒”的宗教活动；直到 1978 年，《印第安人宗教自由法》(the Indian Religious Freedom Act)颁布，土著人民最终才能够自由践行部落宗教而不受迫害。寄宿学校是美国政府同化印第安人的一项政策措施，美国内战结束后，寄宿学校开始建立。这些学校主要由基督传教士或其附属开办。政府以行政命令和国家机器强迫印第安人把孩子送到寄宿学校，接受全面欧裔白人文化和宗教教育。对印第安人儿童来说，寄宿学校的经历是创伤的记忆。有文件记载这些寄宿学校出现性侵害，以及身体和精神虐待事件。寄宿学校的同化政策是美国印第安社群在殖民过程中经历的历史创伤。厄德里克在很多作品中都涉及寄宿学校对印第安人儿童造成的创伤。她的一首早期诗歌“印第安寄宿学校：逃亡者”展现孩子们努力穿越隔离他们与其家园的遥远距离。诗歌描写了被送回的逃亡者遭受严酷的肉体惩罚，被迫做羞辱惩戒性的差事，如刷洗人行道——这种羞辱是露露设法逃回保留地后回忆起来的。与露露的经历相对比，尼科特·喀什帕被抓到学校，尽管某种程度上同化给他个人带来了问题，但是，他从西方教育中获益，在他回到保留地后，他加入了部落政府，最终成为酋长，能够代表部落去华盛顿谈判。然而，他的哥哥伊莱被妈妈玛格丽特藏起来，因为她拒绝让两个儿子向联邦政府屈服，伊莱因此按传统方式养大。《手绘鼓》中，同父异母姐妹据说是卡莱尔印第安学校的幸存者，卡莱尔是 1897 年在宾夕法尼亚建立的第一所土著寄宿学校。《拉罗斯》中几代拉罗斯都经历寄宿学校的创伤，其中有直接描写卡莱尔寄宿学校。卡莱尔校长理查德·普拉特著名的座右铭是“拯救印第安人的个体，同时消灭印第安种族”。他的说法意味着，铲除部落对土著儿童的所有影响，把他们完全同化到美国文化，他们的“人性”能够使他们免于接受“野蛮”的土著生活方式。为达到这种目的，学校采取的策略包括，每名学生都要随机选取英文名，必须忘掉自己的印第安名字；必须换掉自己的民族服装，穿上白人的服装；必须剪掉自己的发辫，留白人的发型；必须说英语，不许说自己的部落语言，否则就被惩罚，以此完全隔离他们与家庭和宗族群体的文化联系。现实情况是，由于学校长期资金不足，如卡莱尔学校在学校儿童被要求做硬体力劳动来供给自己的食物、衣服，以及其他开办学校的必需品。也由于过度拥挤，学校爆发过毁灭性的疾病，如肺结核。小说《鸽灾》中，伊芙琳提到的哈斯克尔公主（Haskell Princess），使人想到哈斯克尔学院（the Haskell Institute），现在的哈斯克尔印第安国民大学（Haskell Indian Nation University），它于 1884 年在劳伦斯和堪萨斯作为美国印第安工业培训学校（The United States Indian Industrial Training School）开办。虚构的哈斯克尔公主据说死于肺结核，因为数千的儿童生活在潮湿的环境里，加剧了疾病传播。哈斯克尔像卡莱尔和其他印第安寄宿学校一样，是一所"工业培训学校"，儿童在那里接受教育是为了从事美国社会低技能职业，而不是获得完全同化。事实上，儿童只接受基本的正规教育，大部分时间花在体力劳动上。根据布鲁斯・崔格尔（Bruce Trigger）和威尔科姆・沃什伯恩（Wilcomb Washburn）的报告，1880 至 1895 年间，美国印第安事务局开办了 20 所远离保留地的寄宿学校和保留地日校。[①] 总之，学校采取一切手段切断孩子与其本民族家庭、文化和历史的联系，迫使他们放弃他们与生俱来的印第安人身份，从而彻底接受美国白人文化。这样做的目的是，只需一两代人的时间，让土著语言、文化、姓名、宗教彻底消失，这可谓"文化灭族"。

如同厄德里克小说中涉及的印第安寄宿学校一样，她的小说常常影射美国联邦印第安关系中真实事件。如《鸽灾》的核心是私

---

① Madsen, Deborah L.. " Louise Erdrich: The Aesthetics of Mino Bimaadiziwin" [A]. In Deborah L Madsen (ed.). Louise Erdrich: Tracks, The Last Report on the Miracles at Little No Horse, The Plague of Doves [C]. New York: Continuum International Publishing Group, 2011: 8.

刑事件；美国骑兵队攻击苏族村庄（Cavalry offensives against Sioux）的场景在《羚羊妻》中被模拟；[①]《痕迹》中涉及的怀特厄斯木材（white earth timber）丑闻；《屠宰师傅歌唱俱乐部》中的伤膝屠杀和鬼舞宗教；以及《鸽灾》中提及梅蒂斯反叛者路易斯·瑞尔。引用这些真实事件用来特别揭露欧裔美国人暴力占有印第安人土地，对他们实施物质和文化大屠杀，并继续剥夺美国印第安人公民权的历史。当代美国历史的遗留问题是，保留地极度贫困和高失业率，这些导致暴力增长、酗酒、家庭功能失调/障碍、药物滥用、教育程度差和政府依赖等等问题。殖民压迫、剥夺土地和文化攻击构成厄德里克小说的广泛语境。

第二节　历史书写之难及可能性
——从文学进入历史

基普·考勒威尔—查特哈普洪（Chip Colwell-Chanthaphonh）在“当历史成为神话”（When History is Myth）中分析白人殖民者书写对印第安人的大屠杀历史时指出，“殖民主义的历史试图确立一种赋予世界以秩序和意义的神话叙事”，[②]在这样的叙事中，“土

---

① Beidler, Peter G. and Gay Barton. A Reader's Guide to the Novels of Louise Erdrich: Revised and Expanded Edition [M]. Columbia, MO: University of Missouri Press, 2006: 40.

② Colwell-Chanthaphonh, Chip. When History Is Myth: Genocide and the Transmogrification of American Indians [J]. American Indian Cultural and Research Journal, 2005, 29(2):114.

著人民成为入侵者，而殖民者成为原住民”，[①]因为殖民者的神话叙事本身“基于‘天定命运’和欧裔美国人的权利”。[②] 这样，美国历史经常是欧裔美国人进步的叙事独白，它把印第安人及其他少数民族群体建构为没有历史的人民。在传统历史叙事中他们被贬抑、被边缘化、被消音。那么少数族裔作家如何以文学为手段，进入过去，建构自己的历史，借此，干预官方的进步历史，对“天定命运”的思想意识及其相关的话语进行解码、批判，表征传统历史叙事中未被再现的过去，重写为主流意识形态服务的、以操控的方式再现的本民族的历史，这就显得非常重要。

面对这样复杂、宏大的历史问题，作家如何从文学进入历史，书写历史是一个难题。

南希·彼得森在其文章“历史、后现代主义和路易丝·厄德里克的《痕迹》”("History, Postmodernism, and Louise Erdrich's *Tracks*")中对少数族裔作家书写自己历史之难以及可能性有着详细论述。她引用后解构理论说明历史书写陷入僵局。许多历史学者继续用科学的范式进行历史编纂和研究，但是，这种科学的范式已经在各个方面被解构，以这种纪实的、客观的模式书写历史，在今天已经是不可能的。在激进的后解构运动中，语言和语言学不仅导致对进入过去怀疑论，而且激起关于历史叙事是客观再现，还是(仅仅)研究者和文化意识形态的主观建构的争论，甚至强调历史事实也是语言建构的。她引用巴特的观点进一步说明，“区别历

① Colwell-Chanthaphonh, Chip. When History Is Myth: Genocide and the Transmogrification of American Indians [J]. American Indian Cultural and Research Journal, 2005, 29(2): 115.

② Ibid. 116.

史话语与其他话语的唯一特征就成了一个悖论:‘事实’只能作为话语中的一项存在于语言上,而我们通常的做法倒像是说,它完全是另一存在面上某物的以及某种结构之外(extra-structural)‘现实’的单纯复制”。[①] 为说明厄德里克书写历史面临的困境和可能性,她以德里达的《论文字学》说明历史性与文字的联系,“在成为历史、历史学的对象之前,文字开辟了历史的领域、历史演变的领域”。[②] 而德里达的“文本之外别无他物”,向读者暗示了激进的本体论和认识论的怀疑主义,使历史与过去的事件没有指称联系,成为纯虚构。由于这样的文化知识发展轨迹从根本上动摇了历史,那就不难想象厄德里克讲述历史故事要面对的困难和可能性。

彼得森认为可以把厄德里克书写历史面对的危机看作是尼采关于历史是疾病、灾难和负担的产物。在《历史的用途与滥用》中,尼采认为,当历史过于决定现在和将来,或者当它导致瘫痪而非行动,就是滥用。事实上,厄德里克完成《痕迹》的创作花了10年之久。那么,可以把厄德里克撰写《痕迹》的漫长间断当作尼采式瘫痪的症候;当然,厄德里克对《痕迹》的说明呼应了尼采关于历史重负的焦虑,“我一直感觉这部小说是个很大的负担”。[③] 扩展一下尼采的历史重负,海登·怀特在《历史的负担》中指出,“只有把人类智力从历史感中解放出来,人们才能创造性地面对现在的问题”。[④] 正如怀特

---

① Peterson, Nancy J.. History, Postmodernism, and Louise Erdrich's Tracks [J]. PMLA, 1994,109 (5): 983.

② Ibid.

③ Peterson, Nancy J.. History, Postmodernism, and Louise Erdrich's Tracks [J]. PMLA, 1994,109 (5): 983.

④ Ibid.

所表明的，许多历史学家和理论家都已经对“摆脱历史”感兴趣。

接着，彼得森引用戴安娜·法斯(Diana Fuss)的观点，指出摆脱历史是一个策略，但对那些从未进入历史中的人来说不可用。法斯挑战怀特的观点，“首先因为女人作为历史主体很少被列入‘历史’，那么，坚定的女权主义者感兴趣创造一个新的历史性，超越并对抗‘他的故事’不足为奇”。[①] 这样，其他在传统美国历史上被边缘的人民也可以有相同的主张。确实，对这些群体的作家而言，历史的负担有很大不同，因为缺乏历史表征会像过量一样难以承担。像厄德里克，有部分齐佩瓦血统的女性，通常被美国历史排斥在外，男性盎格鲁美国人进步的独白叙事，将其他人民建构为无历史的民族。书写历史(如历史小说及其他形式)已经成为被边缘化人民对抗其不可见性的一种方式。可是，当他们书写自己过去故事的非常时刻，书写历史的可能性似乎已经过时。

为说明书写历史的可能性，彼得森引用琳达·哈琴在《后现代主义政治学》中提出的改写和重新协商这些矛盾的方法。哈琴认为后现代文化并不是完全否认历史再现，而是质疑它的地位。关键的是区分过去(事件)和历史(叙事)。过去的事件以经验为主存在，但是，从认识论的角度，我们今天只能通过文本了解这些事件，通过它们在历史中的再现，过去的事件被赋予意义，而不是存在。后现代文化中的历史定位需要认识到历史是文本，它由竞争和冲突的表征及意义构成——要杜绝承认任何回到透明的历史表征或者现实主义的天真信念。

---

① Peterson, Nancy J.. History, Postmodernism, and Louise Erdrich's Tracks [J]. PMLA , 1994,109 (5): 983.

像厄德里克这样的作家，因此面对传统历史叙事中未表征或者错误表征的一系列令人头疼的问题，要书写他们自己过去的故事，他们必须找到一条书写历史的新途径，用法斯的话来说，“创造新的历史性”的途径。厄德里克通过小说走向新历史性。引用Shoshana Felman and Dori Laub 有关文学干预大屠杀尚未解决的危机的观点，“对历史内危机/紧要关头，在历史自身特定的范围内无法准确地言说，见证，文学成为见证人，也许是唯一的见证人”。[①] 那么文学可以成为进入历史，并表征历史的有效途径。

第三节　《痕迹》和《四灵魂》：土地失而复得——悲伤与希望

詹姆斯·斯崔普斯(James Stripes)认为《爱药》《甜菜女王》和《痕迹》是以小说“介入部落历史”。[②] 厄德里克的小说“打破历史与虚构的界限，反映了多种多样的文学传统，书写了接近北美地理中心的文化边疆历史”，反映了厄德里克的修正主义史观。[③] 这里的文化边疆指的是厄德里克小说中虚构的保留地和周边的城镇。关于保留地的虚构与真实问题，玛格丽特·于特尔(Margaret

① Felman, Shoshana, and Dori Laub. Testimony: Crises of Witnessing in Literature, Psychoanalysis, and History [M]. New York: Routledge, 1992: xviii.

② Stripes, James D. The Problem(s) of (Anishinaabe) History in the Fiction of Louise Erdrich: Voices and Contexts [J]. Wicazo Sa Review, 1991, 7 (2): 26.

③ Ibid.

Huettl)认为,尽管厄德里克的保留地是虚构的,但还是有历史依据的。她所描写的保留地在北达科他和加拿大交界的某个地方,离明尼苏达州不远。它由平原、湖泊和沼泽,以及森林构成,保留地周边有三个城镇:阿格斯、普路托和琥珀当斯。真实的龟山部落保留地坐落在从前狩猎野牛和皮货交易的地域,阿尼什纳比人的一支奥吉布瓦人为寻找资源逐步西迁。这种迁移对阿尼什纳比人而言非常常见,他们以家庭为基础,结构松散,一路向西到蒙大拿,跨越今天的加拿大边界。坐落在现在的北达科他,靠近蒙大拿边界,地理景观多样,有草原、森林山脉、两百多个湖泊,与他们最初的家园威斯康星和明尼苏达没什么不同 。[①] 尽管厄德里克使其保留地坐落在北达科他,她自己也是龟山部落注册的成员,但是,她虚构的社群很可能在树木茂密的苏必利尔湖岸的拉克迪弗朗博,马奇马尼图湖上的小岛可能是斯特罗伯里岛,阿尼什纳比父母警告孩子这里有神灵出没。保留地可能是明尼苏达的怀特厄斯(White Earth),20 世纪初,这里失去大部分土地和木材资源。它也可能是威斯康星北部的坏河保留地,那里天主教传教士为土著儿童建立了学校,他们后来回忆,那里的老师像利奥波德一样令人恐惧。“厄德里克想象的保留地再造了可识别的奥吉布瓦背景。她的人物把这块地域看作他们的家园”。[②] 康妮·雅各布斯(Connie A. Jacobs)持有相似的观点,

---

① Camp, Gregory S.. Working Out Their Own Salvation: The Allotment of Land in Severalty and the Turtle Mountain Chippewa Band, 1870—1920 [J]. American Indian Culture and Research Journal, 1990, 14(2):19—22.

② Huettl, Margaret. "Re/creating the Past: Anishinaabe History in the Novels of Louise Erdrich" [A]. In P. Jane Hafen (ed.). Critical Insights: Louise Erdrich [C]. Massachusetts: Salem Press, 2012: 31.

她认为厄德里克小说虚构的世界与其龟山齐佩瓦保留地有相似之处，但不是复制，因而，厄德里克可以像福克纳创造的“约克纳帕塔法县”一样，能够选择“创造她自己的神话般的家园”。这样，“她有自由虚构与保留地社群具有共同的特征的人们，刻画了一个发展至今的家园和一个部族”。[①] 这三位学者的观点都在说明厄德里克小说的背景及其所描写的人民是有历史原型的。那么，厄德里克如何以小说进入过去，换言之，如何以小说表征这个民族的历史？

厄德里克的研究学者，特别是早期学者习惯把厄德里克的《爱药》《甜菜女王》《痕迹》和《宾果宫》称作“北达科他四部曲”，或者“马奇马尼图湖”系列小说，并作为整体进行研究。这四部小说围绕皮拉杰、喀什帕、拉扎雷、莫里西等家族几代人恩怨情仇的情感纠葛，展现了齐佩瓦人、梅蒂斯以及欧裔美国人相互冲突、融合动荡不安的近百年历史。用黛博拉·麦迪森(Deborah Madsen)的话来说，厄德里克“作品的核心是关注殖民主义之后如何寻求美好生活方式的问题”。[②] 她认为，这个问题折磨保留地家庭，特别是厄德里克早期小说中，喀什帕、皮拉杰和莫里西家族要应对白人对部落土地的蚕食；对付政府的土地欺诈、撕毁条约和天主教会利益对部落文化的攻击；另一方面，他们还要面对保留地资源遭受商业盘剥和榨取。麦迪森指出的这些问题恰是殖民主义对印第安人物质和文化生活造成的持久影响的问题。本部分把《痕迹》和《四灵

① Jacobs, Connie A. The Novels of Louise Erdrich: Stories of Her People [M]. New York: Peter Lang, 2001: 82.

② Madsen, Deborah L., ed. Louise Erdrich: Tracks, The Last Report on the Miracles at Little No Horse, The Plague of Doves [C]. New York: Continuum International Publishing Group, 2011: 7.

魂》两部小说放在一起探讨，因为两部小说都直接涉及《道斯法案》对奥吉布瓦人物质和文化造成的影响，特别是两部小说的中心人物都是芙乐，《痕迹》中她祖先的土地被盗，《四灵魂》中她去双城（明尼阿波利斯和圣保罗）为夺回土地复仇，最后赢回土地。本部分主要考察厄德里克将殖民主义问题作为其小说的背景，描写印第安人如何求生存，从而反照美国所谓进步历史。

一、《道斯法案》后果之丧失土地家园

殖民主义突出问题之一是对印第安人土地的蚕食。前文已经略述美国联邦政府通过立法，特别是《道斯法案》剥夺印第安人的土地。于特尔强调，厄德里克的小说“从阿尼什纳比人的历史视角讨论述土地分配、土地丧失、天主教传教、寄宿学校、政府管理、20世纪的战争、都市重新安置，以及保留地工业和赌场开发等造成的影响”。[①] 在她的《痕迹》中，厄德里克使道斯土地分配法前景化，直接叙述印第安人由于丧失土地而导致的传统文化毁灭和社群的分崩离析。也许读者不曾关注传统文化毁灭和社群的分崩离析与印第安人丧失土地有什么关联？但是，厄德里克的创作表明其中的关联。众所周知，分配土地前需要做的重要工作是勘测土地。虽然《道斯法案》1887 年颁布，但是美国地域广阔，保留地散布在各地，这就意味着实地勘测需要很多年的时间。《痕迹》中保留地

① Huettl, Margaret. "Re/creating the Past: Anishinaabe History in the Novels of Louise Erdrich" [A]. In P. Jane Hafen (ed.). Critical Insights: Louise Erdrich [C]. Massachusetts: Salem Press, 2012:29.

的勘测发生在20世纪初期，一些勘测员是部落成员，宝林声称芙乐施巫术杀死测量员，或者致其发疯。实际上，美国中西部偏北地区的保留地的土地也未测量和分配。根据沃什伯恩的论述，直到1937年南达科他奥格拉拉苏族（Oglala Lakota）的松树岭保留地进行才测量分配，距《道斯法案》颁布已经有50年时间了。[①]《道斯法案》不包括俄克拉荷马所谓的文明化五部族（奇克索人、切罗基人、巧克托人、奇克索人和塞米诺尔人），直到《1907年柯蒂斯法案》（the Curtis Act of 1907）颁布才将五部族纳入《道斯法案》，实行土地分配。1906年的《伯克法案》（the Burke Act in 1906）加速了《道斯法案》的影响。理论上，政府对分配给印第安人的土地有25年的托管权，在此期间，土地免税，不能出售。然而，《柏克法案》通过授予任何被视为"有自立能力的"印第安人土地证书，承认其对份地拥有完全所有权。换言之，政府不管印第安人是否愿意，取消对他们土地的托管，授予印第安人权利和公民身份责任，这其实意味着印第安人要为其所分的土地承担巨额陌生的税负，许多人因未支付税款和抵押贷款迅速失去其土地。《道斯法案》颁布后，大批投机商和伐木公司像贪得无厌的掠食者通过胁迫、贿赂，承诺快钱和抵押贷款攫取部落土地。厄德里克揭示了土地分配法对其虚构的保留地产生的影响。《痕迹》中，纳纳普什描写他的保留地"在边缘被蚕食，被那些等待拍卖商落槌的农民包围"，他的话承载着历史经历的重负（TK 99）。喀什帕和皮拉杰家不知道他们所分配的土地因为未缴纳赋税已经处于丧失的危险中，纳纳普什

① Washburn, Frances. Tracks on a Page: Louise Erdrich, Her Life and Works[M]. Santa Barbara: Praeger, 2013:37.

以为,"'信托'意味着他们不能对我们的份地收税"(TK 174)。事实上,法律,如《柏克法案》,已经取消了他们被保护的地位。小说中,达米安神父出示了一张彩色编码地图,用"清晰的黄色"标出了他们的土地,意味着不管芙乐、纳纳普什和喀什帕是否意识到自己欠税,他们需要面对两方面的敌人:一方面,伐木公司和银行;另一方面,部落成员同伴,包括拉扎雷家、莫里西家和部落警察蒲克万(Pukwan)与政府联合获益。尽管芙乐、纳纳普什、玛格丽特和伊莱·喀什帕为缴税拼命采集蔓越橘皮卖钱交税,但他们认识到"微弱的钢斧声音",以及伐木作业已经在前往芙乐土地的途中(TK 206)。约翰·詹姆斯·毛瑟已收购了芙乐的土地,她的树木将消失,因为玛格丽特和尼科特的收入不够支付税金以保住其土地,她私自把芙乐和纳纳普什的钱都用于支付其儿子尼科特的份地税。当纳纳普什找政府代理理论,代理仅仅说"一个伐木公司出了好价钱","当税金未缴纳,政府有义务接受那个出价"(TK 207)。另一方面,对部落土地根基进一步威胁的是阿尼什纳比委员会成员自己,如《爱药》中,尼科特担任部落主席时,不管露露家族世代生活在这块土地上,部落决定出售共有土地,建立战斧工厂;《四灵魂》中,玛格丽特为了一块油地毯卖了尼科特的土地。达米安神父的彩色编码地图表明,利润驱动的公司随时"像稻草一样将边界标志从地图上抹除"(TK 8)。"地图代表土地所有和法律确认的人为建构。地图成为殖民开拓和丧失的具体象征"。[①]《爱药》中,艾伯

---

① Hafen, P. Jane. We Anishinaabeg Are The Keepers Of The Names Of The Earth: Louise Erdrich's Great Plains [J]. Great Plains Quarterly, 2001, 21(4):326.

丁谴责,“土地分配政策是场闹剧”。保留地的“好多土地被卖给白人,永远失去了”(LM 12)。芙乐祖先的土地被图尔古特公司老板约翰·詹姆斯·毛瑟盗取,他的房子是芙乐土地上的木材建造的,这使芙乐有种丧失亲人之痛,这些木材渗出的“珠珠薄液——仿佛召唤属于芙乐·皮拉杰和马奇马尼湖畔深处土地上的植物和生命”(FS 9)。土地分配开启了印第安人丧失土地的恶性循环,一直持续至20世纪中期,势头不减。

厄德里克揭露政府政策背后的同化动机。土地分配不仅仅期望奥吉布瓦人成为农民,而且希望他们“应该学会白人用大马拉着笨拙的齿状机械耕作的方式”(FS 79)。简言之,接受白人的世界观认识论,改变其狩猎的游牧生活方式。当玛格丽特为一块油地毯卖掉尼科特的份地时,纳纳普什尖锐指出,这是她在寄宿学校学会的物质享受。同样地,拉扎雷家和莫里西家明确地支持土地分配,因为他们有白人血统,与白人社群的关联。厄德里克借纳纳普什之口批判土地分配制度。土地分配代理不帮助阿尼什阿比人与官僚的繁文缛节协调,或者与银行家和商人进行公平交易,而是“使我们把土地卖给白人更加容易”(FS 79)。厄德里克表明土地丧失太难对付,因为当局表现得仿佛“没有敌手,没有背叛者,没有人斗争”(TK 207)。对官僚而言,这是自然且不可避免的历史进程。同时,在未咨询本土印第安人的情况下,政府颁发一个又一个法律,让奥吉布瓦人陷入“错综复杂的地域关系中”。[①] 纳纳普什

---

① 转引 Huettl, Margaret. "Re/creating the Past: Anishinaabe History in the Novels of Louise Erdrich" [A]. In P. Jane Hafen(ed.). Critical Insights: Louise Erdrich [C]. Massachusetts: Salem Press, 2012:36.

揭露法律程序背后的贪污腐败与贿赂。当图尔古特(Turcot)木材公司开始清除芙乐土地上的树木而不是玛格丽特家的土地时，纳纳普什质问代理，“那个好价钱是多少，非法的滞纳金也许进了你的腰包吧？你给拉扎雷多少钱藏在我旧木屋的墙壁里？有多少现金你塞进伯纳黛特的床垫里”？纳纳普什指出的复杂贿赂网接近厄德里克别处所说的“大盗”(TK 208; PDs 84)。

于特尔认为厄德里克通过纳纳普什质疑贪污腐败是正当的。《四灵魂》中，厄德里克清晰表明，毛瑟为获得树木开采权贿赂代理朱伊特·帕克·塔特罗(Jewett Parker Tatro)。于特尔进一步指出，现实中，威斯康星州的坏河发生类似事件，斯特恩斯木材公司(Stearns Lumber Company)由印第安代理塞缪尔·坎贝尔(Samuel Campbell)帮助垄断了木材合同，促使他与部落签订低于市场价值 3 倍以上的合同，为此，坎贝尔私吞了至少部落木材税收款 3 万美元。于特尔用坏河历史学家帕蒂·洛(Patty Loew)的话来说明，垄断公司因此钳制了“保留地经济的命脉”。[①] 对此，哈芬也表示了肯定，“这样的场景会且已经在很多地方发生过”。[②] 当厄德里克想象地表达这些历史事件以及土地和其人民的联系时，毁灭就变得更加清晰了。小说中的人物查看地图后，认识到他们处境严峻，令人绝望。当土地易手，社会境况也就恶化。酗酒蔓

---

① Huettl, Margaret. "Re/creating the Past: Anishinaabe History in the Novels of Louise Erdrich" [A]. In P. Jane Hafen(ed.). Critical Insights: Louise Erdrich [C]. Massachusetts: Salem Press, 2012:36.

② Hafen, P. Jane. We Anishinaabeg Are The Keepers Of The Names Of The Earth: Louise Erdrich's Great Plains [J]. Great Plains Quarterly, 2001, 21(4):326.

延,孩子被遗弃,“除了雪,衣不蔽体”。纳纳普什悲叹到:“我是个男人,但是,很多年前我就已经知道失去自己的孩子是怎样的滋味。现在,我也知道,没有了称之为家的土地,面对的世界难以预料”(TK 187)。

二、土地丧失后果之文化毁灭

丧失土地之痛如此深入阿尼什阿比社群,“永远铭记他们心中”,成为其后代的负担(PDs 85)。这种失落感弥漫着厄德里克的每一部保留地小说。厄德里克通过纳纳普什谴责土地分配是有组织的文化毁灭形式。“正当我们第一个人种植,或者放牧,或者耕种土地失败的时候”,银行提供抵押贷款(FS 79),但是,止赎权的通告随抵押文件而来,土地被封,易手他人。厄德里克通过纳纳普什将联邦政策直接与根除美国印第安人关联起来,人们被迫去乞讨,直到乞讨成为非法,可是,“没有法律颁布禁止饥荒”“阿尼什阿比人有自由挨饿”,这样,他们就“成为解决了的问题”。“谁担心死者?他们在地下安全了”(FS 80)。通过纳纳普什的讽刺话语,厄德里克揭露了土地政策超越了仅仅剥夺印第安人的土地,她使读者意识到,这些政策与灭族相联系。

土地分配有关政策导致部落内部之间产生传统派和所谓“进步派”之间的冲突,从根本上动摇了部落的根基,分裂了社群。《痕迹》中使冲突变得独特正是由于被迫适应,谋生之路几乎完全丧失。蒲苇蓝哥泰(B. Poovilangothai)分析《痕迹》中部落内部冲突时指出,“社群的不和是推行经济体制的直接结果,这种体制对美国印第安人来说是陌生而格格不入的。新经济危害生存,被迫适应，产生与传统派的分歧”；但是，“像厄德里克这样技艺娴熟的作家会用失败的野心、爱情魔药、熊药、财富和复仇来伪装、掩饰冲突的真实原因”。[①] 或者说，厄德里克用主流读者乐于接受的主题揭示印第安文化被摧毁的深层原因。《痕迹》中比较突出的情节是几个家族之间的宿怨：传统派家族纳纳普什、喀什帕、皮拉杰，“进步派”家族拉扎雷、莫里西、蒲克万，他们之间的不和与争斗持续了几代人，在《爱药》中也有所体现。蒲苇蓝哥泰分析这几个家族谋生的不同方式说明不同家族之间争斗的实质。伊莱·喀什帕、纳纳普什和芙乐靠打猎维持生计，这是传统的美国印第安人生活方式。社群中其他家族如莫里西靠耕作为生，或者，他们已经从事美国行政管理工作，如蒲克万家是部落警察。甚至还有像乔治·许多女人(George Many Women)做进入丛林土地勘测人员的向导，他为美国伐木公司服务。蒲苇蓝哥泰认为，选择生活方式基本区别在于适应美国市场经济，或者坚持传统方式，这是造成传统派和非传统派、基督徒和非基督徒，以及家庭成员之间的冲突、派系斗争的真正原因。蒲苇蓝哥泰进一步分析，这些传统派一贯地反对放弃部落土地，同化入白人文化。结果，联邦管理者为获得土地特许使用权，经常转向混血居民，通过公布混血儿在决策上将有话语权，白人代理常常如愿以偿。其实，蒲苇蓝哥泰揭示了冲突的本质是文化原因——接受同化和坚持传统的冲突。

“进步派们”自愿种地，由此与基督传教士和印第安改革派交

---

① Poovilangothai, B.. "Fractured Lives: A Study of Factionalism in Louise Erdrick's Tracks" [J/OL]. RSJLE. Vol. I Issue II, 2013: 84 [2017-08909]. http://www.researchscholar.co.in/member/14－poovigothai.pdf.

友，不是因为他们憎恨其传统方式，是因为环境迫使他们采取这样的立场生存，蒲苇蓝哥泰列举事例说明此观点。1783—1868年间，明尼苏达州奥吉布瓦人同时割让份地和土地给白人。土地割让给奥吉布瓦人生活质量造成直接影响。伐木业破坏了猎物及其栖息地，损坏了季节性食物如“浆果、果籽和坚果”，需要建房、做工具、摇篮、雪鞋和独木舟的原材料也遭到破坏。随着欧裔美国人的大量涌入，天花等疾病肆虐，酒精随时可得，以及欧裔美国人对奥吉布瓦人友善的普遍误解，[①]所有这些因素致使奥吉布瓦人生活恶化，使他们大多数认识到适应时代变化的必要性。

无论传统派还和进步派采取哪种手段，他们的首要目的是生存，然后更好地生活。以纳纳普什和芙乐为代表的传统派坚信“土地是唯一延续生命的东西。金钱易燃如火绒，流逝如流水”（TK 33）。作为传统派和抵抗者，纳纳普什试图以此说服社群成员不要出售他们的土地，坚决抵制殖民者的蚕食。像纳纳普什一样，芙乐是个抵抗者，拒绝把所分土地卖给殖民者。她忍受饥饿、打猎，采蔓越莓皮挣钱支付税款。厄德里克刻画她具有神秘的力量，她与马奇马尼图水怪有着神秘的联系。谣传她用令人恐惧的奥吉布瓦巫术杀死了三个与在岛上伐木作业有关的人，整个社群都害怕她的魔力。而芙乐的对手进步派们不把土地看作唯一延续生命的东西。他们采取的生存手段是同化自己入主流社会。蒲克万家是部落警察，莫里西家和拉马丁家是富裕的农民。莫里西和拉扎雷家

---

① Poovilangothai, B.. "Fractured Lives: A Study of Factionalism in Louise Erdrick's Tracks" [J/OL]. RSJLE. Vol. I Issue II, 2013:87 [2017-08-09]. http://www.researchscholar.co.in/member/14-poovigothai.pdf.

是出售保留地木材的支持者。他们积极参与拍卖未支付税款的份地。伯纳黛特是不可少的记账专家，她实际上经营莫里西农场。当她的家庭被忽略时，她迅速把自己变成代理的秘书。宝林把自己变成修女。通过对部落内部的争斗分析，读者可以认识到，是《道斯法案》导致部落成员土地观念的变化。特别是玛格丽特和尼科特背叛芙乐的事件更能够说明《道斯法案》从根本上改变了部落成员的土地观念。用蒲苇蓝哥泰的话说，“尽管法案未能使本土裔美国人变成农民，它引进了一个新的经济体制，其重点是产权和金钱。法案产生了两类人：一类接受市场经济，一类不接受”。[①] 传统的阿尼什纳比人认为，土地不仅是“泥土”或者“乡村”，还是“宇宙”，是多样复杂的、巨大永恒的社会圈，通过某种价值和属性，如亲属关系、相互关系联结起来。因为土地联结人类和宇宙，土地是神圣的存在。蒲苇蓝哥泰分析道，《痕迹》中，莫里西家及其他“进步派”不再把土地看作神圣的存在。他们把土地看作是可以拥有，耕作获利的东西。尽管玛格丽特和喀什帕不是农民，他们把土地理解为财产。这就是他们认为守住马奇马尼图岛没有在镇上拥有喀什帕份地重要的原因。对纳纳普什而言，马奇马尼图岛不仅是芙乐的份地，而且是水怪米塞佩舒(Misshepeshu)生活的地方。这个岛是以皮拉杰住所的方式保持某种早期信仰的地方——强大的药师——神灵。米塞佩舒的出现以及芙乐与他的联系使得此岛成为齐佩瓦人世界观的缩影。纳纳普什和芙乐拒不让步，因为他们

① Poovilangothai, B.. "Fractured Lives: A Study of Factionalism in Louise Erdrick's Tracks" [J/OL]. RSJLE. Vol. I Issue II, 2013:89 [2017-08-09]. http://www.researchscholar.co.in/member/14－poovigothai.pdf.

不像玛格丽特和尼科特一样把金钱看作永恒的东西。更加重要的是他和芙乐知道"皮拉杰家的土地不是可以买卖的普通土地。当这个家族被从东部驱赶至此，由于老人家的联系，米塞佩舒出现了。水神不是狗会跟随我们的"(TK 175)。纳纳普什的话说明本土裔美国人和欧裔美国人看待土地观念的本质不同所在。

以上分析，我们可以看到，厄德里克描写部落内讧以增进小说故事性，吸引更多的读者，尤其是主流读者，由此增进土著族裔能见度。有意识的读者能够从中读到导致内讧的深层原因，也可以认识到美国印第安文化所遭受巨大损失的根源。正如厄德里克所言，"美国印第安文化被消灭的如此彻底，甚至超过核灾难可能对我们的摧毁，其他人生活在毁灭后的余波中，像核辐射一样持久——贫困，胎儿酒精综合征，长期绝望"，[①]当代美国印第安作家的重要的任务是，"面对巨大的损失，他们必须讲述当代幸存者的故事，保护并赞美灾难之后存留的文化核心"。[②] 厄德里克在《痕迹》中讲述幸存者的故事，以此对抗官方的进步历史，她再现给读者的奥吉布瓦人的过去是被强制同化，最终其文化遭到毁灭打击的历史，官方希望印第安人消失在主流文化中，从此解决印第安人问题。但事实上，印第安人的生命力犹如蒲公英一样，"它的根埋在土里。人们把这讨厌的东西挖出来，扔在太阳下，让它枯萎。它柔弱的种子坚不可摧"(爱药 260)。他们没有完全毁灭，厄德里克的叙事给予其复苏的希望。

---

① Erdrich, Louise. "Where I Ought to Be: A Writers Sense of Place"[A]. In Hertha D. Sweet Wong, ed. Louise Erdrich's Love Medicine: A Casebook [C]. New York/Oxford: Oxford University Press, 2000: 48.

② Ibid.

三、艺术再现之复苏叙事

《痕迹》由两个相互矛盾的叙事者纳纳普什和宝林在交替叙述同一故事，小说的开始和结束的叙述由纳纳普什完成。传统代表纳纳普什主张保卫土地，抵制白人入侵；而"进步"代表宝林向往同化。厄德里克运用两个相互矛盾的叙述声音"强调奥吉布瓦人的主体性及其生存的复杂性"，这是"表达特别是处于危机和动荡中奥吉布瓦人生活多样性的最有效的方式"。[①] 用相异的声音叙事，厄德里克在《痕迹》中书写的历史和身份就不存在"大真理"或者"宏大叙事"。[②] 这样，身份是流动的，历史是可协商的。两个人物从不同视角为读者提供了北达科他保留地奥吉布瓦人 1912－1924 年间生活：在这个动荡不安的时期，部落遭受天灾人祸——疾病、饥荒、政府土地分配法和天主教的侵袭。纳纳普什开篇回忆过去 50 年历史，他描述从 1912 年始进入 20 世纪的变迁来得如此迅猛，令人痛苦。他回忆道，"我指导最后一次野牛狩猎。我见证射杀最后一头熊。我诱捕最后的河狸，它两岁多。我大声念出政府条约的字词，拒绝在将拿走我们森林和湖泊的契约文件上签字。我砍掉最后的桦树，它比我的年龄还大，我挽救了最后的皮拉杰家族"(TK 2)。这些变迁是阿尼什纳比人历史经历的部分，厄德里克让纳纳普什把奥吉布瓦人过去的遭遇以芙乐家族及部落故事的

---

① Kurup, Seema. Understanding Louise Erdrich [M]. Columbia: The University of South Carolina Press, 2015:36.

② Ibid. 37.

形式讲给芙乐的女儿露露。纳纳普什的回忆体现了深深的失落感。他对过去的观点似乎与标准的美国历史叙事一致,将印第安人看作边缘的、被毁灭的和消失的人民。然而,他的讲述实际上与这个不可避免的衰落的轨迹相互矛盾。他的话语包含着希望,因为他"挽救了最后的皮拉杰家族",芙乐,他把她当做女儿来爱。最主要的是,他在把他的故事讲给芙乐的女儿"看不见人的孩子"露露,因为奥吉布瓦人被疾病和主流历史抹除(TK 1)。因此,厄德里克将奥吉布瓦人的过去展现为"毁灭与复苏的循环",既是个人的也是部落的。[①]

纳纳普什与奥吉布瓦神话中的恶作剧者纳纳伯周(Nanabozho)同名,小说中厄德里克让他的叙事与西方试图定义并建构美国印第安人历史的宏大叙事对位,他的故事是小叙事,是深切感受的个人真相,他讲述家族和部族的故事包括口述历史、地方神话和家庭故事,目的是阻止土著文化完全毁灭,以此保存他的奥吉布瓦文化。奥吉布瓦传统中,讲述故事是建构历史和抵抗文化灭绝的一个途径:

> 所有的故事都在那,一旦我开始讲,就没有终止,因为从头到尾故事互相联结。疾病年间,当最后剩下我,我开始讲故事救了我自己。……通过讲故事我康复了。死神插不上话,灰心丧气地离开了。(TK 46)

纳纳普什痛苦地意识到,作为奥吉布瓦许多仪式和传统的最

---

① Huettl, Margaret. "Re/creating the Past: Anishinaabe History in the Novels of Louise Erdrich" [A]. InP. Jane Hafen (ed.). Critical Insights: Louise Erdrich [C]. Massachusetts: Salem Press, 2013:29.

后见证人,他要承担保存其人民文化的责任。对露露讲述奥吉布瓦社群和她妈妈芙乐的故事,纳纳普什的叙述本身就是纪念和"再记起"(rememorating)奥吉布瓦口述故事和传统的过程。[①] 厄德里克的小说以纳纳普什告诉露露"下雪前我们开始死亡,像雪花一样,我们继续倒下"开篇。纳纳普什继续讲述殖民者根除其社群的方式。他讲述"斑点病"、条约和"在暴风雨般的政府文件中逃亡"。他告诉他的孙女,她是"不可见人的孩子,消失了人的孩子"(TK 1),他告诉她"新的疾病"(TK 2),肺病,导致宗族的进一步缩减。死亡和文化屠杀的意象是悲惨的,意味着失衡。使流行病、联邦条约、法律文件前景化,凸显丧失,纳纳普什使流行的进步叙事陌生化。但是,他也承认他的历史叙事的局限。他告诉露露,"我经历的时代你绝不会了解"(TK 2),意味着,纵然纳纳普什花时间对露露详细讲述过去几年发生的事件,他不得不接受不可否认的事实,旧的生活方式对未来一代奥吉布瓦人来说一去不返了,只有小部分历史会在露露的记忆中幸存;他意识到,过去的复杂性超过他的能力去完整地再现,事实上,任何人没有能力完整地再现它。厄德里克说明殖民者强加的改变对土著民族是毁灭性的打击,厄德里克把芙乐失去孩子和失去其土地联结在一起。纳纳普什告诉露露有很多形式的丧失。有的人丧失孩子给死神,其他人在同化中丧失了其孩子或者他们自己,在此,他们与自己的文化和他们自己疏离:

---

① Horne, Dee. "A Postcolonial Reading of Tracks"[A]. In Greg Sarris, et al. (eds.). Approach to Teaching the Works of Louise Erdrich [C]. New York: The Modern Language Association of America, 2004:195.

> 我们以不同方式丧失孩子。他们转向白人城镇，像尼科特一样，或者他们没有任何理由完全成为镜子中看到的自己，像你一样。最糟糕的是真正的丧失/死亡，不堪忍受，但是必须牢记。芙乐在风之每一气息中，枯叶每一嘀嗒声中，飘雪的每一沙沙声中听到她死去的孩子。（TK 170）

虽然纳纳普什的故事展现了凄凉的景象，讲述故事是在肯定，因为这是抵抗和生存过程的部分。纳纳普什告诉露露：

> 因为通过纳纳普什传递的名字芙乐·皮拉杰将不会与我消亡，也不会像骨头和皮革那样腐烂。有关于它的故事，就有所有的故事，在发生时绝不会可见。只有当老人家坐下来，梦幻般地在其椅子里讲述后，图景就突然清晰了（TK 34）。

纳纳普什的叙述展现很多令人难忘的文化灭绝毁灭意象，而这些意象勾勒出殖民主义和同化，因此，他的叙事颠覆了殖民话语，使流行的进步叙事陌生化。而通过他的故事讲述，本土裔美国人的历史得以传递下去，延续并长存。

宝林的叙事不像纳纳普什对在场的听者讲故事。读者可以推测，她是在写故事而不是大声地讲故事，这是她的叙事和纳纳普什叙事区别的根本所在。她避开奥吉布瓦的口述传统，运用西方的、线性的、纪实的风格表达历史。纳纳普什以感伤和恭敬的语调讲述他的人民在冬季遭受的巨大损失，而宝林的兴趣在社群之外的天主教修女，她的叙事反映了她与奥吉布瓦人的情感和身体距离。厄德里克对宝林的刻画影射同化的危险和殖民者文明教化造成危害的后果。宝林“是混血儿，其皮货商宗族的名字已经失传”，她试图拒绝承认自己的奥吉布瓦身份,霍恩认为她是一个“殖民模拟”。① 早年,她让父亲送她到“白人的城镇”,这样她可以在那向修女学习做蕾丝,她像其祖父一样,是“纯加拿大白人”(TK14)。进修道院后,她决定抛弃其身份。宝林努力亲近殖民者,否定自己的身份,她用“他们”而不是“我们”将自己和“印第安人”区分开来。霍恩继续指出,“殖民仿拟者,努力模仿殖民者只能部分地模仿他们,最终被否认”。② 尽管宝林似乎完全接受其新的天主教徒的身份,具有讽刺意味的是,她继续挣扎于相信奥吉布瓦神话传说。她关注芙乐的大部分叙述揭露了她在其新的修女社区无安全感和对芙乐纯血地位的嫉妒。宝林利用其叙述改变宗教信仰,颂扬为被剥夺权利的混血儿和无可救药的纯血奥吉布瓦人而活的基督美德,由此,确保获得救赎。霍恩认为,厄德里克通过宝林这个人物象征由于殖民开拓和实施同化造成许多奥吉布瓦人的精神和文化分裂。宝林内化殖民者殖民话语,参与其自我轻视。而且,她试图重塑其身份,表明其改宗是上帝的意愿:

> 他(上帝)说我不是我想象的自己。我是孤儿,我的父母死于恩泽,因此,尽管我的五官具欺骗性,我一丁点都不是印第安人,是十足的白人(wholly white)。……他抑制了我的眼泪,告诉我是被选中的。……他为我制定了重要机会,为此,我必须准备,我要找出他敌人的习性和隐藏的地方。……我

---

① Horne, Dee. "A Postcolonial Reading of Tracks"[A]. In Greg Sarris, et al. (eds.). Approach to Teaching the Works of Louise Erdrich [C]. New York: The Modern Language Association of America, 2004:194.

② Ibid.

不应该不理睬印第安人。我应该走出去，到他们中间，保持安静并聆听。(TK 137)

她的自白有两层意思。一方面表达了宝林的错觉和偏执（上帝无所不在，注视她做的一切。），以及渴望虔诚，另一方面说明她的愿望，正如厄德里克机敏地玩味同音词“wholly white”(holy white)神圣的白色，意味着上帝向宝林传递白人优越的信息。当然，宝林一心想成为白人，通过敬拜白人的上帝，与其奥吉布瓦的根保持距离，完全信奉西方的存在方式。库鲁认为(Seema Kurup)，“通过将白人性(whiteness)与虔诚联系，或者将白人性和神圣的观念混淆，她（宝林）象征许多奥吉布瓦人的文化错位和西方世界用宗教实现帝国主义目的的颠覆方式”。[①] 通过宝林这个人物，厄德里克表征那些奥吉布瓦人遭受无以名状的屈辱、困惑，心理及情感和精神的分裂，他们试图在截然对立的两个世界中寻求文化平衡。宝林的叙事充分体现了由于西方基督教文化的侵蚀，对待其“本土性”时他们的痛苦和挣扎，并在新文化中求生存。尽管厄德里克围绕宗教狂热和心理反复无常表现宝林的身份危机，但是，宝林的身份危机是，“小说中那个时期奥吉布瓦人生活非常真实的部分”。然而，“只有考虑众多不同的奥吉布瓦人政治和经济困难的语境，这种情感挣扎的冲击力才能被感受到”。[②]

纳纳普什和宝林的叙事为我们展现一个“真实”版本的奥吉布

---

① Kurup, Seema. Understanding Louise Erdrich [M]. Columbia: The University of South Carolina Press, 2015: 43.

② Ibid.

瓦人生活。厄德里克有效地运用双重叙事者在各章中交替讲述，缓冲彼此，没有使一个讲述者优越另一个，没有一个讲述者能够声称自己的故事绝对真实。这样的叙事肯定文化差异，质疑单一的宏大叙事，扰乱殖民话语——置殖民者于支配地位而土著民族于从属地位。由此，厄德里克的小说反映的奥吉布瓦生活是多样的，而且常常是直接对立的，叙事避开了主流文化的定义和分类。纳纳普什作为纯血奥吉布瓦人，为奥吉布瓦人担当讲故事的人和代言人，说明以法律文件、钞票和政府形式注入的白人文化，简言之，资本主义文化，危及他们的社群。纳纳普什的故事以及厄德里克杂糅的叙述策略表明土著民族能够通过自决，通过以自己的方式讲述故事与文化剥离斗争。纳纳普什讲述他多年经历的部族灾难，用故事告诉芙乐的女儿他如何拯救最后的皮拉杰。通过他的故事为露露注入其人民的力量和活力，纳纳普什希望赋予露露力量面对削弱或贬低奥吉布瓦历史的竞争性叙事。露露代表能够生存并通过践行其文化抵制文化屠杀的下一代，使印第安文化复苏。事实上，《爱药》中，露露为保卫土地而战，当委员会决定出售露露所占的部落土地给战斧工厂，她拒绝搬离。她称所有的资金结算都是“谋杀”，直到尼科特意外地烧毁了她的房子，顽强地拒绝“向西搬一寸”，(爱药 284)。最后，部落委员会“从白人农场主那儿买来”一块土地，为她盖了安置房，在那里“妻子儿女、女婿儿媳、堂兄堂妹，都挤在活动房屋里和更多旧废车厢里。我们种的羽叶槭和小橡树都长大了。我们还种了蜡树。这成了拉马丁一家的栖息之地”(爱药 290)。露露和她的亲戚作为一个社群在这块收回的土地上恢复元气，重新获得力量。因此，厄德里克重申，如果土地收回，保留地是休养生息的家园，能够使人从崩溃破碎状态中恢复。

无论《痕迹》还是《四灵魂》，虽然厄德里克揭露殖民者暴力剥夺奥吉布瓦人的土地，导致他们的文化从根基断裂，但厄德里克的叙事又为读者展现复苏的希望。《四灵魂》的尾声，芙乐带着与毛瑟生的儿子回到保留地，用她特有的魔力玩牌赢回了失去的祖先土地。在收回皮拉杰土地之后，纳纳普什陷入沉思，回顾奥吉布瓦历史进程中的主要损失，他捕捉到了支离破碎感。但是，他以积极的信息为现代阿尼什阿比人做结，让读者看到经历浩劫后他们的希望：

> 变化是混乱和痛苦。发展中没有秩序。保留地在绝望时期出现，保留地上，我们将看到更令人绝望的事情出现。当我回头看看我们动荡不安的历史，我理解，我们至少从中获得某种东西。这小片土地。这 ishkonigan（奥吉布瓦语残羹剩饭的意思），这残羹剩饭。我们拥有它，只要我们守住它，我们将会成为某种人。
>
> 我们曾经是没有留下痕迹的人民。现在不同了。我们将我们自己深深地印在土地上。我们修建公路，我们的车轮滚滚向前，车辙深深，丛林渐行渐远。我们为我们的房屋造地基，在房子边上打井。我们的鞋子结实，我们去哪都容易。我也留下了自己的痕迹。我留下这些话，但是，即使我把它们写下来的时候，我知道它们仅仅是雪地上的足迹，到了春天它们会消失，新生物将覆盖它们和我。绿色转而将变黑色，积雪将覆盖我们众人，儿女们，悲伤无用。就像草枯萎，风耗尽其力，树在清风中倾倒，死去的野牛融入大草原的土地，或者被耕种在新挖出的土地上，所有熟知的东西化为陌生。甚至我们的

尸骨滋养变化，甚至一个民族生活的如此透彻，被实用哲学拯救千代，甚至像我们这样的人民，阿尼什纳比人有时会死亡，或者会改变，或者改变并变得更好(FS 210)。

第四节　《屠宰师傅歌唱俱乐部》：历史与生存

厄德里克在 2003 年版的《屠宰师傅歌唱俱乐部》致谢中说，“这本书封面上年轻的屠宰师是我的祖父。一战中，他在战壕中为德国而战，而二战中，他的儿子们为美国作战。这本书是虚构的……”(MC 389)。《屠宰师傅歌唱俱乐部》(以下简称《俱乐部》)中，厄德里克将目光转向其父辈德裔美国人的生存书写。她之前的小说，特别是“北达科他四部曲”聚焦北达科他平原“齐佩瓦人的生存”故事，更重要的是，“直接反映了历史叙事过程的特权与偏见”，重述变革中的故事，有“苦难”“转变”“延续”。[①] 而《俱乐部》以德国移民费代利·瓦尔德沃格(Fidelis Waldvogel)的家庭为中心人物，小说中只有一个梅蒂斯男人和一个克里女人，印第安人实际上缺场(absent)。斯蒂勒普引用沃尔什和布雷利(Walsh and Braley)评价《甜菜女王》中印第安人的观点，说明该小说中印第安人的在场(presence)系“潜伏”，同时指出，这也是约翰·罗(John Rowe)所认为的“作品中关键的政治无意识”[②]。约翰·罗认为，

---

① Stirrup, David. Louise Erdrich [M]. Manchester and New York: Manchester University Press, 2012:132.

② Ibid.

“厄德里克展现的欧裔美国人的城镇要么极度地压抑本土裔美国人的在场，要么对本土裔美国人的在场毫无所知。在她所有的作品中，厄德里克自觉地对抗这种压抑，克服这种无知，在她想象的美国中西部将本土裔美国人描写为这片土地上不可避免的人物，因此对抗无所不在的消失的美国人神话”。[①] 斯蒂勒普和约翰·罗都认为虽然《俱乐部》主要描写欧裔移民社区生活，表征他们在新大陆谋生境况，实际是也遮蔽地反映了印第安人的历史。

小说从 1918 年一战结束开始，二战后 1954 年结束，时间跨度半个世纪。主人公费代利·瓦尔德沃格(Fedelis Waldvogel)是一战中的德国狙击手，退伍后兑现对已故战友的承诺与其未婚妻伊娃·卡尔伯(Eva Kalb)结婚。婚后为了更好地生存，费代利孤身一人前往美国，期望在新的土地上为自己及家人开辟一种新生活。他来到北科达他州的阿格斯小镇开了一家肉铺，后又将妻儿接到美国。故事的女主人公黛尔菲·沃特兹卡(Delphine Watzka)一出生便被亲生母亲抛弃，所幸被镇上的拾荒人“一步半”(Step-and-a-Half)救起交给罗伊·沃特兹卡(Roy Watzka)抚养长大。“一步半”是小镇上有着奥吉布瓦与法国血统的隐姓埋名的拾荒人，8 岁时跟随父亲寻求能使人起死回生的鬼舞(ghost dance)，却在伤膝(Wounded Knee)目睹了当时的美国政府对印第安居民的屠杀。自此，“一步半”不得不四处奔走流浪，以期能够摆脱这段黑暗的记忆。黛尔菲的朋友塞普瑞恩·拉扎雷(Cyprian Lazzare)是一战归

---

① Rowe, John Carlos. Buried Alive: The Native American Political Unconscious in Louise Erdrich's Fiction [J]. Postcolonial Studies, 2004, 7 (2):197.

来的美国印第安海军士兵，退伍后的塞普瑞恩除了"平衡术"表演外一无是处，在流浪表演的过程中与黛尔菲相遇，共同表演"平衡术"谋生。黛尔菲回到阿格斯镇后，经历了闺蜜伊娃癌症不治去世，好友塞普瑞恩出走以及父亲病故，最后黛尔菲嫁给费代利担负起家庭女主人的重任。故事接近尾声时二战爆发，费代利的两个大儿子为美国作战，而他的两个双胞胎小儿子为德国作战，一个成为战俘，另一个战死沙场。故事至此渐渐落下帷幕。

玛丽·科妮莉亚认为小说可以归为不同类别，"家族传奇、移民经历故事、年轻女人成长故事和神秘故事之类"，但是，她主要研究小说中变化和流动的身份。[①] 而托马斯·奥斯丁菲尔德(Thomas Austenfeld)则分析《俱乐部》中的德国遗产和文化。两位学者都承认《俱乐部》涉及战争的历史：奥斯丁菲尔德认为厄德里克"不可避免地面对20世纪的德国历史"；[②]科妮莉亚说明"厄德里克愿意面对真相——耻辱——屠杀的艺术和美国政府对这个大陆上的原住民采取背信弃义的政策"。[③] 小说蕴含丰富的主题提供了多种研究的可能性，有关厄德里克如何书写德裔美国人和本

---

① Cornelia, Marie. "Shifting Boundaries: Reflections on Ethnic Identity in Louise Erdrich's The Master Butchers Singing Club" [Z]. Glossen Sonderausgabe/Special Issue: 2004 — 19, [2017-06-20]. http://www2.dickinson.edu/glossen/heft19/cornelia.html

② Austenfeld, Thomas. German heritage and culture in Louise Erdrich's The Master Butcher's Singing Club[J]. Great Plains Quarterly, 2006 (26):7.

③ Cornelia, Marie. "Shifting Boundaries: Reflections on Ethnic Identity in Louise Erdrich's The Master Butchers Singing Club" [Z]. Glossen Sonderausgabe/Special Issue: 2004 — 19, [2017-06-20] http://www2.dickinson.edu/glossen/heft19/cornelia.html

土裔美国人经历战争和屠杀的创伤历史，在这片土地上如何求生存仍然是本部分主要探讨的问题。尤其是两次世界大战和伤膝大屠杀作为小说的背景值得思考和探究。

一、被边缘个体无声诉说的族裔史

正如约翰·罗指出的，厄德里克主要以城市为背景的小说中，本土裔美国人出出进进，相对而言是小角色，对他们自己的家庭历史和身份了解甚少。欧裔美国人社区对原住民或知之甚少，或视而不见，特别是，阿格斯居民几乎不提及 1890 年美国军队在伤膝拉科塔的大屠杀，这说明“渗透在阿格斯城表面之下的政治无意识”。[①]《俱乐部》建构了 19 世纪末和 20 世纪的创伤构架，从伤膝大屠杀到印第安人重组法；从一战经过大萧条到二战暴行，构架之内是个体亲历的历史。如此，“他们以地方感，个人感受，纯粹主观和易变的感受修正了那些官方叙事；最终，表明多面的美国历史”。[②] 厄德里克置所有这些事件于单一连续体中，揭露并诊断殖民痼疾，用约翰·罗的话说，“将伤膝大屠杀建构为欧洲原罪和殖民暴力的象征”。[③] 罗认为《俱乐部》中多重“活埋”和“营救”的事

---

① Rowe, John Carlos. Buried Alive: The Native American Political Unconscious in Louise Erdrich's Fiction [J]. Postcolonial Studies, 2004, 7 (2):199.

② Stirrup, David. Louise Erdrich [M]. Manchester and New York: Manchester University Press, 2012:132.

③ Rowe, John Carlos. Buried Alive: The Native American Political Unconscious in Louise Erdrich's Fiction [J]. Postcolonial Studies, 2004, 7 (2):197.

件象征地说明帝国机构通过成文的权力系统实施统治。他强调这些场景是再现历史之重的手段，也是阿尼什纳比人起源诞生之地，将地方事件绘入国家以及世界事件，说明历史编纂复杂及重要性。

伤膝大屠杀像弗洛伊德心理分析的压抑幽灵般复现一样，在厄德里克小说里北达科他阿格斯镇人的无意识中几次浮现。第一次关于伤膝比较详细讲述是在第13章“蛇人”中，罗伊向女儿黛尔菲讲述其母亲敏妮的故事牵出伤膝大屠杀的历史真相，他有意隐瞒“一步半”(Step-and-a-Half)敏妮如何在厕所里救出黛尔菲，尽管他的故事可能是虚构的，掩盖了某些事实，但是他提供了一个合理而真实版本的伤膝大屠杀——拉科塔人被诱骗接受第七骑兵团少校塞缪尔·惠特赛德(Samuel M. Whitside)在大屠杀前举白旗投降。罗伊讲述伤膝大屠杀这一历史事件时说道，“如果你想知道这段历史，可以在历史书中读到，然而其全貌却是鲜为人知、令人难以置信的”(MC325)。他讲述8岁的敏妮跟随父亲南下参加“鬼舞”(Ghost Dance)仪式，[①]却在伤膝谷目睹了美国军队对族人妇女儿童的残忍杀戮：

> 机关枪直接向营地的妇女和儿童扫射，也向白旗的投降者扫射。一个奶孩子的妇女，尽管被击倒死亡，……她倒下，孩子还在吸奶，现在它被其自己妈妈的鲜血覆盖。……敏妮

---

① 鬼舞，亦称作1890鬼舞(Ghost Dance of 1890)是19世纪末出现的体现美国西部印第安人试图恢复其传统文化的宗教仪式。鬼舞宗教的创立者印第安“派尤特族”的巫师瓦卡渥(Wovoka 1856—1932)预言，“鬼舞”将使“死者复生、往昔回归、水牛再现、白人消逝”，他的预言无疑具有极大的诱惑力，迅速传播，鬼舞的盛行，给美国政府造成极大惶恐，派军队镇压，最终造成1890伤膝大屠杀惨案。

看到的一切永远无法忘怀。她看到高大的士兵骑马冲向妇女，直接向抱着孩子的妇女扫射。……她看到马背上高大的士兵追赶一个骨瘦如柴、跌跌撞撞，哭泣的小男孩儿。另一个，扒光死去小女孩身上的'鬼魂衫'(figured shirt)[①]。(MC 325)

厄德里克用建构的想象力塑造了"伤膝大屠杀"的幸存者"一步半"这个人物，碎片化地呈现了"伤膝大屠杀"的历史事实。小说中"一步半"是具有奥吉布瓦和法国血统的克里人，是老疯马(Crazy Horse)[②]收养的堂妹(MC 322)。厄德里克将"一步半"与印第安民族英雄和伤膝大屠杀联系起来，象征地表达本土裔美国人抵抗欧裔美国人的殖民统治。对主流文化而言，"自 1890 年以来，伤膝意味着本土裔美国人以军事或者文化手段抵抗的威胁"。[③]"伤膝大屠杀"在美国的宏大历史叙事中被一笔带过，官方说法是伤膝之战结束了白人与印第安之间的百年战争，进而为双方赢得了和平。而鲜为人知的是，这是"流血的和平"(bleeding

---

① 这里译成鬼魂衫因为跳鬼舞穿的特制的带有花纹和羽毛的衣服，据说这种由棉布做成的衣服有挡子弹的神奇功能，每当举行鬼舞仪式时，他们就穿上鬼魂衫保护自己。

② 疯马，原名 Tashunca-Uitco，后改称 Crazy Horse(1839—1877)，美国原住民民族苏族的首领，军事家。他在美国西部地区抵抗白人的入侵，以作战勇敢著称。最有名的战役是在蒙大拿州小比格霍河附近，他的印第安人军队歼灭了美国白人卡斯特的军队并杀死卡斯特。后来又率领印第安人打了几次战役，他在 1877 年被美国士兵暗杀。

③ Rowe, John Carlos. Buried Alive: The Native American Political Unconscious in Louise Erdrich's Fiction [J]. Postcolonial Studies, 2004, 7(2): 201.

peace)。正如"一步半"的真实姓名以及民族身份不被人所知一样,伤膝大屠杀也是欧裔美国人历史上讳莫如深的一页。厄德里克利用真实的历史事件,"鬼舞""伤膝大屠杀",虚构的历史人物,伤膝大屠杀的幸存者"一步半"等系列历史建构要素,虚实结合地再现被主流社会掩盖的对印第安历史和文化的压制与贬斥,以及对印第安民众的无情杀戮的历史。

伤膝的经历给"一步半"留下不可磨灭的创伤,仿佛只有不停地奔走流浪才能得到暂时的解脱。"谁不想穷其一生努力远离这样的回忆？不停地奔走是她远离那些她记得的或者不记得的唯一的方法"(MC 385)。讲述是治愈创伤最好的办法,可是"一步半"经历的"创伤又是无法言说的,因为创伤带来的破坏性结果是对言语功能的消除"。[①] "一步半"在小说中对伤膝大屠的历史自始至终保持沉默实际上是对曾经所遭受的个人创伤和集体创伤记忆的保持。"一步半"希望通过不停奔走流浪来摆脱这段黑暗记忆以及自身"幸存者的愧疚"(survivor's guilt),然而有意识的遗忘却成了最深刻的铭记。塞缪尔·杜兰(Samuel Durran)曾指出"真正的小说作品不在于从事实层面追溯历史,也不在于从历史中获得某种精神复苏,而在于要在历史之前保持一种无法被安慰的状态",[②]"一步半"对印第安人所遭受的暴力历史长久以来保持沉默,就是处于这样一种无法被安慰的状态。"一步半"作为一个边

---

① Versluys, Kristiaan. Out of the Blue: September 11 and the Novel [M]. New York: Columbia University Press, 2009:79.

② Durran, Samuel. Bearing Witness to Apartheid: J. M. Coetzee's Inconsolable Works of Mourning[J]. Contemporary Literature, 1999, 40 (3): 431.

缘人物在厄德里克笔下陷入沉默，形成了“沉默中在场的缺席”，[①]使得读者在小说所揭示出的历史化叙事的断裂中得以瞥见历史的真实。厄德里克致力于呈献的是历史断裂面所展现出来的东西，因而读者在阅读时需要进行“双重解码”(double-decoding)，一是叙事者的话语，二是脱离或超越叙事者话语之外的话语。这要求读者积极参与文本对话，从而在碎片化历史事件的拼凑中看到历史的真相并不是宏大历史所展现出来的“一种单一话语的(monological)、有着固定秩序的体系；……而是充满断裂和距离的”，[②]继而质疑了宏大叙事的合法性，同时培养了读者新的历史意识，重新认识美国官方历史所谓的权威性。小说的最后一章以“一步半”为标题，采用第三人称意识流描写简要回顾了“一步半”苦难的一生，仿佛“一步半”在弥留之际不经意吐露的内心独白。而这看似呓语的独白揭露出的是印第安人百年来遭受迫害与屠杀的血泪史，至少被边缘化的族裔史不再像过去一样被忽略被压制，而是在历史边缘处以“沉默的话语”发出了不容置疑的声音。

主流社会掌握着“天定命运”的意识形态话语，利用宏大叙事的绝对权威，肆无忌惮地对印第安人实施文化迫害与历史贬斥。正如利奥塔德(Jean-Franquois Lyotard)指出，宏大叙事合法化的能力以及统一的历史权威都是叙事政治化的结果，“因为宏大叙事中含有未经批判的形而上学成分，它赋予了叙事一种霸权，这是通

---

① Versluys, Kristiaan. Out of the Blue: September 11 and the Novel [M]. New York: Columbia University Press, 2009:98.

② 石坚，王欣．似是故人来—新历史主义视角下的20世纪英美文学[M]．重庆：重庆大学出版社，2008:3.

过赋予其合法性来实现的”。[①] 在历史真相的面前，宏大历史叙事试图掩盖却使真相欲盖弥彰。处在弥留之际的罗伊在女儿黛尔菲的不断追问之下才将敏妮（“一步半”）的故事说出来，这意味着主流欧裔白人的叙事霸权对印第安文化及其历史的压制与贬斥，不但使深受其害的印第安人缄默无语，连有了觉悟的白人也有口难开，唯有在弥留之际才敢吐露实情。摆脱了宏大叙事的政治权威，最终通过欧裔美国人之口将这段被主流白人文化刻意贬斥、压制的历史叙说出来，一方面体现了部分白人内心深处对印第安人所遭受的暴力历史的承认，以及为其所犯错误的反思，另一方面反映出印第安人已被完全消音无法“在场”，只能隐藏在文本深处。通过欧裔白人之口揭开伤膝大屠杀的历史真相，以引起读者对美国宏大历史叙事的怀疑，体现出厄德里克反驳官方所谓进步历史的言说。

颠覆宏大叙事的权威，使少数族裔从边缘处发声是厄德里克主要的创作意图。由欧裔美国人罗伊揭露出伤膝大屠杀真相，是主流权力话语在强化统治的同时“滋生出针对自己的颠覆力量”，[②]即白人统治内部的颠覆话语。然而，这种“颠覆力量本来就源于主流社会的权力话语，主流权力话语建立在这种颠覆性之上，并通过抑制和颠覆来强化统治”，[③]所以，这种颠覆并不是彻底的颠覆。

① 包亚明. 二十世纪西方美学经典文本：后现代景观[M]. 上海：复旦大学出版社，2000:86.

② 石坚，王欣. 似是故人来—新历史主义视角下的20世纪英美文学[M]. 重庆：重庆大学出版社，2008: iv.

③ 李靓. 论路易斯·厄德里克的千面人物重构[J]. 当代外国文学，2004(4):105.

因为主流白人文化和印第安文化自始至终都不是截然对立的，事实上美国历史就是一部欧裔白人与印第安人交织的历史，这就决定了反叛话语对于宏大叙事权威的颠覆只能以“柔顺服从”的形式表现出来。[①] 也就是为什么厄德里克匠心独具地塑造了罗伊这个欧裔白人揭露者柔顺颠覆的形象，除了体现出部分白人对自身所犯错误的反思，更进一步指出想要建构起完整的美国历史，欧裔白人的历史和印第安历史是无法割裂，缺一不可的。白人统治内部的反叛话语在与主流白人话语颠覆与抑制共谋关系的作用下，在宏大叙事的绝对权威中打开了一条缝隙，透出的光照亮了一直以来被掩盖在宏大叙事阴影中的少数族裔历史，被边缘化的族群得以发声。

厄德里克在小说创作中的“一个主要设想，就是惯用的史学传记方式和单纯的历史解密是无法将主流意识形态掩盖的殖民暴力罪行公布于众的，文学作为一种想象的话语可以挑战欧裔美国人与帝国主义整合的认识论”。[②] “一步半”是虚构的小说人物，但伤膝大屠杀是真实的历史事件，将虚构的人物嵌入真实的历史事件使得作家有了更广阔的创作空间。厄德里克“通过建构的想象力编织情节，对历史事件编码，重构历史叙事，让‘历史事实’与文本平等对话”，[③]从而进一步模糊了历史的文本性与文

① 王岳川. 后殖民主义与新历史主义文论[M]. 济南：山东教育出版社，2001：167.

② Rowe，John Carlos. Buried Alive：The Native American Political Unconscious in Louise Erdrich's Fiction[J]. Postcolonial Studies，20047(2)：203.

③ 黎会华. 历史事件与小历史书写—解读路易丝·厄德里克的《鸽灾》[J]. 外国文学，2011(3)：95.

本的历史性之间的界限，继而达到了“重构历史叙事”的目的，彰显近百年来印第安人遭受美国政府驱赶、屠杀、剥夺土地和文化侵蚀的血泪史。

另一方面，厄德里克放弃了以往惯用的、具有口述传统特色的多声部多角度叙事，而改用第三人称全知视角辅以主要人物的意识流描写。第三人称全知视角是主流白人小说常用的叙述视角，在新历史主义者看来，全知视角的采用有助于滋生叙事的霸权。厄德里克在该小说的创作中采用全知视角表面上看似迎合了主流历史叙事的要求，实则有意为之。第三人称全知视角并非通常意义上的全知全能视角，而是辅以主要人物意识流描写的有限全知视角。暴力历史给主人公，如费代利斯和“一步半”，造成了无法磨灭的心理创伤。第三人称叙事营造出的距离感和创伤人物零乱而散漫的回忆混合在一起，营造出一种奇妙的氛围，使故事的讲述充满张力。有限全知视角可以窥探人物的内心活动，而对主人公的意识流描写使主人公可以任意穿梭在过去、现在和未来，打破了时空限制。如此，厄德里克得以将时空跨度巨大的两次世界大战、“鬼舞”宗教和“伤膝大屠杀”共置于同一文本当中，用诗性的语言创造出一个跨越时空界限的符号系统，自如地表征战争以及种族暴力的残酷与荒谬，以此来对抗宏大历史的线性叙事。

二、个体记忆中德裔美国人的家族历史

厄德里克说，《俱乐部》的创作初衷是追述其父辈的德裔家族历史。其祖父曾在第一次世界大战中为德国作战，1920 年移民美

国，开肉铺勉力维持家人生计。如何把战争这个后台背景融入大的符号系统之中继而书写普通德裔美国人的家族史，从个体家族的小历史反思战争是厄德里克面临的主要问题。厄德里克巧妙地将《俱乐部》情节的主体部分设置在 1918 年到 1954 年间，两次世界大战就成为小说大背景。海尔曼（Robert Heilman）在谈论作家如何借用历史来进行文学创作时指出，“作家在小说中坚持用一种主要方法，从近代历史中挖掘出一具保存良好的骷髅，用故事中的想象去丰满其血肉，给予其人的生命”。[①]《俱乐部》中这具“保存良好的骷髅”是两次世界大战给世界留下的深刻印记。厄德里克凭借其娴熟的文字运用技巧和高超的叙事才能，用精练的语言和巧妙的构思为读者编织出一个血肉丰满、起承转合丝毫不显突兀的家族历史故事。小说中费代利斯父子两代人分别参加了两次世界大战。一战中，费代利斯作为德国狙击手，为了在残酷的战场上求得一丝生机，不得不泯灭了自己的人性化身为战争机器，虽然战后平安归家，但却留下了难以言说的心理创伤。四个儿子长大成人后二战爆发，阴差阳错成为战场上敌对的双方，骨肉相残无疑是对人性的巨大摧残。厄德里克在小说情节的设置上矛头直指战争的荒诞，及其对人性的毁灭。作者以虚构的家族传记史的方式对战争毁灭人性进行道德拷问。

小说开始于一战结束，因而作者并没有直接呈现一战的厮杀场面，而是通过描写主人公费代利斯从战场归家后的心理状态以及意识流般的回忆片段来呈现战争经历给主人公内心留下的不可

---

① Gray, Richard, ed. Robert Pen Warren: A Collection of Critical Essays [C]. New Jersey: Prentice-Hall. Inc. 1980:185.

磨灭的伤痛。费代利斯无法摆脱战争的梦魇,“即使是回到家中,他仍需保持警觉,因为稍不留意回忆就会如鬼魅般悄悄靠近”(MC 2)。他的脑海中时常闪现在战场上瞄准敌人时对方诡异的微笑,在对方倒下的瞬间,死者的灵魂仿佛寄居到他自己的身体里,“这种感觉如此强烈,足以摧毁他的思想”(MC 2)。凡此种种使他陷入了严重的自我迷失,无法过上正常人的生活。战争对人性的毁灭在于其强化了环境对人的支配作用,个体生命失去了主观能动性,生与死只有一线之隔。战争中,费代利斯为了生存不得不泯灭了自己的人性,和其他士兵一起化身为战争机器上一个个微乎其微的螺丝钉,“为了忍受战争所带来的一切,包括自己的污秽,他不得不泯灭了良知”(MC 2)。战争中惨烈的厮杀无疑使个体生命失去价值,成为战争网络中一个个小小的节点,被物化为战争机器上成千上万微不足道的零部件,这种人的物化必然导致长久以来处于社会伦理道德规约下的人性丧失。厄德里克将关注的焦点放在个体生命被战争物化以及由此造成的人性毁灭,反思战争中个体的生命价值,更深层次地揭露了战争的残酷性。

战后,为了彻底摆脱战争带来的心理创伤、谋求更好的生存境遇,费代利斯辗转来到美国,在北达科他州的阿格斯小镇开了家肉铺。可以说正是和妻子夏娃结婚孕育了四个孩子之后,费代利斯才重新感受到作为人应有的感情,家庭因而成了费代利斯摆脱战争创伤并向往未来的精神支柱和心灵寄托。然而作者并没有就此搁笔,当四个儿子长大成人,费代利斯本该享受天伦之乐之时,二战的爆发彻底摧毁了这个家庭。一战的厮杀经历让费代利斯陷入精神折磨的深渊,而四个儿子投身二战,阴差阳错成为战场上敌对的双方,为了各自的阵营在战场上相互厮杀。最终,四子两个丧生战场一个惨淡被俘，彻底摧毁了费代利斯仅剩的生存希望。不难看出，厄德里克如此布局揭露战争的残酷性与荒谬性可谓独具匠心。在《圣经·旧约》中，兄弟骨肉相残是人类堕落的表现之一，"'该隐杀弟'的故事是西方文学中竞争、仇恨和暴力主题的一个原型，是人类的堕落在人际关系方面带来的后果"。[①] 厄德里克在小说中书写战争使兄弟残杀这种违背人伦的行为，充分揭露了战争的荒诞与非理性。正如《圣经指南》中称"'兄弟残杀'象征着上帝创世时建立的和谐秩序已遭破坏"，[②] 战争无疑是对这种"和谐秩序"大范围的、剧烈的破坏。四个儿子或丧身战场或不幸被俘的噩耗频传，家庭作为费代利斯遗忘创伤记忆与向往未来的支点这一平衡被打破，关于战争的记忆汹涌而至，费代利斯最终被摧毁：

> 在明尼苏达州的森林里，当儿子目不斜视地走过他的身旁，选择了监狱而不是他的父亲时，费代利斯感受到了心脏衰竭的首次信号……他收到弗兰兹重伤和厄米尔被炸死的电报时，感觉心脏被撕成碎片，他咆哮着撕毁了电报。当弗兰兹被送回家却因伤重不治身亡时，他感觉自己的某一部分已经随着儿子的死消失了(377)。

厄德里克在小说中巧妙地弱化了对战争性质的武断判定，另辟蹊径地从朴素的人道主义出发，对小说中人物的个体生命价值进行挖掘，这和新历史主义的主要批评方法不谋而合，即"不断返

---

① 刘意青. 文化批评视角下的《旧约》神话[J]. 外国文学，2006(6)：24.

② 梁工.《圣经指南》[M]. 沈阳：辽宁人民出版社，1993:128.

回到个别人的经验和特殊环境中去”。[①] 因为新历史主义主要关注的是宏观叙事之外的微观叙事，认为真理存在于聚焦个体的微观叙事之中。费代利斯父子两代人在两次世界大战中的个体记忆正是基于历史真实基础上的文学建构，是一种聚焦个体记忆的微观叙事。相较于后现代历史理论关注历史的文本性而言，新历史主义更加注重对文本的历史性的探究，并以此为基础构建历史与文本之间的互动对话，审视历史与文本，历史与个体之间的关系。历史真实造就了怎样的个体记忆，个体记忆反映出怎样的历史真实，两者之间的辩证关系是读者在阅读过程中应当思考的问题。而厄德里克对该问题的解决方法是建立起两者之间的平等对话，作品所要传达的深意也在两者的平等对话中越辩越明。小说文本通过一个巨大的符号系统勾勒出历史，战争此时仿佛成了一个符号化的后台背景贯穿于作品之中，而小说深层次的审美意蕴则在于战争之外的人性和战争机器之间的博弈，继而使文本弥漫着一种深层次的反战氛围。

鲁迅先生曾经说过，悲剧是将人生有价值的东西毁灭给人看，战争无疑是毁灭一切美好事物酿成人间悲剧的罪魁祸首。厄德里克用细腻的笔触讲述了一个普通德裔美国家庭在两次世界大战的夹缝中勉力支撑最终支离破碎的无奈故事，其创作“明显突破了传统形式固有的浅表层的故事叙述与结构框架……而格外凸显出对处于战争环境中的普通人的精神世界与心灵表现的艺术掘进。[②]

---

① 《世界文论》编辑委员会. 文艺学与新历史主义[C]. 北京：社会科学文献出版社，1993：81.

② 肖向东. 战争·人性·和平—论战争文学主题的文化蕴含与启蒙意义[J]. 怀化学院学报，2013，(10)：49.

厄德里克通过描写战争对普通德裔美国家庭的精神重创，让人们逐渐意识到战争带给我们的并不是像官方宣扬的那样以战止战，战争从来都是带来毁灭，书写小人物的家族史从历史侧面发出了对战争毁灭人性无声胜有声的道德谴责。

三、存在的困境：生存中的平衡术

作为混血儿，厄德里克身处两种文化之间，一方面她肩负书写其母辈奥吉布瓦被主流社会遮蔽的历史与文化，另一方面，她又肩负着表现其父辈欧洲移民在新大陆的生存历史。《俱乐部》把两者结合起来，似乎重点在展现欧洲移民在美国的生存境遇，但作者将不同族裔个人、家庭和社区半个世纪的经历置于更广阔的背景之下，即经历战争暴力和种族暴力之后，探讨阿格斯小镇居民面对政治、精神及复杂的人际关系如何谋求生存，其实，生存是厄德里克很多小说中一个重要的主题。在《俱乐部》中厄德里克用一个很重要的隐喻“平衡”(balance)，意味着“存在的困境”，[①]来展现北达科他阿格斯城居民：欧洲移民、梅蒂斯人谋求生存，抑或说更好地生活。主人公费代利斯、戴尔菲、塞普瑞恩和“一步半”都在穷其一生努力平衡自我身心，自我与社会/世界，力图达到和谐。

费代利斯在旧大陆战斗于杀场，他是令敌人令对手闻风丧胆的狙击手，停战后，他移民美国，凭借其屠宰技艺经营肉铺谋生。似乎很具讽刺意味，费代利斯在旧大陆在战场上杀人，在新大陆屠

---

① Stirrup, David. Louise Erdrich [M]. Manchester and New York: Manchester University Press, 2012:135.

杀动物，两者都是为了生存。厄德里克深知德国人在美国大众文化中的固化形象，他们“不仅是快乐的酒徒，还是两次毁灭性的世界大战中野蛮的罪犯，他们所犯罪行罄竹难书”。[①] 那么，厄德里克要颠覆这种刻板形象，塑造一个有血有肉的德国普通百姓费代利斯，同时，又无法避开两次世界大战。小说开篇，停战协议签署后，

> 费代利斯·瓦尔德沃格步行 12 天到家，爬上儿时床，倒头便睡，足足睡了 38 小时。他在德国醒来，已是 1918 年 11 月下旬，在克列孟梭和威尔逊(Clemenceau and Wilson)重绘的地图上，只隔几厘米远他就成为法国人。与他要吃什么相比，这个事实没有意义(MC 1)。

厄德里克以这种方式开篇似乎要告诉读者，根据新绘制的地图，仅仅几天前费代利所射击的人是兄弟，这说明费代利斯作为德国人为德国而战不是他自己能够自愿选择的，与政治相比，他更关心他的胃。换言之，个人无法决定瞄准谁，杀死谁。奥斯丁菲尔德在分析《俱乐部》中人物名字的德国因素时指出，一战近尾声时战死的约翰尼斯·格朗伯格(Johannes Grünberg)是费代利斯的好朋友，伊娃的未婚夫，他的名字明显表明他是犹太人，他的名是基督徒的名字，姓是德国犹太人常用姓。犹太人一战为德国荣誉而

---

① Cornelia, Marie. "Shifting Boundaries: Reflections on Ethnic Identity in Louise Erdrich's The Master Butchers Singing Club" [Z]. Glossen Sonderausgabe/Special Issue: 19/2004, [2017-06-20]. http://www2.dickinson.edu/glossen/heft19/cornelia.html

战,"1933 年后成为不受欢迎的人",[①]被赶尽杀绝,其悲惨命运惨绝人寰。厄德里克对人物命名更进一步说明,个体无力决定自己是施害者还是受害者,这引发读者对历史的复杂性进行思考。

费代利斯带着屠宰技艺和父亲制作香肠的秘方,前往美国寻找新生活,最后定居阿格斯这个主要聚居欧洲移民的城市。为摆脱战争的阴影,驱逐思乡之痛苦,他组建了屠宰师傅歌唱俱乐部。近半个世纪中,他经历各种困难和精神打击:大萧条,妻子去世,双胞胎儿子回德国,最后为希特勒作战,身边的儿子为美国作战,亲生骨肉成为敌对双方。要平衡这些人生中的悲剧确实是个难题。实际上,费代利斯很难在过去与现在找到平衡。一战作为狙击手的经历会幽灵般复现,折磨他。当他的大儿子报名参加美国空军,费代利的反应是"没有战争"(MC 308),他不愿承认战争即将到来。当黛尔菲的父亲死后,她告诉他父亲是个杀人犯,费代利斯这时听不到黛尔菲在讲什么,相反,她的话引发他对自己过去战场杀人的记忆,他看到他杀死的一张张脸,"他闻到了死亡的臭味。他曾那么冷血,所向披靡……"(MC 333)。这个被压抑的创伤,不断复现,影响他当下的生活。

特别是二战爆发后,费代利斯要平衡其族性/德裔和国籍/民族主义之间的张力。阿格斯市的德裔美国人,为了应对反德情绪,抑或表明自己作为德裔对战争的立场,有的人改姓名:施密特(Schmidt)改成史密斯(Smith),布赫先生(Mr. Bucher)变成布克

① Austenfeld, Thomas. German Heritage and Culture in Louise Erdrich's The Master Butcher's Singing Club [J]. Great Plains Quarterly, 2006, (26): 9.

先生(Mr. Book),有的“在他们的门口或者窗子上挂起了美国国旗,他们尽可能讲英语”(MC 335),歌唱俱乐部成员考虑如果用德文歌唱,可能构成“叛国行动”(MC 335),禁止唱德语歌,费代利斯宣布应该唱“美国歌曲”,爱国歌曲(MC 337),他们尽力表明自己是美国人的立场,对德国人的讨论,有人骂“德国人是战争机器”,费代利斯揶揄“他们是一群该死的屠夫”(MC 336),用“他们”把自己与德国人区分开来,费代利斯似乎很干脆地抹除自己的德裔身份,选择做美国人。但是,当他独处时,他唱德文歌曲,那些“无人知晓的老调”勾起他怀旧的思绪(MC 338),他想到四个儿子出生时他第一次抱他们入怀时的感觉,内心温暖又有些哽咽,他渴望“看到父母的面容”,他甚至颤抖地哼着敌人的歌曲“莉莉玛莲”,他感到生气,因为他们是敌人,他的儿子要与他们作战,救回他们的弟弟。这段描写我们可以看出,尽管身份可以自由选择,但又极其复杂,在两者之间做出抉择是非常困难的,费代利斯对其母国——德国的情感充满矛盾和困惑,他与德国的联系仍然很紧密,因为他的双胞胎小儿子在其母亲去世后随姑姑去德国与其祖父母生活,而且他们为希特勒元首而战。最后,双胞胎儿子一个战死,另一个成为战俘,他宁愿面向监狱也不愿理睬前来探望的父亲,尽管他在美国出生,却决意做德国人,为德国可怕的事业效忠。费代利斯始终无法从自己的创伤中走出,二战给他家庭带来的伤害对他又是一个重创,最终使其生命消损。

相比而言,女主人公黛尔菲则是生存中的“平衡专家”。她具有波兰血统,出生在阿格斯,她身体健硕“迷人”,是个很有人格“魅力”的姑娘(MC 17)。她坚忍,正如早年她与塞普瑞恩共同表演杂技时,做底座支撑塞普瑞恩的平衡表演一样,她在生活中就是起着支撑平衡作用的人。她一出生便被抛弃，养父是个酒鬼，她从来不知母亲是谁，这种母亲的缺失“使戴尔菲坚强，但造成她活的像个受伤的人，一个绝望的追寻者，一个务实又有点沮丧的人”(MC 345)。她似乎是这样的矛盾体，年轻时为掌控自己的生活，她把父亲和他的酒友赶出家门，但父亲生病时，她会辞掉工作照顾他。为填补其缺失的母爱，她努力与女性交友，如童年挚友克拉丽斯、伊娃等等。尤其是与伊娃相遇，使她得到母亲般的关爱，伊娃扮演着亦母亦友的角色，这使得黛尔菲慢慢找到了归属感。伊娃生病，她像女儿，姐妹一样照顾她。但是，她的这些知心朋友都渐渐离她远去，“她看到她的生活里有个女人形状的洞，通往神秘地方。她妈妈，然后是伊娃，现在是克拉丽斯走过这个洞。要是她能够把双手伸进去，她要把她们拉回来”(MC 267)。这段描写我们可以感受到戴尔菲所经历的痛苦。她在不断地平衡自己的过去与现在、得到与失去，勇敢面对生活遭遇的一切。伊娃的离世让她悲痛不已，但是她没有消沉，而是振作起来，成为费代利斯的妻子，承担起家庭女主人的重任，无微不至地照顾伊娃的儿子，给予他们母爱。尽管戴尔菲不停地寻找自己的根，她一直坚强，勤劳，给予其周围的人，特别是男人安全感，照顾其酒鬼父亲一生；她最初对印第安人塞普瑞恩的浪漫期待因其同性恋而感到沮丧，最后与他建立了家庭般的关系，他们之间有着柏拉图般的爱情。在他们一起表演平衡术时，戴尔菲强壮的腹部支撑塞普瑞恩在上面平衡许多椅子，这个意象极具象征意义，戴尔菲是可靠的地心引力，联结“土地及其牵引力”。[1] 由于戴尔菲能够调停生活中遭遇的各种不幸，且不受其影响，她必成为坚强的女人，“特别是对费代利斯和他的移民家庭有能力围绕她建立持久和谐的关系”。[2] 事实上，小说中土著人物与戴尔菲有特别的联系：一步半拯救了她的性命，给予她生命，塞普瑞恩与她共同生活过，之后她与德国人结婚，这样她把不同的个体和不同民族的人民联系起来。“正如同表演中塞普瑞恩在她身上摆满桌椅茶具，黛尔菲以一己之躯承担起了两个家庭、两个民族、两代人之间的恩怨情仇，并将他们紧密地联系在一起”。[3] 戴尔菲独立、自强，经历大萧条的艰苦岁月，能够使费代利斯的肉铺蒸蒸日上，费代利斯去世后，她又自己经营一个植物商店，成为受人尊敬的劳动者。

塞普瑞恩是专门表演平衡术的专家。生活中他一直在异性恋和同性恋，梅蒂斯人和美国人之间平衡。他是奥吉布瓦人和法国人的混血儿，在保留地长大。他的法国基因使他被当作白人，但是他自称梅蒂斯人。他与戴尔菲恋爱，却又迷恋男人。我们知道，一战后在美国中西部小镇，一个同性恋男人和男人生活在一起是没有未来的。当戴尔菲发现他喜欢男人时问他，“你如何平衡”（MC 27）？塞普瑞恩回答，“如果你太清楚自己在做梦，你就醒了；如果你刚刚意识到，你能够左右你的梦”（MC 28）。斯蒂勒普认为，塞

---

① Falquina, Silvia M. Artínez. Louise Erdrich's *The Master Butchers Singing Club* or the Construction of American Ethnicity [J]. Revista de Estudios Norteamericanos, 2016 (11):19.

② Ibid.

③ 高丽娟. 生存中的“平衡术”——评路易丝·厄德里克小说《屠宰师歌唱俱乐部》[J]. 外国文学动态，2014 (4): 44.

普瑞恩对戴尔菲问的问题回应引发了形而上且伪哲学的思考,他的回答使"平衡成为命运和自由意志问题的转喻"。斯蒂勒普继续评论道,像《羚羊妻》中的串珠的行为一样,他的回答意味着"人同时负责自己的平衡,又要依靠他人的意志和选择"。[①]

斯蒂勒普列举了小说中几个场景说明塞普瑞恩提供了判断平衡的典范。作为杂技演员,他表演一只手支撑在戴尔菲的腹部,另一只转动飞盘,他悬挂,既不接地,也不在空中;作为男同性恋者,在不易被接受他的世界里,他需要平衡其存在和他与女人的关系;作为梅蒂斯人,他在阿格斯显然是孤单的,他必须在欧洲移民和他投入的以瑞尔反叛者体现的梅蒂斯社区之间找到位置。他的混血身份,顺便提及,在阿格斯承认自己是印第安人不是件小事。事实上,在戴尔菲的追问下,他才承认自己的奥吉布瓦血统。他强调自己是路易斯·瑞尔的后代,渴望一个家园,瑞尔"为混血国家的伟大愿景而牺牲,……一个有边界和真正政府的地方"(MC 78),在那里,他这类人常见,是公民、大众,生活得舒适自在。然而,这只能是幻想。一战应征入伍,负伤,"回家之前,他没想到,作为奥吉布瓦人,他还不是美国公民。在他缓慢的康复期间,他没有选举权利"(MC 15)。

塞普瑞恩作为流动马戏团演员,一直处在社会边缘,不可能处于欧裔美国人社区中心。像"一步半"一样,他的流动性意味着他的阈限性。他的职业生涯突出了他作为同性恋男人和混血印第安人的双重边缘地位,一战后无政治身份更明确说明其边缘性。一

① Stirrup, David. Louise Erdrich [M]. Manchester and New York: Manchester University Press, 2012:136.

个被边缘化的人如何平衡自己的生活？他的印第安祖父称自己是“阿尼什纳比人——人类(humans)”(MC 77)，但是，这些人，这些部落人民不是美国宪法里“我们，人民”的部分，阿尼什纳比人被看作他者，敌人；针对他们的运动，不是同化，而是消灭。处在这样历史境遇中，塞普瑞恩只有不停地流浪。同样，一步半目睹了伤膝大屠杀之后，她无法摆脱杀戮的恐惧，她的一生都在不停地奔走，逃离恐怖的记忆，无人理解她这种神秘行为的核心深意是人怎么能够对其他人施加暴行。

厄德里克探讨了欧洲移民和美国印第安人存在的困境及他们为生存所努力，但是，她把个体的生存困境与民族和国家历史联系起来，使我们看到厄德里克对战争和民族问题的历史思考。除了前文的论述，我们还可以从塞普瑞恩与费代利斯复杂的关系管窥该问题。虽然塞普瑞恩是费代利斯歌唱俱乐部的成员，但是，他们彼此厌恶，甚至大打出手，表面上是因为情敌关系，实际上是费代利斯与塞普瑞恩交谈时表现出对印第安人的不敬，那时他不知道塞普瑞恩是印第安人，再者是一战时他们为对立方而战斗的事实。这样，厄德里克将个人问题和政治问题结合，体现在两个人物的对抗中，当塞普瑞恩救出费代利斯被活埋的儿子，两个人才和解。这个例子似乎表明厄德里克有关政治冲突的观点，“小规模或者大规模的战争没有日常的生存重要”。①

小说接近尾声，戴尔菲陪费代利斯回德国家乡路德维希鲁尔

---

① Falquina，Silvia M. Artínez. Louise Erdrich's *The Master Butchers Singing Club* or the Construction of American Ethnicity [J]. Revista de Estudios Norteamericanos，2016(11)：21.

(Ludwigsruhe),当他们参加纪念轰炸中受害者揭幕仪式时,她看到屠宰师们在歌唱,听到丈夫的歌声回响在德国上空,歌声听起来亲切入耳。但是,戴尔菲陷入沉思,“她感到困惑,特别无助。这些人是怎样的人们”(MC 374)?当我们想到那些在死亡集中营被集体杀戮的犹太人,我们也会像戴尔菲一样困惑:“这些人是怎样的人”?科妮莉亚指出《俱乐部》里充满了平行和对应,以及令人讽刺的双重性。反复从东部到西部迁徙再回来,所浮现不变的是人对人的残暴:

> 从旧大陆的奥斯维辛到新大陆的伤膝,一个种族,一个民族屠杀另一个。梦想单一混血国家仍是个梦想;所有的名称如简单的阿尼什纳比一样——人类——仍是风中的乌托邦稻草。然而,在这个恐怖世界中,音乐依然存在”。①

科妮莉亚试图说明厄德里克小说的复杂性,恐怖与美丽并存。但是,对厄德里克而言,歌声是否象征人民对和平和美好生活的期许?小说尾声,“一步半”,这个饱受暴力创伤,一生都无法获得治愈的人物,弥留之际,听到的是各个不同民族、不同种类的歌声:

> 搞笑的民谣、格律严格的圣歌、德国水手歌和旅行者涉水歌、爱国的美国歌曲。其他时候,克里摇篮曲、蒸汗屋召唤、遗失的鬼舞歌、数数韵文,献给雪的赞美诗。我们的歌声传遍地球,我们互相歌唱。没有一个音符曾丢失,没有一首歌是独

---

① Cornelia, Marie. "Shifting Boundaries: Reflections on Ethnic Identity in Louise Erdrich's The Master Butchers Singing Club" [Z]. Glossen Sonderausgabe/Special Issue: 2004 — 19. [2016-06-20] http://www2.dickinson.edu/glossen/heft19/cornelia.html

> 创。它们都来自同一个地方，只有当石头怒号时它们回归某一时刻。“一步半”在沉睡中哼唱着，深深地陷入自己的曲调中，吸毒者的一堆破烂的求爱诗，猎人的智慧，流浪者的话语，或者来自小草的歌，或者来自一片云的词，或者来自先知猪蹄的词语，在这个世界里，屠宰师可以像天使一样歌唱。（MC 388）

当我们认识到，“所有的歌声来自同一个地方”——来自我们人类的心灵，当“我们互相歌唱”，最后，所有的歌与自然融为一体，那么，这个世界“屠宰师可以像天使一样歌唱”。厄德里克似乎传递给读者的是，不要让种族、宗教、民族、国家的这些问题割裂我们，我们需要听到多重声音，我们需要包容接受差异，和谐共处、共存，这是人类最大的美好愿望。

第四章　奥吉布瓦精神性与天主教的文学表征

地球上面有四层，下面有四层。有时在梦里，在创作时，我们穿过这些层面，这也是时间和空间。说到nindinawemaganidok这个词，或者我的亲属，我们说的是时间里存在的一切，已知的和未知的，看不见的，看得见的，无疑的，所有曾经在这个世界上下层活过和正在活着的一切。

——纳纳普什

问题是，人们看作神奇的事件对我而言似乎不是不真实的。是的，不寻常，但是，我是这样被养大的，相信奇迹，听到许多似乎不可思议的真实事件。

——路易丝・厄德里克

以文学诠释奥吉布瓦灵性传统与天主教之间关系是厄德里克小说创作的一个重要部分。她在很多作品中，特别是她的早期小说，如《爱药》《甜菜女王》《痕迹》《燃情故事集》和《小无马保留地神迹的最终报告》，探讨奥吉布瓦精神性与天主教之间冲突、相互影响与融合的复杂关系；也在一些作品中主要聚焦奥吉布瓦文化和精神性，如《宾果宫》《羚羊妻》和《彩绘鼓》等等。正如凯伦·麦金尼(Karen Jaket Mckinney)指出，“厄德里克小说中一个潜在的主题是天主教对齐佩瓦人毁灭性的影响。在她看来，当一个民族的精神信仰直接遭受打击，一个异族的信仰系统强加给他们，事实上，毁灭其文化难以避免”。① 麦金尼引用凯瑟琳·雷恩沃特的观点说明奥吉布瓦/齐佩瓦传统信仰与天主教冲突的原因，她阐释为准则规范(codes)之间的冲突，或者“信仰系统与组织社会的方式”，特别是“源自西方、欧洲社会内部的准则和那些源自本土裔美国文化的准则”之间的冲突。雷恩沃特分析了一些冲突准则，如线性时间概念与整体或者“仪式”时间冲突，良性利用自然遭遇破坏自然系统的科技开发；但是，雷恩沃特认为这些冲突中居首的是天主教和萨满教之间的冲突。② 根据雷恩沃特的观点，厄德里克让宗教或者精神信仰系统冲突变得至关重要，并使之与其小说融为一体。事实上，厄德里克在其小说中通过刻画人物的精神求索，他们与天主教信仰、习俗、传说及隐喻的交流与互动，将这些因素吸收纳入部落文化和灵性/精神性，克服历史或者文化危机，揭示多元文化背景下创造性地与主流文化和宗教的融合乃美国本土文化生存的必然之路，同时彰显美国本土裔文化和精神信仰传统的强大生命力。为更好地理解厄德里克小说中表征的本土精神性/灵性传统与天主教之间的复杂关系，有必要介绍天主教传教士与阿尔冈昆人(本书前面有介绍奥吉布瓦/齐佩瓦是阿尔冈昆人的一

① McKinney, Karen Janet. False Miracles and Failed Vision in Louise Erdrich's Love Medicine [J]. Critique, 1999, 40 (2):152.

② Rainwater, Catherine. Reading between Worlds: Narrativity in the Fiction of Louise Erdrich [J]. American Literature, 1990, 62(3) : 406.

支)及其混血后代(梅蒂斯人)之间的复杂关系历史。他们居住在北美东北部和北美中北部。

第一节　天主教传教对奥吉布瓦灵性传统的影响

厄德里克小说中大部分土著是奥吉布瓦人/齐佩瓦人,他们是阿尔冈昆人的一支,也是阿尔冈昆人中人数最庞大的部落。阿尔冈昆人由很多不同的部落组成,拥有相同的习俗和类似的语言。阿尔冈昆人遍及大湖地区,以狩猎捕鱼为生;后来,一些人追随逐渐消失的野牛西迁,也有美国联邦政策的缘故,19世纪奥吉布瓦人先后被迫离开他们在威斯康星、明尼苏达、伊利诺伊以北、密歇根等地的家园,迁入北达科他保留地内。厄德里克《桦树皮小屋》系列中追溯其家族西迁的历史,实际上反映了奥吉布瓦人最后定居龟山保留地的历史。

与欧洲殖民者接触前,阿尔冈昆人信仰马尼图神(Manitou),它是弥漫世界的超自然力量,这种力量以神的形式呈现,被称之为大马尼图神(The Great Manitou)或者大神(Gitche Manitou),[①]它是万物的缔造者和生命给予者。从这个意义上说,马尼图神与基督上帝对应。根据巴兹尔·约翰斯顿(Basil Johnston)解读,马尼图神不仅是"超物质之神灵"(supernatural spirit),而且是个"不可

① 马尼图兼有神灵、神秘和魔力的意义,通常用于表现某种不易理解的,或者来自别处的力量形式。见 Thomas, R. Murray. Manitou God: North-American Indian Religions and Christian Culture [M]. Westport: Praeger, 2007: 36.

见的实在”(invisible reality)。[1] 美国印第安人信仰万物有灵,即人类、植物、动物,自然界及栖居其中的存在都有其自己的物质和精神力量,都应该受到尊重。格里高利·卡耶特(Gregory Cajete)研究美国印第安人的生活写道,“美国印第安人象征地认识他们与植物、动物、石头、树木、山川、河流、湖泊和其他众多实体之间的关系”,[2]因为自然环境的每个方面都被看作充满生命力且具有灵性,马尼图神可以动物或者植物的形式表现,也可能是景观特征,如瀑布,甚至是石头。马尼图可以是个体动物神灵,或者整个物种神灵,如鹰或者熊。马尼图神能够充当人类的精神指导者,或者保护者,“引导他们度过危机,保护他们免受魔法,帮助他们战胜困难,这种困难是他们独自无法战胜的”,这些“动物意象、其神灵,成为……他们的个人马尼图神”。[3] 除了是个人的保护神外,马尼图神会被萨满召唤帮助整个部族。梅尔韦恩·贾贝律诺(Merwyn S. Garbarino)表明,“超自然力量的思想存在印第安生活各个方面的部分”“人们在日常活动以及生活危机时寻求神灵帮助”。[4] 就奥吉布瓦人而言,他们还崇拜多个大神,包括太阳神、月亮神、雷神、闪电神、四风神(Four Winds)和雷鸟(Thunderbirds),这些神对他们而言是善良的神;此外,他们的世界还有很多令人生畏的神

---

① Johnston, Basil. The Manitous: The Spnitual World of the Ojibway [M]. New York: Harper Perennial, 1995:242

② Cajete, Gregory. Look toward the Mountain: An Ecology of Indigenous Education [M]. Durango, CO: Kivaki Press, 1994:74.

③ Johnston, Basil. The Manitous: The Spnitual World of the Ojibway [M]. New York: Harper Perennial, 1995:120.

④ Garbarino, Merwyn S. Native American Heritage [M]. Boston: Little, Brown, 1976:373.

灵,包括鬼魂、水怪和冬天的食人巨兽温迪戈(Windigo)等等。奥吉布瓦人喜欢的另一神纳纳伯周(Nanabozho)①既是文化英雄,又是恶作剧者,他有非凡的变形能力,能跨越人与动物的界限,而且能够跨越时空;他又是好事的使者,是他教授印第安人有关玉米、烟草和药用植物,他的功绩构成林地神话的主要部分。厄德里克小说中的人物纳纳普什(Nanapush)源自神话人物纳纳伯周。

关于宇宙起源,奥吉布瓦人没有解释,根据学者宋赛楠于2016年的梳理,其创世神话讲述的是"洪水之后的大地重建,赞颂合作、变形和平衡"。《圣经》中,上帝创造了世界、万物和人类,而奥吉布瓦的宇宙起源神话中,造物主纳纳伯周诞生时万事万物已经存在。后来,水下大神发动洪水,淹没了整个世界,纳纳伯周在麝鼠的帮助下从水下抠得的一小点淤泥才得以重新创造了陆地。奥吉布瓦的创世神话,"既肯定了人与动物的平等合作,又赞扬了造物主危机时刻的求生智慧——'变形智慧'(trickster)",因为纳纳伯周在洪水到来时,将自己变成树桩。此外,宋赛楠认为,这则神话故事还强调了一种平衡,"水下大神与那那波什的平衡,洪水

---

① 由于纳纳伯周是阿尼什纳比部落的文化英雄,其名字有很多不同的拼法,如 Wenabozho, Wenaboozhoo, Waynaboozhoo, Wenebojo, Nanaboozhoo, Nanabojo, Nanabushu, Nanabush, Nanapush, Nenabush, Nenabozho, Nanabosho, Manabush, Winabojo, Manabozho, Manibozho, Nanahboozho, Minabozho, Manabus, Manibush, Manabozh, Manabozo, Manabozho, Manabusch, Manabush, Manabus, Menabosho, Nanaboojoo, Nanaboozhoo, Nanaboso, Nanabosho, Nenabuc, Amenapush, Ne-Naw-bo-zhoo, Kwi-wi-sens Nenaw-bo-zhoo,有这么多不同的拼法的部分原因是 Anishinabe 语言最初是口传的,部分原因是使用奥吉布瓦语、阿尔冈昆语、帕塔瓦米语(Potawatomi)和美诺米尼(Menominee)的地域跨越美国和加拿大,因此有方言上的差异。

与陆地的平衡”。[①]

梦与灵视寻求(vision)是奥吉布瓦人获得神灵力量的源泉,是其传统信仰的核心。奥吉布瓦人认为所有的梦都具重要意义,如果他们要利用梦所传达的洞见,正确的解读梦至关重要,通常需要长者,或者萨满帮助解读。奥吉布瓦的宗教复杂,有大量的神话,有关疗治病人和为狩猎带来好运的一套复杂的信仰和宗教活动,但是,其基石是灵视,即对个体洞悉一切的启示。灵视寻求在男女成年礼期间进行,他们要独自到遥远的丛林中斋戒数日,历经饥渴、寒冷和孤独的严峻考验之后,感官的束缚得以解脱,超越的潜能被激发出来,灵视便出现了,属于他们的保护神就会显现。“印第安人的神灵可以是动物及自然界的无生命物体,而基督教将神灵概念局限于选中的人(圣徒)和人格化的神(上帝、天使)”。[②] 多数情况下,他们的保护神是动物,如熊代表力量、蜘蛛代表聪明、鹰代表冲击力,它会“赐予祈求者一支歌、一段咒语或灵物以获取超自然力量和护佑终生”。[③] 厄德里克在一些小说中涉及灵视寻求,如在其童书《山雀》中,主人公山雀的同名保护神赐予他一首歌“小东西,力量大”指导他,鹰帮助他寻找食物,最终他能在动物神灵的佑护下走出丛林。

密得微文(Midewiwin)是一个宗教组织,又称大药协会(the

---

① 宋赛楠,王艳艳.“谁动了我们的宗教?”——以美国土著奥吉布瓦教为例[J].世界宗教文化,2016(2):63.另外,宋赛楠用的“那那波什”可能是译自Nanabush,见上文纳纳伯周有多种变体。

② Thomas, R. Murray. Manitou God: North-American Indian Religions and Christian Culture [M]. Westport: Praeger, 2007: 40.

③ 关春玲.美国印第安文化的动物伦理意蕴[J].国外社会科学,2006(5):64.

Grand Medicine Society),是奥吉布瓦及部分阿尔冈昆和东部林地原住民世界观的重要组成部分。[①] 所有的大药师要学习狩猎歌和治疗典仪,他们要为普罗大众担任灵性导师,主持宗教仪式,研究并实践神圣的疗愈方法。《痕迹》中,纳纳普什运用这种传统狩猎歌在饥饿时期帮助伊莱捕获麋鹿,并用他的歌把伊莱安全带回家。根据奥吉布瓦传说,大神(Kitchi Manitou)创造了密得微文。尽管有不同版本的密得微文故事存在,但是它们具有重要的共同特征。首先,大神赋予文化英雄纳纳伯周力量和知识帮助那些生病、饥饿和处于困境中的人民,大神赋予纳纳伯周密得微文的秘密。第二,纳纳伯周赋予水獭密得微文的秘密和神秘仪式,并给予它圣鼓、拨浪鼓和烟草治疗病人。这些圣物和教义以及水獭皮依然是密得微文精神性/灵性的重要元素。"鼓在每一治疗仪式中起着非常重要作用,……圆形经常代表整个宇宙,稳定的节拍是其心脏的脉动。它是大神的声音,唤醒人们,帮助他们理解万物神秘和力量;它抚慰遭受折磨的心灵,治愈痛苦的身体"。[②] 在《手绘鼓》《拉罗斯》和《桦树皮小屋》系列中,厄德里克有描绘鼓的神奇功能和烟草敬神。第三,白色的珍珠贝壳(migiis shell)是奥吉布瓦有关创世和密得微文的口述传统中重要因素,这些神圣的贝壳用于密得微文的疗愈活动和典仪,厄德里克在《四灵魂》和《小无马保留地神迹的最终报告》中都有涉及。密得微文每个成员都拥有一个药袋(medicine bundle),或者一块水獭

---

① 密得(Mide)依据语境可以翻译为"神秘""神秘的""精神的""神圣的"或者"仪式的",而Mide译成英文为medicine,即大药会成员,大药师。

② 转引 Thomas, R. Murray. Manitou God: North-American Indian Religions and Christian Culture [M]. Westport: Praeger, 2007: 137.

皮（水獭皮与神话中的水獭有关），里面装有神圣物品，这是密得微文进行疗愈活动和典仪不可缺少的圣物。通过这些圣物和典仪大药师可以与大神建立联系，为人治疗身体疾病，抚平精神不适。药师也参加蒸汗屋、灵视寻求，以及其他文化和精神典仪，帮助人们集中思想，净化身体、精神和灵魂。

以上只是简要地概述了奥吉布瓦人的传统信仰和灵性活动，很多是厄德里克小说中再现的。但是，随着欧洲殖民者进入北美大地，他们带来的基督教对美国印第安人的传统精神性造成了毁灭性的打击。就奥吉布瓦人而言，他们接触的欧洲人主要是法国商人和传教士。基督教的不断蚕食最终使奥吉布瓦传统信仰和文化遭受重创。麦金尼梳理天主教对北美东北部传教的历史时指出，早在 17 世纪初，法国探险家塞缪尔·德·尚普兰（Samuel de Champlain）在新法兰西（今天的加拿大）寻求传教士进入更广阔未经勘察的荒芜地区归化土著人民。尚普兰选择耶稣会士作为其传教士，因为他们的宗教生活不是隐居祷告，而是战斗和统治。几乎整个 18 世纪，法国耶稣会传教士传教推进大湖周围地区，试图将土著归化为基督徒。麦金尼引用葛兰特（John Webster Grant）在其著作《冬季的月亮：1543 年以来传教士与加拿大印第安人交锋》（*The Moon of Wintertime*：*Missionaries and the Indians of Canada in Encounter Since* 1543）的记述说明传教最初没有成功是因为归化者和潜在被归化者之间缺乏理解。耶稣会士认为印第安人没有教堂，无法有规律地进行祷告，也没有他们认为的宗教典仪。他们总结到，这些人太原始不可能接受宗教，就精神上而言，他们是空的容器等待填充。当传教士明白土著人民日常生活行为具有神灵意义，他们则倾向把这些行为看作仅仅是迷信而不予理会。换言之，耶稣会士传教士有着根植于其文化和宗教的种族优越感，亦即种族中心主义。法国耶稣会士以为他们比土著文化优越，因为土著缺乏先进的技术，高楼大厦，没有欧洲文化私有财产的概念。“总的说来，他们倾向认为土著人民的信仰和典仪是异教的、迷信的”。[①] 麦金尼继续阐释，这些耶稣会士教徒不仅认为他们的基督教和文化高于土著人民的信仰，而且他们的教派高于任何其他基督教形式，当然高于世界任何其他宗教。耶稣会士认为，如果死前没有成为天主教徒，土著注定像所有其他没有信仰的人一样永远遭受痛苦折磨。那么，谁是耶稣会士如此努力要归化的土著人民？早期与法国人接触的最大的土著群落是阿尔冈昆人。与耶稣会士最初接触时，阿尔冈昆人遍及大湖地区以狩猎捕鱼为生；如前文所述这些奥吉布瓦/齐佩瓦人后来定居在树木繁茂的龟山地区，现在的北达科他，一定程度上，这里的地域景观与其东部林地原初家园类似。麦金尼说明耶稣会士很难成功归化奥吉布瓦/齐佩瓦人一个重要的原因是两种文化在政治和宗教上差异太大。耶稣会士仅仅知道等级森严的欧洲王国，而奥吉布瓦人因为狩猎需求流动性大，通常是男人、妻子和孩子们构成自足的单位，独自活动，冬天和夏天与其他家庭聚会构成一个群落。因此，他们的政治体制松散，虽然有酋长，但是酋长几乎无实权实施他们的意愿。奥吉布瓦人的精神信仰更加个体化，他们认为如果动机纯洁，他们就有能力在自身找到真理和精神安慰。因此，当传教士到来宣称他们掌握唯一存在的精神真理时，奥吉布瓦人至少是怀疑的。

---

① MaKinney, Karen Janet. False Miracles and Failed Vision in Louise Erdrich's Love Medicine [J]. Critique, 199940 (2):53.

麦金尼如此费力说明耶稣会士最初归化土著人民难以成功的原因;她还着重说明耶稣会士强加给土著人民的基督教义,特别有关基督教义中的神迹的作用,不是大多数20世纪基督徒所认可的版本。首先,耶稣会士信仰洗礼仪式的神圣性,认为所有未经洗礼的人自然注定遭天谴。如弗朗西斯·帕克曼(Francis Parkman)在《北美耶稣会》中记载,耶稣会士不懈地给那些濒临死亡的人洗礼。他写道:"在给垂死的婴儿洗礼中,他们发现特别的快感,拯救他们于地狱的火焰,改变他们……'从小印第安人到小天使'"。[①] 另外,传教士用神迹观念主要目的是使土著听者心中产生恐惧和敬畏之情,以便使他们皈依基督教。耶稣会士假装、甚至相信他们通过祷告和仪式能够控制自然界。他引用帕克曼记载的一个事件:长时间干旱后,传教士向土著人民承诺如果他们接受基督神,就会有一场暴雨。祈祷的"队伍开始,犹如九大众朝圣圣约瑟夫一样;当很快大雨倾盆,印第安人相信法国高功效'药'的理念"。[②] 尽管如此,很多年里大多数土著继续拒绝基督教。土著人民最终接受天主教,至少是官方地接受,是他们认识到数千年来他们赖以生存的世界永久地改变了:野牛和其他猎物及森林中的树木消失;白人甚至在攫取拥有大片土地,这些对土著来说是完全陌生的概念。"当法国和其他欧洲人变强,许多土著人民认识到他们是'未来的潮流',接受法国的宗教将帮助他们应付法国的科技和文化"。[③] 再者,由于传染病肆虐,许多部落分崩离析,接受天主教似乎是他

---

① MaKinney, Karen Janet. False Miracles and Failed Vision in Louise Erdrich's Love Medicine[J]. Critique, 1999, 40 (2):155.

② Ibid.

③ Ibid. 156.

们的选择。

学者宋赛南把从17世纪初至20世纪初天主教对奥吉布瓦人的传教分为三次浪潮。17世纪对奥吉布瓦人传教的主要是天主教方济各会和耶稣会,波及大湖地区,尼皮辛湖(Lake Nipissing),更多的耶稣会信徒到现今加拿大地域的奥吉布瓦人中传教,传教具有"流动性"。天主教传教第二次浪潮在19世纪上半叶,特点是"传教活动稳固"。传教据点到达彭比纳(Pembina),到19世纪中叶,尼皮贡湖(Lake Nipigon),阿尔巴尼河(Albany River)等奥吉布瓦人聚集地都有固定传教驻地。最重要的传教浪潮在19世纪末期,其特征是"传教据点辐射范围大,教士传教与政府办学结合在一起"。[①] 传教增加新据点,如威斯康星、奥海耶湖(Court Oreilles Lake)、弗兰波湖(the Flambeau Lake)、摩尔湖(Mole Lake)、红湖(Red Lake)等。她总结到,尽管后来一些教士对奥吉布瓦人及其传统信仰表现了更为宽容的态度,总的说来,天主教传教士将奥吉布瓦文化视为劣等文化,将他们的传统信仰视作邪教,通过宗教渗透促使他们改宗。

为更好地理解厄德里克小说中的天主教,丹尼斯·沃尔什(Dennis Walsh)在分析其《爱药》和《痕迹》中天主教时,梳理了齐佩瓦龟山保留地天主教的历史背景。根据他的梳理,我们了解到,龟山齐佩瓦部落主要由彭比纳梅蒂斯人和平原齐佩瓦人构成,但是包括1870年和1885年加拿大谋反失败的梅蒂斯人后裔,以及其他讲阿尔冈昆语的人民,特别是平原克里人和其他土著部落。

---

① 宋赛楠,王艳艳."谁动了我们的宗教?"——以美国土著奥吉布瓦教为例[J].世界宗教文化,2016(2):64.

他引用帕特里克·古诺(Patrick Gourneau)的《龟山齐佩瓦印第安部落历史》(*History of the Turtle Mountain Band of Chippewa Indians*)书中1892年麦坎伯委员会人口统计,龟山部落中有"283人纯血、1476名混血,或者,梅蒂斯人,总数1759人"。[①] 沃尔什追溯今天龟山部落人民的天主教历史,其源头位于北达科他彭比纳的法属西北公司贸易站,在红河谷殖民地,即现在加拿大的曼尼托巴(Manitoba)。西北公司与英属哈德逊海湾公司发生冲突,特别是1815和1818年的流血冲突,导致在今天温尼伯城附近发生的战争,红河谷殖民地总督被杀身亡。殖民者和托马斯·道格拉斯(Thomas Douglas)、塞尔扣克勋爵(Lord Selkirk)请求魁北克的天主教的主教普莱西斯(Plessis)派牧师去法兰西加拿大属地建立秩序。

彭比纳距今天的龟山保留地东部大约110英里,距离温尼伯(Winnipeg)南部60英里。今天龟山部落的齐佩瓦的祖先跟随皮货贸易从东而来,当他们在彭比纳西北公司贸易站附件安营扎寨,便适应了平原生活。厄德里克在《山雀》中涉及其祖先迁移至此并定居下来。现在的龟山保留地显然是过去的苏族国。亚历山大·亨利(Alexander Henry)1802年建立了彭比纳驿站,1808年离开。他在日志中记录很多令人担忧的事情是酒精对印第安人和法裔加拿大人的影响,导致很多混血儿童出生,其父母主要是法裔加拿大男人与齐佩瓦和克里女人。亨利的日志中记录了1805年在红河上游驿站有56名欧洲或者加拿大男人,他们的印第安妻子

① Walsh, Dennis. Catholicism in Louise Erdrich's Love Medicine and Tracks [J]. American Indian Culture and Research Journal, 2001, 25(2): 121.

52 人,混血孩子 82 人。沃尔什认为所有这些资料说明 18 世纪晚期,酒精对齐佩瓦文化的广泛影响。而且,这个地区已被过度狩猎,而齐佩瓦人似乎不断地狩猎,主要是维持他们的酗酒,这导致贫困、暴力、社会不稳定和人的沉沦。

约瑟夫·诺伯特·普罗温切(Joseph Norbert Provencher)和尼古拉斯·杜莫林(Severe Nicolas Dumoulin)是普莱西斯主教派到彭比纳的牧师。杜莫林 1818 年至 1823 年在那里建立了传教会,有居所和教堂,当彭比纳被发现是美国的一部分,他与当地居民有深层联系。那时,加拿大牧师如人们所期待那样关心拯救灵魂,赞美上帝,至少是含蓄地增强了教会的权力。他们常常认为基督徒是文明开化的,对土著宗教无任何同情。沃尔什阐释道:出乎预料的是,他们"未显示种族主义,对印第安语言和文化感兴趣,关心印第安人和梅蒂斯人的人性,经常表明应该停止酒精贸易,加拿大(大多数是法裔加拿大人)男人需要戒除沉迷酒精的状态(如果不能,不允许他们参加圣礼),他们才能以人性和负责的态度对待其印第安妻子和混血孩子"。[①] 到 1825 年,由于基督教会的努力,酒精贸易已经官方停止,尽管加拿大和美国还有非法继续经营。到 1821 年在彭比纳,已有 450 人登记天主教徒,但是杜莫林发现彭比纳纯血齐佩瓦人"不那么容易接受基督教"。[②] 简言之,在文化困惑中,纯血传统主义者一直坚持其古老的方式。

杜莫林神父 1823 年离开彭比纳,贝尔库(Belcourt)第一个常

---

① Walsh, Dennis. Catholicism in Louise Erdrich's Love Medicine and Tracks [J]. American Indian Culture and Research Journal, 2001, 25(2): 122.

② Ibid.

驻牧师是1890年任职的约翰·马洛(Malo)。贝尔库地处森林和平原之间的边界,其林木和水资源丰富。小镇在1860年至1882年之间某时以乔治·贝尔库神父的名字命名,他是以彭比纳为基地的“流动”牧师,从1831年6月至1859年3月在索尔托族(Saulteaux奥吉布瓦)、克里人和混血儿之间努力工作近30年。到1840年,加拿大人和彭比纳梅蒂斯小定居点在此形成(除了越冬)。梅蒂斯人有自己的语言和文化。根据古诺所述,龟山梅蒂斯的最初语言是Mechif,有时被称为Mechif-Cree以区分真正的克里语,有时直接称为克里语。梅蒂斯文化混合了法国和印第安文化,包括“舞蹈和祈祷的形式”。沃尔什引用古诺对当前和过去梅蒂斯人与传统主义者宗教之间的差别所做的评价:

> 一般而言,由于嗜好,几乎所有的“梅蒂斯”除了作为旁观者从来不参加印第安人的典仪。他们总是对其“纯血”的同胞报以不屑、轻蔑和讥讽,总是叫他们“野蛮人”(Les sauvages)。他们主要是罗马天主教徒,拒绝他们称之为“野蛮人”的信仰。然而,在我们现代社会,所有的纯血已接受并践行天主教,但是还坚持他们的印第安信仰。也是在现代的今天,一些年轻的一代梅蒂斯人已经改变了他们的观念,更加有意识地尊重他们的印第安血统。[①]

沃尔什引用古诺的评价不仅说明梅蒂斯和齐佩瓦传统派信仰的差别,也说明他们之间的关系。事实上,厄德里克在《痕迹》《鸽灾》《山雀》等作品中都涉及传统派和混血之间的关系。1870和

---

① Walsh, Dennis. Catholicism in Louise Erdrich's Love Medicine and Tracks [J]. American Indian Culture and Research Journal, 2001, 25(2) : 123.

1885年贝尔库梅蒂斯人和印第安人小群体人数增加，他们是来自马尼托巴和萨斯喀彻温梅蒂斯暴乱的难民，还有一些是1862年至1892年间迫于条约、行政命令，契约、野牛消失，以及欧洲和美国殖民者的压力，从平原而来的奥吉布瓦人。厄德里克《鸽灾》中涉及路易斯·瑞尔及其追随者梅蒂斯人的状况。沃尔什引用《圣安百年》(*St. Ann's Centennial*)总结加拿大梅蒂斯人状况：

> “梅蒂斯”被英国军队镇压，他们尽可能多地逃往美国，与龟山人民生活在一起。这些难民中的许多人把妻儿丢在加拿大，因为恐惧英国人不敢回加拿大。他们与龟山梅蒂斯女人再婚，在那供养他们的家庭。[①]

彭比纳纯血齐佩瓦人1863年分裂，去龟山保留地的人已经适应平原印第安人的生活，“包括尖顶帐篷、狩猎野牛和太阳舞”，他们继续传统齐佩瓦的氏族制度及政治结构，“部分世袭”领袖、军警和宿地议事(由几个领袖组成的长老议事会，或称长老会议 Camp Council)。宗教习俗上他们将林地部落的大药师会(Midewiwin)与平原人民的“太阳舞或者热望舞”结合。

随着1882年龟山保留地建立，常驻天主教机构建立了。1884至1907年间慈悲修女(爱尔兰人和爱尔兰裔美国人)经营圣玛利亚寄宿学校(该校1907年烧为灰烬)。该学校由贝尔库牧师开始创建，1886年有38名学生，到1895年，学校有130名学生和9名修女。当学校再次烧毁，慈悲修女由本笃会修女代替，学校重建并命名为圣安奥吉布瓦学校。1890年马洛神父驻扎贝尔库，成为圣

---

① Walsh, Dennis. Catholicism in Louise Erdrich's Love Medicine and Tracks [J]. American Indian Culture and Research Journal, 2001, 25(2): 123.

安教堂(Saint Ann de Beaupre)的第一名常驻牧师。早期牧师具有爱尔兰或者法国名字,龟山保留地的第一位牧师克拉伦斯·拉弗朗布瓦兹(Laframboise)20世纪30年代返回。那些有着法语名字的通常是出生在魁北克的法裔加拿大人。渐渐地,牧师和修女也在公立中学教授宗教,"圣安学校作为印第安事务局契约学校交由部落开办,也由部落管理"。[①] 自20世纪70年代以来,太阳舞就没有举行,但是,社群会庆祝一年一度的夏季或者秋季的帕瓦节,以及夏季的圣安节和连续九天祷告的弥撒。

沃尔什追溯龟山保留地的天主教传教历史,肯定了北达科他和曼尼托巴天主教士为禁止酒精贸易所做的努力,这给予梅蒂斯人以骄傲和个人身份认同感。他认为传统宗教的印第安人和梅蒂斯人一定感受到来自社会的皈依天主教的压力。但是,在临近苏族许多传统习俗被禁时,他们还继续践行蒸汗屋传统和太阳舞。沃尔什总结道:似乎可以确定的是,许多梅蒂斯和纯血实行"融合天主教和传统的齐佩瓦宗教"的做法。在传统派和天主教徒之间似乎可能存在相当大的社会不适,坚持天主教和法国文化模式与攫取权力和土地有关,在前一章中有关传统派与混血之间的派系斗争已有论述。从沃尔什对龟山保留地天主教历史的概述,我们能够更清晰地了解厄德里克小说中传统派和混血之间,以及他们的传统与天主教之间的复杂关系。

随着时间的推移,天主教成为奥吉布瓦/齐佩瓦社会不可或缺的部分,由于政府强行将奥吉布瓦/齐佩瓦儿童送进远离家园的寄

---

① Walsh, Dennis. Catholicism in Louise Erdrich's Love Medicine and Tracks [J]. American Indian Culture and Research Journal, 2001, 25(2): 124.

宿学校，像白人一样接受“再教育”，加速了传统信仰式微甚至消失。许多社会学家同意齐佩瓦文化基本上消失。麦金尼引用哈罗德·希克森(Harold Hickerson)对齐佩瓦文化的评价说明此观点，“就原住民的过去而言，齐佩瓦文化是一片狼藉，各地人民如此众多不得不适应欧裔美国人强加给他们的新环境”。[①] 著名的作家和天主教传教士卡尔·施塔克洛夫(Carl Starkloff)赞同此观点，“也许除了少数部落或者群体，印第安文化是碎片文化，是白人和印第安生活模式的混合体，是两种或者多种混乱的传统之间的危险栖息处”。[②] 即便如此，尽管天主教成功地根除了土著宗教，但他们没有成功地强加他们自己的宗教。

第二节 人物精神求索中的传统精神性与天主教交锋

按故事发生顺序，《痕迹》《四灵魂》《爱药》和《小无马保留地神迹的最终报告》是厄德里克最直接探讨19世纪末至近20世纪末奥吉布瓦/齐佩瓦人精神生活的作品，表征天主教对奥吉布瓦/齐佩瓦传统信仰及文化的影响，以及传统文化如何反作用于天主教，两者相互冲突、影响、渗透，最终达到两种信仰的杂糅。这几部作品涉及纯血代表芙乐·皮拉杰家族，混血/梅蒂斯代表宝林·蒲叶

① McKinney, Karen Janet. False Miracles and Failed Vision in Louise Erdrich's Love Medicine [J]. Critique, 1999, 40 (2):156.

② Ibid.

特/利奥波德修女，白人代表艾格尼丝/塞西莉亚/达米安神父。厄德里克通过描写芙乐和宝林之间，以及她们的女儿露露和玛丽之间的恩怨情仇再现近百年奥吉布瓦传统精神信仰与天主教的纠葛，天主教对本土文化传统的浸染；通过白人艾格尼丝/达米安神父在保留地传教，以白人的视角审视奥吉布瓦传统精神性和天主教之间的关系。厄德里克通过她们的自我精神追求及身份认同探讨奥吉布瓦/齐佩瓦的传统信仰与基督教的复杂关系。《痕迹》和《四灵魂》主要展现芙乐·皮拉杰坚守传统，宝林·蒲叶特向往同化，最终成为利奥波德修女；《爱药》中聚焦芙乐和宝林的女儿露露和玛丽，从她们的自我精神追求到成为受人尊敬的祖母，最后两者都成为传统文化的维护者和传承者；《小无马保留地神迹的最终报告》主人公德裔美国人艾格尼丝的自我精神追求经历从修女回归百姓生活，成为农夫的妻子，最后女扮男装成为小无马保留地上的达米安神父，在其传教中将奥吉布瓦传统信仰融入天主教，为保留地人民服务八十余载，其精神追求最终成为对生命和存在的思考。

一、交锋中传统的坚守与背离

前文简要概述了天主教对奥吉布瓦/齐佩瓦传统精神性和文化的毁灭性影响，那么，在这样的背景下，我们考察厄德里克如何以文学手段表征 20 世纪初奥吉布瓦/齐佩瓦传统信仰与天主教的交锋。《痕迹》主要讲述芙乐和宝林两个人故事：芙乐保卫其祖先的土地，最后土地丧失，她带着母亲四灵魂的尸骨离开祖先土地踏上复仇之路；宝林如何努力成为利奥波德修女。虽然芙乐和宝林之间似乎没有直接的冲突，但是，在宝林的故事讲述中，读者了解到宝林对芙乐怀有嫉妒之心，嫉妒她的美貌、魅力和她的神秘力量，嫉妒她的爱人伊莱，并施以魔咒挑拨芙乐与伊莱的关系。在这看似讲述两个互相竞争的爱情故事下面，厄德里克展现了两种精神信仰之间的冲突。芙乐代表奥吉布瓦传统精神性，而宝林一心想成为天主教徒，她们两者的冲突对立，某种意义上是两种信仰的对立。厄德里克刻画芙乐时，总把她与奥吉布瓦神话和传说相关联。雅各布斯认为，仔细分析厄德里克刻画芙乐所用的象征，我们发现芙乐是“往昔神话中有魔力的神女”“祖传的疗愈者(healer)”，她神奇的疗愈能力来自传统的大药师会。① 芙乐来自古老的皮拉杰家族，雅各布斯在其文章中指出，现实中的“皮拉杰氏族是来自水蛭湖(Leech Lake，在明尼苏达中北部)的奥吉布瓦群队(band)。有历史记载以来，皮拉杰家族以好战、英勇和骄傲著称。这个氏族还一直以极强的独立性闻名，19 世纪初期他们抵制任何传教企图。19 世纪 30 年代，鲍特韦尔牧师(Rev. Routwell)觊觎水蛭湖的皮拉杰氏族，他们完全拒绝他的学校、教堂，以及将他们变成农民的企图”。他们还“实施了最后一次反对政府政策的印第安起义”。② 雅各布斯继续写道，“历史上，皮拉杰氏族与熊和貂氏族有关，厄德里克还把皮拉杰氏族与狼(皮拉杰狼一样的露齿笑)和山猫联系起来”。③ 雅各布斯还引用巴兹尔·约翰斯顿(Basil Johnston)

---

① Jacobs, Connie A. The Novels of Louise Erdrich: Stories of Her People [M]. New York: Peter Lang, 2001:150.

② Jacobs, Connie A. "'Exactly Like an Old-Time Pillager': Lulu Nanapush Morrissey Lamartine" [A]. In Brajesh Sawhney (ed.). Studies in the Literary Achievement of Louise Erdrich, Native American Writer: Fifteen Critical Essays[C]. Lewiston: Edwin Mellen Press Ltd, 2009:160.

③ Ibid. 161.

的《奥吉布瓦传统》(*Ojibway Heritage*)说明动物图腾反映氏族的特性：熊代表力量和勇气；貂是忠贞、一心一意和判断力；狼是不屈不挠、守护；山猫是决心、坚韧刚毅。此外，约翰斯顿还描述最初五个图腾代表人们的 5 种需求："领导力(leadership)、防御力(defense)、支撑力(sustenance)和巫术(medicine)"。① 雅各布斯概括了历史上皮拉杰氏族是坚守传统的中坚分子，而在《爱药》中，厄德里克描写"皮拉杰家的人一向是不肯合作的，不愿在条约上签字，他们保存着桦树皮古卷，也掌握神秘有奇效的巫医医术，连那些虔诚的印第安基督徒发现皮拉杰的人正眼看他们时也会在胸前画十字"(爱药 314)。结合历史上真实的皮拉杰氏族和厄德里克对芙乐家族描写，那么厄德里克对芙乐姓氏命名为皮拉杰具有深意，意味着她是传统的守护者，变化的抵制者。

小说中有关皮拉杰氏族历史最初在《痕迹》中讲述。世纪交替之际皮拉杰氏族被迫从东部迁至保留地，他们一直住在马奇马尼图湖深处的小屋里。小说中主要"人物"马奇马尼图湖的湖人(Lake Man)或者水怪(water monster)米塞佩舒与皮拉杰氏族有着紧密的联系。"米塞佩舒(Misshepeshu)出现在湖里是因为老头儿(Old Man)的关系"(TK 175)，老头儿是芙乐的父亲，他与湖人有特殊的联系。"湖人是其家族的巫医神力的源泉，显然皮拉杰从其母亲那里继承此神力，又把它传给其

---

① Jacobs, Connie A. "'Exactly Like an Old－Time Pillager': Lulu Nanapush Morrissey Lamartine" [A]. In Brajesh Sawhney (ed.). Studies in the Literary Achievement of Louise Erdrich, Native American Writer: Fifteen Critical Essays [C]. Lewiston: Edwin Mellen Press Ltd, 2009:161.

长女芙乐”。[①] 有关米塞佩舒有各种传说，宝林讲述了芙乐与米塞佩舒两次神秘的接触。第一次在她还是孩子的时候，两个男人看见她在水中挣扎，划船过去搭救，把她拖上船，不久两个男人一个消失，另一个莫名死在自己的测量员车轮下。陈靓在其文章“象征世界中的文化身份重构——《痕迹》的生物象征解读”中指出，“芙乐的落水实际上是一个与湖怪沟通并取得能量的仪式。因为芙乐与湖怪的亲密和神圣的联系，任何凡人如果干扰了这个仪式势必会受到湖怪的惩罚”。[②] 陈靓的解读很有道理，但是，需要补充的是，死的两个人是政府土地测量员的向导，新势力的代表，他们帮助政府丈量芙乐家族的土地，分裂社群，协助威胁奥吉布瓦传统的生存。芙乐第二次落水时，无人敢碰她，大胆的乔治偷看她时，芙乐阴阴地对他说：“你到我的位置上来”(TK 11)。乔治之后不敢离家，不敢靠近水，但是在用澡盆洗澡时滑倒呛水而亡。巧合的是，乔治也是政府土地测量员之一。厄德里克将神话与现实交织，在这个空间魔幻地表征奥吉布瓦传统精神性与其威胁交锋。宝林把芙乐看作是米塞佩舒的情人，认为芙乐第二次溺水之后，尽管她长得漂亮，无人敢追求芙乐，“因为显然米塞佩舒，水人(water man)，怪物，自己想要她。……他是个魔鬼，……特别想要像芙乐这样年轻，强壮勇敢的女孩儿”(TK 11)。宝林认为露露是米塞佩舒的孩子，她的眼睛和皮肤像米塞佩舒的，自她出生之后，米塞佩

---

① Beidler, Peter G. and Gay Barton. A Reader's Guide to the Novels of Louise Erdrich: Revised and Expanded Edition [M]. Columbia, MO: University of Missouri Press, 2006: 289.

② 陈靓. 象征世界中的文化身份重构——《痕迹》的生物象征解读[J]. 解放军外国语学院学报, 2008, 31(1): 83.

舒似乎变得更加仁慈了;后来芙乐的丈夫伊莱·喀什帕甚至一度相信芙乐怀了湖人的孩子。厄德里克以此种方式展现芙乐和有关露露身世与米塞佩舒的神秘联系,旨在表征奥吉布瓦传统精神性的捍卫者后继有人。事实上,在《爱药》中,露露是传统的坚守者。宝林把米塞佩舒看作恶魔,把它等同撒旦,认为芙乐是他的代理。宝林从基督白人的视角看奥吉布瓦传统精神性,并向它宣战,认为米塞佩舒向她显现,犹如撒旦在沙漠中诱惑耶稣,她要面对他的召唤,与之交锋对决。正是通过象征的描写,厄德里克揭示奥吉布瓦传统精神性遭遇的威胁,预示传统文化的式微。随着白人侵蚀的深入,米塞佩舒的神力逐渐削弱。纳纳普什观察到,芙乐的神奇法力也在丧失,她的梦失灵了,她没有能力拯救她的第二个孩子。"她的灵视模糊了,她的灵力助手在湖里深睡"(TK 177),"湖干涸了,湖人不回来了"(TK 178)。厄德里克把芙乐对失去孩子和土地的无力与保护神灵的丧失联系在一起。纳纳普什讲述芙乐在其无法为祖先的土地缴税,土地将被剥夺,土地上的树木将被砍光时,芙乐绝望地把衣袋塞满石头向湖中走去,这是她第三次溺水,被丈夫伊莱拉回,她只能诅咒木材公司和银行。之后据说她使她死去的孩子坚守马奇马尼图湖,直到最后她用魔法把其祖地树木摧毁,带上其母亲四灵魂的尸骨去明尼阿波利斯复仇。《痕迹》中,米塞佩舒和马奇马尼图湖是奥吉布瓦神灵的中心意象,对其消失,抑或说主流基督文化开始占据主导中心地位,厄德里克还是以象征手法展现的。特别是宝林听从上帝的召唤,偷了纳纳普什漏水的船,独自来到马奇马尼图湖寻找米塞佩舒。她脱光了衣服,只佩戴念珠与魔鬼搏斗。湖怪出现,他们扭打在一起,她用念珠链子把他勒死,后来发现她杀死的湖怪不是别人而是拿破仑,她女儿玛丽的生父。虽然,最后宝林杀死的所谓湖怪是拿破仑,但是,厄德里克用这种似是而非的手法表现奥吉布瓦传统精神性遭受天主教的重创。到《爱药》中20世纪80年代,从利普夏的口中说出,“马奇马尼图湖里的水怪米塞佩舒”是他听说的“现身的最后一个神灵”(爱药238),从这个意义上说,奥吉布瓦传统几乎消失殆尽。

厄德里克对芙乐的刻画尽显其与传统奥吉布瓦精神性的联系。芙乐在阿格斯遭受白人强暴后,她第二天施法复仇让飓风摧毁了肉铺;芙乐与熊神灵的联系是她在生露露时遭遇难产,一头喝醉了的熊冲进产房,芙乐见到熊因为恐惧,从毯子里站起身,这给了她“熊的力量”顺利生产,而当宝林开枪,熊像旋风消失在森林中,“再也没有人看到,也没有留下任何痕迹,所以它可能是头神熊”(TK 60)。前文提到,熊在奥吉布瓦神话中代表力量和勇气。在《桦树皮小屋》中,厄德里克通过祖母之口说明,熊懂得草药,会治病,熊是令人尊敬的。把芙乐与神熊联系在一起,厄德里克突出芙乐所代表的传统精神性。

丧失土地之后,《四灵魂》中,芙乐去明尼阿波利斯寻找投机商毛瑟复仇,她进入毛瑟家做洗衣工,试图趁机杀死毛瑟。但是,当她有机会杀死他时,毛瑟却承诺娶她,并把他所有的一切给她。芙乐放弃了复仇,与之结婚,生下一个有点智障的自闭儿子。这里,我们似乎看不到《痕迹》中具有神力的芙乐,相反,芙乐仿佛忘记了复仇的初衷,她似乎已经适应了毛瑟家奢华的城市生活,“芙乐在服装店的账单被支付,夫妇还出席社交活动。她的头发高高盘起,她仍然显示了无畏的侧影,俯冲鸟儿般掠食的优雅”(FS 92)。这段描写是芙乐城市生活的掠影,我们无法想象小说开篇那个衣着褴褛,拉着木板车进城复仇的芙乐。当毛瑟破产,芙乐向他要回她祖地的地契，开着汽车带儿子回到保留地。从对芙乐的前后对比描写，读者不难看到芙乐对传统的“背离和偏移”。[①] 最终，芙乐的儿子，玩牌高手，通过玩牌帮助妈妈赢回了土地。芙乐从保留地离开去城里复仇，在城里像白人一样生活，还染上了酗酒，背离了传统捍卫者的形象，“归家”后，玛格丽特用传统的药衫（medicine dress）为芙乐进行疗愈仪式，净化她的灵魂。玛格丽特对芙乐说，药衫“将迫使你进入你黑暗的灵魂。你空洞的灵，你愤怒的、失落的、热切的，最后的灵魂”；“你是被爱的极端，你是被恨的极端，芙乐·皮拉杰。现在是时候了，你要走中间的路”（FS 205－206）。玛格丽特让她到其祖先马奇马尼图湖边的黑岩石上斋戒 8 天 8 夜，与她忽略的那些神灵重建联系，获得精神力量，药衫将给她新的名字。最终，芙乐与人和神灵和平相处。

奥吉布瓦传统精神性与天主教的交锋除了应用米塞佩舒这个象征，厄德里克还通过描写芙乐与宝林之间的情感纠葛来展示。宝林出生于一个无名氏族的混血家庭；她对芙乐既羡慕又嫉恨，羡慕芙乐的出身、美貌和她神秘的巫术力，嫉妒她有丈夫、年轻的伊莱·喀什帕爱她。常去芙乐家，看到他们的恩爱，让她自己想有个丈夫，因为宝林的相貌及出身不能引起男人们的注意，宝林设法勾引伊莱，遭到拒绝后，她心生恨意，设法报复让伊莱背叛芙乐。宝林用古老爱的魔药施法使伊莱与她 14 岁侄女索菲情迷发生关系，之后，芙乐报复，给索菲施以魔咒，使她长跪在其家门前。因无人能够给索菲解除魔咒，索菲的哥哥克拉伦斯去教堂偷走圣母玛利

---

① 张琼.《四灵魂》中族裔价值与经典传统的结合、背离与偏移[J]. 外国文学研究，2009，126（6）：124.

亚的雕像为索菲解除魔咒。由此,厄德里克使传统精神性(宝林和芙乐都用了奥吉布瓦的传统巫术进行报复)与基督教正面交锋。在用圣母雕像驱魔的过程中,宝林在黑暗中看到:“圣母玛利亚向下注视,她的眉毛清晰,她的面颊苍白,她的嘴唇在急切地构成秘密的音节,突然震颤。那时我看到第一滴泪”“圣母玛利亚看到索菲·莫里西流泪了”(TR 94—95),宝林认为她是唯一见证神迹的人——雕像流泪,这使宝林决心成为修女。之后,她试图流产,失败后,她抛弃女儿玛丽,进了修道院,成为修女利奥波德。

宝林向往同化,在本书第三章中有所论述,本章主要从她对基督教的内化与传统奥吉布瓦精神性的冲突方面进行讨论。第三章中已经提到,宝林想成为像其祖父一样的“纯加拿大人”,认为世界正在成为白人的世界,“甚至孩子都会看到落后就是死亡”(TR 14)。宝林似乎看清了时代的变化:

> 湖里的金眼睛的动物,他们说是神灵,不好也不坏,但只是有个嗜好,芙乐是关键。就像是和他在一起,我们的主。他显然让白人更加精明,他们的数量增加,到处都是,有的人甚至有汽车,而印第安人在减少,咳死、酗酒。显然,印第安人不被湖里的神灵保护,不被生活在森林中、灌木中的大神马尼图保护,或者不被动物神灵保护,动物被猎杀得如此稀少,它们沮丧了,不再交配了。(TK 139)

从这段宝林的内心独白,读者可以看到宝林完全认同白人的优势地位,成为修女是使她不会消亡的途径,因为她已经看清印第安人的神已经失灵了。成为修女后,她致力于完成其使命,与基督自己不敢接近的魔鬼作战,这表现为她破坏纳纳普什为芙乐举行的疗愈仪式(TK187—91),她认为要制服水怪米塞佩舒,但是最为重要的是,她要去天主教学校同化阿尼什纳比儿童。因为她看到,老一代将消亡,年轻一代"从政府学校回来被蒙蔽(blinded),被消音(deafened)了",她签了合同在天主教学校任教,发誓"用自己的影响力去指引他们,净化他们的灵魂,以我自己的形象塑造他们"(TK 205)。

有关奥吉布瓦传统精神性和天主教的复杂关系,在《痕迹》中厄德里克通过芙乐和宝林的刻画,强调两者的冲突与对立,而且,在交锋中,天主教似乎占了上风。厄德里克通过宝林成为天主教徒与自己文化为敌,揭露天主教对奥吉布瓦传统文化的危害。有关厄德里克对待两者文化的态度,学者们持不同的观点。自凯瑟琳·雷恩沃特发表了论文"两界之间阅读"("Reading between Worlds"),许多厄德里克小说的批评研究聚焦她关于奥吉布瓦和天主教精神性的关系描写,一致认同为理解厄德里克小说,准确解读她表征这两种宗教传统之间的关系是非常重要的。雷恩沃特宣称"基督教义"与"萨满传统"在厄德里克小说中构成"冲突的准则",[①]她认为厄德里克"并未特别决定一种解读途径,因此没有认可一种神学观优越另一神学观"。[②] 布赖恩·因格拉菲亚(Brian D. Ingraffia)认为这个结论对后来的厄德里克宗教研究(Friedman, McKinney, and Shackleton)产生如此强烈的影响是不正确的,厄德里克"确实认可一种宗教观(奥吉布瓦)优越另一种

---

① Rainwater, Catherine. "Reading between Worlds: Narrativity in the Fiction of Louise Erdrich." American Literature, 1990, 62(3): 405.

② Ibid. 410.

(天主教)”。[①] 他详细地梳理了学者们的观点,分析了利奥波德修女和她的女儿玛丽对天主教的追求,以及《小无马保留地神迹的最终报告》中的达米安神父说明他的观点。与雷恩沃特持观点相似观点的学者,苏珊·桑福德·弗里德曼(Susan Sanford Friedman)认识到厄德里克表征阿尼什纳比和天主教冲突准则的“编码的不确定性”([e]ncoded 'undecidability'),[②]她强调厄德里克的小说展现了“玩味根本不确定的身份和精神性问题”;[③]玛利亚·奥尔班和艾伦·维利(Maria Orban and Alan Velie)认为,“《小无马保留地神迹的最终报告》中的世界,齐佩瓦宗教与基督教同样有效”;马克·沙克尔顿(Mark Shackleton)引用雷恩沃特支撑他的观点“厄德里克作品中没有单一的文化符码享有特权;实际上,她小说中的文学和文化杂糅探寻解构二元分类,如欧洲人对土著”。[④] 因格拉菲亚指出,多数聚焦厄德里克小说中宗教表征的批评者认为,厄德

---

① Ingraffia, Brian D. "Deadly conversions": Louise Erdrich's Indictment of Catholicism in Tracks, Love Medicine, and The Last Report on the Miracles at Little No Horse[J]. Christianity & Literature, 2015, 64(3): 314.

② Rainwater, Catherine. Reading between Worlds: Narrativity in the Fiction of Louise Erdrich [J]. American Literature, 1990, 62(3): 407.

③ Friedman, Susan Stanford. Identity Politics, Syncretism, Catholicism and Anishinabe Religion in Louise Erdrich's Tracks [J]. Religion and Literature, 1994, 26(1): 108.

④ Shackleton, Mark. "'June Walked over It Like Water and Came Home': Cross-Cultural Symbolism in Louise Erdrich's Love Medicine and Tracks" [A]. In Elvira Pulitano (ed.). Transatlantic Voices: Interpretations of Native North American Literatures [C]. University of Nebraska Press, 2007: 202.

里克表明奥吉布瓦精神性和天主教是相容的，是厄德里克允许人物融合这两种信仰。例如，弗里德曼认为，厄德里克的诗歌和小说中，“天主教义似乎未被驱除，而是充当融合精神性的途径”；[①]在《小无马保留地神迹的最终报告》中达米安神父在他给教皇的信中也表明了这个立场：“我发现了一个难以想象的事实，教皇陛下也许感兴趣。奥吉布瓦人做得既平常又深奥的礼拜形式是合理的，甚至与基督的教义是相容的”(LRM 49)。这种解读的结果是，一些批评者，例如丹尼斯·沃尔什(Dennis Walsh)把厄德里克看作是“天主教小说家”，而其他人，如弗里德曼，强调厄德里克对其天主教教育的“矛盾心理”。[②] 因格拉菲亚认为这些阐释厄德里克小说提倡天主教和本土裔美国精神性融合的主张是不对的。因格拉菲亚说明在厄德里克作品中奥吉布瓦人与天主教传教士相遇的描写中，厄德里克清楚地表明她的信念，“本土裔美国人的精神性优越于天主教教义”。[③] 本文认为，仅仅就芙乐和宝林的矛盾斗争而言，可以简单地解读为奥吉布瓦传统对天主教、纯血对混血、传统派对进步派权力之争；就厄德里克的整体作品而言，本人同意斯蒂

---

① Friedman, Susan Stanford. Identity Politics, Syncretism, Catholicism and Anishinabe Religion in Louise Erdrich's Tracks [J]. Religion and Literature, 1994,26(1): 119.

② Friedman, Susan Stanford. Identity Politics, Syncretism, Catholicism and Anishinabe Religion in Louise Erdrich's Tracks [J]. Religion and Literature, 21994, 6(1): 119.

③ Ingraffia, Brian D. "Deadly conversions": Louise Erdrich's Indictment of Catholicism in Tracks, Love Medicine, and The Last Report on the Miracles at Little No Horse [J]. Christianity & Literature, 2015, 64.3: 314.

勒普的观点，“尽管殖民压迫毁灭性的影响，这些曲折变化朝向联系而非对立地理解厄德里克小说中接触的本质，强调生存而不是丧失，能动力而非受害状况（agency against victimhood），也许，最重要的是，叙事尝试再现人类状况的复杂性高于引起论战的，或者意识形态上的还原主义（reductivism）”。[①] 事实上，厄德里克在其小说中一方面述说当代幸存者的故事，同时要保存和赞美灾难之后存留的文化核心。从这一点上不难理解因格拉菲亚的观点。正如玛格丽特为芙乐进行疗愈仪式时告诫芙乐“你要走中间路”，走中间路似乎表达厄德里克对奥吉布瓦精神信仰与天主教关系要采取的态度。

二、爱的疗愈力量：传统的复苏与希望

芙乐和宝林在奥吉布瓦传统精神性和天主教两种信仰的交锋中走不同的道路，也代表老一辈奥吉布瓦人和梅蒂斯人在20世纪初所做的不同选择。那么，随着时间的推进，芙乐和宝林的后代们做怎样的选择？换言之，厄德里克怎样讲述她们后代的故事？厄德里克继续延用恩怨情仇主题，在《爱药》中以芙乐的女儿露露·拉马丁和宝林的女儿玛丽·喀什帕之间的情感纠葛为主线，她们互为情敌几十载，玛丽为赢回丈夫尼科特的心，让孙子利普夏寻找爱药，爱药源自齐佩瓦古老的配方，其中需要野雁的心脏，因为野雁终身厮守彼此忠诚，利普夏没有能力猎到野雁，去超市买冷

① Stirrup, David. Louise Erdrich [M]. Manchester and New York: Manchester University Press, 2012:91.

冻火鸡心脏代替，尼科特吞火鸡心脏时噎死，尼科特·喀什帕去世后，玛丽和露露握手言和，共同为保卫传统文化而努力。那么在这样的主线故事下，厄德里克如何探讨奥吉布瓦精神性与天主教的关系，特别是纯血和混血儿的后代们对精神信仰采取的态度，换言之，厄德里克如何探讨两种信仰，特别在以天主教为代表的主流文化近乎取代传统信仰的背景下，奥吉布瓦人如何在夹缝中求生存，延续传统文化。

围绕这条主线，厄德里克首先展现露露和玛丽的精神追求，即，她们的自我追求及身份认同。从她们各自代表的群体看，玛丽代表混血，露露与其母亲一样代表纯血，传统派。厄德里克对露露的刻画使她与奥吉布瓦传统保持紧密的联系，她身上总有些神秘的色彩。前文提到，有关她的出生有很多传说，很多人认为她是芙乐与湖怪米塞佩舒神的女儿。她继承了母亲芙乐的性格特点：意志坚强、极其独立，又有萨满能力。她从小反叛，特别是不断逃离寄宿学校的“铃声、命令、冷冻的声音和刺耳的英语”（爱药 71）。在她听说自己的初恋尼科特与玛丽结婚时，她决意涉水去马奇马尼图湖上的小岛找摩西·皮拉杰。露露的小岛之旅象征她与濒临灭绝的古老文化交流，使其复苏。

摩西和芙乐一样是《痕迹》中瘟疫的幸存者，他之所以幸存是其母亲“欺骗神灵”，假装他已经死了，“成了幽灵”，为他造了坟，帮他反穿衣服，族人对他避而不谈，“没人泄露他的真名，也没人看见他。他像个隐身人似的生活”（爱药 77），因而活了下来。但他后来走路倒着走，说话不面对人，去了马奇马尼图湖的孤岛上，过着与猫相伴的生活，切断了与外部现实世界的联系。摩西被变成“鬼”，被边缘在孤岛上，他似乎成了“消失的印第安人神话”。对他的描写，厄德里克似乎契合了主流文学对印第安人的再现。摩西出身尊贵的皮拉杰家族，通晓几近失传的古老的印第安语言和神话；他的生活方式及其与动物相处的方式都是原始印第安人的，是印第安人宇宙观的体现。他居住的马奇马尼图湖是米塞佩舒神的据地，所有这些指向摩西是古老印第安人文化的象征。厄德里克对摩西的外貌的描写也具神话特点，他是露露母亲的年龄，可露露说"他长相英俊，我说不出他多大年龄。……太英俊了，让人觉得不是真的，仿佛经大神之手创造出来的"（爱药 80）。但是，他讲印第安语的"声音像半生锈的……锯子"，他幽灵般地居住在孤岛上，切断与外界的联系，这些暗示着摩西代表被边缘的传统印第安文化濒临灭绝。

露露涉水探访小岛意味着寻访殖民历史；让"失语"的人发声；让"幽灵"复活，她的小岛之旅暗含着拯救渐渐消失的印第安文化之意。厄德里克用了"小岛""水"和"涉水"的意象象征为死亡注入生命。小岛（island）是隔离（isolation），是孤立；水是隔绝历史（摩西）和现实的分界线，涉水即穿越"时空"进入历史，使历史与现实"交融"，达成历史与现实的联系。露露与摩西结合，在水中孕育生命，"我们跳进冰冷的湖水，有点眩晕，水从我们的大腿上流过，然后在湖边再次拥抱，像水獭一样缠在一起"（爱药 84）。水獭是奥吉布瓦神话的创世之神，"像水獭一样缠在一起"意味着孕育生命，那么湖水象征地将传统与现代联结起来，露露为垂死的传统注入了新的生命：

> 我醒来发现他正说着古老的语言，那些单词很少有人还记得，镇上的人或穿衣的人是听不懂的。他好像会说话了，在我耳边低语。

……

我用目光让他向前看，将反穿的衣服正穿。我把他揽入怀中，就像母亲鼓励孩子学步那样。我一步步拆掉他的坟墓。……他告诉我他的真实名字。……我会像对待自己的鲜血一样对待他的名字，……他的名字我只说过一次，那样做是想让他知道自己还活着。（爱药 84—85）

古老的语言发声，说出真实的名字，拆毁坟墓，厄德里克象征地复苏古老文化。但是，摩西没有目光向前，“他就是他的小岛，……他就是他的猫，他的生存不是由内而外，而是自外而内的”（爱药 86）。摩西的世界只有孤岛，他与社会隔绝，拒绝适应变化的世界，就像芙乐消隐在丛林深处一样，这种与世隔绝只能成为主流社会中消失的印第安人，其文化传统不可能生存延续。露露决心离开他，某种意义上，表达了厄德里克的文化观：虽然文化属性具有其历史，但不是永远固定在本质的过去，文化复苏不可能是简单地回到过去，应该是适应不断变化的社会。查夫金认为，在象征意义层面，露露必须去小岛与“皮拉杰家的神灵结合（她的文化传统的体现），找到她的根”，与摩西结合，“她重新与传统建立联系，她能重建其身份，并创造一个新的自我”，①在奥吉布瓦传统文化中获得了生命的力量，有助于露露在今后的人生中面对任何困境。

露露的族裔文化特质体现在其性格中，在其充满原始的强力生命意志力中。她像繁殖女神一样不断繁衍生命，育有八个不同

① Chavkin, Allan, ed. The Chippewa Landscape of Louise Erdrich [C]. Tuscaloosa: University of Alabama Press, 1999: 98—99.

父亲的儿子。部族人诟病她隐秘而放荡的生活方式，露露在“求善的眼泪”中为自己辩护，“我热爱整个世界，热爱世界上用雨露滋养的所有生灵。……然后我会张大嘴，竖起耳朵，敞开心扉，让一切进入我的体内”(爱药 277)。露露坚毅、包容一切的品格影响她的后代子孙，她的儿子们“形影不离……绝对忠诚，并不因为他们宣誓过，只因为他们毫无疑问都属于同一生命体的一部分(爱药 121)。其中，盖瑞“狡黠的黑眼睛闪着光。他像露露一样……天生是个领袖，步伐轻快，充满力量”(爱药 120)；他“信仰正义，而不是法律”(爱药 203)；露露说，“他进进出出监狱，却激励着印第安人，他就是这么生活的。他像我一样控制不住野性”(爱药 289)。露露富于洞察力，她的孙子利普夏评价道，“仿佛露露看你一眼，你的真实生活就赤裸裸地展现在她面前……没什么能逃过她的眼睛”(爱药 336)，“后来我发现自己又从露露那儿继承了她的洞察力”。梅尔丹·谭瑞赛尔(Meldan Tanrisal)在其文章“厄德里克小说中母亲与孩子的关系”("Mother and Child Relationships in the Novels of Louise Erdrich")中指出，“露露是部族延续的一个强有力的人物。像远古神话中的母亲女神一样，她的情人每年要被献祭，露露以她的情人为代价通过生育使部族延续”①。厄德里克对露露的刻画凸显其与奥吉布瓦传统的承继关系，正如桑德斯指出，“露露的包容和她的魔力光环表明她与传统遗产的联系，这包含自然和超自然界”。② 露露包容世界还体现在她欣然受纳白人的文

---

① Tanrisal, Meldan. Mother and Child Relationships in the Novels of Louise Erdrich [J]. American Studies International, 1997, 35 (3): 77.

② Sanders, Karla. A Healthy Balance: Religion, Identity, and Community in Louise Erdrich's Love Medicine [J]. MELUS, 1998, 23(2) : 140.

明成果并且尽情享用：她开豪华纳什大使牌轿车，带拳曲的浅棕色假发，着水晶耳环，涂法国口红，穿胸罩和紧身内衣，打扮得"像外国女王一样优雅"(爱药 241)。但是，在维护部族的利益上，她毫不让步，像其母亲芙乐一样捍卫其土地，抵制战斧工厂。"从隐喻意义说，露露是马纳博卓神的女性变形，背离于伦理禁忌的藩篱，超脱于道德规范的桎梏，对主流价值观免疫，逃逸于无孔不入的文化催眠，挣脱于疯狂诡异的精神阉割，超然于祈望印第安人灵魂自焚的邪淫妄念"。①

玛丽的自我追求和身份认同可以分为三个阶段：年轻的玛丽对混血身份的困惑，在其印第安自我和殖民化之间抉择；中年的玛丽作为母亲、人妻在养育和艰辛生活中感悟生活，重寻自我；晚年的玛丽以包容，大爱超越自我。像刻画露露一样，厄德里克首先展现了玛丽的身份认同之旅。玛丽年轻时像她的生母宝林一样，接受主流白人文化的价值观和世界观，不接受自己的印第安人血统，认为她身上"没有流淌太多印第安人的血液"，立志去修道院成为人们顶礼膜拜的圣徒，那么"谁也无法忽视我了"(爱药 45)。玛丽要成为圣徒的方式和目的似乎与宝林不同，宝林自我折磨苦修：她反穿鞋，用装土豆的麻袋做内裤，憋尿，成为利奥波德修女后，她立志帮助耶稣找到他敌人的藏身之处，归化更多的印第安灵魂，她完全摒弃她的印第安自我；与宝林相反，玛丽并未完全摒弃自己印第安自我，她直接上山加入"黑袍"们，向她们显示尽管她有"印第安血统"，但她不仅应被尊敬为基

---

① 刘俊池．原始生命力的三重展现——《爱药》中露露人格特质阐释[J]．白城师范学院学报，2013，27(2)：65．

督徒,而且应被崇敬为圣徒:

> 我打算到山上去祷告,与她们一样祈祷,因为我身上没有流淌太多印第安人的血液。她们从没想过把居留地上的哪个女孩视为膜拜的圣徒。但她们会把我当作圣徒的。我的塑像将用纯金制成,嘴唇上镶嵌着红宝石,用小的粉红色贝壳制成的脚趾定会令他们下马,弯腰亲吻。(爱药 45)

这段描写显示玛丽对其混血的族裔传统更具矛盾情感。塑像中"贝壳"是奥吉布瓦安大药师用于疗愈的神圣物品,是印第安传统信仰的象征,"粉红色贝壳制成的脚趾定会令他们下马,弯腰亲吻"隐喻地显示玛丽对自己印第安血统的骄傲。因格拉菲亚在分析玛丽对自身混血的矛盾情感时指出,"一方面,她与其母亲一样内化了种族主义,因为她相信她能够与修女'一样祈祷',因为'我身上没有流淌太多印第安人的血液'。但是,她渴望被尊为圣徒的额外动机显露了。玛丽显示了她对本土裔美国身份的强烈自豪感。她着手用殖民者的宗教以便在他们自己的游戏中战胜他们"。[①] 因格拉菲亚引用帕特丽夏·赖利(Patricia Riley)用霍米·巴巴的"杂糅"分析说明厄德里克用玛丽这个人物展现对天主教的"挪用"与"去除"。因格拉菲亚继续分析,根据巴巴的"杂糅分析……彻底逆转了殖民者的否定,结果'被否认的'他者知识进

---

① Ingraffia, Brian D. "Deadly conversions": Louise Erdrich's Indictment of Catholicism in *Tracks*, *Love Medicine*, and The Last Report on the Miracles at Little No Horse [J]. Christianity & Literature, 2015, 64 (3): 320.

入主流话语，动摇了其权威基础”。[①] 因格拉菲亚说明厄德里克用天主教和圣经的符号象征是这种杂糅的范例，在此基督教不仅“被挪用”而且“被去除”，换言之，否定并拒绝接受。[②]

玛丽的印第安自我与其被同化的自我之间的矛盾斗争以她与“白人殖民化力量，玛利亚的基督文化”的代表利奥波德修女的斗争展示。[③] 利奥波德修女忠告玛丽，“你有两个选择。要么嫁给一无是处的印第安人，为他传宗接代，像狗一样死去。要么把自己献给上帝”（爱药 51）。利奥波德内化种族主义的方式扭曲了她的宗教信仰，“她相信本土裔美国人信仰和价值观源于撒旦，魔王”，[④] 想尽一切办法与撒旦作战。在学校时，玛丽说利奥波德告诉她“恶魔最想得到的就是我”，他（撒旦）“渴望得到我胜过其他任何东西”（爱药 48—49），但是玛丽为她的印第安血统感到骄傲，这体现在她与撒旦亲密关系上：

> 我与众不同。我相信邪恶存在。有几次，撒旦会在睡觉前来到我身边，用灌木丛里的古老的语言在我耳边低语。我听着。他告诉我一些他只对印第安人说的事。我对他所知道的基督教和印第安人的宗教都有所了解。（爱药 48）

这里的“邪恶”是利奥波德眼中的印第安传统信仰；玛丽能够

---

① Ingraffia, Brian D. "Deadly conversions": Louise Erdrich's Indictment of Catholicism in Tracks, Love Medicine, and The Last Report on the Miracles at Little No Horse [J]. Christianity & Literature, 2015, 64 (3): 320.

② Ibid.

③ Ibid. 318.

④ Ibid. 319.

听到"灌木丛里的古老的语言"使她知晓"两个世界":欧裔美国人的天主教和奥吉布瓦的精神性。用因格拉菲亚的话说,"玛丽没有像其母亲一样被殖民。她的愿望不是顺应白人的基督世界,相反是要战胜它"。①

与利奥波德的交锋中,玛丽似乎处于下风。"我看见她沿着恶魔(原文是 dark one,象征奥吉布瓦传统精神性)的踪迹,一路追到我的内心,一下子将他从我的体内赶出去。现在我心里空空的,她可以藏在里面了"。……"她在那有了立足之地。尽管时间流逝,却难以驱逐。有时,我感觉到他的存在——如没有光泽的翅膀轻轻拂过——但他的声音很少强行进入"(爱药 50)。厄德里克通过描写两个人物的交锋,表征玛丽自我中天主教与奥吉布瓦传统精神性之间的角逐,玛丽并没有放弃其传统精神性,而是改变策略:

> ……战局已经发生变化。我开始意识到我以前可能带着地狱的果实走上了歧途。真正战胜利奥波德的方法应该是这样的:我先上天堂。然后,当我看到她即将到来时关上天堂的大门。她就会被挡在门外!除了能得到卑躬屈膝的敬意以外,这就是我希望像圣徒一样坐到圣坛上的原因。(爱药 50)

玛丽没有用来世的概念诅咒她的敌人下地狱,而是先到天堂以便把利奥波德修女关在外面,玛丽用殖民者的信仰战胜殖民者。玛丽最终摒弃了她的被殖民自我,这在她后来的回忆叙事中:

---

① Ingraffia, Brian D. "Deadly conversions": Louise Erdrich's Indictment of Catholicism in Tracks, Love Medicine, and The Last Report on the Miracles at Little No Horse [J]. Christianity & Literature, 2015, 64(3): 321.

> 在爱的面纱之下，我心中的仇恨如同石头般坚硬，但我还是愿意相信她。我就像住在灌木丛里的那些印第安人一样。他们偷走耶稣会成员神圣的黑帽，吞下帽上的小片布料来治发烧。但帽子本身携带天花病毒，将他们与信仰一起杀死。信仰是一层虚伪的面纱(爱药 47)。

虽然玛丽已经内化了白人基督文化的信仰体系，但是她认识到这种信仰体系在消灭他们的本土精神性。

在山上的修道院里，玛丽与利奥波德修女的斗争继续。利奥波德修女对玛丽进行身体折磨，在玛丽取掉在烤炉下面的杯子时，利奥波德修女处于优势，用力踩住玛丽的脖子，然后，恶魔般地模仿洗礼，将滚烫的开水浇在玛丽的后背上，以清除她"邪恶"的自我，即她的印第安自我，净化她。雷恩沃特将奥波德修女的行为描述为，来自奥吉布瓦精神性的超自然信仰被"扭曲，变形地脱离萨满母体，被移植到基督教宇宙观内"，这导致利奥波德修女成为"施虐受虐狂的基督教徒……甚至在殉教史的传统内是边缘的、反常的"。[①] 因格拉菲亚说，"利奥波德修女对玛丽的虐待狂般的伤害令人想起她在《痕迹》中自己受虐狂般的苦修，她把双臂伸进开水作为'征兆'向她的印第安社群证明其天主教信仰的优越性"。[②] 因格拉菲亚认为，利奥波德融合了奥吉布瓦精神性和天主教，但

---

① Rainwater, Catherine. Reading between Worlds: Narrativity in the Fiction of Louise Erdrich [J]. American Literature, 1990, 62(3): 409.

② Ingraffia, Brian D. "Deadly conversions": Louise Erdrich's Indictment of Catholicism in *Tracks*, *Love Medicine*, and The Last Report on the Miracles at Little No Horse [J]. Christianity & Literature, 2015, 64(3): 322.

是，她的融合是扭曲变形的。当利奥波德修女向玛丽浇滚烫的热水时，她说，“你冷酷无情。你的血里正在结起邪恶的冰。你对上帝一点也不虔诚。……我看见那个畜生……那个畜生通过你的眼睛看着我。冷冰冰的”（爱药 55）。奥吉布瓦人令人恐惧大神(Manitou)温迪戈是冰冻的生物，它捕获受害者，把他们变成温迪戈，利奥波德向玛丽浇滚烫的开水目的是要融化她想象中缠住玛丽的温迪戈。玛丽被利奥波德的“邪恶的智慧所俘虏。我无法正常地思考。我卖力地祈祷，……当圣洁的光芒投射下来，在我的眼里慢慢发生变化时，我没有停下来。那是上帝的脸”（爱药 55）。玛丽被代表白人基督文化和对自己印第安传统憎恨的利奥波德修女制服，她失去了其身份和声音，“我不知道该做什么，没有什么可以指引我，没有黑暗，不再是玛丽”（爱药 56）。在这个关键时刻玛丽的灵视出现了：

> 我全身金光闪闪，袒胸露背，乳头上嵌着宝石，闪烁着。我可以穿过窗上的玻璃。我可以穿过窗子。她跪在我的脚下，我每走一步她就吞下玻璃……她吞下玻璃，将内脏磨碎割破，直到她饥饿的内脏变成稀薄的尘土。（爱药 56）

因格拉菲亚认为，宝林的灵视看到的是基督，而玛丽的灵视与奥吉布瓦的灵视相同，因为这个灵视给玛丽逃脱基督教殖民的力量，但是传统的奥吉布瓦灵视被世俗化，因为在灵视中玛丽看到的不是她的神灵指导或者大神，而是她自己的改变。玛丽的灵视揭示了她渴望成为修女只是受她对利奥波德修女的憎恨和要制服她的欲望驱使。这样，玛丽第一次有力量与利奥波德直接对抗。玛丽喊道，“站到我后面去”（爱药 58）（原文 Get thee behind me!），因格拉菲亚指出，这应和了基督对彼得说的“站到我后面去，撒旦”(Get thee behind me, Satan)；[①]彼得像利奥波德修女一样，据说有天堂的钥匙，玛丽特别渴望那把钥匙，她对利奥波德说“你会把钥匙给我保管的”(爱药 52)，以便把利奥波德修女锁在外面。[②] 之后，玛丽试图将利奥波德修女推进烤炉，但是拨火棍把她弹了回来。玛丽知道她失去了战胜她敌人的机会，但是，在最后孤注一掷的努力中她感受到灵视带给她的力量，使她处于优势地位，她大喊道，“耶稣这个婊子！……跪下，祈求我。舔地板”(爱药 60)。这时利奥波德用叉子刺伤了玛丽的手，并用拨火铁棒把她打晕。这里，与《痕迹》中她用念珠将玛丽的父亲拿破仑勒死一样，作为宗教圣餐的叉子成为利奥波德用来实施暴力的工具，以此，厄德里克在象征的层面展示基督教对奥吉布瓦精神性的迫害，而且两种信仰的对抗，成为母女的对抗深化了基督教的迫害性。当玛丽恢复意识时，她已被膜拜为圣徒，因为利奥波德告诉其他修女玛丽手上的伤痕是“圣痕”的奇迹显现。虽然玛丽曾立志成为受人膜拜的圣徒，但这一刻到来并没给玛丽带来快乐，“我躺回在白枕头上。虚无的尘土在光束里飞旋。我的皮肤成了尘土。我的嘴唇化成了尘土，脚下那些肮脏的鱼饵也变成了尘土”(爱药 63)。玛丽最终看到的自己与她去修道院前想象的圣徒塑像不同，没有纯金雕刻而成塑像，她由尘土构成，她的嘴唇没有嵌红宝石，也是尘土，这让人想起《圣经》对人类死亡的描写，“你本是尘土，仍要归于尘土”。她

---

① Ingraffia, Brian D. "Deadly conversions": Louise Erdrich's Indictment of Catholicism in Tracks, Love Medicine, and The Last Report on the Miracles at Little No Horse [J]. Christianity & Literature, 2015, 64(3): 323.

② Ibid.

脚趾没有小的粉红贝壳，脚下只有肮脏的调羹，这里的调羹让人想起《痕迹》中当作手术钳把玛丽从宝林身体拉出的调羹，它在玛丽的太阳穴留下了伤痕，宝林解读为“魔鬼拇指的记号”(TK 136)。

玛丽获得对自我的顿悟，最后决心离开，“站起来！我想。站起来，离开这”(爱药 63)。因格拉菲亚认为，玛丽用了耶稣奇迹般治愈一个瘫痪病人的话，“站起来，行走”[①]，发现了治愈她自己的力量，抛弃利奥波德修女代表的天主教，离开修道院。因格拉菲亚继续指出，玛丽的感叹也回应了彼得的话，当他治愈了一个跛子他说：“以拿撒勒耶稣基督的名义站起来，行走。”[②]因格拉菲亚阐释道，“厄德里克玩味用于表演基督教第一个神迹的语言，用它来描写玛丽赋予自我力量，使她坚定地走出教堂，然而，相比之下，彼得治愈的病人‘与他们一起走进耶路撒冷古神殿，行走，跳跃，赞美上帝’”。[③] 赖利持相同观点，这个场景“戏仿了圣经的拉萨路，(麻风病患者)复活”，指出，“有意义的是，不是基督而是玛丽自己对复活负责”。[④] 玛丽的复活意味着她的殖民自我已经死亡，新的玛丽诞生，她不再为其印第安的血统感到羞耻，她不是“圣徒玛丽站起来去基督的天堂”，而是像拉萨路一样，一个尘世的玛丽·拉扎雷复活了。“厄德里克运用圣经典故不只是简单地在天主教和奥吉布

① 转引 Ingraffia, Brian D. "Deadly conversions": Louise Erdrich's Indictment of Catholicism in Tracks, Love Medicine, and The Last Report on the Miracles at Little No Horse [J]. Christianity & Literature, 2015, 64(3): 324.

② Ibid.

③ Ibid.

④ Riley, Patricia. There Is No Limit to This Dust: The Refusal of Sacrifice in Louise Erdrich's Love Medicine [J]. Studies in American Indian Literatures, 2000, 12(2): 21.

瓦信仰之间找到相似点，而更为重要的是，确认本土裔美国人自然和尘世的来世观念有效性，削弱天主教超脱尘世的天堂概念”。[①]

接受其印第安自我的玛丽下山与尼科特·喀什帕结婚，生印第安人的孩子，开始了新的生命旅程。就此，玛丽自我中印第安性与天主教的冲突让位于玛丽对生命意义的理解与体悟。厄德里克聚焦玛丽作为母亲在生产、养育，处理婚姻矛盾过程中不断获得对自我认识，体悟生命意义的真谛。作为天主教徒玛丽不祈祷，但是她去教堂，“我不祈祷。小时候我就发誓永远也不会向上帝祈求。如果我想要什么，我就自己想办法。我去教堂的目的只是为了让那些老母鸡知道我并没泄气”（爱药 99）。玛丽的前半生经历了失去一双儿女之痛、养育孩子的艰辛、生孩子难产面临死亡的危险、丈夫外遇导致婚姻濒临死亡、中年妇女彻骨的孤独。在处理这些日常琐事的艰辛劳作中，在遭遇物质和精神困境中，玛丽感悟到生命的本质。

> 我不祈祷，但有时候，我确实会去碰念珠。……我每次碰它们都会想起小石头。在湖底被波浪漫无目的地卷走。我觉得它们被磨得很有光泽。对于很多人来说，这样做是一种仁慈。但我却看不出仁慈。石头只会被水波磨得越来越小，直到消失。（爱药 99）

念珠（beads）是印第安人的传统饰品和宗教用品，最初由贝

① Ingraffia, Brian D. "Deadly conversions: Louise Erdrich's Indictment of Catholicism in Tracks, Love Medicine, and The Last Report on the Miracles at Little No Horse [J]. Christianity & Literature, 2015, 64 (3): 324.

壳、珊瑚、龟甲、石头、动物的牙齿、角和骨头等制成。玛丽的念珠是克里人为了保护琼而挂在她的脖子上的，玛丽碰念珠，一方面暗含玛丽与其传统信仰的联系，另一方面，当她抚摸念珠想到湖底被水波磨得越来越小的石头，这是玛丽对生命本质的认识与体悟。"水波"在此好比现实生活的艰辛与苦难、生命的重负、人生的困境；被水波磨得越来越小的石头就是日渐消逝的生命。人会被生活磨得失去棱角，会一天天消亡。这样，玛丽渗透了生命的意义，感悟超越了族裔局限。

生命中遭遇死亡使玛丽更加珍视生命，痛失自己的孩子，她不停地收养保留地上被抛弃的孩子，给他们母爱。在生孩子难产时，对死亡的认识，使她理解控制欲强、脾气暴躁的婆婆的孤独和艰难，"因为我们经受着同样的孤独，因为我知道她也在那艘船上。她在黑色的波浪中沉沉浮浮。波浪带她日夜兼程，水拍打着她的未知之路。她挣扎着继续往前。她艰难地前行，而死亡则是她的明灯"(爱药 108)，因而她能像爱自己母亲一样爱她，一直照顾她直到她生命的最后一刻。面对濒临死亡的婚姻，被丈夫抛弃的现实，她反思自我，看到了自己曾经的傲慢自大及控制欲，获得了对自我新的认识：

> 过去不管遇到什么情况，我从不自嘲，但现在我却禁不住自嘲。……但即使他离我而去，我也不会没法生活下去。虽然我曾是拉扎雷家的一员，但我可以摆脱对这一事实的恐惧。我甚至可以摆脱失去尼科特的恐惧。他不在，我也可以把地板擦干净。……我不介意露露·拉马丁会成为齐佩瓦部落酋长的妻子。我还是玛丽。玛丽。海洋之星！剥去蜡我将发光。(爱药 168)

根据赖利对"海洋之星"的梳理,"海洋之星是古代埃及司生育和繁殖的女神伊希斯的绰号,后来被天主教借用赋予圣母玛利亚,它也与塔罗牌的第17张王牌星星有关。塔罗牌中星星的出现可以解读为女主角成长中的新阶段"。[①] 玛丽对自我的理解和认知进入新的阶段,她新的自我不再为自己的出身自卑,不再介意别人的眼光,不再为是酋长的妻子自豪,不再为失去丈夫感到恐惧,简言之,她不再为别人而是为自己而活,她靠自己可以活下去。获得真正自我的玛丽,在"浪子"丈夫回头时,她会示弱,向他伸出有力的双手:

> 他站在又长又亮的地板那一头,远远地看着我。我们之间就像有个美丽的湖,水波荡漾,波光粼粼。湖在变深。我看到他正要跨出第一步。我让他进屋,但走到一半时,他的眼神变得黯淡了。他害怕水变得太深。于是我学修女那样,帮了尼科特·喀什帕一把。我把手伸过令他畏惧的湖面。我向他伸出手。当他用尽全力抓住我的手时,我把他拉了进来。(爱药 169)

玛丽成为一个智慧的女人,对一个出轨、决心离家又回归的丈夫,她没有把他拒之门外,而是"我学修女那样,帮了尼科特·喀什帕一把",把他拉进来。虽然玛丽去教堂不祷告,但是她从修女那里学到对她有益的东西。玛丽面对的人生问题是普世的,每个人的人生都会遇到的各种变故,但是,玛丽能够智慧地应对各种变故

① Riley, Patricia. There Is No Limit to This Dust: The Refusal of Sacrifice in Louise Erdrich's Love Medicine [J]. Studies in American Indian Literatures, 2000, 12(2): 19.

源于她心中的爱,她对自我的不断探索和自省,感悟生命的真谛。

丈夫尼科特离世后,玛丽又经历了"复活",她把丈夫去世的悲痛,儿子高迪自毁的悲伤转化为"肯定生命的精神疗愈"(life-affirming healing of the spirit)。"玛丽忍受黑暗力量,体现了母亲的精神,是她能够给腐朽死亡的大地带来生机"。[①] 她心怀大爱,摒弃个人恩怨,在情敌露露需要帮助时以宽容之心伸出援助之手,使她获得了新生。露露恢复视力后看到"她像座朦胧的大山,慢慢俯下身来,身形模糊而庞大,在刚出生的婴儿眼里,母亲一定就是这样的吧"(爱药 298)。小说接近尾声,她平静地面对丈夫的私生子莱曼。在莱曼的眼里玛丽既是圣徒又是母亲,她的目光像"大墙木刻圣徒般的目光,"头发像两边分开,"像鸟儿白色的翅膀"(爱药 324)。玛丽的圣洁不是出自她的苦行、禁欲,也不是自我沉迷的自虐,而是每天以慈悲之心照顾他人。玛丽是圣徒美德的具化,她慈悲、宽容、富于爱心。像原谅丈夫一样原谅丈夫的情人,在露露最需要照顾的时候照顾她,与她共同缅怀尼科特,这些使玛丽成为人间圣徒。

查夫金认为厄德里克小说强调"母职的重要性",母亲肩负着保护和延续美国本土裔遗产的重任。"小说中的母亲不仅孕育下一代,而且担当传统齐佩瓦信仰和习俗的倡导者"。[②] 玛丽让孙子利普夏寻找爱药,但是,到利普夏这一代,古老的爱药秘方已经失传,利普夏也没有打猎的能力,他只能"告诉自己,古老的迷信其实

---

① Chavkin, Allan, ed. The Chippewa Landscape of Louise Erdrich [C]. Tuscaloosa: University of Alabama Press, 1999:106 .

② Chavkin, Allan, ed. The Chippewa Landscape of Louise Erdrich [J]. Tuscaloosa: University of Alabama Press, 1999:106 .

只是古怪的信仰而已"(爱药 246)，为用超市买的火鸡心脏代替野雁的心脏，他给出自己对信仰的理解，对爱药的理解：

> 信仰就是对不可能的事物的信仰，不管是否有任何根据。……我们也许大叫才能让神灵听到，但这并不是说神灵不在那儿。这就看你信还是不信。即使不能如愿，你仍然得相信。我们都知道神灵的承诺并不一定能兑现，可有谁去起诉神灵说话不算数呢？有谁会起诉美国政府呢？……信仰也许是荒唐的，但它让我们生活下去。……爱药真正的力量并非来自黑雁的心脏，而是对治疗的信仰。(爱药 248)。

厄德里克通过利普夏表达现代人对信仰的理解，基于此，利普夏理所当然地拿着鸡心去教堂找牧师为鸡心祈福，以便增加药的魔力。但是无论是牧师还是修女对利普夏的要求嗤之以鼻，利普夏只好自己"在圣水里蘸了蘸手指，圣水因修女的触摸而变得神圣。然后我把手指放到鸡心上，飞快地完成了赐福"(爱药 250)。通过利普夏以超市买冻鸡心和去教堂为鸡心祈福，厄德里克展现古老的传统几乎消失殆尽，这样的爱药失灵不可避免。但是，外公的死亡让利普夏"看清了世界的本质。喀什帕家的孩子们在他们的生命中为我做的各种各样的事——与我分享家庭的爱，……如果我见到金，我一定和他握手言和。因为宽容可以让我忍受一切"(爱药 256)。利普夏能够感受到爱，学会宽容，这是爱药的魔力。同时，死亡让利普夏对生活有了新的认识。"生活就像教堂慈善会上捆绑销售的衣服——你穿得很轻松，因为你知道没花一分钱；但你也该珍惜，因为你知道不是天天都能遇上这样的好事"(爱药 258)。他寻求的爱药是假的，但是他洞悉了爱药的真谛。他告诉外婆，不是爱药让外公回来，而是“他对您的爱超越了时空，但是他走得太快，根本没有机会对您说他如何爱您，他并不责怪您，他理解您。那是真实的感情，不是什么魔力”(爱药 259)。

库鲁在介绍“爱药”时指出，厄德里克用“药”这个词不具西方药学意义，而是结合了传统的膏药、药草酊剂、精神疗愈活动、蒸汗屋和灵视寻求。“爱药”意味着激情、性、灵性/精神性、联系和血缘关系；“爱”是有力的手段及疗愈艺术，抚慰范围广泛，从婚姻中缺失的激情到生存和精神的绝望。[①] 厄德里克用“爱药”作为小说的标题，统领露露·拉马丁和玛丽·喀什帕两个家族半个多世纪的恩怨情仇，但是，爱药将两个家族紧紧联系在一起。罗伯特·吉什(Robert F. Gish) 在他的文章“Life into Death, Death into Life: Hunting as Metaphor and Motive in Love Medicine”中指出，这部半个世纪的家族传奇“肯定爱战胜恨，肯定生命战胜死亡——艺术的肯定，人性的肯定”。[②] 超越时空的爱疗治他们心灵的伤痛，以及历史创伤。当利普夏懂得爱的真谛后，玛丽将念珠塞到他手里，“紧紧握着我的手，许久许久。我的手被握得发疼。……我不明白为什么，只知道她的手很有力，在用力地握着我”(爱药 259)。玛丽把代表传统的念珠传给利普夏，利普夏感受到外婆的力量，这意味着奥吉布瓦传统的复苏充满希望。利普夏挖蒲公英时，他神奇的触摸能力回来了。“我的神奇的触摸能力越发强大

---

① Kurup, Seema. Understanding Louise Erdrich [M]. Columbia: The University of South Carolina Press, 2015: 20—21.

② Chavkin, Allan, ed. The Chippewa Landscape of Louise Erdrich [C]. Tuscaloosa: University of Alabama Press, 1999:69 .

了，它犹如种子从我曾经迷失的黑暗往外扩张。尖尖的叶子满是苦汁。它的根埋在土里。人们把这讨厌的东西挖出来，扔在太阳下，让它枯萎。它柔弱的种子坚不可摧”(爱药 260)。象征奥吉布瓦传统的利普夏神奇的触摸能力犹如蒲公英在播撒，坚不可摧，奥吉布瓦传统的复苏与兴旺充满希望。

三、“接触地带”交流与互动：传统延续的新希望

前文我们分析厄德里克通过纯血和混血家族几代女性的自我追寻再现天主教对传统精神性的冲击，以及她们为保卫传统及其复苏所做的努力；那么，在美国政府禁止印第安人宗教自由，试图灭绝印第安人的传统精神性情况下(1978 年《美国印第安人宗教自由法》颁布后印第安人才能自由践行自己的精神信仰)，在这样的历史背景下，在两种信仰的碰撞中，白人——厄德里克小说中主流基督文化的代表——如何对待奥吉布瓦传统精神性，是厄德里克旨在从主流视角表征奥吉布瓦传统精神性和天主教的关系，这样，厄德里克能够从本土，被殖民的视角和白人殖民者的视角探讨传统精神性和天主教的复杂关系。厄德里克在其小说《痕迹》中塑造了神父达米安这个人物，但是他不是小说中主要人物，在《最终报告》中，达米安神父成为该小说的主人公，需要指出的是，《最终报告》中的达米安神父与《痕迹》中的达米安神父并非同一个人，她的真实身份是艾格尼丝·德威特(Agnes DeWitt)，来保留地成为神父之前她曾是塞西莉亚修女，后还俗与农夫贝尔特同居，农夫贝尔特在一次抢劫案中不幸被枪杀，之后红河洪水泛滥，艾格尼丝碰到死者达米安神父，她感知听从上帝的召唤，削掉长发，换

上达米安神父的圣袍，以达米安神父的身份来小无马保留地传教。《最终报告》以梵蒂冈派裘德牧师来考察利奥波德修女是否符合圣徒资格为主线，由此，达米安神父回忆她1912年来到保留地到1996年间在保留地经历的八十余载风霜和岁月变迁，其中讲述宝林、芙乐、露露、玛丽等人物在其他小说未讲述的故事，但重要的是，艾格尼丝讲述自己作为达米安神父与保留地人民之间的故事。厄德里克从去保留地归化奥吉布瓦人的殖民者神父的视角，"观""审"，认识，最终接受奥吉布瓦传统精神性，并将其融入他的传教活动，创造了一个有别于天主教的"杂糅"礼拜模式。

玛丽·路易丝·普拉特在《帝国的眼睛：旅行写作与文化嫁接》(*Imperial Eyes: Travel Writing and Transculturation*)把"殖民前沿"(colonial frontier)称作"接触地带"(contact zone)，用这个术语来界定"分离的文化相遇、碰撞、相互较量的社会空间"。[①] 正是在这个"接触地带"，历史上和地理上相分离的人民相互接触、互动、交流、对话、互惠。并发展出一种支配与从属关系，这种关系通常伴随着强制、压迫、不平等以及难以解决的暴力和文化冲突。同时，在不同语言的接触中发展出一种供接触双方交流的混合语和文化的混合与嫁接现象。本文只想借用"接触地带"的概念说明保留地就是达米安神父与奥吉布瓦人民的"接触地带"，它搭起殖民者与被殖民者之间交流的桥梁。在到保留地之前，艾格尼丝没有见过印第安人，"她知道的唯一印第安人是一本书上的

---

① Pratt, Mary Louise. Imperial Eyes: Travel Writing and Transculturation [M]. London: Routledge, 1992:8.

照片，……他们被憎恨，被清除”(LRM 63)。所以当她踏上小无马这片土地，当老喀什帕对她说，“别管我们这些纯血，让我们和我们的纳纳伯周在一起吧，还有我们的汗屋和抖帐篷(shake tents)，我们的大药和药包。我们没伤害谁。我们的世界已经被白人弄得支离破碎了。你们黑袍为什么要关心我们是否祈祷你们的神呢?”(LRM 63)。艾格尼丝无法明白“纳纳伯周”“汗屋和摇帐篷”“大药和药包”指的是什么，当老喀什帕告诉她纳纳伯周是他们的神，“汗屋和摇帐篷”是用来举行典仪的房子，“大药和药包”是他们疗愈师和疗愈的圣物，艾格尼丝仔细观察这个人，心理感觉“这个人太自信，将不可能归化”(LRM 63)。这里的描写我们可以看出，艾格尼丝对奥吉布瓦人及其传统精神性一无所知，而且，她怀着殖民者的心态，一心归化被殖民者。正是在保留地这个“接触地带”，她扮演的达米安神父与奥吉布瓦人传统精神性开始交锋。经历 1912 年的大瘟疫，纳纳普什的老婆和孩子们全部死亡，他内心盘算利用神父的力量，把老喀什帕家的老婆们解散，因而他可以获得一个老婆。当艾格尼丝听纳纳普什说老喀什帕有很多老婆，她马上义愤填膺，要实施“正义”。动用她达米安神父的身份到老喀什帕家约谈，告诉他“违反了某些法律，不是其部落制定的法律，而是政府的”(LRM 99)。具有讽刺意味的是，那时印第安人在法律上还不是美国公民；老喀什帕义正词严回击“我给这些女人在我的屋檐下提供居所”(LRM 99)，他进一步质问达米安神父，“我还是对这个神感兴趣，他杀死他的最爱，把他们从地球上消除。我想知道，什么让你跟随耶稣的脚步?”。这个非常简单的问题却使神父像一群惊弓之鸟，他的思想飞转起来，沉思后她回答，“那是爱”(LRM 99)。但是爱这个词在奥吉布瓦语言中有不同的意义：

> 有同情之爱，善行之爱，对环境或者石头世界之爱，他们是活着的，称之为祖父。也有吝啬和贪婪之爱，白人称之为浪漫爱情。基督之爱，此爱选择艾格尼丝，迫使她放弃作为一个女人的天性，迫使达米安神父出现，牺牲男性的快乐，在奥吉布瓦语中这是不可能界定的。(LRM 99)

这里我们看到奥吉布瓦文化与基督教直接交锋，奥吉布瓦的爱更加广泛，包罗万象，而基督之爱迫使男人女人牺牲其本性。厄德里克通过两种爱的交锋，暗讽基督教的无人性。当老喀什帕的老婆们知道被迫离开她们的丈夫，其中之一悲愤道："他们拿走了使我们成为阿尼什纳比的一切。有关我们的一切。先是我们的土地，然后是我们的森林。现在是我们的丈夫们、妻子们、我们的孩子，我们的灵魂。他们为什么要把每一点都夺走呢？"(LRM 100)。面对这样的责问，达米安神父无法回答这个女人，因为他的"任务是偷盗"(LRM 100)。厄德里克用这样一个事件揭露被殖民者遭受的剥削与压迫，基督教更是雪上加霜，给保留地人民重重一击。

有趣的是，达米安神父是艾格尼丝扮演的，她对神父的行为充满了疑问，特别是，以基督和法律的名义"解放"了老喀什帕的老婆们却导致这个家庭妻离子散：妻子们或死，或疯，女儿失去了父母保护被强奸疯掉。艾格尼丝后来反思，虽然导致喀什帕家庭崩溃的原因很多，她不能忽视这是"由达米安的拜访开启的"的事实(LRM 102)，艾格尼丝对神父职责范围感到疑惑，在她写给教皇的信中提出问题："我在多大程度上是被允许进入政治图景？允许一个神父以什么方式保护他教区的利益？"（LRM 105—106）。晚年的艾格尼丝还对自己传教，特别是早期对喀什帕家族造成的伤害进行反思，回头看看皈依（conversion）"一个最棘手的概念，最可爱的毁灭形式"，其后果是"致命"的（LRM 55）。厄德里克让艾格尼丝扮演神父，履行神父的基督职责，让她从白人自身作为旁观者，审视达米安神父代表的基督教对奥吉布瓦人的致命伤害。正如戴克所说，"她完全成为一个旁观者，因此，她所处的位置能看到不同的东西，没有一个白人常有的傲慢。"①

在艾格尼丝努力扮演达米安神父并不断反思的过程中，她深入保留地了解他们的疾苦和他们的文化，为此，她努力学习奥吉布瓦语，翻译基督教义问答，也把奥吉布瓦的哲学思想译成英文。最终她发现，"奥吉布瓦人从事的普通的和神秘的礼拜形式是合理的，与基督教义是兼容的"（LRM 49）。在碰撞和交流中，艾格尼丝对奥吉布瓦精神性获得深层理解，看到两者融合的可能性，并应用于她的日常宗教活动：达米安神父祈祷时开始用奥吉布瓦语，向"四个方向的神灵"（four corner of the earth）祈祷代替了三位一体（LRM 182），她祈祷"压制派系之争出现，消除仇恨"（LRM 182），她祈祷"自己获得启蒙"，以防皈依纳纳普什时"会犯错"。作为神父，艾格尼丝内心是孤独的，"她的孤独有时

① Dyke, Annette Van. " A Hope for Miracles: Shifting Perspectives in Louise Erdrich's The Last Report of the Miracles at Little No Horse"[A]. In Brajesh Sawhney (ed.). Studies in the Literary Achievement of Louise Erdrich, Native American Writer: Fifteen Critical Essays [C]. Lewiston: Edwin Mellen Press Ltd, 2009:65.

似乎不是这个世界的事情，而孤独只是个神秘的存在”(LRM 182)。在艾格尼丝内心，她与达米安神父是冲突的，促使艾格尼丝内心使冲突趋向和谐的事件是她为露露洗礼，抱着刚刚出生一天的婴儿露露，看着这个新生命，艾格尼丝经历了彻骨的感动。自从露露出生，艾格尼丝经常拜访芙乐家，会暂时忘记扮演神父，在露露面前，

> 艾格尼丝感到欣喜。她被这种陌生的满足征服，不只是母亲般的满足感，而是完整的人。拜访他们，她成为一个有联系的人(a connected being)。
>
> 慢慢地，她不可避免地爱上了这个家里的每个人，只是她不知道那叫什么。她只是觉得自己有亲戚了。当然，纳纳普什，亦师亦友，是第一个她非常了解的智慧之人。

达米安神父从祈祷皈依纳纳普什到深入其家庭能够感受到他们的爱，改变了他对奥吉布瓦人的态度。这个转变是爱促成的，对新生命的爱连接了不同种族和不同文化信仰的人，使艾格尼丝成为一个完整的人。“他们对他(达米安神父)的爱，反过来使他痛苦，给他安慰。他兴奋，被忧伤触动，他饥饿，他现实。他孤独；他是神父”(LRM 185)。从这段描写我们可以看到，达米安神父内心的挣扎。

如果说前面艾格尼丝努力学习奥吉布瓦语，祈祷用“四位一体”，她的真正目的是要获得各方神灵的力量帮助她皈依纳纳普什，她并未深入了解奥吉布瓦传统精神性，与纳纳普什及其家人成为朋友后，特别是在她陷入爱人离去巨大悲伤绝望无法治愈时，纳纳普什为她搭建蒸汗屋为她疗愈。她看到纳纳普什向造物主和每

个方向的所有神灵祈祷，燃烧的岩石散发出草药的烟雾。艾格尼丝知道纳纳普什在真诚地祈祷。“这是她朋友真正的教堂，它紧挨大地，直接与火、水和炙热的空气相连，能清洁他们的肺，土地在身下，鹰巢的汗屋在头顶”(LRM 215)。在这样的疗愈中，艾格尼丝获得了顿悟：

> 艾格尼丝屈服了。依照教会的教义，神父在如此异族的地方进行礼拜上帝是错误的。那么突然感到内心平静了，就更错了吗？这仿佛不是她选择要做的——艾格尼丝感到自己完全舒服了。
>
> 从绝望中康复，达米安神父不仅爱土著人民，他还爱世界所有造物。(LRM 215)

纳纳普什的教堂与天地万物相连，艾格尼丝“屈服”的是她不再以殖民者的心态和眼光“观”“审”奥吉布瓦人和他们的灵性传统，而是开始接纳奥吉布瓦的宇宙观，以联系的观点看待一切，最终她获得这样的认识：

> 考虑神灵 manidoo 这个词，它存在于一切形式。我们认为害虫、昆虫，最微小的生命形式，都是神灵，小小的神灵，在它们的名称中，马上领悟到伟大哲学的洞察力是可能的，最微小的与最伟大的统一联合，因为伟大的、仁慈的智者，Gizhe 大神，与最卑微的生物共享其名字。(315)

就像纳纳普什告诉她“我们的魔鬼不都是坏的”(LRM 228)，艾格尼丝超越了基督教二元对立的世界观。达米安神父被善良的纳纳普什皈依了，“他现在实行混合的信仰”，教堂里有烟管、鼓、翻译的赞美诗，教堂正厅的圣母雕像，“结实，深色、眼神善良，面相丑陋、温和”(LRM 275—6)。这尊雕像是达米安神父专门请人雕刻的,突出圣母的善良而不是其美貌,达米安神父质疑“谁又说上帝就该在万物中挑一个美丽的女子做他儿子的母亲”(LRM 226)?而且,雕像中“伏在圣母脚下的蛇不仅太逼真了,而且看起来一点也没被用力踩碎”(LRM 226)。这里的蛇不同于基督教中的恶魔撒旦,艾格尼丝在教堂弹奏肖邦的狂想曲时唤醒了沉睡在教堂岩石下面所有的蛇聆听她的演奏。当纳纳普什知道蛇的消息,他告诉艾格尼丝蛇是智慧隐秘存在的圣灵,它们住在土地深处的石头下面。“正是大蛇缠绕地球中心,才使地球免于飞散粉碎”(LRM 220)。所以达米安版的圣母玛利亚和蛇的雕塑融合了奥吉布瓦的信仰。

达米安和纳纳普什的交流不仅仅限于谈论文化,他们的交流上升到谈论艺术,谈论生命的存在。他们的对话从肖邦的音乐延展:达米安神父说“肖邦乐曲太美,让你的双膝颤抖。狗吠。树呜咽。你的思绪飞翔至茫茫蛮荒。你不能思考。你的心大受感动”。纳纳普什回道,“太厉害了。太厉害了。这个肖邦有鼓吗”(LRM 222)?艾格尼丝回答,钢琴是用木材做的。他们的话题从木材谈到时间。纳纳普什用永不停歇游泳的鱼说明时间:

> 我们看到季节走过,月亮变圆变暗,婴儿长大变成老人,但这不是时间。我们看到水拍堤岸,每一波动我们说片刻过去了,但这不是时间,我们内在感到我们的体力从婴儿的无力到青春的力量到成人的耐力再衰弱回到婴儿,但是,这也不是时间。时间不是你们白人的钟表和铃声,不是日出日落。这些东西不是时间。
>
> 时间是条鱼。我们都生活在鱼鳍骨上。鱼一直在游水,

永不停歇。有时游过水草,我们中一个或另一个挣脱了时间的鳍。……掉进某种不叫时间的东西里。(LRM 223)

奥吉布瓦的时间,抑或生命的概念与艾格尼丝理解的时间进行平等对话和交流。达米安神父从钢琴的制作过程谈论时间:"时间在木材里,时间在锤子里。时间是钢琴的存在。时间是让钢琴发声的人,他调音,每一敲打中塑型,硬化,软化"(LRM 223)。在此,音乐成为他们进行哲思探讨的媒介,在艺术层面的交流上,艾格尼丝显得游刃有余,因为她"既非达米安,亦非艾格尼丝。既非神父,亦非女人。……她是在像艺术家一样行事。(she acted as an artiest.)"(LRM 222)。

音乐是厄德里克运用的修辞手段,通过音乐艾格尼丝融合了她分裂的自我,获得了完整的自我,进而使其对人生和生命意义的追问和思考上升到哲学的高度。在修道院时,塞西莉亚修女挣扎于精神与肉体,身体与灵魂的分裂之争,弹奏肖邦的钢琴曲使她灵魂上爱上了肖邦,日夜弹奏他乐曲,让她第一次达到性高潮。"在她的音乐中,塞西莉亚修女探索其深层情感。她用分句述说她的信仰与怀疑,述说作为基督新妇的殉教、她的孤独寂寞、羞愧、最终的救赎"(LRM 14)。当她感觉违背了自己的誓言,她离开修道院;与农夫伯恩特同居,伯恩特为了能与她结婚,为她买了一架巨大的钢琴,正是这架钢琴在红河泛滥时使她能够逃生;在保留地,最后是她的钢琴弹奏唤醒沉睡的蛇,奥吉布瓦人认为她有蛇做保护神,人们更加信任她,来教堂的人更多了。音乐在此超越了文化的疆界,联结不同信仰人们,使他们彼此信任和理解,《俱乐部》的结尾厄德里克让各种音乐自然融合,流淌,仿佛是大合唱,旨在表达音乐的超越性。有关其超越性,哈芬认为,音乐包含物理要素声波,但是把"音、和声、节奏、调性和结构结合在一起才能构成更加完整乐曲,而非部分的总和。像传统基督教中身体与灵魂的斗争一样,音乐表达要超越物理要素的局限",肖邦的音乐具有这样的特点。[①] 厄德里克把音乐作为修辞手段,探讨超越族性的普世存在意义。艾格尼丝将奥吉布瓦灵性与天主教结合,在她给蛇的布道中读者可以感受。

> 我们生存的全部是什么?只是令人震惊的爱的声音吗?我们被我们的造物主爱吗?当然,我们寻找证明。在给予我们的礼物中——孩子、风调雨顺的天气、金钱、一个快乐的婚姻——我们找到了确定的答案。相反,我们的痛苦、疾病、我们爱的人的死亡,我们的贫穷、我们无辜的灾难——那些我们看作是上帝以某种方式拒绝的标志。但是这里确切的爱是什么?上帝的爱与我们生命中缺少的,或者过度的好运有任何关系吗?或者,上帝的爱,也许,与我们认为我们所理解的是很不同的东西?神圣的爱也许太大,它看不到我们。或者,它是透明的、一个无形屏幕、一个过滤器,从那里我们看到,听到所有的造物。(LRM 227)

查普曼评论道,向蛇布道不像爱尔兰的守护神圣徒帕特里克把蛇驱逐出爱尔兰,而是艾格尼丝把自己看作像蛇一样微小的存

---

① Hafen, P. Jane. "'We Speak of Everything': Indigenous Traditions in The Last Report on the Miracles at Little No Horse"[A]. In Deborah L Madsen(ed.). Louise Erdrich: Tracks, The Last Report on the Miracles at Little No Horse, The Plague of Doves [C]. New York: Continuum International Publishing Group, 2011:94.

在,“围绕蛇和人性,进入伟大的宇宙之爱”[①]的探讨:

> 我像你一样,好奇又渺小。像你一样,我警觉、沉着,张开我的感官,试图去感知空气、云朵、太阳的斜影、动物小小的动作,所有我希望了解的是我是否被爱的秘密。
>
> 如果我被爱,它是个无情的和严格的爱,对此我没有防御力。如果我没有被爱,那么,我正被我无法抵挡的力量无情地操控。或者,一切都一样。我一定做我必须做的。平平安安地去吧。(LRM 227)

艾格尼丝在其人生的终点,她选择“除了去奥吉布瓦的天堂,我谁也不想见,所以在如此晚年,我将皈依……终于成为异教徒”(LRM 310)。这一点引发了学者们的讨论。帕梅拉·雷德(Pamela J. Rader)得出结论达米安神父“颠覆了皈依过程,通过倒转它,改变它,并使他的信仰系统与奥吉布瓦方式一致”,[②]而迪尔德丽·基南(Deirdre Keenan)声称,“最终……达米安亲自摒弃了天主教教义,包括其邪恶和救赎概念,最后选择进入奥吉布瓦天

① Chapman, Alison A. Rewriting the Saints' Lives: Louise Erdrich's The Last Report on the Miracles at Little No Horse [J]. Critique, 2007, 48 (2): 155.

② Rader, Pamela J. " Dis-robing the Priest: Gender and Spiritual Conversions in Louise Erdrich's The Last Report on the Miracles at Little No Horse"[A]. In Jeana DelRosso et al. ed. The Catholic Church and Unruly Women Writers: Critical Essays [C]. New York: Palgrave Macmillan, 2007: 226.

堂”。[①] 卡伦·麦金尼(Karen McKinney)道出厄德里克这样创作的原因,“她是齐佩瓦人,因此是浩劫的幸存者。她的愤怒埋藏在其小说中,偶尔冲出表面”。[②] 因格拉菲亚持有相同的观点,“我相信读者,特别是与天主教传统有关的读者,有责任听到她的愤怒表述,而不是保持缄默”。[③] 但是,厄德里克一方面为奥吉布瓦传统精神性的保存与复苏努力,另一方面,她在其作品中一贯表达任何文化间冲突结果可能是相互渗透或相互同化。特别是在《最终报告》中她所要传达的是,宗教的本质应是对生命的终极关怀。艾格尼丝回顾自己的人生,这样为自己做结:

> 不管她做了什么,不管她拯救了多少灵魂或者忽略了多少,不管她是否违背了她作为一个女人的本性,或者亵渎了长眠地下的真正的达米安神父的誓言,她的生命是水汽,没有实质的东西,是无尽音乐的音符,一个听众还没抓到它的形态就消逝的音符。谁是这个艾格尼丝或者这个达米安,这个树叶和泥土的覆盖物?一个声音充满了她的脑子,像教堂屋檐上令人讨厌的麻雀揶揄声。她的生命在其无目的中是广袤的,然而却限定在感官的狭窄范围里。

---

① Keenan, Dierdre. Unrestricted Territory: Gender, Two Spirits, and Louise Erdrich's The Last Report on the Miracles at Little No Horse [J]. American Indian Culture and Research Journal, 2006, 30(2) :9.

② MaKinney, Karen Janet. False Miracles and Failed Vision in Louise Erdrich's Love Medicine[J]. Critique, 1999, 40 (2):159.

③ Ingraffia, Brian D. "Deadly conversions": Louise Erdrich's Indictment of Catholicism in Tracks, Love Medicine, and The Last Report on the Miracles at Little No Horse [J]. Christianity & Literature, 2015, 64(3): 326.

第五章 正义三部曲之正义书写

培根认为，因为正义使人接近神而不是狼，但是本能对狼的影响和历史对人的影响有什么区别呢？两种情况中，正义受制于未知梦想。

——《鸽灾》

复仇对不得不实施的人是痛苦的。一个人认为复仇可以改变境遇的话，他太鲁莽，他永远是错误的。

——路易丝·厄德里克

将原住民的正义并入主流文化的正义是某种真正要努力奋斗的东西。

——路易丝·厄德里克

厄德里克的创作从 2008 年开始转向关注正义问题，到 2016 年完成其正义三部曲：《鸽灾》《圆屋》和《拉罗斯》。厄德里克说，三部曲是关于“代际创伤和不公正如何改变了家庭结构”。[①] 三部小说的故事均发生在北达科他虚构保留地及其附近的城市普路托，三部曲中人物相互关联，主要涉及穆夏姆家族、库茨家族和拉罗斯家族几代人一百多年来遭受的种族暴力、法律不公、正义无法伸张的创伤历史。《鸽灾》从齐佩瓦人遭受私刑的真实历史事件入手，探究印白冲突历史的根源，揭露种族主义的历史对印第安人造成的长久阴影；《圆屋》直接书写司法不公而导致的正义无法伸张，因此主人公采取“以牙还牙”的复仇方式匡扶正义，揭示复仇的复杂本质和疗伤之难；《拉罗斯》同样关注的是追寻正义与复仇的关系，以及心灵创伤的治愈，但与《圆屋》不同的是，《拉罗斯》完全回到印第安人追寻正义的传统，避免仇恨与报复的同时，又不失掉真相和正义，寻求“修复式正义”(Retributive Justice)，阐述了赎罪的艰难历程，凸显宽恕的力量。从书写印第安人被排除联邦法律之外遭受私刑的无力，到“以牙还牙”伸张正义，再到采取古老印第安人传统的“修复式正义”，厄德里克“剖析了过去不公正造成的长久阴影”“揭示复仇之复杂本质”“展示救赎之艰难”[②]。

---

① Preston, Rohan. "With new novel out, Louise Erdrich is exulting in life." Rev. of The Round House by Louise Erdrich. [Z]. (2012－09－30) [2017-06-25]. http://www.startribune.com/with-new-novel-out-louise-erdrich-is-exulting-in-life/171861621/

② Johnson, Carla K. "In LaRose, Louise Erdrich looks at atonement" [Z]. Associated Press (2016-05-09) [2017-03-05]. http://archive.sltrib.com/article.php? id=3871920&itype=CMSID

第一节　《鸽灾》：私刑与"粗暴正义"（Rough Justice）

厄德里克在采访中说，《鸽灾》源自若干历史事件，包括 1897 年北达科他埃蒙斯县的私刑事件，当时被绞死的印第安人中有个 13 岁的男孩保罗·圣迹（Paul Holy Track）。厄德里克在访谈中说："你知道，13 岁，他是孩子。怎么能够对孩子处私刑？"[①]"这个事件一直萦绕在我的心头。许多年来我围绕这个事件写了很多故事。"[②]这些不同的故事一起构成了长篇小说《鸽灾》。厄德里克想说她要书写"当仇已报，……但是正义没有得到伸张时，发生了什么"。[③] 小说聚焦 3 名印第安人被处私刑事件，探究私刑穿越社群和时空产生的连锁反应，涉及施暴者及其受害者几代人，"既然我们有些有罪的人和受害的人在生命的春季融合了，那就没有解开的绳索"（PDs 243），展现了印白人两大社群近一个世纪相互冲突又彼此交融的历史。

有关激发厄德里克创作《鸽灾》的史实：1897 年北达科他埃蒙斯县的私刑事件的描述，我们可以从当时有关报纸报道中了解：1897 年，北达科他州埃蒙斯县的白人斯拜瑟（Spicer）一家六口被杀，随后 5 名印第安人作为嫌疑人被捕入狱。他们去斯拜瑟家弄私酒未果

① Baenen, Jeff. "A Dark Event Inspires Erdrich's New Novel"[Z]. (2008-06-15)[2016-07-25]. http://waltham.wickedlocal.com/x875591699/A-dark-event-inspires-Erdrichs-new-novel.

② Ibid.

③ Ibid.

(尽管法律禁酒,印第安人有时还能弄到私酒,这是报道中的叙述),因而对他们实施了杀戮。两名印第安人,包括保罗·圣迹,对指控供认不讳,尽管第三人审判时需要翻译服务,但他们仍被判有罪,后来遭到质疑,第四名审讯员引起陪审团意见分歧,无法做出判决。北达科他州最高法庭裁决,如果没有其他证据,仅仅两名嫌疑人的供词不足以证明所有 5 人都有罪,要求重审,这意味着他们会被无罪释放。最终,一伙蒙面人夜间冲进监狱,制服监狱看守,把 3 名嫌疑人用绳索套在脖子上从牢房拖出,用屠夫宰牛绞盘机实施私刑,其中 1 名已经被北达科他最高法院予以重新审判,另外 2 名中包括保罗·圣迹。“私刑暴徒无人被起诉,私刑过后,另外 2 名被关在北达科他俾斯麦监狱印第安人被释放”。[①] 私刑第二天,《纽约时报》发文,副标题为“法庭太慢”(The Courts Were Too Slow),赞扬了私刑暴徒,“处私刑显然是精心准备的,执行时一气呵成。……处私刑的人安静但是坚定”。据说第一名被处决的印第安人被问其他人是否也有罪,“他回答他们有罪”(“Mob Law”)。这些报道都隐含了实施私刑是正当行为,他们在以正义的名义履行公民义务。用施特雷勒(Susan Strehle)的话说,“在例外主义者的逻辑中,当法律本身出现故障,‘美国’男人破例打破法规是正确的(“法庭太慢”),在这种情况下,他们能够将复仇上升至高级的正义”。[②]

---

① Baenen, Jeff. "A Dark Event Inspires Erdrich's New Novel"[Z]. 2008-06-15[2016-07-25]. http://waltham.wickedlocal.com/x875591699/A-dark-event-inspires-Erdrichs-new-novel.

② Strehle, Susan. "Prey to Unknown Dreams": Louise Erdrich, The Plague of Doves, and the Exceptionalist Disavowal of History [J]. Literature Interpretation Theory, 2014, 25 (2): 113.

彼得·贝德勒(Peter G. Beidler)对斯派瑟谋杀案和私刑事件许多相关文献进行了深入研究,认为这些文献讲述了有关"种族主义和复仇的真实故事,有关不幸、不信任、沮丧和焦躁的真实故事",[①]在此基础上,他完成其著作《谋杀印第安人:1897 年故意杀人历史文献赋予厄德里克〈鸽灾〉灵感》(*Murdering Indians: A Documentary History of the* 1897 *Killings that Inspired Louise Erdrich's The Plague of Doves.*)。贝德勒指出,这些文献有助于读者了解白人家庭向西殖民开拓的历史,了解 19 世纪末当所谓的"印第安"战争结束后印白关系,保留地上无家可归的苏族印第安人的绝望,印第安代理的权力,了解那时法律的执行情况,北达科他州成立仅仅 8 年时间,法律和复仇掌握在白人殖民者自己手里。但是他强调,这些"文献主要是白人对北达科他埃蒙斯县谋杀事件的看法。很显然,任何读过文献的人都会体会到其中的局限性和偏见"。[②] 贝德勒的观点说明,在这些官方历史文献中,印第安人是缺席的,他们无法为自己辩护和言说。

厄德里克从小说进入历史,通过"建构的想象力"(constructive imagination)对原历史事件重新编码,[③]重构历史叙事,强调美国印第安人的无辜、无罪、慷慨和勇气,以及行私刑的欧裔美国暴民的种族主义信念,即印第安人是有罪的,可以消灭的,表征印白冲突

① Beidler, Peter G. Murdering Indians: A Documentary History of the 1897 Killings that Inspired Louise Erdrich's The Plague of Doves [M]. Jefferson: McFarland & Company, 2013:5.

② Ibid.

③ 张京媛,主编. 新历史主义与文学批评[C]. 北京:北京大学出版社,1995:63.

的深层原因。《鸽灾》中,厄德里克设置两条主线:白人对印第安人处私刑的历史对受害者和施害者家族几代人造成的不可磨灭影响;另一条是普路托镇的兴衰史,其实是美国印第安人遭受剥夺土地,被殖民历史的缩影,间接地进一步揭示印白冲突的原因,两条主线暗含着厄德里克对种族主义暴力和剥夺土地的殖民历史的反思。厄德里克将事实与虚构,历史与想象无缝交织重构 1897 年私刑历史叙事,重点放在私刑事件体现的种族主义思想及其对社群几代人产生的深远影响。故事设置在 1911 年,虚构的北达科他保留地边缘一家白人 6 口,5 人遭受残忍杀害,一名婴儿幸免,路过的印第安人发现了惨案,他们没有袖手旁观,而是喂了孩子,给法官留了字条让孩子获救。但是,4 名印第安人被抓处以私刑,最小的受害者圣迹年仅 13 岁,其中穆夏姆神秘幸免于难,具有讽刺意味的是,真正的白人杀人凶手未受到任何怀疑和惩罚,小说结尾读者才知道他是精神病患者。

正如贝德勒指出的,有关文献陈述 1897 暗杀和私刑事件都是白人视角叙述的,对印第安人充满偏见,印第安人缺席自己的历史叙事,那么《鸽灾》中,厄德里克让幸存者穆夏姆担纲历史叙事主体,讲述其亲历的历史人物圣迹和其他印第安伙伴被处私刑的经历,能够改变和挑战主流社会意识形态话语,代表被贬抑、被消音的印第安人发出声音,揭示历史的本来面貌。首先,厄德里克具体化历史人物圣迹。历史事件中,我们除了知道保罗·圣迹(Paul Holy Track)去被害者家弄私酒,没有任何有关他的其他信息;厄德里克小说中将圣迹塑造为年仅 13 岁虔诚的孩子,每天陪患肺结核的母亲去教堂祈祷。母亲临终时让穆夏姆把小十字架钉在圣迹的靴子底上,目的是不让灾难靠近他的足迹。因为他未染疾病,人们相信他母亲的做法是正确的，也因他走路留下十字架的痕迹，人们开始叫他圣迹。厄德里克将他的名字与传染病联系起来，使该历史事件可以在更大的历史语境中产生意义。据齐佩瓦龟山部落历史文件记载，1890 年至 1910 年间，天花、肺结核等传染病袭击齐佩瓦龟山保留地，造成大批印第安人死亡。[①] 卡伦·珍妮特·马金尼在追溯天主教对齐佩瓦信仰蚕食的历史时指出，天主教成为齐佩瓦社会不可缺少的一部分，传统信仰式微，其中一个原因是传染病导致的死亡"如此猖獗，部落的长者很快都消亡了，整个的部落群体(tribal communities)分崩离析。因为天主教至少使人坦然地面对死亡，所以许多人觉得天主教是留给他们的唯一体面的命运。[②] 通过把圣迹名字的由来与传染病和天主教相联系，厄德里克既揭露了天主教对印第安人信仰的影响，也再现了印第安人遭受传染病侵染的历史。同时圣迹也暗含着对种族暴力的讽刺：圣迹由于虔诚地信仰白人的天主教，幸免于传染病，但他却没有逃脱种族暴力的魔爪。

历史上，主流媒介中，印第安人要么被浪漫化，要么被妖魔化，其实质为了强化主流社会的种族偏见，以达到否定他者异质性和整体性的目的。在处私刑历史事件的报道的叙述中，就渗透着种族歧视的话语。印第安人因为去白人斯拜瑟家弄私酒未果(法律禁酒)而对他们一家 6 口实施杀戮，对几个月大的婴儿都没放过。

---

① Sarris, Greg et al (eds.). Approaches to Teaching the Works of Louise Erdrich [C]. New York: The Modern Language Association of American, 2004:228.

② McKinney, Karen Janet. False Miracles and Failed Vision in Louise Erdrich's Love Medicine[J]. Critique, 1999, 40 (2):156.

报道中陈述的谋杀事件中的原因显然暗含种族歧视的思想意识，即印第安人是无视法律的无赖、暴徒、酒鬼。厄德里克在《鸽灾》赋予印第安人以人性，强调他们的善良，无罪。圣迹和祖父卖篮子赚了钱，请几个朋友去城里喝杯酒，路过保留地边上的白人洛克瑞恩(Lochren)农场，因听到婴儿的哭声，他们寻声走进农家，发现一家老少都被杀害。明知白人与他们势不两立，他们还积极采取措施挽救白人孩子的性命。虽然他们为是否带走孩子发生激烈的争执，"我们一无是处，我们是印第安人。如果你们告诉白人治安官，我们就死定了"(PDs 63)，但最后他们偷偷给白人治安官留了字条，孩子因此获救，可他们被处以私刑。面对施刑的暴徒，他们高声为自己辩护，"我们不是你们想的那种坏印第安人。我们，跟你们一样"(PDs 75)。在这些描写中，印第安人的善良，白人意识深处的种族偏见，以及两个社群的冲突，一一跃然纸上。厄德里克让印第安人以自己的行动和声音颠覆主流社会长期把他们浪漫化或妖魔化的形象。在细节描写上，厄德里克刻意描写了印第安人面对死亡时表现的泰然自若和视死如归的精神，以此展示他们的精神面貌和宇宙观。

> "他们打掉了我鼻子最难看的部分。我现在这么漂亮，死了真遗憾。"
>
> "你还是那么难看，老兄。"
>
> "那么我对女人就不是什么损失啦。"(PDs 70)

面对死亡，他们谈笑风生，并鼓励有点恐惧的圣迹，"那么你会到阿尼什那比的神灵世界。你妈妈爸爸会在那里等着你。我的孩子，不要怕"(PDs 78)。直到生命的最后一刻，他们还用自己古老的语言为自己唱安魂曲：

> 这些白人没有什么
> 他们所做的一切不能伤害我
> 我会看到神迹的脸（PDs 78）

小圣迹闭着眼睛，听到他们一个个停止了歌唱和笑声，恐惧袭上心头，这时他听到了妈妈说“睁开你的眼睛”“于是他凝视灰蒙蒙的蓝天。随即就好多了。一朵朵云彩，升高，化作翅膀，它们现在掠过天空，越来越快”(PDs 79)。厄德里克用诗一般的语言描写圣迹与母亲的灵魂魔幻般地交融。在印第安人的信仰中，人的灵魂不会因为肉体的死亡而消亡，相反会返回自然，依旧关注自己的家人。他们认为，“人是自然界不可分割的组成部分，人死了身体回归曾哺育万物众生的大地。他们把部落群体和家庭看作跟宇宙整体合一，死亡只是永恒生命中一个短暂的过渡而已”。① 印第安人对死亡的大义凛然和圣迹与母亲灵魂的相遇，再现了印第安人的宇宙观。“原住民的历史观就是宇宙观，现世与祖灵、俗世与神圣、人与天、人与非人共同编织生生不息的网络，历史不仅是客观现象、人类的历史，历史更是开放、多元的宇宙万物、神灵的历史”。② 然而，印第安人的宇宙观在白人的认知世界里却被看成是迷信，并受他们所谓的进步历史的贬抑。

厄德里克不仅赋予印第安人个性和人性，也具体化白人私刑

---

① 王建平.《死者年鉴》:印第安文学的拜物教话语[J]. 当代国外文学，2007(2)：47.

② 黄心雅. 创伤、记忆与美洲历史之再现：阅读席尔珂《沙丘花园》与荷《灵力》[J]. 中外文学，2005(8)：79.

暴徒。早在处私刑发生前几年，是印第安向导带领一伙欧裔美国人向西，使他们能够占领这块土地，后来成为普路托镇。具有讽刺意味的是，向导的小弟弟将是这场私刑的受害者之一，而精心策划私刑的人恰是这些受印第安向导帮助，使他们西部殖民开拓成为可能的那些人。这样处理印第安人被处私刑使故事更具震撼力，更能突出白人殖民者的种族主义思想。在他们的逻辑中，当一个白人家庭被残忍地杀害，“野蛮”的印第安人被假定有责任。当圣迹逃到教堂避难，塞佛兰神父的表情是怜悯和厌恶，最后是愤怒和失望，“我想你们是来坦白的。……你们犯下了恶行”(PDs 67)。牧师的本能反应，说明其潜意识中隐藏的种族主义意识。而在开篇故事“鸽灾”中，穆夏姆年轻时就差一点被处私刑。因为穆夏姆的恩人莫德为他和朱妮斯这对印第安人在其农场举办盛大的婚礼，引起邻居的憎恶。不久以后，当邻居农场一个女人被杀，尽管女人的丈夫突然消失令人怀疑，尽管没有证据表明穆夏姆与此犯罪有任何联系，暴徒们骑马冲到莫德农场，要求她交出“该死的印第安人”(PDs 18)，他们要绞死穆夏姆，仅仅因为他是“最近可找到的印第安人”(PDs 17)。虚构的故事使我们更清楚地看到，这些白人像真实事件中的威诺纳镇大多数白人男子一样，他们太急于触犯他们假装维护的法律，太急于处罚印第安人，仅仅因为他们是印第安人。

贝克(Debra Baker)在其文章“露易丝·厄德里克《鸽灾》中没有燃烧的马车、珠子或者羽毛”(“There are No Burning Wagons, Beads, or Feathers in Louise Erdrich's *The Plague of Doves*”)中引用肯·冈萨雷斯·戴的《私刑在西部》(*Lynching in the West*)说明，19世纪末被处私刑的印第安人数量成指数上升，这与殖民

者不断地侵蚀他们的土地和要求土地权有关，他举例说明，加利福尼亚作为一个地区，那里的原住民不仅“被赶出其土地”，而且“见到就格杀勿论”。[①] 冈萨雷斯·戴指出，“正义法律程序很少延展至‘印第安人’，这个事实使得他们的法律地位变得复杂”。[②] 因为他们很少被审判，人们无法知道指控的真相。他们被拒绝享受欧裔美国移民享有的法律保护，因为他们 1924 年才被授予美国公民权。贝克追溯印第安人被驱赶，被剥夺土地和遭受屠杀的历史，他借用乔治·利普希茨(Geoge Lipsitz)的观点说明，“殖民和早期国家法律体制授权攻击印第安人，鼓励占有他们的土地。由于他们的种族，美国印第安人被归为非人类，遭受种族灭绝”。[③] 用德林农(Richard Drinnon)的话说，“白人的敌意极端微妙，把印第安人降至动植物水平，要‘彻底根除’。把所有不同的本土裔美国人降至单一的令人鄙视的非白人群体，他们确实活了下来，成为一个世袭的阶层”。[④] 施特雷勒也概括了有关白人对印第安人处私刑本质，认为，像其他合法和非法处死印第安人一样，私刑在北达科他构成了一个广泛的、种族歧视模式的、“种族灭绝的殖民主义”

---

① Baker, Debra K. S. "There are No Burning Wagons, Beads, or Feathers in Louise Erdrich's The Plague of Doves"[A]. In P. Jane Hafen (ed.). Critical Insights: Louise Erdrich [c]. Massachusetts: Salem Press, 2015: 235.

② Ibid.

③ Ibid.

④ Baker, Debra K. S. "There are No Burning Wagons, Beads, or Feathers in Louise Erdrich's *The Plague of Doves*"[A]. InP. Jane Hafen (ed.). Critical Insights: Louise Erdrich [C]. Massachusetts: Salem Press, 2015:236.

的一个连贯部分。施特雷勒引用社会学家大卫·贝克对土著死刑的研究进一步揭露私刑的深层社会政治目的,"美国印第安人被处死刑的历史显然被嵌套在种族灭绝的社会政治语境之内,通过将他们移除其神圣的部落领地,瓦解其传统文化,继续他们今天在美国社会的边缘地位,精心地剥夺美国印第安人的印第安性"。①

贝克和施特雷勒都揭露了私刑中蕴含的种族主义的意识形态及其历史根源。厄德里克在小说中通过使白人暴徒成员具体化,把首领们刻画成盲目、非理性、胆怯,以及种族主义者、心存报复、暴力,残忍,揭露渗透于白人意识的种族主义。尤金·王尔斯纯迪(Eugene Wildstrand)射杀法官的马,霍奇基斯(Hotchkiss)拒绝接受卡斯伯特声称的我们"正像你们一样",用枪把卡斯伯特打得头破血流,埃米尔·布肯多夫(Emil Buckendorf)嘲笑其他想要饶恕圣迹的人(PDs 74, 75, 78)。通过对私刑暴徒的行动描写,厄德里克突出表明实施私刑的不公。值得一提的是,厄德里克给一个暴徒命名威廉·霍奇基斯(William Hotchkis),霍奇基斯(Hotchkiss)具有机关枪之意,厄德里克选择霍奇基斯为暴徒的姓意味深长,似乎提醒读者他就像伤膝大屠杀中向妇孺们扫射的冷血杀手。在卡斯伯特·皮斯为他们申辩,请求他诉诸公正和仁慈,请求他们看在与他们有共同的人性上,不要行刑时,

> 我们发现那些人已经死了,……我们发现他们,但是,我

① Strehle, Susan. "Prey to Unknown Dreams": Louise Erdrich, The Plague of Doves, and the Exceptionalist Disavowal of History[J]. Literature Interpretation Theory, 2014, 25 (2): 113.

> 们没有杀他们。我们为他们的奶牛挤奶,喂了婴儿。我,卡斯伯特,喂的婴儿。我们不是坏印第安人。他们在这以南……我们,我们跟你们一样。(PDs 74—75)

霍奇基斯不会听他的任何辩解,因为在其内心深处的种族偏见、白人优越的意识让他直接开枪表达对卡斯伯特的鄙视。另一方面,厄德里克让卡斯伯特指的"在这以南"是"坏印第安人"是个有趣的讽刺。卡斯伯特指的是达科他立岩(standing rock)苏族印第安人,是 1897 年真实被私刑的印第安人。奥吉布瓦人用"Bwanaag"指这些印第安人(在《沉默游戏》和《豪猪年》中涉及奥吉布瓦人与苏族印第安人的关系)。阿斯格纳克为 Bwanaag 辩护,提醒他的朋友,是 Bwanaag 人收养了他。厄德里克让阿斯格纳克为 Bwanaag 辩护旨在说明,白人把印第安人分成好印第安人和坏印第安人,但是厄德里克要表明的是印第安人无论来自南方还是北方都是具有人性的善良人。厄德里克对处私刑白人暴徒和私刑受害者印第安人的细节描写使我们可以看到,印第安人比白人暴徒更具人性、更善良,白人暴徒急于归因印第安人残忍,他们没有看到自己的残忍,更不能看到他们杀戮阿斯格纳克(Asiginak)和卡斯伯特·皮斯(Cuthbert Peace)及小男孩儿圣迹,其实他们在重现伤膝大屠杀(Beidler "Imagined places and characters")。①

贝德勒在其文章"想象的地方和人物"(Imagined places and

---

① Beidler, Peter G.. "Imagined places and characters: Louise Erdrich's Recasting of 'The Plague of Doves' Erdrich's Research on the Spicer Murders" [Z]. [2017-03-10]. www. petergbeidler. com/home/latest-projects/erdrich/3/

characters)中指出,读过斯拜瑟谋杀案的人大多数至少会同情立岩印第安人,因为他们在1897年严寒的冬季勉强生存;大多数人至少会对两个,或者三四个年轻的印第安人深表同情,因为威诺纳贪婪的酒吧老板非法卖给他们威士忌,使他们酒醉;大多数人会至少同情这些印第安人,因为他们以酒壮胆,突然看到反击的出路;大多数人至少会同情印第安人,因为非法滥用私刑,他们被拒绝诉诸合法的审判。厄德里克重讲他们故事的方式会让所有的读者同情私刑的受害者,因为印第安人的善良,洛克仁家的婴儿得救。但是,那些印第安人得到的唯一感谢是他们的脖子被套上绳索绞死。甚至幸存者科迪莉亚也不曾感激她的救星印第安人。她最终回到普路托行医,深信谋杀其家人的是印第安人,她因此拒绝救治印第安病人。另一方面,她为白人精神病者沃伦·沃尔德(Warren Wolde)治病,没有意识到,也不曾猜测他才是杀害其父母兄弟姐妹的真凶。厄德里克如此重构私刑历史叙事,印第安人的善良、白人意识深处的种族偏见,印白冲突的根源跃然纸上。

厄德里克在《鸽灾》中强调了"粗暴正义"(rough justice)求速度,而没有考虑任何白人杀人嫌疑犯,包括白人妇女,以及潜藏在社区边缘疯狂的敌意。真正的行凶者沃伦·沃尔德突然失常,有时消失几天(PDs 129),他的"独白总是以'我要把他们全部杀掉'而告终"(PDs 229),但是,直到小说尾声,他没有受到当局质疑,也没有受到任何人怀疑。同样,历史事件中,"历史记者如此被土著有罪说服,以至于他们没有注意到缺乏对社区做更广泛的调查,或者在斯拜瑟死亡中缺乏物证”。[①] 厄德里克以这种方式揭露深入骨髓的种族偏见蒙蔽了人们的双眼，对印第安人遭受的不公视而不见。在小说结尾，科迪莉亚当选濒死之城普路托的历史协会会长后，她最终认识到私刑的严重不公，“不仅无罪的人被绞死了，无法忍受的是，杀人不是为任何人的正义，而且小男孩根本就不是凶手”(PDs 308)。她逐渐认识到，拒绝为印第安人治病对救她性命的人非常不公平。她终于认识到自己为沃伦·沃尔德提供医疗服务，“我救了杀我全家凶手的命”(PDs 311)。小说尾声，作为一个老人，她理解当她的家人被杀，一伙人追杀印第安人，对他们处私刑，实施“粗暴正义”是可耻的行为(PDs 297)。厄德里克通过科迪莉亚的自我认识反思其对印第安人的偏见，重申了导致所谓“粗暴正义”本质，即美国欧裔白人意识形态深处的种族主义。厄德里克改写 1897 年处私刑历史事件，其目的是把历史事件作为媒介以进入历史，并在事件背后建构印第安人遭受种族主义迫害的历史，让历史事件在更广泛的语境中产生意义。使事件变成事实的过程，也是印第安人在历史叙事中主体生成的过程。在这个过程中，厄德里克积极参与了历史意义的创造。通过对处私刑事件的文本阐释，她解构了蕴含天定命运的意识形态话语。

厄德里克改写 1897 年的处死刑事件，从穆夏姆个人家族史透视印第安遭受种族暴力的历史，不仅如此，《鸽灾》从普路托镇的建镇到衰亡的过程展现部落历史，以此管窥美国白人剥夺土地及殖

---

① Strehle, Susan. "Prey to Unknown Dreams": Louise Erdrich, The Plague of Doves, and the Exceptionalist Disavowal of History [J]. Literature Interpretation Theory, 2014, 25(2): 113.

民的历史。《痕迹》中突出《道斯法案》致使部落丧失土地，部族内部分崩离析；而《鸽灾》中从白人视角讲述普路托的建镇史，从印第安人视角讲述失去土地的伤痛。批评家西默斯·迪恩在定义殖民主义时说明，“殖民主义为掩盖其贪婪本性，在文学、历史和政治话语中被展现为嵌入特别的国家宗教结构内的个人英雄主义伦理占主要地位的一类冒险故事”。[①] 厄德里克的“冒险故事”是由法官安东·巴基尔·库茨(Judge Antone Bazil Coutts)讲述其祖父和其他白人探险者受“城镇狂热”的驱使，到北达科他探险建镇、最后失败的经历。库茨祖父的冒险故事充满各种困苦和考验：暴风雪、饥寒交迫、自相残杀、吃人的诱惑，以及胃肠痛苦。厄德里克展现给读者的不是边疆英雄传奇，而主要是关乎贪婪的故事，如法官库茨所说的“城址探险”是“一群贪婪的傻瓜”进行的“可怕的试验”，是贪婪占有土地的疾病，“城镇狂热”使他们几乎丧命(PDs 94)，如此厄德里克去除了殖民探险和征服的浪漫色彩。有关普路托镇兴建、繁荣和衰落的过程，厄德里克借 1911 年谋杀案的幸存者科迪莉亚详述。从她的故事中，读者了解到投机商与城镇选址开发公司和铁路公司同行。他们精心勘探和测绘，最终在第一批探险者选址的地方建立了普路托镇，原因是这里地理位置好、物产丰富，能够为他们谋取最大的资本利益。科迪莉亚版本的普路托建镇史进一步揭露美国城市化的本质：

---

① 转引 Baker, Debra K. S. "There are No Burning Wagons, Beads, or Feathers in Louise Erdrich's The Plague of Doves"[A]. In P. Jane Hafen (ed.). Critical Insights: Louise Erdrich [C]. Massachusetts: Salem Press, 2015:238.

> 那些人到达现在我们城镇这个地方时，他们曾一直在进行勘测绘图，因此用尽了给地方命名的常用名称，譬如总统和外国首都的名字，重要的矿石的名字，伟大的政治家名字，北美的哺乳动物的名字，以及他们孩子的名字。东面是已经标出的一些城镇的所在，有宙斯、尼普顿、阿波罗和雅典娜。他们不用维纳斯这个以后可能导致放荡的名字。弗兰克·夏普建议用普路托作城镇的名字，大家都同意了，但当时谁也没意识到这是地狱之神的名字。(PDs 297)

不难看出，这段引文极具讽刺意味。“用尽了给地方命名的常用名称”和“标出的一些城镇的所在”寓意美国城市化进程，暗讽殖民者对印第安人土地的蚕食；同时这些为城镇命名的常用名称也蕴含了作者对殖民者殖民扩张、占领土地和矿产野心的讽刺。就普路托而言，他是希腊神话中的哈德斯，是冥界之神，掌管人间财富的分发，用于罗马神话他经常代表地狱之神、阴间的统治者和死亡之神。厄德里克看似漫不经心以此为小镇命名，其实是把普路托用作隐喻，以表达她对欧洲殖民者的批判。对印第安人来说，普路托似乎在提醒他们，这些城镇的建立犹如死神到来。晚年的科迪莉亚最终认识到，普路托镇由白人建立在印第安土地上，其薄弱的基础是耻辱和不公正。她生活的小镇注定灭亡，“火车没了，我们还在这里，搁浅了”(PDs 297)。她意识到，白人最初以“冥界之神”给小镇取名，这也与离太阳最远的行星同名，“现在，真是讽刺，普路托是我们太阳系中最冷、最孤独，也许最不宜人的星体”(PDs 297)。科迪莉亚感悟到普路托镇冰冷、荒凉不宜居住是因为有她和像她一样的其他人使它如此。像现实中1897年谋杀案中的威诺娜镇和威廉波特镇一样，普路托将很快消失。

《鸽灾》中的故事发生在20世纪60年代，普路托镇附近的齐佩瓦保留地已被三座城市包围，印第安人居住在印第安事务局的安置房内，过着贫困的生活。厄德里克以印第安人的视角再现失去土地对他们造成的伤害。当穆夏姆被白人问及为什么普路托镇最初建在保留地地界内，他愤怒地回应，你该问“土地是怎么被盗的？这个大盗行为怎么变成了可接受的？既然知道我们失去了什么，你们拿走了什么，我们怎么竟在这里住在你们边上？”(PDs 84)显然，作者借穆夏姆之口谴责白人强取豪夺印第安人的土地，同时也道出了印第安人失去土地的切肤之痛。厄德里克把历史人物路易斯·瑞尔融入穆夏姆的故事。瑞尔不是小说中的人物，但他是穆夏姆家人和其他印第安人谈论的对象、崇拜的领袖——他的画像与肯尼迪和罗马教皇约翰23世的画像挂在一起——穆夏姆的祖先倾其财产支持他革命。他们慨叹如果瑞尔在巴托西(Batoche)赢得了胜利，“他不仅会为混血和印第安人在世界上赢得更有利的地位，而且胜利也会激励边界下方的印第安人在关键的历史时刻团结起来”(PDs 30)，在政治上“我们肯定获得尊敬”(PDs 34)。把历史人物作为背景，并把他融入虚构故事，厄德里克凸显印第安人丧失土地之痛，同时也更真实地反映印第安人政治无权的历史遭遇。

《鸽灾》中三个主要的叙述者都对私刑事件进行思考和反思。库茨法官见证了普路托镇的衰败，充当社区历史一个重要的窗口。他从祖父的日志中了解白人探险建镇的本质，目睹了是血缘把处私刑和被私刑的后代联结在一起。这里“发生的任何事，没有事情不是与血缘没有联系的”(PDs 115)，“整个保留地充斥着矛盾的情感。我们似乎不能不碰彼此，这是事实”(PDs 116)。他从旁观者的角度讲述其白人祖先的历史、处私刑及被处私刑者和他们后代恩怨情仇的历史，即普路托镇印白两大社群相互冲突又相互交融的历史。最年轻的讲述者伊芙琳娜生活在 20 世纪 60 年代，是私刑受害者穆夏姆的外孙女，私刑暴徒首领之一的曾孙女，她对其家族和社群历史知之甚少，她喜欢加缪，梦想去巴黎读书。通过聆听外祖父的故事，她明白了土地对印第安人的重要性，以及失去土地对他们造成不可磨灭的伤痛，“失去土地已永远嵌入他们内心。……我开始了解他们每个人根据自己的性格掩盖这种痛苦”(PDs 84)。了解部族遭受桀害的历史使伊芙琳娜发生了变化，她开始对世系着迷，着手调查私刑历史，开始思考历史对当下人的影响；她认识到她的身份与她部族失去土地的历史联结在一起，与处私刑也联结在一起，因为她是处私刑受害者和施害者的后代。最后的叙述者、1911 年暗杀事件的幸存者科迪莉亚，在年近 70 岁退休时开始与好友尼芙·哈普(Neve Harp)热衷于恢复普路托镇历史真实性(authenticity)，积极主动调查有关暗杀和普路托镇的历史，哈普用事实真相最终使科迪莉亚认识到被处私刑的印第安人是无辜的。哈普告诉科迪莉亚，“我希望你把整件事写出来，登载在镇历史通讯上。我愿真相(事实)现在成为我们官方记录的一部分”(PDs 299)。最后，这些载有普路托镇真相的历史通讯被装订成册，捐赠给了北达科他大学收藏。这样由白人经过对种族主义和殖民主义的反思，并修正其种族偏见的历史载入了官方史册。

厄德里克在一次采访中说：

> 我认为复仇，而不是坐等一段时间，是我们历史真正的大部分。不幸的是，它也是我们现在的一部分。任何恐怖事件过后，这是很常见的。非常想找人追究责任，马上抓住某人并

> 立即处罚。"9·11"事件后我们看到这样的事情。在我的心中我感受到同样的东西。我感到同样的东西,它开始变得扭曲,直到我们现在处在这可怕的境地。[①]

《鸽灾》中谋杀者杀戮目的始终悬而未决,这似乎警示人们不明原因的暴力始终存在,种族主义对印第安人,对少数族裔来说,都留下了难以愈合的历史创伤。如何治愈创伤?厄德里克在《鸽灾》的历史书写中似乎给出了答案:印第安人不能忘记自己的血泪历史;治愈历史的创伤要靠自己民族的文化;但作为一个国家要治愈历史创伤,白人必须反思他们和他们的祖先在殖民、奴役和征服过程中所扮演的角色,尤其是反思种族主义的历史,唯有如此,才能达成与过去乃至将来的对话,避免历史悲剧重演。厄德里克把1897年发生的暗杀事件改写成发生在1911年,也许是有意表示北达科他农家被暗杀的事件和"9·11"事件有某种相似之处,提醒人们"9·11"事件有其历史原因,应该通过文化干预避免发生类似的事件。

第二节 《圆屋》:复仇与应报正义(Retributive Justice)

《鸽灾》和《圆屋》两部小说的人物相互交织,人物涉及库茨、杰

① Baenen, Jeff. "A Dark Event Inspires Erdrich's New Novel". [Z]. (2008-06-15)[2016-07-25]. http://waltham.wickedlocal.com/x875591699/A-dark-event-inspires-Erdrichs-new-novel

拉丁、穆夏姆、皮斯,及其后代,特别是人物都遭受历史创伤折磨,探讨了法律不公对社群造成的持久影响。两部小说都关注司法公正主题,涉及复仇,但是,《鸽灾》中的私刑作为一种复仇达到所谓的“粗暴正义”实际上“不是为任何人的正义”(PDs 308),也就是说,没有人获得正义,这样的复仇实质是种族主义者泄愤的出口;《圆屋》中复仇的本质是应报正义(Retributive Justice),即惩罚法律无法制裁的犯罪,匡扶正义。根据斯坦福哲学百科全书(Stanford Encyclopedia of Philosophy),理解应报正义作为一种正义形式要基于以下三原则:“(1)那些犯某种罪的人,典型的严重犯罪,道德上应得相称的惩罚;(2)如果某个合法的处罚者给予他们应得的处罚,本质上系道德上善;(3)道德上不允许故意处罚无辜的人,或者对作恶者实施超出比例的巨大的惩罚”(Retributive Justice,2014)。[①]《圆屋》中的复仇符合报应正义的上述三原则,惩治的是罪有应得的罪犯。本文无意探究有关不同性质正义的区别,而是研究厄德里克如何运用主流文学创作常见的谋杀和复仇主题,揭示美国印第安人所遭受的不公正的历史继续通过现在产生影响,说明“我们全部如何受困于时间之网”,人类需要正义和取得正义困难之间的张力。如库鲁所言,《圆屋》“与厄德里克以往的小说一样,过去影响着现在,预示未来。通过社群故事讲述和历史记忆,人物必须决定如何处理过去事件以便进入未来,不是忘却,

① Retributive Justice [Z]. Stanford Encyclopedia of Philosophy. (2014-6-18) [2017-07-10]. https://plato. stanford. edu/entries/justice-retributive/

而是记住、承认、学习和疗愈”。[①]

故事开始在1988年春天北达科他保留地，主人公乔·库茨是个刚满13岁的奥吉布瓦男孩，父亲巴兹尔·库茨是奥吉布瓦部落法庭法官，母亲杰拉丁是掌管印第安人口登记的专员，一家3口过着平静幸福的生活。乔有三个亲密的小伙伴，与同龄的孩子一样，他们顽皮叛逆，爱探险，说脏话，讲义气，对性充满好奇，喜欢看当时热播的电视剧《星际迷航——下一代》。但是，乔无忧无虑的幸福生活，因其母亲遭受强奸戛然而止，一夜之间，他的生活彻底改变。因为杰拉丁身体和精神皆遭受巨大创伤，她既不能，也不愿开口对警察、丈夫，抑或儿子讲述所发生的一切。乔试图使母亲恢复健康，但是她把自己关在房间，不与任何人接触。他与小伙伴一起寻找线索，很快锁定犯罪分子林登·拉克，一个白人虐待狂，警察逮捕了他，但是，杰拉丁无法确定其遭受攻击的具体地点，因为复杂纷乱的司法管辖权问题，尽管林登强奸罪行确凿，但无法对其进行起诉，最终被释放。厄德里克在NPR采访中说，“保留地有几种不同类型土地。所有这些土地由不同的实体负责对其实施法律。杰拉丁不清楚她被强暴的具体地点，所以，她这种情况，获得正义太难，太难了，因为没有明确的实体负责为她寻求正义”。[②] 乔很清楚，如果罪犯在逃，他妈妈将永远不会复原。因为成人依靠法律无法惩治罪犯，为受害人讨回公道，乔与小伙伴踏实复仇之路，最

① Kurup, Seema. Understanding Louise Erdrich [M]. Columbia: The University of South Carolina Press, 2015:65.

② Cornish, Audie. "In 'House', Erdrich Sets Revenge On A Reservation" [Z]. (2012-10-02) [2017-06-22]. http://nwpr.org/post/house-erdrich-sets-revenge-reservation

终，他们杀死林登，成功为母亲报仇雪恨。

有关《圆屋》的创作，在南施(Kevin Nance)2012 年的采访中，厄德里克说，“故事依据她在北达科他瓦佩顿期间了解的一些现实情况，……在我成长的岁月，这种事情没有发生在我的非土著朋友身上，却发生在达科他妇女或者奥吉布瓦妇女身上，现在，如果看下数据，这种事情还在她们身上发生”，她说，“除了强奸本身外，在这些情况下，有很多可怕的事情发生，包括当每个人都知道凶手有罪，人们甚至时时刻刻能够看到作恶者，当妇女在那个人手上受伤害，在其日常生活中要面对他，妇女们感到无可奈何。也有当某人被强奸，却无法讨回公道，家庭分崩离析的悲剧”，不久前，厄德里克采访了几个保留地上遭受性侵犯的土著妇女受害者，访谈让她愈加愤怒，使她下决心创作该主题的小说。[①] 厄德里克在《圆屋》后记中说，小说的背景设置在 1988 年，但是，那时许多保留地仍然存在由于法律的复杂纷乱，阻碍甚至阻挠起诉强奸案。根据“大赦国际组织”2009 年提供的一份名为“非正义的迷宫”的报告中列举的数据：“三个土著女性中就有一人在有生之年遭到强奸（当然实际数字会更高，因为遭受强奸的土著女性不会报案），86％的强奸或性攻击由非土著男性所为，而他们极少会受到起诉”(RH 483)。正是一个作家的责任感驱使她创作《圆屋》这样的作品。2011 年春天，厄德里克完成《圆屋》初稿后不久，她回到其母校达特默斯学院住校一周，她与其老朋友布鲁斯·杜斯(Bruce Duthu)及其《本土裔美国文学和法律》课程班上成员阅读，讨论她的部分手稿。杜

① Nance, Kevin. Never the Same River Twice: A Profile of Louise Erdrich [J]. Poets & Writers Magazine. Nov. Dec. 2012:51.

斯回忆到：

> 我们都有女儿，我想……这些情形会影响她的孩子。因为她有平台……我想她感觉有责任发声，让人们关注这个问题。如她在课堂上讲的，这是她对一些重要的当代问题发声的一个方式，包括强奸和从创伤中恢复的可能性——不仅仅是历史创伤，而且是现代犯罪。它可能是更广泛历史图景中的一部分，但是，它也是当下时刻，我想对她同样重要。①

以小说的形式为土著人民的不公发声是厄德里克作为作家的责任感，但是，如何编织故事是个难题。厄德里克在一次采访中说，“这本书的背景，政治背景确实缠绕我好几年，但是，我不想写成任何种类的政治讽刺”，②而是写成“人物主导的悬疑故事”(Williams 2012)，其“内在是政治的”，其“深层次是个人的”，③用理查德·梅斯(Richard Mace)的话说，《圆屋》“采取更加政治的语气，突出强调由美国政府制定的法律和政策，是齐佩瓦人面对的历史性的法律困境”。④ 可以说，《圆屋》比厄德里克以往的作品政治

---

① Nance，Kevin. Never the Same River Twice：A Profile of Louise Erdrich [J]. Poets & Writers Magazine. Nov. Dec. 2012：52.

② Brown，Jeffrey. "Conversation：Louise Erdrich on Her New Novel，The Round House"[Z].（2012-10-19）[2017-04-09]. www. pbs. org/newshour/art/conversation-louise-erdrich-on-her-new-novel-the-round-house/

③ Preston，Rohan. "With new novel out，Louise Erdrich is exulting in life." Rev. of The Round House by Louise Erdrich[Z]. Star Tribune.（2012-09-30）[2017-06-25]. http：//www. startribune. com/with-new-novel-out-louise-erdrich-is-exulting-in-life/171861621/

④ Mace，Richard. Louise Erdrich. The Round House [J]. Rocky Mountain Rewiew，Fall 2013：161.

色彩更加明确，如其自己所言：

> 我感到，我终于在写作中找到某种程度的灵活性，以此我能够承担政治主题……这很难做到，话说回来，在印第安国发生的几乎每件事都是政治的。关键是，这是一个大的主题——正义或者非正义——我不能不写。作为一个作家，一个女性，作为有土著背景的人，我不能假装它没有发生。[①]

那么，她的"灵活性"便是找到一个讲述"犯罪与正义故事"的方式，[②]为此，厄德里克摒弃了以往创作中运用的多重视角，多重人物轮唱的故事讲述方式。"对我来说，以多重视角写作是一个盒子，我感觉，《捉影游戏》好像让我摆脱了我的盒子"，厄德里克满意地说，"我能够构思一个叙事，一个叙述者和单一视角直接推进故事，一直向前。《圆屋》，我想从一个很容易辨认的、普世视角(universal perspective)讲述故事——母亲和儿子——在很短的时间内，一个简单的情节主线贯穿始终"。[③] 厄德里克采用以第一人称，通过 13 岁奥吉布瓦男孩乔直接讲述母亲遭受强暴后经历的创伤，为帮母亲复原，要尽快破案，抓住凶手，他与父亲如何研究法律历史案件，了解印第安遭受的法律不公历史，最终被迫采取复仇匡扶正义。采用这样的视角，厄德里克能够自如地穿梭过去与现在，

---

① Nance, Kevin. Never the Same River Twice: A Profile of Louise Erdrich [J]. Poets & Writers Magazine. Nov. Dec. 2012:52.

② Dolginow, Mackenzie K.. "Erdrich's Round House a Moving Tale of Dark Justice" [Z]. (2012-10-16) [2015-07-21]. http://www.thecrimson.com/article/2012/10/16/round_house_review/

③ Nance, Kevin. Never the Same River Twice: A Profile of Louise Erdrich [J]. Poets & Writers Magazine. Nov. Dec. 2012:50.

保持紧凑的情节，使故事引人入胜且充满震撼力。如厄德里克所言，运用这样的视角，“我更加了解故事的走向，目的地是什么，如何到达”。[①] 厄德里克选择13岁的孩子担纲叙事主体具有象征意义。面对其母亲遭受的毁灭性性侵害的巨大打击，乔无能为力，他的“身份地位与奥吉布瓦部落类似；双方争取正义被阻挠，又都太容易被高一级权力，也就是联邦法律压制”。[②] 厄德里克的叙事选择也象征性地表达她明确的政治意图，用这样清晰的叙事风格表达当代奥吉布瓦社群仍然遭受被剥夺公民权之痛。

暴力、谋杀和复仇是主流文学特别常见的主题，厄德里克有效地将其编织在《圆屋》的故事中，吸引广大的读者群进行阅读，这样能使更多的读者了解印第安人。她说，“在某种程度上，该书是推理小说”，[③]小说开篇就给读者留下悬念，“小树已经侵入我父母房子的地基”，它们很顽强，难以铲除（RH 1）。乔与父亲开篇在忙于铲除入侵损害其家房子地基是树苗，象征地表现这个家庭的根基即将遭到损害。父亲一句，“你妈妈去哪了”，引出杰拉丁被强暴的案件。当父子找到浑身是伤，身上满是汽油味的杰拉丁，读者也迫切地想知道到底发生了什么。但是，由于杰拉丁身心受到创伤，她对所发生的一切保持缄默。这个打击使其家庭的正常生活停止，厄德里克巧妙地通过库茨厨房的钟象征这个家庭的停滞状态。一

---

① Nance, Kevin. Never the Same River Twice: A Profile of Louise Erdrich [J]. Poets & Writers Magazine. Nov. Dec. 2012:50.

② Kurup, Seema. Understanding Louise Erdrich [J]. Columbia: The University of South Carolina Press, 2015:65.

③ Nance, Kevin. Never the Same River Twice: A Profile of Louise Erdrich [J]. Poets & Writers Magazine. Nov. Dec. 2012:51.

次乔和他的父母亲从医院回到家，乔的父亲马上拔掉厨房的钟，他说想换个新的，时间毫无意义地停止在11点22分，这种状态持续了一段时间。当乔的父亲更换了乔认为“丑陋”的厨房钟时(RH 34)，乔叙述他如何已经开始脱离父母过自己的生活。“厄德里克利用没有拔除的钟表象征对库茨家来说时间实质上已经停止了。他们的快乐时光随着杰拉丁被强暴不可避免地结束了，他们现在陷入悲痛之中”。杰拉丁和巴兹尔睡在不同的卧室，乔看到他们的状况没有改变，或者提高。正如拔掉的钟显示时间的停止一样，“厄德里克表明案件进展和杰拉丁的康复处于停滞状态。一旦强暴前的旧钟表或者时间被新的‘丑陋’的钟表替换，新的更加丑陋的历史伴随着他们再次开始前行”。①

受害人不能提供任何线索，乔自己亲自寻找出凶手。厄德里克精心安排的一个又一个线索，如高尔夫球场附近的火柴盒，圆屋中充斥的汽油味，湖里打捞上来的汽油罐，塞在洋娃娃里的一大笔钱等等。它们在不经意间浮出水面，将所有这些线索拼凑在一起，真相就显露出来：罪犯是一个名叫林登·拉克的白人，其祖叔父是《鸽灾》中处私刑暴徒之一，乔的父亲作为法官审理过林登母亲申诉获取她抛弃的女儿琳达监护权案，其目的是要获取琳达继承印第安养父母的土地，其母败诉，林登对此耿耿于怀；林登对杰拉丁的强暴案牵出一起谋杀案。南达科达州州长柯蒂斯·耶尔陶与一位印第安女实习生梅拉(Mayla)生了孩子，梅拉打算让孩子加入印第安部落，所以才找到人口登记员乔的母亲。林登喜欢梅拉，但他

---

① Mace, Richard. Louise Erdrich. The Round House [J]. Rocky Mountain Rewiew, Fall 2013:162.

的告白遭到了对方的拒绝，于是起了歹念杀了女孩，强奸了杰拉丁，并拿走了州长给女孩的一笔所谓补偿费。故事环环相扣，情节严丝密合，推理层层递进，给读者极大的阅读愉悦。

传统推理小说的情节高潮应该是罪犯被抓，然后绳之以法。但是《圆屋》中，罪犯林登·拉克被抓后，并没有受到惩罚。厄德里克由此引出复杂的法律问题，为乔的复仇铺垫。杰拉丁强奸案发生在保留地的圆屋附近，有三种性质的土地交织在此，圆屋附近，延至湖属于部落土地，适于部落法，但是，如果罪犯是非土著，部落无权起诉，可由联邦法管辖，湖的角落是州公园，适于州法管辖，所以保留地土地性质和适用法律的复杂性给案件审理带了困难。要对林登起诉必须明确强奸的具体地点，确定到底适用哪方法律，可是杰拉丁陷入身体、精神和情感伤害的痛苦中，她唯一确定的是，要是她没有逃脱的话，拉克想要将她活活地烧死在圆屋中。圆屋附近的土地归部落管辖，但是，部落法庭无权起诉非印第安人。罪犯林登是周围社区的非土著成员，因此部落法庭无权起诉他，他实施强暴不能受到惩罚。遭受强暴后杰拉丁回忆拉克的奚落："我认为我是那些仅仅憎恨印第安人之一，通常，特别是很久以前，他们与我的亲人不和，但特别是，我感觉印第安妇女是——他对我们的称呼，我不想说"（RH 241）。这里读者可以看到拉克对印第安女性的鄙视和对印第安人的憎恨，也感受到杰拉丁所遭受的难以言说的耻辱。"拉克是明白的种族主义，他的傲慢和优越感，他对作为非土著权力的了解，这几方面的结合给了他危险的自信”，[①]杰拉丁回忆道，“他说，根据法律，有正当理由，我们拿他没办法，但已经继续削弱白人男子，收走他的荣誉……我不会被抓住，他说。我专研过法律……我像法官一样了解法律，知道每个法官，我不怕。周围的事情都错了，他说。但是这里这个地方我自己做的事情是对的。强者要统治弱者，而不是弱者统治强者。是弱者拖垮了强者，我不会被逮到”(RH 241—242)。从拉克的自白，读者清楚地看到驱使拉克强暴印第安妇女的，不仅仅是其对性的欲望，而且是他对自己种族和文化的无限优越感，这样他的强暴行为象征他所代表的白人种族文化对弱势民族的欺凌。另一方面，圆屋是部落神圣的建筑，是社区神圣的地方，是为土著精神提供传统精神典仪的安全场所，亵渎它，如同伤毁任何其他敬拜场所，或者文化集会地。拉克选择在那里对杰拉丁进行身体和精神折磨，意味着他试图玷污整个奥吉布瓦社群，侵害其文化。“拉克的行为象征文化以及身体的侵害，构成了仇恨犯罪”。[②] 厄德里克还通过乔讲述圆屋的用途揭示印第安人遭受精神压迫的历史。“从前，印第安人不能践行自己的宗教——实际上不是那么久远，1978 年之前”(RH 88)。直到 1978 年，国会才颁布《印第安人宗教信仰自由法》，允许本土裔美国人公开践行他们自己的传统信仰。所以 1978 年前，社区人们“假装”圆屋是“交际舞厅，或者读圣经的聚会地”(RH 88)，以防万一任何政府或者基督教当权者

---

① Kurup, Seema. Understanding Louise Erdrich [M]. Columbia: The University of South Carolina Press, 2015:66.

② Kurup, Seema. Understanding Louise Erdrich [M]. Columbia: The University of South Carolina Press, 2015: 67.

检查。“每当牧师和联邦印第安事务管理局的官员们到来时，人们把水鼓、鹰羽、药包、桦树皮卷和神圣之管都藏在湖中的船上，拿出《圣经》读起了传道书”(RH 88)。圆屋饱含了印第安人信仰被压制的历史，通过这样的描写，对个人的强暴犯罪与文化侵犯联系起来，厄德里克将两个似乎不同的要素联结在一起，深化了主题。

为将罪犯拉克绳之以法，伸张正义，乔与父亲共同研究联邦和部落法律案件。以此，厄德里克让乔带领读者进入美国印第安人历史，热切关注一系列牵涉并构成压迫土著人民的历史案例，揭露造成他们当前法律困境的历史。联邦法律以压倒一切的力量凌驾部落法律之上与强暴的压迫本质类似。虽然是虚构的小说，但是厄德里克援引了很多有关联邦印第安法的真实案例，包括：93 U. S. 188(1876 法令不允许向印第安国及印第安居住地出售威士忌)、美国/43 加仑威士忌，除非由美国陆军部授权，不得在部落土地售酒，；21 U. S. 543，约翰逊 v 麦金托什(1823)，主张谁是土地的合法拥有者——伊利诺斯和皮安克肖国，或者欧裔美国人“发现”了土地——最高法院大法官约翰·米歇尔裁决土著国家仅仅有居住权，这剥夺了他们的土地权，“甚至今天，他的话语(米歇尔)用于继续剥夺我们的土地。……他的语言在法律中继续存在，即，我们是野人，以丛林为生，把土地留给我们，会让它搁置成毫无价值的荒野，我们的人格和宗教如此低下，欧洲品质高尚的天才无疑必须宣称其支配地位”(RH 344—345)；435 U. S. 191，奥利芬特诉苏魁米什(1978)，规定部落法庭除非经国会授权没有刑事管辖权起诉非印第安人。研究这些案例让乔的父亲愤怒不已，最为严重打击奥吉布瓦安全和主权的案件是，奥利芬特诉苏夸米希案的判决“拿走了我们起诉在我们土地上犯罪的非印第安人的权力”(RH 346)。厄德里克利用最高法院的这些案例表明，历史上，印第安人与美国司法体系的纷乱复杂关系，这使追求正义愈加困难。

乔终于明白，他们不能起诉拉克。让他感到困惑不解的是，父亲了解部落法律权限，为什么还要恪守法律，继续做部落法官。虽然。当前法律不能为库茨家提供法律追索权或者安慰，库茨法官坚信，“我们做的一切，无论多么琐碎，……我们在努力为我们的自治打下坚实的基础。我们努力贴着我们被允许的边界，越过边界一步。有一天国会将细查我们的档案，将判决是否扩大我们的司法权。有朝一日”。“我们要有权在我们所有原始疆界内起诉所有种族在所有土地上的犯罪”(RH 346)。库茨审慎、理性，相信法律是他的一种信念、抑或是信仰，如果他开办严格的法庭，那里他不会随意改变态度，按法律条文行事，也许他的勤勉会打动美国政府，为奥吉布瓦子孙后代修改法律的形式奖励他。他所做的一切都是为奥吉布瓦部落的未来。虽然库茨法官看似冷静不受影响，自我克制，实际上，他处在法律上和个人上难以应付的境地，为其妻子和儿子的幸福，他必须协调他对法律的信仰和不择手段保护家人的欲望。他对乔说，“我希望绞死他，相信我。我想象自己是老西部的绞刑法官，我愉快地宣布判决”(RH 296)。但是，作为部落法官迫使他按法律条规做事；他必须控制其愤怒和复仇的需要，以便履行作为部落司法代表所承担的核心职责。他一失足可能导致这个奥吉布瓦社群持久有害的影响。厄德里克娴熟地例证库茨不能自持的内心冲突，使之与受伤的杰拉丁对其家庭日常生活影响的方式融合。

库茨法官的隐忍克制在杂货店遭遇拉克时崩塌。当乔和父亲在杂货店遭遇拉克,看到他的沾沾自喜,库茨终于忍无可忍,愤怒彻底爆发了,“有一刻,我们都在那盯着看,然后行动。我父亲扔了冰淇淋,冲向前抓住拉克的肩。他扭打拉克,使劲儿往后拽,用双手锁住他的喉咙。……他本能地突然大发雷霆攻击,看起来像电影的惊险动作一样灵活”(RH 367－368)。与罪犯不期而遇是对家庭的另一种打击,库茨法官对法律的认同经受着考验,作为丈夫和父亲的角色最终战胜了法官的理性,他听任自己的愤怒,直到面对微笑的拉克使他心脏病发作倒下。库茨家的窘境令人极为沮丧,他们得忍受经常会撞见杰拉丁强奸犯的可能性,“只要拉克逃脱正义,他们就不能开始他们所有人极其需要的内心、情感和精神疗愈的过程”。[①] 厄德里克以这样的方式展现部落法律无力起诉非印第安人,遭受不公正的家庭不得不承担内疚和自责的重担,库鲁认为,“乔父亲库茨心脏病发作可解读为联邦法律和部落法律不能保护其人民为他们报仇的脆弱的象征”。[②] 那么,乔理所当然认为找小伙伴帮助杀死拉克是正当行为,拉克的犯罪不能不受到惩罚。乔充分了解到保留地不公正的历史。当他开车来到“绞刑树”,那棵橡树曾用来绞死《痕迹》中卡斯伯特·皮斯、阿斯格纳克和圣迹,这棵树提醒奥吉布瓦人遭受不公正的历史:在这个地方犯罪,“没有凶手受到审判”。当乔知道拉克的叔祖父是处私刑人中的一员,这又为他的复仇添加了一把火。《鸽灾》中的“粗暴正义”

---

① Kurup, Seema. Understanding Louise Erdrich [M]. Columbia: The University of South Carolina Press, 2015:69.

② Ibid.

再次以拉克杀人的形式给社群一击。有关乔采取复仇,应报正义的行为,厄德里克认为,“错或者是对,对许多家庭来说,当无法获得正义,这是唯一的选择。我想让读者理解所承担什么样的重负。土著人民通常是进步的人士、民主人士,绝不是持枪的治安员。被逼到这样的墙角显然是痛苦的决定”。[①] 厄德里克在 NPR 的采访中重述,“写这本书中的问题是:如果一个部落法官,一生研究法律,不能为其所爱的女人讨回公道,那么正义在哪里? 本书也是关于几代人不公正的遗产及其后果。因为,当然,它所引发的是,当他们无法通过体制讨回公道,个人就以其自己的方式寻求正义。这将带来混乱”。[②]

《圆屋》中涉及了两起杀人案:一起是拉克为钱或为政治目的杀死印第安女孩梅拉,另一起是乔和小伙伴杀死拉克为母报仇。厄德里克在后记中说,“本书不想描写活着或者已故的人物”(RH 486),但是迈尔斯(Myers)认为,情节依据已故的威廉·詹克洛(William Janklow)案例,威廉两次任南达科他共和党州长,他被指控强奸其孩子的临时保姆,15 岁的拉科塔苏族女孩杰西塔·鹰·鹿(Jacinta Eagle Deer),1967 年他在罗斯巴特印第安保留地做法律服务律师时用枪威胁将其强奸。8 年后詹克洛竞选州总检察长时,杰西塔才正式提出起诉,6 个月后,杰西塔死于肇事逃逸事故。

---

① Williams, John. "The Burnden of Justice: Louise Erdrich Talks About The Round House" [Z]. (2012-10-24) [2017-06-15]. https://commonreading. uoregon. edu/files-02/Erdrich-QA-NYTimes-1oeqr47. pdf

② Cornish, Audie. "In 'House', Erdrich Sets Revenge On A Reservation" [Z]. (2012-10-02) [2017-06-22]. http://nwpr. org/post/house-erdrich-sets-revenge-reservation

她的继母试图将案子继续下去,次年早些时候在罗斯巴特印第安保留地被暗杀。詹克洛激烈地为自己做无罪辩护,多次对激进的原告如彼德·麦息生(Peter Matthiesen)提出诽谤罪诉讼。[①] 小说中的政治人物名为柯蒂斯·耶尔陶(Curtis Yeltow)是一个民主党人,南达科他州长。拉克为他竞选州长筹钱,也帮他解决他与实习生梅拉的关系,因为梅拉坚持以老耶尔陶为孩子父亲名在部落人口登记,这样耶尔掏出钱了结他们关系的事情会败露,拉克想拿回档案,并与梅拉私奔分钱,梅拉不从最终被杀,杰拉丁因不交出档案被强暴,拉克还想用汽油烧死她,她侥幸逃脱。所以,我们看到,尽管厄德里克声明小说无关活着的或者已故的人,其实政治指向明显,揭露政治腐败和印第安人无力保护自己。

乔为母报仇,成功杀死拉克后,他本该如释重负,因为母亲安全了,但是,乔陷入痛苦之中。他本能地为自己辩护,"法官知道有很多种正义——如理想正义与我们所能做的正义相对,……这不是私刑。毫无疑问,他有罪。……作为理想的正义,杀死拉克是错误的。它解决了法律之谜团。它穿过不公正土地所有权法的迷宫,那里拉克不能被控诉。他的死是出口"(RH 463)。换言之,拉克的死是乔和其家人面对无解的法律难题的迂回进路。厄德里克的人物从来不回避接触过去和历史需求。[②] 乔后面出现了创伤应急反应:我瞄准扣动扳机那一刻,"我们互换了。拉克在我的身体里,注视着,我在拉克的身体里,消亡。……我感到我的生命之血

① Myers, D. G. Take Your Medicine [J]. Culture & Civilization, 2012:76.

② Kurup, Seema. Understanding Louise Erdrich [M]. Columbia: The University of South Carolina Press, 2015:70.

从我的身体流出，滴进修剪的草地”(RH 465)。乔不是做噩梦就是看到鬼魂，最终乔需要奥吉布瓦传统的药驱梦。父亲深谙乔的负罪感，他告诉乔拉克的死适用奥吉布瓦传统法律，这是有先例的。拉克适合温迪戈(wiindigoo)的定义，“无须其他追索权，完全达到古老法律的要求”(RH 464)。乔的父亲试图以此合理化乔的复仇，使他脱离自责。从这些描写中，我们可以看到复杂的情感，即使以暴制暴达到应报正义，但获得正义的人不能获得真正的快乐。厄德里克在采访中，表达了她对复仇本质的看法，“复仇对不得不实施的人是痛苦的。一个人认为复仇可以改变境遇的话，他太鲁莽，他永远是错误的”。① 有关《圆屋》的复仇主题，厄德里克说：

> 关于复仇我学到了某些东西，我想，它把我引向法律，思考对本土裔美国人来说其意义是什么？法律在许多方面是存在的基础，因为，部落人民被承认的原始方式是通过条约。所以对此我考虑了很多，为什么在某些地方和某些可怕的情形中复仇是唯一形式的正义。② (Cornish 2012)

将这样的思考抛给读者，厄德里克在其小说中处理棘手的司法管辖权问题，以及本土裔美国人试图通过美国法律体系/法律制度获得公正所面对的历史困境。她强调调查取证的困难和失败，通过强调面对暴力获得正义的问题，厄德里克重申印第安人不断

---

① Cornish, Audie. "In 'House', Erdrich Sets Revenge On A Reservation" [Z]. (2012-10-02) [2017-06-22]. http://nwpr. orgposthouse-erdrich-sets-revenge-reservation

② Ibid.

反复成为联邦法受害者这个由来已久的问题。乔最终认识到，应报正义绝不是一个守法社群需要的正义。带着这样深刻的思考，他跟随父亲的脚步，成为一名律师，在体制内工作，促进社会改变。这应该是厄德里克对美国印第安人未来寄予的希望。

第三节 《拉罗斯》：宽恕与修复式正义（Retributive Justice）

《鸽灾》和《圆屋》两部作品中，厄德里克由复仇进入正义书写，强调美国印第安人遭受剥夺土地和司法权的历史，导致现代印第安人仍然无法获得正义，作为正义三部曲的最后一部，《拉罗斯》继续关注正义问题，但是，厄德里克不再聚焦复仇与惩罚的应报正义，而是转向强调受害者和施害者之间的和解，关注创伤的治疗。

人物上，《拉罗斯》也与前两部有所关联：主人公朗德罗·艾恩的妻子艾米琳和彼得·拉维奇的妻子诺拉是同父异母姐妹，她们的父亲比利·皮斯是《鸽灾》中的主要人物，诺拉的母亲玛尼(Marn)是《鸽灾》一个重要的叙述者，艾米琳的母亲拉罗斯在《鸽灾》中没有涉及，但是在《圆屋》出现。乔提及她是其妈妈在寄宿学校的同学，有关她的生活等方面只有简要的信息。与前两部一样，《拉罗斯》的故事继续发生在北达科他保留地及附近的小镇。故事中的朗德罗和彼德两个家庭，他们既是邻居又有亲缘关系，而且是很要好的朋友。朗德罗家有五个孩子，彼德家两个孩子，他们彼此分享食物、衣物，一同去镇上，彼得的儿子达斯蒂与朗德罗的儿子拉罗斯都5岁，他们也是最好的朋友，除了上不同的学校外，他们总在一起玩耍。但是，故事以悲剧开始，1999年夏末，朗德罗在一次猎鹿时，误杀了彼得的儿子达斯蒂，意想不到的悲剧一下把两家人推向了崩溃的边缘，使两家温馨融洽的关系陡然变得紧张尴尬。肇事者朗德罗深陷愧疚自责的深渊无法自拔，他曾试图自杀，或用酒精麻痹自己，他的妻子艾米琳终日缩在自己潮湿的屋子里祷告祈福。而受害者的父亲彼得一方面沉浸于末世预言的恐惧，另一方面忙于准备千禧之年的事情，借此让自己不去想死去的儿子达斯蒂，母亲诺拉更是无法接受儿子达斯蒂的死，变得有自杀倾向，对朗德罗的憎恨与日俱增，甚至想让其丈夫彼得恫吓他去死。两家人因此陷入痛苦的深渊。疗愈创伤，使两个家庭生活回归往昔的幸福生活是小说缓慢推进的情节，故事在2003年结束。

看似一个简单的故事，厄德里克如何使其与正义挂钩，去探究修复式正义？小说开篇就拉开悲剧的序幕，朗德罗打猎误杀朋友的儿子必然移交警察处理，可是，"文明的"州法律系统很快处理达斯蒂的死亡，经过警察调查取证，最后认定朗德罗在开枪之前并未饮酒或服用刺激性药物，所以判定达斯蒂的死亡纯属意外，无人担责，朗德罗被无罪释放。但是，这样的判决结果对一个失去心爱儿子的父母来说是不公正的，丧子之痛是无法用金钱来弥补，正因为这种不公正和内心的痛苦无法得到疏解，受害者的父母彼得夫妇内心开始滋生仇恨，加深了对朗德罗夫妇的恨意。同时，朗德罗虽然逃脱法律制裁，但是内心更为内疚，负罪感更加强烈地煎熬着他，使其接近崩溃的边缘，因为自己的过失而承受的道德压力和内疚之情，可以说远远胜于任何法律层面上的惩罚。这样，厄德里克开篇就抛出这个棘手的法律难题。其实，厄德里克创作《拉罗斯》

的动机源自她对“西方司法制度的缺陷”的兴趣。她认为，西方司法制度“实际上与评定、判决有罪或者无罪和是否惩罚犯罪有关”。[①] 她指出，多年来她听说其他情形，人们在法律体系之外寻求，或者实施正义。“小男孩达斯蒂的死亡展现了两种文化对待道德复杂难题做出的反应”。[②]《拉罗斯》中，朗德罗同时信仰奥吉布瓦传统宗教和天主教，出事后，他与艾玛琳去教堂祈祷，然后又进行蒸汗屋仪式祈求祖先神灵帮助，获得启示，决定采用古老的印第安人正义方式补偿彼得家，即受害方收养肇事方家孩子拉罗斯作为补偿，“现在，我们的儿子将是你们的儿子……这是老方法”，开始艰难的疗伤过程，修复两家的关系，乃至整个社群的关系（LR 11）。由此，厄德里克探究这种牺牲和正义尝试行为中内在的痛苦及复杂难题，她挖掘影响这些痛苦家庭的创伤和力量的源泉。

厄德里克在 NPR 采访中谈到，“两个家庭既有亲缘关系，也是邻居朋友。他们共同拥有他们的孩子，并不是完全把孩子赠予，但是，这是非常宽宏大量行为，也是为某种难言悲剧的赔偿行为”，她认为，这应是“修复式正义的行为”，两个家庭都试图寻求他们自己

---

① Kirch, Claire. "A Child for a Child: Louise Erdrich"[Z]. (2016-04-15)[2017-04-28]. https://www.publishersweekly.com/pw/by-topic/authors/profiles/article/69967-a-child-for-a-child-louise-erdrich.html

② Charles, Ron. "Louise Erdrich's LaRose: A Gun Accident Sets off a Masterly Tale of Grief and Love". [Z]. (2016-05-09)[2017-06-15]. www.washingtonpost.com/entertainment/books/louise-erdrichs-larose-a-gun-accident-sets-off-a-masterly-tale-of-grief-and-love/2016/05/09/e719aa04-1215-11e6-8967-7ac733c56f12_story.html?utm_term=.496121bea0e6

的正义,“我相信,某种非常好的东西由此产生”。① 修复式正义关注“修复”和“疗愈”(healing)。大卫·米尔瓦德(David Milward)在他对《作为疗愈的正义:原住民的方式》(Justice as Healing: Indigenous Ways)一书的评价中指出,“修复式正义是个含义甚广的术语”,其“理想是社会冲突关涉方共同解决这些矛盾。他们自己提出所有涉事方都能接受的解决办法,因此,对增进社会和谐更具建设性和持久性作用”。② 司法实践上,修复式正义注重罪犯情感和精神疗治,给他们灌输传统价值,最终使他们成为更加健康完整的人。修复式正义必须考虑受害者以及更广泛的社区利益,改善社区中人与人的关系。历史地看,美国土著社会“一直有解决正义和非正义问题的适当机制,……这种机制或者法庭基于部落特别的惯例、传统和价值观/道德标准。土著社会的正义问题过去和现在与日常生活(典仪)其他方面密不可分,因此,如果不公出现,生活其他所有方面同样受到影响”。③ 部落正义系统必须以传统法律和习俗为基础,使其部落成员获益。但是,随着时间的推移,由于条约、偷盗和被驱逐,原住民丧失了大量土地,加之一系列的联邦立法和西方的司法体系最终压制并取代了传统的部落司法体制,这样,这些传统形式的原住民正义系统被侵蚀。菲茨杰拉德在

---

① NPR Staff. After tragedy, two families find their own justice in Louise Erdrich's "LaRose". [Z]. (2016-05-11) [2016-12-20]. http://www.mprnews.org/story/2016/05/11/npr-books-louise-erdrich-larose

② Milward, David. Justice as Healing: Indigenous Ways (review) [J]. Wicazo Sa Review, 2007 (1): 127.

③ Fitzgerald, Stephanie. Mapping the Textual Terrain: Land, Law and Gender in American Indian Women's Writing [D]. Claremont: The Claremont Graduate University, 2005:121.

分析厄德里克短篇小说《莎蒙瓦》(“Shamengwa”,它也是《鸽灾》中的一章)中的修复式正义时引用人类学家詹姆斯·霍华德(James Howard)对龟山保留地的田野调查指出,“平原奥吉布瓦人正义的两个基础性原则似乎遵从有利于公众利益和补偿受害方的部落风俗”;[①]他说明,基于部落正义系统的形式是修复式的,而不是西方惩罚式的,要把整个社区以及受害方赔偿的最大利益纳入考量。厄德里克的《拉罗斯》探究将原住民的正义与主流文化的正义结合,彰显印第安传统文化治愈创伤的魅力。

现代创伤与历史创伤疗愈的并置。当小拉罗斯被送往彼得夫妇家,两个家庭开启修复关系,疗治创伤的漫长过程。小拉罗斯是联系两个家庭,治愈双方家庭创伤的纽带,一个心灵救赎者和疗愈师。虽然拉罗斯没有很快融入这个新的家庭,他的到来最终还是让伤心的母亲诺拉心中对朗德罗的恨意慢慢淡去,重新拾起生活的信念,减轻了父亲彼得的丧子之痛苦。他把达斯蒂的姐姐马吉视为自己亲生的姐姐,和她一起来安慰母亲诺拉。拉罗斯真实可爱,极具耐心,又善解人意,这些都是他能治疗彼得夫妇心灵创伤的重要原因。朗德罗夫妇送走自己的儿子后,很难适应,母亲艾玛琳更是想尽办法去接近和照顾拉罗斯,为他煮他最爱喝的汤,但诺拉要么扔掉要么藏起来。有一次诺拉故意不给前来送食物的艾玛琳开门,虽然幼小的拉罗斯知道自己的亲生母亲来了,也闻到了汤的香味,但善解人意的他还是顺着养母忍住悲伤,闭上眼睛睡觉。为安慰养母,他让她一遍遍无休止地给他读《野兽家园》,因为他知

---

① Fitzgerald, Stephanie. Mapping the Textual Terrain: Land, Law and Gender in American Indian Women's Writing [D]. Claremont: The Claremont Graduate University, 2005:127.

道这本书是达斯蒂的最爱，但是，当他回到自己亲生父母家时，他才跟亲姐姐们坦白说，"我受够那本书了"(LR 104)。然而，当姐姐斯诺建议他把这本书扔掉时，拉罗斯却毫不犹豫地回绝了，因为他知道养母诺拉会因为这本书的丢失而尖叫吵闹。他更是直言不讳地说，"我已经习惯她了。现在我已经习惯一切了"(LR 104)。这个细节读者可以看出，善良懂事的拉罗斯用自己的爱心和无限的耐心包容遭受创伤的养父母。自然而然，在拉罗斯的努力下，彼得夫妇内心对朗德罗的恨意逐渐得到平息。在彼得眼里拉罗斯是一个得体的男孩儿，他和彼得一起帮助诺拉，使得她重新振作起来。虽然朗德罗夫妇在送走儿子拉罗斯后，内心的愧疚之情得以减轻，但失去儿子的伤痛却日益加深，这也很可能使艾玛琳接近崩溃的边缘。双方家庭都离不开拉罗斯。最终，两家人达成共识共同抚养拉罗斯。这样，两家的孩子们经常一起活动：分享冰淇淋，玩排球，收养流浪狗等等，因此，两家人紧张的关系在逐渐得到缓和与修复，朗德罗夫妇不再因怕失去拉罗斯而伤心难过。拉罗斯用自己的爱和包容，重新搭起了沟通两家人的桥梁，最终为父母赢得了彼得夫妇的原谅。

厄德里克刻画了看似平常、性情平和稳重，且适应能力强的小男孩儿，但是，他依然是个孩子，其日常生活的基础是玩具、学校和那些爱他的人。他努力拯救其养父母于绝望：把所有的绳子、杀虫剂和子弹藏起来，这让读者感觉到他所能够做的一切是一个孩子决心做的。但是，他又是个不同寻常的孩子，他似乎拥有神奇的魔力，他能够与其祖先和达斯蒂居住的灵界交融，具有超凡的疗愈能力。当小拉罗斯穿梭在两个家庭中，作者使他世界里相互联系的人物、真实与神话、过去与现在发挥微妙的疗愈作用。他超乎寻常的能力与他的名字相关，换言之，拉罗斯这个名字承载着厚重的家族史,一个多世纪的历史,主要是寄宿学校被剥夺文化的创伤史。小拉罗斯祖先疗治文化被撕裂,被迫同化融入主流文化的创伤,坚强地生存;作者将过去与现代两条疗伤的故事线并置,自如地穿梭在过去与现在,表征印第安人的历史,及其人民面对文化屠杀,他们没有被彻底根除。厄德里克的很多作品都涉及印第安寄宿学校,但是《拉罗斯》中对人物在寄宿学校的经历及其对他们造成创伤的描写特别详细。小说呈现了五代拉罗斯,前四代皆为女性,有着传奇的历史。时空转至1839年,坐落在艾恩家现在居住的土地上的一个商栈(trading post),明克(Mink,水貂)来自“一个神秘和暴力家庭”,这个家族也是具有非凡力的治疗师(healer),为了酒和烟草把11岁女儿卖到商栈负责人白人老头麦金农(Mackinnon)。这个奥吉布瓦女孩原名叫幻影(Mirage),被老头强奸,后她与麦金农的店员伍尔夫莱德(Wolfred Roberts)将麦金农毒死,他们一起逃走,最后,他们遇到传教士。女孩儿被送到专门为印第安人建的一所长老会寄宿学校,坐落在现在的密歇根州,而伍尔夫莱德回到商栈,把自己“变成印第安人”,而她“变成白人妇女”(LR 147)。伍尔夫莱德用我的花儿(Flower),亲爱的拉罗斯(LaRose)给这个在密歇根的女孩儿写信,这是第一代拉罗斯。两个人结婚,她教孩子们两种语言文化,凭借记忆为孩子们绘制世界地图,得了肺结核,其遗骸被盗,在世界各地展览。她的女儿第二代拉罗斯,去卡莱尔工业寄宿学校。她也像母亲一样,得了肺结核,再三与之抗争,成为老师,老师的母亲,第三代拉罗斯去了托滕边界贸易站(Fort Totten)也是一名老师,生了第四代拉罗斯,现在的皮斯夫人,艾玛琳的母亲,罗密欧和朗德罗的老师。第四代拉罗斯是小拉罗斯的外祖母。

拉罗斯家族史和现在两个家庭的创伤疗治并行叙述。书写拉罗斯家族的历史,厄德里克重点放在寄宿学校给她们造成的创伤、这些女性神奇的治疗能力和她们坚强的生存能力。首先,第一代拉罗斯识各种草药,她能从雪地下面找到可以毒死麦金农的植物,与伍尔夫莱德逃亡途中,伍尔夫莱德病重,是她用鼓和歌疗治伍尔夫莱德,使其复原。鼓是其母亲明克的,她用这只鼓救活很多人,但是,它神秘地飞到拉罗斯身边,助其女儿拯救伍尔夫莱德的性命。描写印第安文化神奇的疗愈力,厄德里克采用了魔幻现实的手法:

> 鼓声修正了某些内部的律动;美妙的松弛给他的心灵着了色,他睡着了。……她的歌催他入眠,使他放松,结果,他跨出自己的身体,抓住她的手,他没有恐惧,从地面跃起。他们进入广阔的天空,越过茂密的森林,他们飞得如此之快,寒冷不能触及他们。下面,火在燃烧,村庄离他们只有两步远。很满意,她把他们赶回去,伍尔夫莱德飘落回到他的身体,不再离开,直到他完成半个世纪的艰苦劳作。(LR 144)

鼓与歌神奇的疗愈功能在《手绘鼓》中也有表现,神奇的鼓声引领肖妮(Shawnee)带领弟弟妹妹逃出火灾到达安全地带获救。鼓的"圆形经常代表整个宇宙,稳定节拍是其心脏的脉动。它是大神的声音,唤醒人们,帮助他们理解万物神秘和力量;它抚慰遭受折磨的心灵,治愈痛苦的身体"。[①] 鼓与歌是印第安传统文化的内核,但随着白人的殖民逐渐消失:

---

① 转引自 Thomas, R. Murray. Manitou God: North-American Indian Religions and Christian Culture [M]. Westport: Praeger, 2007:137.

> 所有这些拉罗斯都有一个在大地上飞翔的偏好。当鼓击打出合适歌曲,歌唱支持他们,他们就能够飞翔几个小时。那些歌现在在树叶里等待,一半已遗失,但是,水鼓之鼓乐将永远不会失去。这种飞翔的能力回到第一代拉罗斯,她妈妈教会她,那时她的名字还是幻影(Mirage),她从 jiisikid 巫师父亲那里学的,1798 年他让其灵在世界各地飞翔,回来告诉吃惊的鼓师,没用了,白人像虱子一样布满大地。(LR 291)

厄德里克以梦幻的方式展现印第安传统文化被侵蚀,当“白人像虱子一样布满大地”,印第安人自己的传统文化便失灵了。《拉罗斯》中,厄德里克反复描写几代拉罗斯在寄宿学校遭受的创伤,从而揭露印第安传统文化消逝的原因。厄德里克在 NPR 的访谈中谈论美国政府对印第安人造成的伤害,这种不公正无法逆转时,她说:

> 有些最善意的举动到头来给人造成的伤害你无法想象。例如,最初,使每个人进入主流文化的观念被视为非常慷慨……有趣,极其美妙的事情去做。我的意思是,当时,另外的可能——我在书中谈到这事——是灭绝。是教育,还是灭绝,这正是问题的关键,文化适应/同化过程似乎是宽厚仁慈的,其实很可怕。这是很可怕的事情。对土著人民而言这是摧毁家庭结构的事情之一。这需要人们花几代人的时间才开始恢复他们的平衡。(NPR 2016)①

---

① NPR Staff. After tragedy, two families find their own justice in Louise Erdrich's " LaRose"[Z]. (2016-05-11) [2016-12-20]. http://www.mprnews.org/story/2016/05/11/npr-books-louise-erdrich-larose

厄德里克用比较温和的口吻叙述第一代拉罗斯在寄宿学校的经历，印第安文化如何被压制，拉罗斯如何为保持自己的印第安自我而斗争。厄德里克的描写是隐喻的。

> 在学校所有的东西被拿走，失去了妈妈的鼓，就像再次失去了明克。夜晚，她请求鼓飞回来，但是它再也没回来。很快她学会了如何入睡。她想，或者让他们称之为可恶的自我部分入眠。但是，它从来没有入眠。她的整体生命是阿尼什纳比。她是幻象(Illusion)，她是幻影(Mirage)。或者是他们称为的新印第安人。她很难将自己分成部分，放它们走。夜晚，按照她所学的飞翔，她从顶棚飞出，把自己生命的碎片存在树梢。当铃声停止，她会将它们取回。但是，铃声将永不停歇。有很多种铃声。开始，因为铃声，她头疼。我的思想乱成一团，她对自己大声说。但是，很少有时间思考发生了什么。(LR 145)

鼓是古老印第安文化的象征，鼓被拿走意味着古老的文化被剔除。拉罗斯试图保存印第安文化，保存她的印第安自我，她要让主流社会对她无所适从。永不停止的“铃声”是主流文化训诫归化印第安人的隐喻，事实上，主流社会一直试图将印第安人完全同化。

拉罗斯试图适应各种难以下咽的食物，各种难以忍受的服装，但是，“她永远没有适应铃声”(RL 146)，厄德里克用这样的描写说明，拉罗斯没有被完全同化，她有自己的意志力保持自己的文化。但厄德里克也描写了拉罗斯强大的适应力和生存力：

> 她适应了其他孩子们来来往往。他们死于天花、猩红热、

> 流感、白喉、肺结核，还有其他没有名字的疾病。她已经适应她周围的人死亡。一次，她发烧，以为她也要死了。但是，夜晚，她的淡蓝精灵来了，坐在她的床上，友好地和她说话，把她的灵魂放回她的身体，告诉她要活着。

事实上，拉罗斯得了肺结核，永远无法治愈，这种疾病是寄宿学校对印第安人的身体伤害，她后来的女儿、外孙女、曾外孙女，即第二代至第四代拉罗斯都得了肺结核。"这是无限残酷的疾病，妈妈在死前传给她的孩子"(LR 72)。第四代拉罗斯皮斯夫人没有死于她妈妈的肺结核，1952 年她已在疗养院，那一年异烟肼治愈了这个不可治病。但是，这是她刻意不与任何事或者任何人接触的结果，因为她知道她会像其妈妈一样死去。支撑她活下来的是，为孩子们织帕瓦节的服装。这样，肺结核成为寄宿学校创伤经历的象征。

厄德里克对第二代拉罗斯寄宿学校经历的描写就没有那么温和了。她用了很多笔墨描写拉罗斯要做各种体力劳动。她要在华氏 120 度高温一天工作 10 小时；她学习用缝纫机。想象她的嘴巴如何被缝起来，不能讲阿尼什纳比语。"她学会如何忍受被用面板殴打，学习如何用叉子、调羹吃饭，如何用刀正确地给面包涂油，学会种蔬菜，学会做肥皂"(LR 200)。从这些描写中，读者可以看到学校里孩子们大部分时间都是在做低级的体力劳动，还有受到身体惩罚。不仅如此，厄德里克还描写了拉罗斯"刷洗地板、刷洗墙壁、刷洗锅盆、刷洗身体、刷洗头脑、把地板、便桶、一层层食品贮藏柜隔板刮干净"(LR 200)，作者刻意用了 6 次 scrub(刷洗)，一次 scrape(刮擦)，以此强调学生在校大部分时间把身体能量消耗在琐碎的劳作上，违背了学校教育之本，"刷洗头脑"分明是洗脑，象征强制同化教育。学生自己种的农产品被卡莱尔卖掉，只给他们吃“燕麦片、燕麦片、燕麦片”(RL 200)。这些描写中，我们既可以看到学校对学生的剥削和盘剥，“燕麦片”重复三次也表达了作者的无奈，也感受到字里行间充满愤怒。像其母亲一样，她也要适应看着朋友得了麻疹马上死亡，或者急性肺炎窒息，或者脑炎的痛苦尖叫。她学会如何忍受饥饿，甚至为生存吃桦树皮最里面的一层。“她学会，像她妈妈一样，如何隐藏她得了肺结核”(LR 200)。寄宿学校培养了她的忍耐力，适应力，最后顽强地活下来。

那么，学校里的教育是什么呢？学校教授地理历史知识：有关希腊人、罗马人的战争，有关美国人的战争，“击败英国人，然后击败野蛮人”；有关种族次序名单——“白人最高等、然后是黄种、黑人，最后是野蛮人”(LR 198)。她接受的是种族主义，白人优越的教育。厄德里克对寄宿学校教育进行了进一步的揶揄和嘲讽：

> 她熟记《独立宣言》，普拉特上尉亲自对她讲内战，为什么打内战。她要背诵的东西包括一首有关厨房里天使的诗歌。她学习数学，熟记地球上国家的形状。她学习美国历史，古代至现代的文明等级，达到顶峰的是男人，如理查德·普拉特上尉。(LR 198)

以上，读者不难看出，寄宿学校的教育无论是《独立宣言》还是美国内战都与印第安人没有任何关系，因为他们是野蛮人；文明等级的高峰代表是理查德·普拉特，他的名言是“杀死印第安人，拯救全人类”。渗透在教育里面的除了种族主义，还有让女性成为“厨房里的天使”，把女性的空间囿于厨房。

但是，厄德里克展现给读者的拉罗斯是不容易被杀死的，她已经有宽泛的视野，了解世界，了解了主流文化，但是，她没有放弃自己的文化：她会使用“剧烈及柔和的奥吉布瓦毒药”，她会“抓捕她看到的任何动物”，她有“妈妈为她的女儿做的新鼓”，她“已经见到过海洋。……她妈妈教会她把她的灵魂收好，妥善保管，以备不时之需。她从树梢取回了她的多个自我，并吸收它们。她完整了，她可以走了。……当她回到家，她想要改变一切的一切。她可以从小的方面修正一些事情”(LR 201)。厄德里克总是用诗意的语言隐喻地表达拉罗斯在被强制同化下，还能够保存自我，没有变成白人。她没有一味地谴责抑或是悲伤，而是去努力适应时代，在改变中仍然保持自己的根。四代拉罗斯“都习得两种语言，四级数学、植物用途和在大地上飞翔”(LR 202)。从这个描写我们看到拉罗斯家族能够主动接受新知识和文化，但自己的文化传统从未丢弃。

厄德里克对第三代拉罗斯的着墨较少，基本是通过第四代(皮斯夫人)与母亲灵魂交流体现的。对这两代拉罗斯的描写，厄德里克也表现她们的超然能力。祖先的灵随时拜访女儿，“她妈妈牵着她的手，她们漂浮”，这是她们灵与灵交流的方式(LR 70)。第三代拉罗斯在托滕堡(Fort Totten)印第安寄宿学校，原来的军事据点，变成工业军事学校。通过皮斯夫人与母亲灵魂的对话，读者知道托滕堡寄宿学校与卡莱尔没有什么区别。皮斯夫人有个收藏盒，里面有“证书、学校报告、诗歌剪贴、一沓沓寻找第一代拉罗斯的年代久远的信件、报纸、照片、图片等等。艾玛琳称其为历史协会”(LR 26)。厄德里克通过皮斯与母亲灵魂谈论自己收藏的寄宿学校孩子们的照片——一排排被剪了辫子，穿着同样衣服，美国政府成功改变印第安人的宣传照片，弗兰克·鲍姆(Frank Baum)创办的《阿伯丁星期六先锋报》(The Aberdeen Saturday Pioneer)上

1888 年和 1891 年的文章片段等揭露寄宿学校教育的本质：

> 1888
>
> ……高尚的红皮肤人已经消失，剩下的一些是一群哀鸣的杂种狗……凭借法律征服，凭借正义的文明，白人是美洲大陆的主人。全部歼灭印第安人的残余，边疆殖民才能最安全。为什么不歼灭？他们的荣誉已经消逝，他们的精神已被击破，他们的男子气概已抹除，宁可让他们死去，也不要让他们悲惨不幸地活着。(LR 70)
>
> 1891
>
> ……我们唯一的安全和平安依赖完全灭绝印第安人。不公地对待他们已经几个世纪了，为了保卫我们的文明，我们最好采取进一步的不义行为，把那些原始的、不能被驯服的动物完全彻底消灭。(LR 71)

皮斯夫人痛苦地呼喊，“灭绝还是教育。仅仅把痛苦带走”。她和母亲庆幸她们是老师能够给孩子们爱，但是她们认识到，好老师，坏老师都“不能解决孤独”，它深入骨髓，要花四代人的时间才能消失(LR 71)。其表现之一是由于“早期的寄宿学校剥夺了弱者文化，使其到成年几乎不知道如何给予爱或者做父母亲”，致使家庭处于混乱状态，而且他们从未走出混乱：“从吸毒成瘾到抑郁”，各种混乱(LR 105)。罗密欧称之为“代际创伤”(LR 214)，难以治愈。某种意义上，四代拉罗斯所患的肺结核也是这种创伤的外显或者象征，是被强制殖民同化所遭受的创伤的隐喻，要真正地治愈创伤需要时间，也需个体和社群努力采取积极举措，进行疗治。到艾玛琳成为老师时，部落已经从上至下接管学校系统，在保留地上建立寄宿学校，这与过去的寄宿学校不同，主要目的是对儿童进行危机干预，让他们“按时上学，按时吃饭，按时睡觉，按时学习”“给父母时间走上正轨”，新型的寄宿学校“为经历失败和复原循环的家庭重拾做父母的角色”为目标(LR 105)，这是第四代拉罗斯女儿艾玛琳的使命 。从厄德里克的叙事，读者看到，厄德里克对保留地的印第安人走出历史创伤，复原给予的希望。

厄德里克把四代女性拉罗斯一百多年的家族史的叙事穿插在彼得家和朗德罗家为治愈丧子和内疚之痛的叙事中，作者自由穿梭过去与现在，四代拉罗斯努力同化自己进入主流文化，又顽强地保持自己的文化内核，使其得以延续。第五代拉罗斯“散发着淡淡的神秘色彩，纯粹地吸收了其女性祖先的疗愈能力”(Charles 2016)，[①]助其养父母和亲生父母走出创伤的阴霾，进入正常的生活轨道。小拉罗斯也像其祖先一样，他能够在梦中看达斯蒂当天死亡的情景，知道其父朗德罗枪杀达斯蒂是意外事故；在他 7 岁左右时，“他已经从老人那里学会如何在可见和不可见的世界之间移动”(LR 210)。在他的灵视寻求(vision quest)中，他看到了达斯蒂和先人们在一起，已经长到了他的年龄，小拉罗斯和他对话，邀请他与自己玩游戏，“他们安静地玩儿，因为大人在身边”(LR 211)。治愈创伤是个缓慢而艰难的过程，对诺拉而言更是如此，几

① Charles, Ron. "Louise Erdrich's LaRose: A Gun Accident Sets off a Masterly Tale of Grief and Love". [Z]. (2016-05-09)[2017-06-15]. www. washingtonpost. com/entertainment/books/louise-erdrichs-larose-a-gun-accident-sets-off-a-masterly-tale-of-grief-and-love/2016/05/09/e719aa04-1215-11e6-8967-7ac733c56f12 _ story. html? utm _ term =. 496121bea0e6

年过去，只要独处，她眼里就充满泪水，药无济于事，甚至小拉罗斯最初也没有帮助。但是当她碰巧听到拉罗斯与达斯蒂在一起玩儿游戏之后，她对生与死有了新的认识，创伤的治愈真正开始了，“她原来的我苏醒了。未知的、内在的某种东西修复了。她不再感到孤独。仿佛内部和外部世界一致了”，她认识到“现实、生与死之间的间隔，不仅对她而言，是能够渗透的”，生者与死者是可以交流的，她感悟到，拉罗斯“和她在另一个国度的儿子一起玩耍，这是他为她做的好事”(LR 272)。获得这样的认识，诺拉真正开启了疗愈之门，她的丧子之痛逐渐缓解，能够感受到周围的人对她的爱与关怀，最终获得治愈。两个家庭治愈创伤靠的是小拉罗斯的调停，他又是古老的印第安文化的传承者。

小说的最后，走出创伤的两家举行聚会，到处是欢声笑语。拉罗斯看到达斯蒂和那些先人也来参加聚会了，他们谈论聚会上的人们。

> 拉罗斯注视着他们三三两两走出来，皱眉的，大笑的，以平常快乐的舞步，他们不停地移动消失。……更多的透明人走出树林，与其他人站在一起。达斯蒂想吃蛋糕。拉罗斯告诉他吃吧，他上前拿了一些。除了狗，没有人看到到达斯蒂在那，也许达斯蒂的妈妈知道，她向这个方向看，困惑地微笑。……
>
> 他们坐在空气做的椅子上，用透明的树叶给脸扇风。他们讲两种语言。
>
> 我们爱你们，莫要哭泣。
>
> 悲伤吞噬时间
>
> 耐心点

时间吃掉悲伤(371)

厄德里克通过探讨古老的印第安修复式正义传统对双方家庭创伤治愈所起的重要作用，她试图说明较之西方正义系统惩罚性正义，修复式正义更利于疗治受害者和肇事者双方的心灵创伤，正如厄德里克所言，"将原住民的正义并入主流文化的正义是某种真正要努力奋斗的东西"(NPR 2016)，[①]《拉罗斯》是厄德里克进行的大胆尝试。

贯穿小说始终的是两个家庭在遭受重创之后如何寻求疗治创伤，虽然朗德罗听从祖先神灵启示，遵循古老的印第安人正义做法将儿子拉罗斯送给彼得家，而他们自己也收养罗密欧的儿子，把他养大，虽然厄德里克也说，"这是源自人们之间很自然的一种方式，传统的奥吉布瓦父母感觉必须这样做"，[②]但是，情感上朗德罗夫妇要经受儿子离家的考验。因此，他与妻子艾玛琳不断进行印第安蒸汗屋传统仪式使自身获得疗愈，以此，厄德里克得以展现印第安传统文化的魅力。《拉罗斯》也有延续厄德里克以往的写作传统，小说中点缀着古老的奥吉布瓦神话纳纳伯周和他兄弟及创世的故事，这些是小拉罗斯在老人公寓探访外祖母，外祖母和她的朋友讲述的。这个故事中，有个突出的意象：纳纳伯周和他的兄弟被滚动的头追踪，这与第一代拉罗斯被麦金农滚动的头追踪契合，麦金农滚动的头像幽灵一样不断出现缠绕第一代

---

① NPR Staff. After tragedy, two families find their own justice in Louise Erdrich's "LaRose". [Z]. (2016-05-11) [2016-12-20]. http://www.mprnews.org/story/2016/05/11/npr-books-louise-erdrich-larose

② Ibid.

拉罗斯，尤其在她病重时。厄德里克用从神话的祖先到拉罗斯的祖先被追踪的意象试图说明印第安人被白人赶尽杀绝的历史，同时也说明他们的创伤历史，正如小说里的人物总结纳纳伯周的故事时，说道，“它关乎被追击。我们被赶入此种生活。天主教认为我们被魔鬼、原罪追击。此生我们被我们所做的事情追击”，另一个人物回答，“那是创伤”“我们被对他人所做的事情追击，反过来，他们被对我们所做的事情追击。我们总是向后看，或者担心下步发生什么”(LR 294)。厄德里克似乎通过人物充满哲理的话说明，不能沉湎于过去，不能自拔，我们需要向前看，不能让历史创伤将我们困住。

杰莎·克里斯宾(Jessa Crispin)在评论《拉罗斯》的文章“悲剧与救赎”中指出，“因为《拉罗斯》，厄德里克进入当代美国文化，从中产阶级的消失到因枪支致使儿童无益的死亡，再到个人创伤通过一个社区影响几代人”。[①] 阅读《拉罗斯》使她想起 2014 年在俄亥俄州的 12 岁黑人小男孩塔米尔·赖斯(Tamir Rice)。赖斯在克利夫兰市一个游乐场挥舞玩具气枪时被白人警察蒂莫西·勒曼(Timothy Loehmann)开枪射伤，随后因伤势过重去世。当地一个大陪审团裁定警察勒曼无罪。克利夫兰市赔偿赖斯家 600 万美元。克里斯宾认为，“社区试图使一个破碎的家庭复原，他们用的是金钱而不是正义。与《拉罗斯》故事相比，没有道歉，或者承认自

---

① Crispin, Jessa. LaRose by Louise Erdrich review-tragedy and atonement from one of America's great writers: A pertinent tale of a Native American community's attempts to come to terms with the accidental shooting of a five-year-old boy [Z]. (2016-05-25) [2017-07-10]. www. theguardian. com/books/2016/may/25/larose-by-louise-erdrich-review

责。家庭损失的担子落在社区的肩上,用税收基金解决”。[①] 我们知道,赖斯的无谓早逝,给爱他的人们留下永远不能弥补的心灵创伤。多少钱都不能带回他的生命,也不足以赔偿他的亲人蒙受的损失。因此,厄德里克所探讨的修复式正义是否更具有普世性、可借鉴的现实意义呢?

《拉罗斯》还通过看似与主线不相关的人物罗密欧延展并深化主题。罗密欧是朗德罗寄宿学校的同学,因为两人试图逃离寄宿学校,逃跑途中罗密欧意外受伤,朗德罗找人求救,最后失去联系,这件事使罗密欧一直对朗德罗怀恨在心,试机报复,虽然朗德罗对罗密欧非常友善,帮他抚养儿子,但是,罗密欧的仇恨并未化解,而他的仇恨还有另一个原因,他爱朗德罗的妻子艾玛琳,他认为,如果不是朗德罗他可以娶艾玛琳;他因此找准机会编造事实,说服彼得朗德罗枪杀达斯蒂那天是因为醉酒才导致悲剧,并不是官方说的朗德罗头脑清醒,挑拨彼得和朗德罗接近修复的关系,致使彼得拿枪与朗德罗决斗,朗德罗接受彼得的复仇,但是,当彼得扣动扳机时,没有悲剧发生,因为小拉罗斯早已把彼得枪膛的子弹卸掉,才避免了又一场悲剧。因为身体的残疾和无法治愈的疼痛,罗密欧嗑药,他是个瘾君子。更为有意思的是,罗密欧对政治及其敏感,美国“9·11”事件后,他用一台破电视每天收看 CNN 新闻,关注美国备战伊拉克的情况,布什使他想起他憎恨所有关于自己的

---

① Crispin, Jessa. LaRose by Louise Erdrich review-tragedy and atonement from one of America's great writers: A pertinent tale of a Native American community's attempts to come to terms with the accidental shooting of a five-year-old boy [Z]. (2016-05-25) [2017-07-10]. www. theguardian. com/books/2016/may/25/larose-by-louise-erdrich-review

糟糕事情，但他无法避免被复仇驱使的困境；当他儿子要报名参军，罗密欧感到震惊，他们之间的对话，可以看出两代人对美国国家的态度，儿子对父亲说，“你是印第安人，我知道，当然，我们几乎被消灭。但是，还有自由，对吧？我们有学校、医院和赌场。我们现在很糟糕，通常是我们自己弄糟的”。但是，罗密欧争辩道，“你疯了。那叫代际创伤。这不是我们的错，是他们压制我们；他们残害我们的文化、家庭结构，重要的是我必须收回我们的土地”(LR 214)。父子的对话，我们可以看出，老一代罗密欧依然沉湎于过去的创伤，无法自拔，只能以毒品、酒精对付无法摆脱的过去，他对朗德罗的恨，某种意义上是他将对自己憎恨投射在朗德罗身上。另一方面，通过罗密欧这个人物，厄德里克将个人一心报仇与布什政府“9・11”事件后一心复仇相关联。基尔希(Claire Kirch)在他的书评“孩子换孩子”(“child for child”)中谈到厄德里克对伊拉克战争的态度，厄德里克认为，伊拉克“可怕的、难以形容的战争”破坏了中东的稳定，造成太多的痛苦，包括她的家乡。她引用一个来自瓦佩顿死在伊拉克的年轻士兵，有个献给他的纪念长椅。可是，年轻士兵的死亡对其家庭造成的创伤如何治愈。她还指出，在伊拉克和阿富汗服役的士兵，来自北达科他的要比来自其他州的士兵占的比例大，相对总的人口比例，战争中，参战的本土裔美国人人口要比其他族裔的多。基尔希认为，“某种程度上，创作《拉罗斯》完成了厄德里克自己对正义的求索——反对美国总统和政府声称伊拉克拥有大规模毁灭性武器而发动战争。解释《拉罗斯》为什么从 1999 年开始，历时 4 年，厄德里克说，她‘想谈论对人民来说，忍受大规模毁灭性武器骗局出现的后果是怎样的'"。[①] 基尔希继续说明,尽管厄德里克对现实的政客表达了义愤,但是,甚至最令人讨厌的人物罗密欧获得了宽恕,他是个小偷、瘾君子,对朗德罗怀恨在心达几十年。他对朗德罗的仇恨致使他对朗德罗做虚假的指控,这与布什政府的那些"战争贩子"类似,厄德里克说,他们构想大规模杀伤性武器宣传发动战争。如此,厄德里克将其修复式正义与疗伤主题深化。

厄德里克一直对复仇和正义之间的关系着迷,《圆屋》表明复仇的诱惑力,而《拉罗斯》坚定地表达宽恕。通过复杂、充满活力的人物和引起共鸣的人类冲突,厄德里克给其读者空间思考救赎、家庭的情感纽带,以及传统既定位又模糊我们感觉对与错的方式。虽然"正义三部曲"主要探讨正义主题,但最终,厄德里克所探讨的是过去如何影响现在,最终是如何疗愈。

---

① Kirch, Claire. "A Child for a Child: Louise Erdrich" [Z]. (2016-04-15) [2017-04-28]. https://www.publishersweekly.com/pw/by-topic/authors/profiles/article/69967-a-child-for-a-child-louise-erdrich.html

第六章　《桦树皮小屋》系列：童书与家族史书写

阿尼什纳比人的灵魂是由笑声构成的。如果没有笑声，他们的灵魂就死了。Pinch 把笑声带回生活。他把他们的灵魂带回他们的身体。现在，他们笑得越响亮，他们就越知道他们能够活下去。

——《桦树皮小屋》

当阿尼什纳比人必须给更强的势力让路，他们要带着爱的尊严走。你要充满感激地离开家园。……所有的神灵都会助你。……向你的生活进发。

——《沉默游戏》

对山雀而言，这些房子似乎掌控着世界的权力。造房子和住在那些房子里面的人在造一个超大号的世界。这是他从未梦想的生活。这几乎应存在神灵世界里，但是存在人间。山雀能够看到，造这些房子他们耗尽了森林的树木。他能够看到他们已经砍掉看得到每一棵树。他能够感受到他们在抽干河水,甚至用尽所有的动物。他想到在圣保罗一天有很多被捆绑的兽皮在销售。阿尼什纳比人赖以生存的一切,所钟爱的一切,在进入这张饥饿的城市之口。这张嘴,这个城市,又大又贪得无厌。

——《山雀》

在本书第二章已简要介绍了厄德里克的儿童文学创作,最初她的儿童作品是绘本《祖母的鸽子》,还有后来的《永恒牌火炉》;上个世纪末期厄德里克开启了儿童小说《桦树皮小屋》系列(后文简称"小屋系列")创作,按照她的计划,准备创作 8 部,[①]围绕一个奥吉布瓦宗族的起源讲述主人公奥玛凯阿丝(Omakayas)及其后代的生活的故事,时间跨度 100 年。现在已经出版了 5 部:《桦树皮小屋》《沉默游戏》《豪猪年》《山雀》和《小熊》。"小屋系列"创作初衷是追溯其家族的历史。在《桦树皮小屋》的致谢中,厄德里克提到,她的妈妈丽塔·古努·厄德里克和妹妹丽丝·厄德里克研究她们的家族生活时发现,"父母双方的祖先在本书的时间内都居住在玛德琳岛。祖先之一是格泰·马诺敏(Gatay Manomin)或者老野稻(Old Wild Rice)。我要感谢他和他所有的后代,我的大家庭"。她选择的主人公的名字奥玛凯阿丝出现在龟山人口普查名单中,她用名字最初的译文,"因为我听说那些古老的名字应该赋

① TeachingBooks. Louise Erdrich: In-depth Written Interview. Louise Erdrich interviewed in Minneapolis [Z]. Minnesota (2009-10-23) [2017-03-22]. https://www. teachingbooks. net/content/interviews/Erdrich_qu. pdf.

予生命。名字读 Oh-MAH-kay-ahs。亲爱的读者,当你们大声念出这个名字,你在向生活在很久以前的奥吉布瓦女孩儿的生活致敬”。厄德里克的儿童文学创作属于美国印第安儿童文学的一部分,鉴于国内对美国印第安儿童文学研究比较少,有必要对美国印第安人儿童文学的发展进行梳理,如此,有助于我们更好地理解厄德里克的“小屋系列”。

第一节 美国印第安儿童文学的历史与现状

美国儿童文学有太多的作品以印第安人为主要内容,有的已经被公认为经典,如劳拉·因加尔斯·怀尔德(Laura Ingalls Wilder)的《大草原上的小木屋》(*Little House on the Prairie*)和获奖作品,如沃尔特·埃德蒙的(Walter D. Edmonds)的《火绳枪》(*The Matchlock Gun*)。然而,这些经典中的印第安人形象是偏见的、固化和不准确的。芭芭拉和桑德拉(Barbara D. Stoodt and Sandra Ignizio)在她们的文章“儿童文学中的美国印第安人”(“The American Indian in Children's Literature”)中指出,“儿童文学中的美国印第安人被错误表征、被扭曲、被浪漫化、被理想化和被屠杀”。[①] 她们对1930年到1976年出版的初级和中级童书进行评估研究,其结果是这些童书在三个领域存在缺陷:“真实性”表现在对印第安人生活的描写不准确;文学中“印第安人塑造”的刻

① Stoodt, Barbara D. and Sandra Ignizio. The American Indian in Children's Literature[J]. Language Arts, 1976, 53(1): 17.

板化;用于描写印第安人的词汇“作家的风格”问题。① 虽然她们的研究截至1976年,但是她们指出的问题在20世纪末仍然存在。美国儿童文学研究专家斯图尔特(Michelle Pagni Stewart)在其文章“第三代美国本土裔儿童文学”(“Third Generation Native American Children’s Literature”,2009)中用谢尔登将军(General Philip Sheridan)的名言“唯一好的印第安人是死去的印第安人”开篇,认为他的话反映了美国儿童和青少年文学中有关美国印第安人的情况。她说明不是没有可用的书籍,事实上,她用拜勒(Mary Gloyne Byler)1973年和1999年的评论说明,“有关美国印第安人童书太多了”“有太多的书,其特点是,涂着油彩,叫喊着,带着羽毛的印第安人从四面八方逼近要塞,恶狠狠地攻击‘爱好和平的’定居者,或者仅仅从背景阴险地淫笑;太多的书里面唯一的东西是白人的仁慈,他们拯救无能力的、孩子般的印第安人;太多的故事陈述什么是好印第安人”。② 斯图尔特在其2002年的一篇文章(Judging Authors by the Color of Their Skin? Quality Native American Children’s Literature)中也说明儿童文学中刻板化的印第安人形象,她引用李斯(Debbie Reese)的评论说明刻板化印第安形象的危害:“本土裔美国人的刻板化形象引领儿童相信印第安人要么不再存在,要么印第安人是非常异国情调的人,他们带着羽

① Stoodt, Barbara D. and Sandra Ignizio. The American Indian in Children’s Literature [J]. Language Arts, 1976, 53(1): 18.

② Stewart, Michelle Pagni. "Alive and Well and Reclaiming Their Cultural Voice: Third Generation Native American Children’s Literature"[A]. In Michelle Pagni Stewart and Yvonne Atkinson (eds.). Ethnic Literary Traditions in American Children’s Literature [C]. New York: Palgrave Macmillan, 2009:45.

毛,生活的方式与他们自己有很大不同”。[①] 许多批评者哀叹有关美国印第安人在许多青少年小说中的形象刻板化和简单化。除了这些作品貌似推销和致敬美国印第安传统,以印第安人为核心的儿童文学出版历史总的说来目标读者是非印第安人,并且由非印第安作家撰写,这加剧了对土著文化的错误描写和曲解,他们反映的是通俗文化,而不是美国印第安人的历史,或任何土著部落的现实。

有关儿童文学展示土著文化的真实性问题,一些著名的作品引发争议,包括莎朗·克里奇(Sharon Creech)的《印第安人的麂皮靴》(*Walk Two Moons*,1995),克里奇没有土著血统,该作品获得1995年纽伯瑞儿童文学奖(Newbery Medal)。[②] 获得国际认可的作品,如《印第安人的麂皮靴》,整体上常常被看作对土著儿童文学的发展具积极意义,论战关乎非土著作家准确描写异质文化的能力,以及在儿童文学的研究和发展中继续努力纠正持久的偏见和刻板化形象仍然是重要问题。

---

① Stewart, Michelle Pagni. Judging Authors by the Color of Their Skin? Quality Native American Children's Literature [J]. MELUS, 2002, 27 (2): 182.

② 纽伯瑞儿童文学奖(Newbery Medal)又称纽伯瑞奖。1922年,由美国图书馆学会(American Library Association-ALA)的分支机构——美国图书馆儿童服务学会(Association for Library Service to Children-ALSC)创设了纽伯瑞儿童文学奖(The Newbery Medal for Best Children's Book)。每年颁发一次,专门奖励上一年度出版的英语儿童文学优秀作品。每年颁发金奖(Newbery Medal Award)一部、银奖(Newbery Honor Books)一部或数部。首届金奖由房龙的《人类的故事》获得。这一奖项设立以来,获奖作品的规模和水准,已是举世公认的事实。励上一年度出版的英语儿童文学优秀作品。

早在19世纪晚期，首部具有土著特色主题和人物的儿童小说出版了，但是，这些文本许多是粗制滥造的西部片，把印第安人描写成嗜血的野人，他们无缘无故地攻击美国开拓者。由于早期媒体名人卡斯特将军(General George Custer)对印第安人的记述使这些不准确、种族主义的刻板化形象深深地根植于美国本土裔儿童文学历史中，延续至世纪初的作品中，如詹姆斯(G. W. James)的《白种人向印第安人学什么》(*What the White Race May Learn from the Indian*, 1908)；另一部这样的作品如科利尔(Edmund Collier)《水牛比尔》(*The Story of Buffalo Bill*,1952)，著名儿童作家英格丽和埃德加·巴林·德奥莱尔(Ingri and Edgar Parin d'Aulaire)的部分自传系列，把一些平原印第安部落描写成残忍的原始人，他们用毒箭攻击马车队，也详细叙述了一个英勇的水牛比尔杀死一个印第安人的可疑报道。然而，美国印第安事务局1930年和1940年间委托一些作家出版系列作品，主要用于政府开办的寄宿学校和日校，因此出版了文化上描述比较准确的作品，如安·诺兰·克拉克(Ann Nolan Clark)的《秋天的小牧人》(*Little Herder in Autumn*,1940)和《太阳旅程：祖尼普韦布洛的故事》(*Sun Journey: A Story of the Zuni Pueblo*,1945)等。克拉克是美国印第安事务局委托作家之一，其作品主要聚焦纳瓦霍人、苏族和普韦布洛部落，这些书中对部落生活细节提供了惊人准确的描写，其中的插画由来自公认的著名土著艺术家如艾伦·豪泽(Allan Houser)和霍克·丹尼措西(Hoke Denetsosie)创作。如被斯图尔特称之为"'第一代'美国印第安儿童文学，特别是由局外人描写的土著文化的书籍是通过主流话语讲述的，大多数充满了刻板形象和错误的理解”[①]。斯图尔特赞同 Naomi Caldwell-Wood, Lisa A. Mitten, and Paulette F. Molin 的批评观点，这些备受喜爱的书籍，如果从本土裔美国人的视角审视，都是有问题的，大多数是为非土著而不是土著读者的利益而创作的。她认为那些来自文化的内部的作家比外部的人更易于恰当地反映土著文化信仰和价值观。[②]

那么，本土裔美国人自己创作的儿童文学作品的状况如何？根据《牛津儿童文学百科》中的“美国本土裔儿童文学”词条描述，早在 1881 年土著作家就发表了儿童故事，包含许多反抗刻板的叙述。这些故事发表在杂志和书籍之中。来自奥马哈部落的苏泽特·拉弗莱什（Susette LaFlesche）在儿童杂志《圣尼古拉斯》（*St. Nicholas*）上发表“Nedawi”，从年轻女孩的视角讲述一个奥马哈狩猎营地的生活。查尔斯·伊斯曼的几个故事于 1893 年和 1894 年发表在《圣尼古拉斯》，后来出版成书《印第安男孩时代》（*Indian Boyhood* 1902, 1933, 1971）。20 世纪 30 至 40 年代，有一些土著

---

① Stewart, Michelle Pagni. "Alive and Well and Reclaiming Their Cultural Voice: Third Generation Native American Children's Literature"[A]. In Michelle Pagni Stewart and Yvonne Atkinson (eds.). Ethnic Literary Traditions in American Children's Literature [M]. New York: Palgrave Macmillan, 2009:46. 斯图尔特没有具体指出哪些作家的作品属于第一代，她在文章中说明第二代、第三代美国印第安儿童小说主要根据作家的小说内容和风格划分，比如她把厄德里克的《桦树皮小屋》划分为第二代，而《沉默游戏》为第三代。

② Stewart, Michelle Pagni. Judging Authors by the Color of Their Skin? Quality Native American Children's Literature[J]. MELUS, 2002, 27(2): 184.

作家出版儿童文学作品。1931 年路德·站熊(Luther Standing Bear)出版了自传《我的印第安童年》;《我是普韦布洛女孩儿》(*I am a Pueblo Indian Girl*,1939)是 13 岁伊斯莱塔普韦布洛女孩路易丝·艾拜塔(Louise Abeita)的作品,描写普韦布洛印第安人日常生活和文化面貌,其插图为水彩画,由土著艺术家艾伦·豪泽(Allan Houser)创作。美国印第安插图画家也试图反驳那些刻板形象。1940 年间,美国印第安事务局出版了一系列双语读本,"印第安生活读本",用于美国政府寄宿学校和日校。大部分书籍由非土著作家克拉克(Ann Nolan Clark)撰写,由土著画家画插图,前文提到她的作品。其中读本之一最初名为《三年级家庭地理》(*Third Grade Home Geography*),主流出版社 1941 年出版,后更名为《在我母亲的房子里》(*In My Mother's House*),描写特苏基普韦布洛生活,由普韦布洛艺术家埃雷拉(Velino Herrera)配插图。20 世纪 50 年代,迪·阿西·麦克尼克尔(D'Arcy McNickle)出版历史小说《阳光下的奔跑者》(*Runner in the Sun*, 1954)。总的说来,20 世纪 50 年代前,印第安人自己创作的儿童文学作品较少。20 世纪 60 年代末期,特别是"美国本土裔文艺复兴"使美国印第安文学进入繁荣期,儿童文学作品的数量也如成人作品一样开始增加。20 世纪 70 年代间,以促进儿童文学发展为宗旨的跨种族儿童书籍委员会(the Council on Interracial Books for Children)推广苏族作家弗吉尼亚·驱鹰·斯尼夫(Virginia Driving Hawk Sneve)作品。她 20 世纪 70 年代出版了《高个儿麋鹿的珍宝》(*High Elks Treasure*, 1972)、《黄鹰吉米》(*Jimmy Yellow Hawk*, 1972),《雷鸣之时》(*When Thunders Spoke*, 1974)。三部作品都从青少年的视角认识了解自己民族的文化,最终获得成长的故事。

20 世纪 80 年代，阿贝内基作家约瑟夫·布鲁契克(Joseph Bruchac)开始创作儿童文学作品。他的《风鹰及其他阿贝内基故事》(*The Wind Eagle and Other Abenaki Stories*, 1985)讲述了阿贝内基的部落故事和传奇。接下来他出版了绘本、传统故事重述、历史和当代小说、传记和自传作品。有关他其他的作品在后面介绍。20 世纪 90 年代，弗吉尼亚·驱鹰·斯尼夫的儿童文学创作进入繁荣期，她的《最早的美国人》(*The First Americans series*)系列儿童作品包括了多个印第安部落的历史和文化，如《苏族》(*The Sioux*, 1993)、《纳瓦霍族》(*The Navajos*, 1993)、《塞米诺尔族》(*The Seminoles*, 1994)、《内兹佩尔萨族》(*The Nez Perce*, 1994)、《霍皮族》(*The Hopis*, 1995)、《易洛魁族》(*The Iroquois*, 1995)、《切洛基族》(*The Cherokees*, 1996)、《夏安族》(*The Cheyennes*, 1996) 和《阿帕契族》(*The Apaches*, 1997) 等。她的儿童文学创作努力消除印第安人的刻板形象，为儿童读者传递丰富的印第安文化遗产，2000 年，因其突出贡献获得全国人文奖章(the National Humanities Medal)。20 世纪 90 年代值得一提的儿童作品有迈克尔·多瑞斯的《晨光女孩儿》(*Morning Girl*, 1992)和《看得见树后的男孩儿》(*Sees Behind Trees*, 1996)，以及厄德里克的《桦树皮小屋》(*The Birchbark House*, 1999)。《晨光女孩儿》和《桦树皮小屋》属于历史小说，其中的人物“理解并欣赏他们具体部落的价值观和传统”。[①] 此外,还有更多的土著作家加入了儿童文学创作的行列,发表了很多作品,包括乔伊·哈尔荷(Joy Harjo)、迈克尔·拉卡帕(Michael Lacapa)[阿帕切/霍皮/特瓦]、盖尔·罗斯(GayleRoss)、约瑟夫·布鲁克、辛西娅·蕾缇驰·史密斯(Cynthia Leitich Smith)、贾恩·瓦布斯(Jan Waboose) 和谢丽尔·萨瓦州(Cheryl Savageau) 等等。

进入21世纪,约瑟夫·布鲁契克发表了很多历史小说,比如《萨卡加维亚》(*Sacajawea*, 2000)、《隐秘的根》(*Hidden Roots*, 2004)、《冬天的人民》(*The Winter People*, 2002)和《向雷前进》(*March toward the Thunder*, 2008);他的青少年恐怖小说《骷髅人》(*Skeleton Man*, 2003)荣获2004年塞阔雅图书奖(the Sequoyah Book Award)。厄德里克出版了桦树皮小屋系列之《沉默游戏》(2005)、《豪猪年》(2008)、《山雀》(2012)和《小熊》(2016);谢尔曼·阿莱克谢(Sherman Alexie)的印第安少年成长小说《一位兼职印第安人绝对真实的日记》(*The Absolutely True Diary of a Part-Time Indian*,2007)荣获2007年国家图书奖。斯图尔特认为,美国印第安作家书写他们过去的故事,给予不同部落和人民文化上更加准确和更加敏锐的历史观。厄德里克的《桦树皮小屋》系列被看作是回应劳拉·英格尔斯·怀尔德小说中的刻板化印第安人形象,引领了修正历史,修正儿童文本有关美国印第安人的问题描写。她指出,“由于厄德里克的儿童小说和阿莱克谢获

---

① Stewart, Michelle Pagni. Judging Authors by the Color of Their Skin? Quality Native American Children's Literature [J]. MELUS, 2002, 27 (2): 192.

奖作品《一位兼职印第安人绝对真实的日记》荣获嘉奖,使美国印第安儿童文学受到关注,美国印第安儿童文学正成为正典所认可部分”。①

那么,本土裔美国儿童文学将走向何方?斯图尔特在其文章“第三代美国印第安儿童文学”中分析了布鲁契克、辛西娅·蕾缇驰·史密斯(Cynthia Leitich Smith)和德鲁·海登·泰勒(Drew Hayden Taylor)的作品指出,虽然这三名作家的作品没有像厄德里克和阿莱克谢的作品获得同样的关注,但是他们的作品写得很好。史密斯的《雨不是我的印第安名字》(*Rain Is Not My Indian Name*, 2001)描写印第安人的现实生活,涉及作为当代美国印第安青少年意味着什么的问题;令人耳目一新的是,主人公雨的冲突关乎任何青少年,与文化无关,这是某种族裔文学中很少有的情况,因为出版商和教师期望在族裔文学中见到文化冲突。泰勒的《夜晚流浪者》(*The Night Wanderer*, 2007)被看作“土著哥特小说”(A Native Gothic Novel),风格上,它结合了哥特式的惊悚和现代成长小说特点,解构历史印第安人(historical Indian)概念时,传递美国印第安人的冲突和信仰的诸方面。根据斯图尔特提出的观点,美国印第安第二代和第三代儿童小说有助于消解过去,重申本土裔美国文化和历史并发出声音,它们能够使各个年龄段的读者认识到消失的印第安人神话只是个神

---

① Stewart, Michelle Pagni. "Alive and Well and Reclaiming Their Cultural Voice: Third Generation Native American Children's Literature"[A]. In Michelle Pagni Stewart and Yvonne Atkinson (eds.). Ethnic Literary Traditions in American Children's Literature [C]. New York: Palgrave Macmillan, 2009:58.

话，认识到不同文化群体的美国印第安人的经历和他们的故事对理解印第安身份和文化的重要性。第二代文本从内部建立美国印第安身份，特别强调不同的土著部落、时代和经历对一个人意味着什么，而第三代文本不必仅仅聚焦美国印第安人的身份问题。斯图尔特指出，"美国印第安作家寻求重申印第安能指，修正那些书中持续永存的种族主义历史观，而这些书籍由那些声称出于好意，并且做了广泛研究，但是其展现的恰恰相反"。[①]所以，美国印第安儿童作家的文学创作仍然面临去消解根植于儿童和青少年文本和电影中有关美国印第安人的偏见和曲解，她引用凯瑟琳·雷恩沃特(Catherine Rainwater)在其著作《炙热群星梦：美国本土裔小说的变革》(*Dreams of Fiery Stars: The Transformations of Native American Fiction*)中强调的观点指出美国本土裔儿童作家的创作，要"修正种族中心的、专用的和其他破坏类型的阅读式习惯"，只有这样才能使美国印第安儿童文学前迈进一大步。[②]

---

① Stewart, Michelle Pagni. "Alive and Well and Reclaiming Their Cultural Voice: Third Generation Native American Children's Literature"[A]. In Michelle Pagni Stewart and Yvonne Atkinson (eds.). Ethnic Literary Traditions in American Children's Literature [C]. New York: Palgrave Macmillan, 2009: 58.

② Ibid., 59.

第二节 《桦树皮小屋》系列：奥吉布瓦家族的历史书写

前文提到"小屋系列"旨在追溯其家族历史，实际上，厄德里克透过奥玛凯阿丝家族的生活，展现19世纪中期奥吉布瓦人由于联邦政府的各种政策被迫离开自己的家园玛德琳岛西迁，传统文化生活遭到彻底改变的历史。厄德里克在访谈中说，"我试图追溯我的家族和我的祖先被迫迁移的经历。这是我的祖先所经历的迁徙。他们在威斯康星的玛德琳岛开始，最终到达北达科他的龟山"。[①] 厄德里克"小屋系列"从《桦树皮小屋》到《山雀》时间跨度从1840年到1866年。在这20几年间，奥玛凯阿丝和她的族人经历了几次大灾难：天花等传染病几乎灭绝族群；美国政府为让欧洲移民定居，迫使奥吉布瓦人离开祖辈生息的家园玛德琳岛——金脯啄木鸟岛，也是他们的神灵岛；他们必须寻找新的家园，从森林进入大草原，传统的游牧生活最终永远改变。这四部小说围绕奥吉布瓦人生活的变迁展开，通过家族史透视美国印第安人的历史，通过日常生活的细节描写展现美国印第安人的文化。《桦树皮小屋》聚焦奥玛凯阿丝族人玛德琳岛上田园般的生活；《沉默游戏》的核心是白人移民对奥吉布瓦传统生活方式的威胁，最终他们离开

① TeachingBooks. Louise Erdrich：In-depth Written Interview. [Z].（2009-10-23）[2017-03-22]. https://www.teachingbooks.net/content/interviews/Erdrich_qu.pdf.

祖辈生息的家园玛德琳岛;《豪猪年》描写奥玛凯阿丝族人迁移至达科他苏族领地遭遇的各种困难;《山雀》的主人公转向奥玛凯阿丝的儿子山雀,奥玛凯阿丝及其族人最终到达北达科他的彭比纳,他们要面对有着不同的传统、语言、风俗习惯和宗教习俗的梅蒂人,达科他苏族人、欧裔美国居民和天主教教士;他们还必须面对宗教的压力和种族主义,在这片新的土地上被迫创造新的生活方式才能生存下来。"小屋系列"厄德里克通过奥吉布瓦宗族和部落在不同季节中典型日常生活的描写使读者获得日常生活的真实感,同时,失落感弥漫着"小屋系列"。慢慢靠近的欧裔美国殖民之火在《沉默游戏》中开始燃烧,到《山雀》已经成为"不可阻挡的地狱之火"。[1] "小屋系列"具有共同特征,首先,厄德里克"小屋系列"对"部落的生活方式、价值观和态度,社群与土地紧密相连的传统,以及土著与自然界的关系,与神灵界的交融",都进行了探究和描述。"读者真实体验所丧失的,与西方人感受所'发现'的正相反"。[2] 由此,厄德里克真实地再现了殖民来之前和之后奥吉布瓦的生活图景,反写了官方所谓进步的历史;同时,厄德里克刻画了一群有血有肉的真实人物形象:热情、坚强的奥玛凯阿丝,淘气的弟弟品齐(Pinch)、强悍无畏的女猎人塔楼(Tallow),医者(healer)祖母,好斗的表姐斯特赖克(Two Strike),笨蛋兄弟巴比什(Babiche)和巴蒂斯特(Batiste),足智多谋的山雀等,不胜枚举。她的人物是三维立体的,而不是单一、刻板的形象;另外,故事叙述

---

① Kurup, Seema. Understanding Louise Erdrich [M]. Columbia: The University of South Carolina Press, 2015:71.

② Ibid., 73.

中交织着奥吉布瓦语言，每本书后的附录配有奥吉布瓦词语表和英语译文，有助于读者了解奥吉布瓦语言。正如库鲁指出，厄德里克在“小屋系列”中“致力于运用奥吉布瓦语意味着小屋系列不仅是一个奥吉布瓦女孩的故事，而且是一个面临灭绝且生存下来的语言和文化的故事”。[①] 以往，印第安儿童文学作品中的插画多由非印第安人创作，“小屋系列”中的黑白铅笔画插图皆由厄德里克亲自操刀，柔和的画面充满了真实的生活气息，表达了厄德里克对生活小事的情感。“小屋系列”所共有的这些特征似乎表达了厄德里克对劳拉·因加尔斯·怀尔德《大草原小木屋》系列的反拨：“劳拉·因加尔斯·怀尔德著作一直让我痛苦的是妈妈(主人公)的种族主义。关于土著人民，她是个可怕的种族主义者。怀尔德著作结构本身也固有种族主义：简单接受的事实是‘小木屋系列’的人物能够去攫取他们想要的任何东西，土著人民显然消失在暮色中。土著被刻画成消失的人民，他们将自行消失”。[②] “小屋系列”就是要展现这些没有消失，且坚强活着的人民，他们的精神风貌。接下来会从四个方面对“小屋系列”进行介绍和分析：殖民前奥吉布瓦人田园般的生活、将失家园的焦、寻找新家园的路上和山雀历险记。

---

① Kurup, Seema. Understanding Louise Erdrich [M]. Columbia: The University of South Carolina Press, 2015:75.

② TeachingBooks. Louise Erdrich: In-depth Written Interview [Z]. (2009-10-23) [2017-03-22]. https://www.teachingbooks.net/content/interviews/Erdrich_qu.pdf.

一、《桦树皮小屋》:田园般生活再现

根据麦克纳布(David T McNab)的研究,玛德琳岛在密得微文(Midewiwin),即大药师会(注:大药师会是北美新英格兰和大湖地区神秘的宗教组织/主要宗教组织,译成英语"medicine man"。)历史上,玛德琳岛是阿尼什纳比人第七个,也是最后一个停留地。神灵岛和玛德琳岛是阿尼什纳比历史的核心,也是理解时间的核心。根据阿尼什纳比口述传统,玛德琳岛被描述为,"很久以前,先知之一曾谈及过在他们旅程的终点有个海龟形状的岛等待他们。人们找到这个岛,在其岸边放上烟草。圣壳(the sacred shell)浮出水面告诉人们这是他们寻找的地方。这里,水鼓(Waterdrum)发出有关迁徙的第七个和终点声音。圣火被带到那里,点燃起来。奥吉布瓦人称这个岛为金胸啄木鸟,奥吉布瓦语为Mo-ning-wun-akawn-ing"。[①] 厄德里克说明这个岛在今天苏必利尔湖西端接近德卢斯,被称作玛德琳岛,是"阿尼什纳比人的精神家园"(BBH 243)。神灵岛和玛德琳岛是厄德里克"小屋系列"开始探索阿尼什纳比历史的地方。

《桦树皮小屋》开篇"来自神灵岛的女孩儿"厄德里克直击天花传染病,岛上只有一个女婴幸存。天花是来自欧洲的许多疾病之

① McNab, David T. " Plenty of Food and no Government Agents: Perspectives on the Spirit World, Death and Dying in Louise Erdrich's Writings" [A]. In Brajesh Sawhney (ed.). Studies in the Literary Achievement of Louise Erdrich, Native American Writer: Fifteen Critical Essays [C]. Lewiston: Edwin Mellen Press Ltd, 2009: 107.

一，殖民期间，原住民人口深受其害。厄德里克其成人小说《痕迹》《鸽灾》等小说中都有涉及，其重创几乎使整个宗族和社群灭亡。《桦树皮小屋》中，路过的皮货商害怕疾病传染，所以，他们任由女婴死去。然而，皮货商之一"帽子"把女婴的事告诉他英勇无畏的老婆塔楼，女婴因而获救，塔楼把她带回玛德琳岛。

女婴被其收养家庭取名奥玛凯阿丝（Omakayas），"小青蛙"的意思，因为她第一次走路是蹦蹦跳跳。《桦树皮小屋》讲述奥玛凯阿丝和她的收养家庭 1847 年的生活，这一年奥玛凯阿丝 7 岁，已经在收养家庭生活了 7 年。《沉默游戏》讲述奥玛凯阿丝和她的家庭 1850 年的生活。全书弥漫着即将失去家园的焦虑，最终奥玛凯阿丝和他的族人被迫离开家园，踏上寻找新家园之路。把这两部小说放在一起讨论，因为这两部故事背景相同，他们的生活保持原始风貌，尚未遭受改变；两部小说都以四季为结构，从夏天开始到春天结束，小说的结构本身契合他们的传统生活和文化；两部主要围绕主人公奥玛凯阿丝的成长展开故事，虽然奥玛凯阿丝最终成为女人在《豪猪年》中完成，但是前两部涉及其成长的内容多。那么，本部分主要围绕奥玛凯阿丝成长中的印第安人文化和历史展现进行讨论。

厄德里克有效地运用儿童文学的"启蒙"与"成长"主题，采用成长小说的模式，将《桦树皮小屋》和《沉默游戏》置于成长小说的框架内，聚焦主人公的成长。需要指出的是，厄德里克描写的印第安儿童成长与西方成长小说关注的成长有所不同。西方成长小说侧重主人公对自我和世界（这里的世界多指社会）的认识，而贯穿主人公奥玛凯阿丝的成长是，她将成长为"药师"（medicine man）、医者（healer），因此，厄德里克围绕她对自我、自我与自然环境的关系，以及自我与自然和动物神灵关系的认识展开故事，把主人公灵性意识的萌芽、发展和成熟作为叙事主线。结构上，厄德里克按季节布局，让奥玛凯阿丝及家人的生活与自然景观紧密相连：季节更迭、野生鸟兽、植物、湖泊和河流、天气。故事从夏天开始，到春天结束，按自然的季节时间进行某些仪式、传统和日常生活琐事。夏天，奥玛凯阿丝的父亲离家去狩猎、打鱼，而女人们做各种重要的工作，如搭建桦树皮小屋、硝鹿皮和农耕。秋天，家庭收割野稻，迁移到坚实的、抗寒的小木屋。冬天是讲故事的季节：奥吉布瓦的传统、精神信仰、文化观念、与自然互动的方式、日常生活、危机处理、疗治以及部落历史都是通过讲故事传递的。春天，举行疗愈典仪"治愈冬天的疾病"(BBH 210)。厄德里克采用儿童视角，把奥玛凯阿丝对自然和神灵的认识编织在四季的日常活动中，在"引路人"受族人尊敬的祖母对奥玛凯阿丝言传身教、循循善诱下，习得"部落的生活方式"，了解"社群与土地紧密相连的传统"，认识"人与自然界的关系"，学习"与灵界交融"。[①] 在这个过程中，厄德里克强调"感恩自然的馈赠，社群知识和传统的珍贵，以及日常活动和神圣经历的融合"，[②]由此展现奥吉布瓦人万物有灵的文化观。

在奥吉布瓦人的眼中，"大自然是有生命的，是与我们相似的

---

① Kurup, Seema. Understanding Louise Erdrich [M]. Columbia: The University of South Carolina Press, 2015: 73.

② Gargano, Elizabeth. "Oral Narrative and Ojibwa Story Cycles in Louise Erdrich's Birchbark House and Game of Silence"[A]. In Michelle Pagni Stewart and Yvonne Atkinson (eds.). Ethnic Literary Traditions in American Children's Literature [C]. New York: Palgrave Macmillan, 2009:31.

有机体”，他们对自然生命充满敬畏。这种敬畏之情，厄德里克通过“引路人”祖母的日常活动展现，从而奥玛凯阿丝耳濡目染，获得敬畏自然的意识。搭建桦树皮小屋，祖母在剥桦树皮前，首先要对桦树表达敬意，“老姐姐，我们需要您的皮肤做我们的居所”（BBH 7），然后把给树的贡品烟草放在树下，才能开始动手割桦树皮。称树为老姐姐表明奥吉布瓦人视自然为与人平等不可分割的有机体。库鲁指出，“贯穿《桦树皮小屋》的中心意象桦树和树皮象征自然的核心和部落对土地的依赖”。[①] 桦树皮可以用来做住所，也可以做运输工具。夏天，在湖边搭建桦树皮小屋就更容易钓鱼。桦树可用来做独木舟用做水上运输工具，或者在陆地，把它翻过来可以当作避风港。树皮可以做家用的各种容器，树枝可以充当厨房用具和工具，木头可以烧火。在奥吉布瓦人的观念中，桦树像所有来自自然的用品一样，每个部分都要尽其用，不能浪费。这与梭罗的生态观相似，“在自然界里，没有东西是无用的，每片腐烂的叶子，树枝或根须最终都会在某个适当的其他地方做更好的用处，而且最后都会聚集在大自然的混合体中”。[②] 厄德里克通过祖母引领的活动描写说明人与大自然中各种生命之间是相互依存、互为依赖的关系，人们需要以整体主义的眼光观察周围的世界。奥吉布瓦人的观念强调尊重自然，把土地看作是神圣、不可剥夺和驯服的，要保护它，因为它为人类提供赖以生存的必需品，因此，不能滥用土地和自然。

---

① Kurup, Seema. Understanding Louise Erdrich [M]. Columbia: The University of South Carolina Press, 2015: 76.

② 付成双. 美国生态中心主义观念的形成及其影响[J]. 世界历史, 2013(1): 33.

> 天黑了，一家人吃着用桦树皮容器盛的炖鹿肉，新鲜的青菜和草莓，他们把手指和碗舔得干干净净，最后，他们钻进温暖、柔软的兔皮毯子里，这毯子还散发着冬天小屋的松香。他们很高兴靠近火，躺着柔软的草地，在树影的苍穹下，最重要的是他们在水旁。他们枕着波涛酣然入睡。清风吹过大湖，吹走了炊烟，赶走了嗡嗡叫的蚊子。在这里睡觉真好，村狗整晚不叫，唯一打扰他们梦境的是阵阵松涛(BBH 12)。

这段优美的自然是从7岁的奥玛凯阿丝的视角描写的，读者可以感受到人对自然的依赖，人与自然的和谐，以及人在自然中恬静的状态。奥吉布瓦人对自然生命的敬畏无所不在，收割野稻之前，祖母首先要对湖水敬烟草，祈求安全顺利穿过。储备冬天的食物后，祖母要向神灵贡烟草，祈求神灵保护他们抵御寒冬。她对造物主说，“我们仅仅是非常渺小的人类。帮我们度过这个冬天吧”(BBH 101)。祖母对自然生命的敬畏表明奥吉布瓦人肯定所有生命的权利和内在价值，理解人与所有生命之间的普遍联系，尊敬他们在生态系统中的地位，理解自然拥有巨大而神秘的力量，因而必须对自然有所畏惧，对自然界的一切生命怀有谦卑的态度。他们对自然的态度与白人殖民者形成反差，白人把自然看作原材料，使用后便丢弃——他们的居所围绕着“泥淖和垃圾”(GS 131)，奥吉布瓦人“不会扔掉那些白人认为无用的东西”(GS 132)。奥玛凯阿丝和她的家人会把用完的东西作为对自然的敬意归还自然。吃完鱼，他们会把“鱼骨扔到水里……表达对鱼的尊敬，以便鱼允许他们不断捕鱼”(GS 72)。熊骨也不能随意丢弃。“每一只熊骨都要充满敬意地收集，然后埋葬在一起。在熊宴上，熊的头盖骨要绑上丝带，盖上红布，以表他们对熊的深深敬意”(BBH 35)。奥玛凯阿丝正是与祖母在这些日常生活的仪式活动中，认识人与自然万物相互依存、相互联系的关系，并在这个关系网中认识自我，定位自我。那么，阅读《桦树皮小屋》的儿童读者也会像奥玛凯阿丝一样跟随祖母获得敬畏自然的态度。

美国人印第安人信仰"万物有灵，植物、动物和人，自然界和栖居这里的生物都有他们自己力量——精神和物质的——应该受到尊敬"。[①] 所以，他们从不把自己看作动物的主宰者，而"在很多方面把自己看作造物主所给予的生命力量的分享者或竞争者"，[②]他们对动物的态度是同情而非征服，尊重它们在生命共同体中的地位。对动物灵性及其生存地位的认同，使他们更坚信"动物的神性和人与动物的神圣关系""人与动物是血脉相连的同胞，没有高低优劣之分"。[③] 在《桦树皮小屋》中，奥玛凯阿丝从祖母那里习得珍视与其共存的自然(这里的自然是宇宙万物)，她把动物当作他们的家族成员，为它们取人格化的名字："祖父猫头鹰"(BBH 13)、"一只角"(雄鹿)(BBH 183)、"安迪格"(乌鸦)(BBH 73)。在严寒的冬天，家族遭受天花传染病的重创，饥寒交迫、濒临消亡的威胁，是雄鹿"一只角"牺牲自己的生命拯救了奥玛凯阿丝和她族人。厄德里克很详细地描写了祖母梦到"一只角"，父亲按照祖母梦中的指示，顺利地找到了雄鹿，"他静静地等在那里"，仿佛他清楚奥玛凯阿丝的族人需要他。父亲开枪前，先对雄鹿道感谢，"一只角"倒

---

① Chang, Li Ping. (Re)location of Home in Louise Erdrich's The Game of Silence [J]. Children's Literature in Education, 2011(42): 152.

② 关春玲. 美国印第安文化的动物伦理意蕴 [J]. 国外社会科学,2006(5): 63.

③ Ibid.

下后，他“向鹿的神灵敬烟”(BBH 183)。不仅如此，看到“祖母用她最好的珠饰品装饰”雄鹿，奥玛凯阿丝深深地“感谢一只角救了她的命”(BBH185)，而且她自问，“他(雄鹿)不逃离，他想必知道那时候他们需要它的存在”(BBH 183)。奥吉布瓦人和动物界的深层联系在这个例子中表现得淋漓尽致，奥玛凯阿丝对人与动物界的深层联系获得进一步的理解。安迪格是奥玛凯阿丝收养的小乌鸦，成为她的朋友、家人，他为家人的生计分忧。厄德里克写到，“安迪格似乎听懂祖母的故事”，他“尽自己的努力……去森林寻找果籽和坚果，多得足够家人吃一两天”(BBH 175－76)。一只角为人类献身，安迪格助人，表明“人与动物能够以神秘的方式进行深层次的交流。[①] 这种交流基于奥吉布瓦人的信仰，“所有的事物都联系在一起，就像血缘把一个家族联系在一起一样”，[②]在他们的信仰中，动物和人一样也是赋有神性的存在者。在这样的氛围中，奥玛凯阿丝学会敬畏动物，当她和姐姐驱赶侵蚀玉米地的乌鸦，捕到乌鸦时，她记起祖母在捕到任何生物时都要向它们道歉，“原谅我们，原谅我们，我们特别需要，我们特别需要”(BBH 58)，道歉表明他们“力求避免疏远动物神性，并证明自己不是无故杀生”[③]正

---

① Gargano, Elizabeth. "Oral Narrative and Ojibwa Story Cycles in Louise Erdrich's *Birchbark House* and *Game of Silence*"[A]. In Michelle Pagni Stewart and Yvonne Atkinson (eds.). Ethnic Literary Traditions in American Children's Literature [C]. New York: Palgrave Macmillan, 2009: 38.

② 罗德里克·纳什. 大自然的权利[M]. 杨通进，译. 青岛：青岛出版社，1999:142.

③ 关春玲. 美国印第安文化的动物伦理意蕴[J]. 国外社会科学，2006(5): 64.

如，保尔·泰勒指出的，“没有自然界生命序列中其他成员的帮助，我们无法自己存活下去。只有整个地球生物圈的正常运作，我们自己的生存才可能得以持续”。[①]

正是在家庭的日常活动中，奥玛凯阿丝从祖母那里习得敬畏自然万物生灵，而在其与动物的实际接触与互动中，她的灵性意识不断获得发展。厄德里克描写奥玛凯阿丝主动探索动物灵性世界。第一次遭遇熊仔和熊妈妈，她就试图以敬畏的态度与他们交流：

> 她对熊妈妈讲话，叫她奶奶。“我没有任何伤害的意识，我只是和你的孩子们玩耍。请原谅我。”熊妈拍了拍奥玛凯阿丝，但只是警告，不是恶意伤害。熊妈身体后仰，吸了鼻子，仿佛她嗅出了人类语言的意思。奥玛凯阿丝受到鼓励，继续道：
>
> “我喂了他们一些草莓，我想把他们带回家，收养他们，让他们做我的小弟弟和我一起住在我家。但现在你来了。奶奶，我要安静地离开了。我手里的剪子不是用来杀人的，而是做针线的。同你的牙齿和爪子相比，剪子什么都不是。”
>
> ……
>
> 熊妈妈像一只大狗一样往后一坐。摇摇头。她迅速地扇了一只幼崽一巴掌，让它离开奥玛凯阿丝。她仿佛在告诉它们，靠近这个动物人(human animal)它们做错了，现在应该离她远点。(BBH 31—32)

从这段描写，读者不难看出，熊妈对孩子的爱与人类近乎相

① 保罗·沃伦·泰勒.尊重自然：一种环境伦理学理论[M].雷毅等，译.北京：首都师范大学出版社，2010：72.

同,她对人类并不是危险的存在,也可以看到奥玛凯阿丝对熊的敬畏。与熊遭遇并与之交流促使奥玛凯阿丝对熊进行深思。她确信,“某种她无法理解的东西在两只熊仔之间传递。不是词语。也许他们凭借嗅觉,或许凭情感的语言交流”。她想起祖母曾经告诉过她,“一定要把熊当成尊贵的亲戚,要特别尊重它。熊有人类的品质,没有人真正理解熊。但是,熊非常理解人类”(BBH 35)。祖母告诉她,熊懂得森林植物的药用价值,“熊会挖草药。他们与我们是不一样的人。他们不会用火,但他们会大笑,他们也抱孩子。他们和我们吃一样的东西,用某种植物做药来治疗自己。他们是有名的疗愈者。那些熊氏族的人常常擅长治愈他人。”(BBH 207)。奥吉布瓦人对熊的崇拜源自他们“圣化大地,视大地为渗透着生生不息的强大精神力量的活的有机体,……所有生物的灵性皆源于对大地精神的分享,甚至最小的蚂蚁都分享有‘伟大奥秘’的某些奇妙力量”。[①] 在《桦树皮小屋》尾声,奥玛凯阿丝能够听懂森林里植物的声音,能够与“熊仔交流,收到他们的药”(BBH 219)。可以说,奥玛凯阿丝对自然和动物神性的认识和了解来自祖母的言传身教,而最终获得对自然和动物神灵深层理解的能力源自她自己不断的探索,厄德里克以这种方式书写奥吉布瓦人万物相连的观念。

厄德里克沿用西方成长小说的范式,充分发挥“引路人”对奥玛凯阿丝成长的指导作用。老塔楼拯救了奥玛凯阿丝的性命,当严寒的冬季天花爆发,夺去奥玛凯阿丝心爱的小弟弟性命,奥玛凯

---

① 关春玲. 美国印第安文化的动物伦理意蕴 [J]. 国外社会科学,2006(5):63.

阿丝陷入悲伤，情绪低落消沉，是老塔楼告诉奥玛凯阿丝她来自神灵岛，唯一的天花幸存者。“你被派到这里，以便你能够拯救他人”“因为你得过这个病，你足够强大可以照顾他们康复。他们做了善事收养了你，因为他们的善举你拯救了他们。现在当我发现你是完整的，循环开始了”(BBH 235)。麦克纳布(McNab)认为，“厄德里克用环形隐喻——药轮——象征时间和原住民历史”。[①] 最后，奥玛凯阿丝在白喉雀春天的歌声围绕中，记起自己的过去——她来自神灵岛，在族人被天花夺走性命时，是白喉雀救了她的命，“我记得他们的歌声，因为他们的歌声给我安慰，是我的摇篮曲。他们使我活了下来”(BBH 237)。也是白喉雀的歌声让她获得顿悟：

> 她被千百只白喉雀的歌声围绕着。他们在和煦的春风中快乐地歌唱，歌声悦耳，仿佛在她生命的第一个清晨陪伴她，奥玛凯阿丝了解到自己的过去，她是来自神灵岛的女孩儿，她住在桦树皮小屋里。这是她旅程的第一天，她会发现了自己的未来，她是谁。鸣、鸣，小鸟告诉她更多的事情。他们柔美的歌声波浪起伏，穿过无叶的树丛围绕着她。(BBH 238)。

她吹着口哨和着这些小鸟的歌声，突然，她从鸟的歌声中听到了新的东西，那是她逝去的心爱小弟弟的声音，“振作起来生活。

---

① McNab, David T. " Plenty of Food and no Government Agents: Perspectives on the Spirit World, Death and Dying in Louise Erdrich's Writings" [A]. In Brajesh Sawhney (ed.). Studies in the Literary Achievement of Louise Erdrich, Native American Writer: Fifteen Critical Essays [C]. Lewiston: Edwin Mellen Press Ltd, 2009:108.

我很好,我在一个宁静的地方,你可以依赖我,我永远在你身边帮助你,姐姐。……当白喉雀的歌声像一根闪亮的缝针不断从天空沉落,缝合了她破碎的心。"(BBH 239)。通过这样的过程,她获得了精神的疗愈。《桦树皮小屋》的故事就此结束,又重新开始。死亡中有生命,又开始新的生命循环。最终,奥玛凯阿丝能够理解动植物的"语言",理解鸟儿的音乐语言,听到逝去弟弟的声音,厄德里克以这种方式呈现,动植物的性灵和神秘,人与它们和死者是相通、关联融合,互为一体的世界,在此,奥玛凯阿丝真正理解了生命之间神秘的联系,她的自我与自然融为一体。厄德里克所描写的奥玛凯阿丝的成长过程契合了泰勒的观点,"有一种神秘主义与尊重自然的态度协调,这种神秘主义主张,人类意志的最高境界是人的自我与自然融为一体"。①

奥玛凯阿丝对自我的认识,自我与自然神灵的认识都获得了成长,但是,她最终长大成人还需要获得其部族历史的认识,对自我认识的进一步成熟要能够理解其梦的意义,最后还要经历灵视寻求(vision quest)的仪式,获得对未来的预见。"领路人"祖母一直引领奥玛凯阿丝认识自然神灵,她通过讲故事让奥玛凯阿丝获得奥吉布瓦人的历史和神话,帮助她分析理解其梦的意义。寓教于故事是奥吉布瓦文化的重要方面。《桦树皮小屋》中,祖母的两个具有重要意义的故事"黑暗的湖边垂钓"(Fishing the Dark Lake Side of the Lake)和"纳纳伯周和麝鼠造土地"(Nanabozho and Muskrat Make An Earth);祖母"黑暗的湖边垂钓"的故事讲述她

---

① 保罗·沃伦·泰勒. 尊重自然:一种环境伦理学理论[M]. 雷毅等,译. 北京:首都师范大学出版社,2010:195.

的祖父与他逝去的妻子神秘重聚的故事。伊丽莎白·加格诺(Elizabeth Gargano)认为这个故事“包含着勇气、忠诚和挚爱的价值观。通过这样的故事，一代代人链接在循环链中，连续性作为文化价值观得以维持”。[①] 而“纳纳伯周和麝鼠造土地”是奥吉布瓦神话故事，纳纳伯周是“奥吉布瓦人伟大的老师”(GS 89)，也是他们的保护神。奥玛凯阿丝通过聆听这些故事获得部落文化的价值观并认识自己文化身份。在《沉默游戏》中，祖母讲述的主要故事“小矮人”(“The Little Person”)和“小女孩儿和温迪戈”(“The Little Girl and the Windigoo”)，目的是为了鼓励奥玛凯阿丝面对将要独自面对的灵视寻求。在她的故事里，祖母碰到一个 a memegwesi，脸长着细细皱纹的神奇小矮人。尽管他矮小，祖母却感到“他有某种巨大的东西”(BBH 106)。“小矮人”的故事讲述的是祖母儿时的故事，每当她失去信心，沮丧时，“小人”就会出现，帮助她渡过难关。“小矮人”是祖母的“灵力助手”(spirit helper)，祖母的这个故事旨在教育奥玛凯阿丝“到了寻找自己灵力指示和保护的时候了”(GS 110)。“小女孩儿和温迪戈”详述一个孤儿女孩儿被其族人漠视，最终“一个可怕的冰雪恶魔”温迪戈来袭击部落(GS 159)。厄德里克在《沉默游戏》后面的词汇表中解释道温迪戈在“奥吉布瓦教诲中是巨大的恶魔，经常由冰构成，与深冬的饥饿和危险有关”(GS 256)。为了驱赶恶魔，部落中的长者、勇士和儿

---

① Gargano, Elizabeth. "Oral Narrative and Ojibwa Story Cycles in Louise Erdrich's Birchbark House and Game of Silence" [A]. In Michelle Pagni Stewart and Yvonne Atkinson (eds.). Ethnic Literary Traditions in American Children's Literature [C]. New York: Palgrave Macmillan, 2009:35.

童逐一用烟斗做法，以期杀死温迪戈，无一成功，最后，他们发现了一直被忽略的小女孩，是她杀死了温迪戈，然后把滚热的油倒进死去的温迪戈嘴里，坚冰融化，一个正常的男子活了过来。[①] 小女孩儿后来结婚，过上了幸福生活。小女孩儿的故事说明，“最小的，看起来最可怜的人也具有巨大的能力杀死温迪戈”(GS 165)。正如加格诺指出，“祖母的故事利用温迪戈的传统形象是为了激发她的孙女儿相信自己的力量”。[②]

标志奥玛凯阿丝成熟的一个重要的事件是她开始理解梦的意义。因为她的梦，她拯救了陷入孤岛父亲和牧师，这标志着她成为强有力的梦者(powerful dreamer)。对奥吉布瓦人来说，梦是联系他们和神灵的纽带，通过梦他们能够获得神灵相助，使他们走出困境，如前文，祖母梦见“一只角”献身拯救了他们族人的性命。一个医者(healer)需具有这样的能力。当奥玛凯阿丝能够通过梦的指示拯救其父亲，说明她已接近成人。接下来进入灵视寻求仪式，完成她的成长。《沉默游戏》接近尾声，奥玛凯阿丝带着弟弟送给她捕梦网(dream catcher)和祖母教给她的几首歌：“四方位歌——东、西、南、北”“请求神灵保护歌”，独自去林去斋戒数日，以期获知她的保护神。奥玛凯阿丝最后看到了她的保护神熊，看到了她的过去，她逝去的爸爸妈妈已经白发苍苍，她死去的小弟弟已经长

---

① 厄德里克的很多小说中涉及温迪戈，如《羚羊妻》《报告》《四灵魂》《圆屋》等等。宋赛南在其博士论文对此有专门详细的论述。本文不做展开.

② Gargano, Elizabeth. "Oral Narrative and Ojibwa Story Cycles in Louise Erdrich's Birchbark House and Game of Silence" [A]. In Michelle Pagni Stewart and Yvonne Atkinson (eds.). Ethnic Literary Traditions in American Children's Literature [C]. New York: Palgrave Macmillan, 2009: 39.

大；她看到她和她族人的未来。他们把所有的东西塞进独木舟迅速离开了休养生息的土地；她看到了自己的丈夫和她的一群孩子，“丰满、圆润，嬉笑着”(GS 231)；她看到了平原、马车。奥玛凯阿丝的灵视所见未来的一切恰似她的族人未来所经历的。厄德里克通过描写奥玛凯阿丝的成长，展现了奥吉布瓦文化传统、世界观和价值观。

二、《沉默游戏》：将失家园的焦虑

厄德里克的很多成人小说都描写了奥吉布瓦人遭受剥夺土地之痛苦。在《桦树皮小屋》中已经开始弥漫着由于美国政府的政策他们被迫西迁的焦虑。殖民的蚕食不仅仅包括土地而且包括对奥吉布瓦人精神信仰的侵蚀。厄德里克让奥玛凯阿丝和姐姐偷偷听大人谈论正在逼近的、改变他们生活的威胁，“Chimoolwman ‘大刀’的意思”，奥吉布瓦人用来描写“非印第安人，或者白人，比以前有更多的人来到奥吉布瓦土地上，建小木屋、贸易站、庭园、牧场、篱笆、皮贸驿站、教堂和传教学校。拉波因特(La Pointe)小镇每天变得更加白人化了，在谈论把阿尼什纳比人送到西部去”。“他们必须离开该岛”，鱼尾说(BBH 76—77)。娶了奥玛凯阿丝的姨妈的混血艾伯特·拉波尔特(Albert LaPautre)考虑带领家人去西部“政府补偿的地方”。他说所有的奥吉布瓦人在自己土地的遥远西部才会安全，他承认搬去西部的路上有危险，会有“达科他战争派、饥饿、可怕的冬天的威胁”。父亲说：“我们听见白人的斧头在森林里作响，在砍树。我们要在树木倒下前离开”。鱼尾分析道，奥吉布瓦人“总有一天，我们要停留在某地……西部是死魂灵行走之地。如果白人继续赶我们去西部,我们将最终逃到魂灵岛”。换言之,死亡才“会让他们高兴”(BBH 79)。白人对土地的贪婪使父亲感到震惊:

> 他们像贪吃的孩子。没有什么可以使他们永远高兴”。“直到他们占有一切。……我们所有的土地。我们的野稻河床、狩猎场、捕鱼的河流、菜园。甚至当我们离开,他们拿到我们心爱人的骨头他们才会高兴”。“在他们出生前,他们来到这个世界之前,白人肯定是饿死鬼。他们极度饥饿(BBH 80)。

从孩子视角书写殖民者的蚕食和被殖民者的焦虑更加真实可信。库鲁在她分析《桦树皮小屋》时总结了奥吉布瓦人的焦虑:

> 奥玛凯阿丝的社群处于高度紧张状态,因为每个人都感到将开始的某种东西和即将结束某种东西——他们生活方式。除了处理生存的日常工作,奥玛凯阿丝和她的族人要面对战争的紧张情绪、疾病、被剥夺土地的可能性,还有他们从未预见的美国政府威胁。[①]

这种紧张的状态在《沉默游戏》中更加强烈。《沉默游戏》中奥玛凯阿丝和她族人身处被驱逐出自己土地的困境。对社群来说,要离开祖辈几代人的栖息地,归宿地,离开他们熟悉和深爱的一切,去往一个未知地是个灾难性的事件。玛德琳岛的居民被引入欧裔美国人定居点的结果是“小屋系列”的转折点。与此事件相关

---

① Kurup, Seema. Understanding Louise Erdrich [M]. Columbia: The University of South Carolina Press, 2015:79.

的恐惧、羞愧、不安全、困惑、愤怒和悲伤在《沉默游戏》中有详细的描述，奥吉布瓦人在被殖民期间所遭受的苦难跃然纸上。小说开篇一群衣衫褴褛的人投奔奥玛凯阿丝的家人，他们是鱼尾叔叔的族人，本来他们是个强大又尊贵的部落，他们被摧毁，土地被剥夺，无家可归。殖民蚕食的逼近，这对势单力薄的奥吉布瓦人来说是个不祥之兆。这群人中，有的孩子失去了双亲，像奥玛凯阿丝一样被部落的人收养。由于疾病和部落冲突导致许多儿童失去了他们的家庭；由于欧洲商人带来的疾病和美国殖民者攫取土地加剧了部落之间的冲突。厄德里克展示奥吉布瓦人经常因为达科他苏族人被迫离开自己的土地，是因为他们也面临着失去土地，无处可去。小说开始的一群衣衫褴褛的逃难人，两次被迫背井离乡，第一次是因为白人，然后他们在被分配的目的地被拉科塔(Bwaanag)居民驱赶。父亲说，“曾经我们和达科他和拉科塔人拉科塔没有嫌隙”“他们住在他们的地盘儿，我们住我们的。我们甚至与他们通商。但是由于白人逼迫我们，我们逼迫拉科塔。结果我们夹在两群狼之间”(GS 21)。厄德里克用父亲的话说明部落之间的冲突是殖民扩张导致的结果。大人们一直在谈论美国政府的条约和政策对他们的影响。老酋长 Bizhiki 表达对美国政府贪婪的愤怒，“我们签的文件上说他们可以拿走树，我们签的文件上说他们可以从地下拿走铜。……我们没有说他们可以拿走土地”(GS 20)。父亲他们听到消息，美国总统已经给奥吉布瓦的首领传信，他们必须离开他们的家园。总统表明，“他们赖以生存的土地现在归政府拥有。白人需要这块土地。他已经签署了迁移法令。他决定在西部新的地方支付给他们土地”。“但是，西部是拉科塔人的家园，这些衣衫褴褛的人试图在那里生活，看看发生了什么”(GS 21)。库鲁指出，鱼尾在影射1850年臭名昭著的沙湖(Sandy Lake)悲剧。[①]“厄德里克影射真实的历史事件以便读者能够想象19世纪奥吉布瓦人遭受的真实悲剧事件。因此，她人物相互联系的故事被编织入奥吉布瓦人为生存而斗争的历史”。[②]

迫近失去土地的焦虑已经影响到了孩子们，他们每个人都成为沉默游戏的获奖者。惊慌失措的大人们无法给孩子们安慰。殖民扩展在奥吉布瓦孩子们之间，甚至可以说在所有要被赶出家园本土裔美国人之间，产生了一种持久的不安感。奥玛凯阿丝问她的祖母，“他们不能把我们赶走，对吗？……他们不能这么做的，……对不对？白人少，我们人多”(GS 29)。祖母回答道：

> 我们这里见到的白人(chimookomanag)，只是第一滴雨水。在东方太阳升起的地方，他们是猛烈暴风雨。他们像一条河流一样将我们淹没……我们见过其他人参战抵抗的结果是什么。河流将他们彻底淹没。我们要走不一样的路，我们一直以来都在探寻如何和他们和平共处，共同生活、工作、贸易往来甚至是通婚(GS 29—30)。

祖母的态度反映了奥吉布瓦人对待殖民者的一种态度，不一定是面对面反抗，这也是生存策略。事实上，厄德里克在其很多作品中都表达她的观点，人们再也无法回到接触前的过去，要生存只

---

① 引诱奥吉布瓦人迁移中密西西比河以西，使他们西迁更容易，美国政府官员迫使奥吉布瓦人到明尼苏达的沙湖收取他们1850年的年金报酬。3千人深秋步行500英里结果发现沙湖没有报酬，没有生活物资供应。400个男女老少，12%的部落成员死亡。

② Kurup, Seema. Understanding Louise Erdrich [M]. Columbia: The University of South Carolina Press, 2015:82.

有适应,也许因为是混血儿,她站在两种文化之间,强调融合。《桦树皮小屋》和《沉默游戏》中,奥玛凯阿丝和姐姐都去传教士学校中学习英语,与白人女孩儿交朋友。语言是抵抗殖民者的手段之一,只有懂得主流社会的语言,他们才能读懂条约,才能在贸易中不被欺诈,这是奥吉布瓦人生存的策略之一。厄德里克并不是强调完全同化,她在创作中一直试图恢复被屠杀的文化。"小屋系列"中,厄德里克将奥吉布瓦语,口头语言转变书面语,编织在其叙事中,这也是她的抵抗殖民主义策略之一。

殖民蚕食不仅仅是对奥吉布瓦人土地的侵蚀,还包括精神上的殖民。厄德里克在《桦树皮小屋》和《沉默游戏》中已经涉及天主教试图归化奥玛凯阿丝和她的家人。厄德里克主要描写了一个拉波因特(La Pointe)的天主教牧师巴拉噶(Baraga)神父。在"黑袍"(The Black Gown)中,厄德里克从奥玛凯阿丝的视角描写天主教的祈祷屋。奥玛凯阿丝好奇祈祷屋里面是什么样子,巴拉噶神父的微笑让她不舒服。《沉默游戏》中还有一个故事"爹爹和灵魂偷窃者"("Deydey and the Soul Stealer")。"灵魂偷窃者"是老塔楼给巴拉噶神父取的名字。这个故事中,厄德里克表达了天主教和奥吉布瓦人信仰的正面交锋。巴拉噶神父学习奥吉布瓦语,试图把它记录下来成为书面语,爹爹想让巴拉噶神父教他书写文字,可是巴拉噶神父的条件是要给奥玛凯阿丝洗礼才可以教。尽管奥玛凯阿丝很想学习,那样,"她会知晓秘密,但是,她不愿反过来放弃她的灵魂"(GS 188)。另外,父亲邀请巴拉噶神父进入蒸汗屋,他们自己的祈祷屋,却被巴拉噶神父拒绝。从这个互动上,读者可以看到殖民者不会接受被殖民者的文化。巴拉噶神父劝说爹爹皈依天主教,"唯一获得永生的途径是通过我的教堂”，爹爹的回答幽默有趣：“永生，……我父亲、我母亲、我祖父、我祖母在那里是永生吗?”，神父回答他们没有洗礼就不能获得永生，爹爹回答“那么，当然我不能洗礼，……我要见他们”（GS 188—189）。神父试图归化奥玛凯阿丝家人受挫。神父不仅仅试图归化奥吉布瓦人，他还谈论欧洲人的生活方式，土地所有权和私有财产的观念，他们的城市。在城市里，房子是用石头造的，“没有人从一个地方到另一个地方，他们一生只生活在一个房子里”（GS 187）。具有讽刺意味的是，“因为欧裔美国殖民者没有永久待在欧洲而是决定在本土裔美国人的土地上定居才导致奥吉布瓦人的困境”。[①]台湾学者张丽萍在分析《沉默游戏》时指出，标题“沉默游戏”至少有 5 层含义，“①沉默是一种儿童的游戏；②被迫迁徙西部的奥吉布瓦人民的沉默；③当奥吉布瓦人进入他们敌人达科他和拉科塔人（Bwaanag）的领地，生死游戏中，他们恐惧的沉默；④殖民期间，奥吉布瓦人忍受失去他们的土地，别无选择，只有保持沉默；⑤受压制的和边缘化的本土裔美国人历史，不应该被遗忘的历史”。[②]

小说尾声，奥玛凯阿丝听从自己的心声，带着爱、希望和感激离开家园“当阿尼什纳比人必须给更强的势力让路，他们要带着爱的尊严走。你要充满感激地离开家园。……所有的神灵都会助你。……向你的生活进发”（GS 236）。奥玛凯阿丝学习采取不同的态度接受离开家园的现实。行前准备，祖母把所有的种子放在一个大的桦树皮容器里，奥玛凯阿丝感觉很重，祖母说，“如果你想

---

① Kurup, Seema. Understanding Louise Erdrich [M]. Columbia: The University of South Carolina Press, 2015:84.

② Chang, Li Ping. (Re)location of Home in Louise Erdrich's The Game of Silence[J]. Children's Literature in Education, 2011(42):134.

着里面装着整个庭园,就不那么重了"(GS 237)。学者张丽萍指出祖母带走种子的意义:

> 带走象征她整个庭园的家乡种子的行为,意味着祖母要把她部落的根带到另一个地方,一个将被称之为家的地方,对她和她的人民而言,一个新世界。……尽管他们不得不离开他们的家园,奥吉布瓦人将保存他们的文化、传统和宗教。这也是他们幸存并生活在今天的原因"。①

奥玛凯阿丝踏上去新世界的征程,试图把家乡的一切深深地印在记忆中:

> 她试图记住波浪告诉她的东西。她的梦显示的东西。她试图记住所有事情是如何改变的并怀着感恩的心离去。但是她想大哭,或者大叫。她的喉咙灼烧。她的眼睛刺痛。围绕她的是轰鸣声,她害怕看到他留在身后的一切。(GS 245)

厄德里克用诗一般的语言描写了奥玛凯阿丝离开家园的复杂心情,尽管她不断告诫自己采取不同的态度看待失去家园,但是还是难掩其痛苦心情。厄德里克以这种方式描写了奥吉布瓦人被迫西迁的历史,如此生动、真实可信。

然而,危险的旅程不可避免,奥玛凯阿丝的家人最终进入"危险的拉科塔"领地,祖母唱了引入"沉默游戏"的歌(GS 247)。在这危险的时刻,"孩子们咬着嘴唇,管住他们的舌头,……沉默游戏现在是生死游戏"。横渡河水,奥玛凯阿丝感到"其他神灵,好的神

---

① Chang, Li Ping. (Re)location of Home in Louise Erdrich's The Game of Silence[J]. Children's Literature in Education, 2011(42):144.

灵，也许是祖母小助手的亲戚”(GS 248)。这些神灵将与奥吉布瓦人搬到新家，在未来保护他们。在结尾，厄德里克写道，“归根结底，这里不仅仅是危险，而且有可能性。这里是冒险。这里是来世他们将一起生活的土地”(GS 248)。读者感受到，尽管他们失去了祖先的家园，历史使他们困在地狱边缘，但是，他们对其未来的新世界充满希望。

最后，用格蕾琴·帕帕济安(Gretchen Papazian)的话为本部分的分析做结。“厄德里克创造了‘新’历史——一个聚焦土著在场和声音的历史，一个关于文化间互动的历史，一个历史其作用是将本土裔美国人和非本土裔美国人从以暴力、统治和征服为中心的思维习惯中解放出来，从沉溺于扩张、进步和美国例外主义的历史观中解放出来”。[①]

三、《豪猪年》：寻找新家园路上的生存考验

《豪猪年》描写1852年奥玛凯阿丝和她的族人背井离乡，艰难跋涉，寻找一个安宁、能够永远生活的新家园的旅程。在小说的序曲中，厄德里克写道，“像许多的奥吉布瓦人和其他本土裔美国人一样，为了给欧洲殖民者腾出空间，美国政府将奥玛凯阿丝的族人赶出其家园”(PY xi)。用库鲁的话说，“本质上，奥吉布瓦人成为其自

---

① Papazian, Gretchen. "Razing Little Houses or Re-envisionary History Louise Erdrich's Story of the American 'Frontier' The Birchbark House and The Game o/Silence" [A]. In Brajesh Sawhney (ed.). Studies in the Literary Achievement of Louise Erdrich, Native American Writer: Fifteen Critical Essays [C]. Lewiston: Edwin Mellen Press Ltd, 2009: 187-211. p191.

己土地上的难民”。[①] 他们的旅程从苏必利尔湖的玛德琳岛开始到新家园明尼苏达州的伍兹湖和安大略湖。厄德里克说，“有几条路可以到达现在的北明尼苏达。奥玛凯阿丝的家人希望遇见贸易伙伴或者家庭的其他亲人，决定进入丰富的湖泊，取道现在称之为圣路易斯河”(PY 190)。寻找一个称之为家园的新居地要经历的危险包括拼命猎取食物、适应环境，以及与不友好的部落抗争。奥玛凯阿丝的族人面临灭绝的可能性。要通过他们生存的意志，一些运气和所有家庭成员的共同努力，他们才能生存，到达定居伍兹湖的亲戚家。

结构上，《豪猪年》的故事没有像“小屋系列”前两部一样按季节更迭布局，厄德里克以此象征奥吉布瓦人的传统生活正经历着改变。除结构上与“小屋系列”前两部不同外，厄德里克延续以往的写作风格，老者给孩子们讲有关勇气及神话故事；奥吉布瓦语言仍然被编织在故事中。小说的主人公奥玛凯阿丝已经 12 岁，介于儿童和女人之间，她了解自己的力量，想要改变，她继续与祖母学习认识自然神灵，最终在小说尾声，她长大成人，但是，相对而言，《豪猪年》没有像“小屋系列”前两部一样，紧紧围绕奥玛凯阿丝的成长展开。

《沉默游戏》中，奥玛凯阿丝的族人一直处于害怕失去家园的焦虑中，《豪猪年》中他们仍然对最终去哪里安家感到困惑。奥玛凯阿丝常常听到大人们低声讨论此事。老塔楼建议继续向北，因为白人不会在森林和湖泊深处安家；继续待在原地，靠近湖泊，虽然猎物少，可以钓很多鱼。问题是他们邻近其敌人拉科塔人的领地，会陷入麻烦。最关键的是，他们在沙河(Sandy Lake)听说美国

① Kurup, Seema. Understanding Louise Erdrich [M]. Columbia: The University of South Carolina Press, 2015:84.

政府为阿尼什纳比人安置计划，要“在达科他苏族人(Bwaan)土地附近为我们所有的人建个大家园”(PY 45)。父亲对此疑虑重重，他不相信白人，不相信酋长们，不相信那个远在华盛顿他们称之为“伟大父亲”的人。父亲会说，“他不是我的伟大父亲。我已经看到他让我们的人民饿死。我看到他拿走了我们的土地。没有父亲会夺走土地杀死孩子，让他们无家可归！所以父亲不相信所有阿尼什纳比人一个大家园的想法”(PY 45)。父亲认为中西部所有本土裔美国社群共享一小片土地的计划站不住脚。厄德里克在此影射美国政府为印第安人规划的保留地。祖母说，“没有家会足够大容下我们，即使我们说同种语言，但是我们做事方式迥异”(PY 45)，而且没有足够的食物给养这么多人，会导致战争。厄德里克通过人物的对话揭露美国政府剥夺印第安人土地的政策，另一方面使儿童阅读作品时了解与官方进步历史相反版本的历史。

奥玛凯阿丝族人的生存面对的另一个危险是他们逼近达科他和拉科塔人的土地。长久以来，奥吉布瓦人和拉科塔人处于战争的敌对状态，两个部落之间的关系剑拔弩张。奥吉布瓦人“派兵到达科他和拉科塔领地，带着死尸回来炫耀，带着马匹，或者俘虏接替那些战争中战死的阿尼什纳比人”(PY 75)。但是，他们也有和平相处的时候，“有些人与拉科塔人做生意，懂他们的语言”；也有人像爹爹一样，“认为他们所有人面对的真正敌人是不断增长的白人殖民者的威胁。白人(chimookomanag)不管进入谁的狩猎土地，达科他和拉科塔人的或者是阿尼什纳比的(Bwaanag or Anishinabeg)——他们同样偷盗”(PY 76)。厄德里克借爹爹之口道出美国印第安人的心声，白人侵蚀是导致他们部落间交战的根本原因。库鲁在分析厄德里克“小屋系列”时指出，厄德里克的许多小说中，特别是童书中，交战部落经常扰乱田园般的部落生活，以便展现部落间复杂社会关系图景而不是肤浅的、单面地刻画本土裔美国人的生活。尽管他们讲不同的语言，有着不同的价值观和传统，不同部落互动的边界和规则总是默认为法律，是集体商定的，有时是神圣的，通常具有约束力。通过战争或者谈判解决争端，但是所有权的概念不是问题。没有参考标准指导所有权实践。不同的部落有边界意识，往往遵守边界。面对殖民迫在眉睫的侵蚀，美国政府官员不管土著人民的不同，而是将所有的本土裔美国人归入一个原始群体，一个阻挡了他们渴望开拓殖民地的未开化群。① 库鲁的分析从另一个层面说明厄德里克童书创作体现了土著人民文化多样性，颠覆了所有土著人民都相同的观点。

虽然厄德里克描写奥玛凯阿丝的族人在拉科塔的领地，随时处于危险之中，但是在"俘虏"(Capture)的故事中，我们看到了拉科塔人的人性一面。拉科塔人抓走了奥玛凯阿丝的弟弟棘刺(Quill)和她未来的丈夫 Animikiins，因为拉科塔的酋长的儿子被奥吉布瓦人俘虏，他喜欢刺刺，想要他做自己的儿子是因为刺刺可爱，是了不起的勇士，而且他们认为刺刺的豪猪巫术(medicine)很厉害(PY 82)。为避免双方冲突和战争，奥玛凯阿丝的父亲和老塔楼去找拉科塔酋长谈判，最终，他们达成协议。Animikiins 和他的父亲 Miskobines 决定留在拉科塔的部落一年替代酋长的儿子，棘刺回家。Animikiins 和他的父亲 Miskobines 是《沉默游戏》开篇中的"衣衫褴褛"人，他们的村庄被拉科塔人洗劫后无家可归，投

① Kurup, Seema. Understanding Louise Erdrich [M]. Columbia: The University of South Carolina Press, 2015: 86.

奔奥玛凯阿丝的族人。他们选择留下来是承认他们自己的部落做过类似的囚禁。斯图尔特在 2013 年指出：

> 厄德里克因此展现给年轻的读者，囚禁不是嗜血的绑架，而是演绎战争仪式。因为读者知道 Miskobines 和他的儿子 Animikiins，以及他们与拉科塔人的历史，《沉默游戏》中，拉科塔人洗劫了他们的村庄，这些囚禁和战争的行为被视为早期行为的回应，而不是像囚禁叙事中常常描绘的单方面和无缘无故的行为。①

如拉科塔酋长所承诺的，一年以后，Miskobines 和他的儿子 Animikiins 被释放，厄德里克在她的"囚禁叙事"中强调了印第安人是信守承诺的人。在《豪猪年》书后的"手记"中，厄德里克写道，"奥吉布瓦人和达科他人之间为狩猎领域发生的冲突和战争标志本书发生的时间，但是，也有出人意料的和平和友谊，预示着今天两个群体之间的良好的关系"（PY 191）。厄德里克的"俘虏"故事源自阿莫斯和阿兰森（Amos E. Oneroad and Alanson B. Skinner）在《成为达科他人：锡塞顿和瓦佩顿的传统故事》（*Being Dakota：Tales & Traditions of the Sisseton & Wahpeton*），这个故事中讲了锡塞顿和瓦佩顿的奥吉布瓦和苏族的两个勇士握手言和的故事，宣布他们把自己看作半个达科他人半个奥吉布瓦人。所以，厄德里克说"奥玛凯阿丝家庭成员与达科他人的友谊，受到他们欢迎是历史事实"（PY 191）。厄德里克描写两个部落人民的历史有冲突战争，也有和

---

① Stewart, Michelle Pagni. "Counting Coup" on Children's Literature about American Indians: Louise Erdrich's Historical Fiction [J]. Children's Literature Association Quarterly, 2013, 38(2): 229.

平与友好，凸显那个时期白人才是土著人民最大的敌人。

奥玛凯阿丝的族人经历更大的生存考验是姨妈的无赖丈夫抢走了他们储藏的所有粮食和给养。严冬到来时，部落成员濒临饿死的边缘。以往这个时间他们有野稻、鱼干、干肉饼，储藏的蘑菇和坚果，一袋袋肥肉和干果，甚至还有去年春天的枫糖。可是所有这些已被洗劫一空。奥玛凯阿丝家人每天出去打猎物，但是，猎物像“鬼魂一样少”(PY 111)。族人由于饥饿越来越虚弱，几乎无法出门，最后老塔楼拼尽最后的力气为族人猎熊，最终牺牲了自己的生命，拯救族人于饥饿，使他们得以生存下来。老塔楼是个像男人一样强悍的女人，一个非常好的猎手。她心地善良，英勇无畏，男人们害怕感染天花不敢救婴儿奥玛凯阿丝，是她去神灵岛把她带回家，交给黄水壶收养；她一生为族人狩猎，一个冬天她狩猎时遭受冻伤失掉了一只手指；最后献出了自己的生命。奥玛凯阿丝感觉与老塔楼有特殊的情感，一方面因为她知道当她还是婴儿时，在她全家死于天花时是老塔楼救了她，而且因为老塔楼杀死了她的一只心爱的狗，因为它攻击奥玛凯阿丝。

> 老塔楼的制裁是残酷的，她的判决马上实施，但是这不意味着她铁石心肠，她不为她的朋友难过。这只意味着奥玛凯阿丝更重要。奥玛凯阿丝最后看到黄狗蜷缩在老塔楼的怀里。这个坚强的老妇人走开，她的步伐充满了悲哀，这是离开一个年老但又危险愚蠢的朋友的悲哀。(BBH 131)

从“小屋系列”的第一部始，我们就看到塔楼几次为奥玛凯阿丝牺牲；所以当老塔楼死去，我们理解奥玛凯阿丝为什么那么难过：

> 那天晚上，奥玛凯阿丝躺在外面，长久注视繁星。她抱着

> 老塔楼的神灵包裹(spirit bundle),她感到当她很小的时候老塔楼结实有力的臂膀抱着她。她太悲伤,流不出眼泪。这超越了眼泪。因为这个高贵的老妇人爱奥玛凯阿丝胜过她的狗,她的苦难是不可思议的事情。痛苦和屈辱使老塔楼更加坚强,而且善待无助的人。老塔楼公正。她已准确知道活多久。当她的生命被看作最重要时,她慷慨献出。在她的爱里面,她证明了爱比我们知道的更伟大。(PY 179)

厄德里克说,"老塔楼的人物是根据传教士杂志上简叙的一个住在红岩(Red Cliff)附近的奥吉布瓦女人的故事而作。愿她爱狗的骑士精神永存"(PY 191—2)。换言之,老塔楼这个人物有原型存在,像其很多小说中书写的历史一样,厄德里克运用真实的历史事件。厄德里克试图通过老塔楼的故事说明,老塔楼舍己献身精神,她的大爱是奥玛凯阿丝的族人能够生存的原因之一。斯图尔特分析厄德里克童书中的人物形象时指出,贯穿"小屋系列"三部小说"厄德里克塑造了一个复杂、多面性格的老塔楼形象。因此,当厄德里克运用'高贵'这个刻板的能指描写老塔楼,我们清楚地看到对过渡浪漫化'高贵的野蛮人'概念的谴责:老塔楼确实高贵,她一点也不'野蛮'。[①] 老塔楼是奥吉布瓦人的一员,从奥玛凯阿丝的族人整体看,他们最初收养患天花幸存的孤儿奥玛凯阿丝(BBH),走失的白人的孩子约翰和苏珊(PY),给予他们爱,引导他们成长,接纳失去家园的其他部落奥吉布瓦人,对他们倾囊相助

① Stewart, Michelle Pagni. "Counting Coup" on Children's Literature about American Indians: Louise Erdrich's Historical Fiction [J]. Children's Literature Association Quarterly, 2013, 38(2):224.

(GS)。所以，从老塔楼个人形象，我们可以窥见奥吉布瓦人的品格，读完“小屋系列”前三部，读者能够深刻体会到奥吉布瓦人民的宽宏、慷慨、善良，他们美好的人性，从这个角度厄德里克颠覆了白人笔下，好莱坞西部片中的好印第安人坏印第安人的形象，更重要的是，厄德里克以此展现他们没有消失，顽强地生存在北美这片土地上。

奥玛凯阿丝族人的另一个生存要素是他们能够苦中作乐。虽然小屋系列中族人经历天花、饥饿等生死考验，但是系列并未弥漫悲伤，有很多喜剧场景使人忘却悲伤，这些是通过儿童人物展现的，特别是奥玛凯阿丝的弟弟品齐(Pinch)。品齐名字的由来是因为他喜欢掐人，奥玛凯阿丝感到他特别讨厌烦人，是她生命中“唯一真正的大麻烦” (BBH 10)。他“淘气又大胆”(BBH 11)，典型的做事让自己难过，但给家庭带来笑声的人：他吃光了他为家人采集的所有莓果而胃痛 (BBH 83—88)；他后退离炉膛太近，裤子着了火(BBH 185)；为了不去采集根茎而去砍树，他砍伤了自己的腿(GS 68—69)；试图杀豪猪做早饭被刺了很多豪猪刺(PY 13—17)，因此得名刺刺。特别值得一提的是他为家人带来笑声治愈悲伤。《桦树皮小屋》中，1847 年冬天白人来访，他们带来的天花夺去了 18 名奥吉布瓦人的性命，包括奥玛凯阿丝心爱的小弟弟 Neewo；幸存者们还没走出失去亲人的悲伤，却又经历饥饿的考验，最终“一只角”牺牲自己拯救了奥玛凯阿丝族人的性命，就是在这个盛宴上，品齐的裤子着了火，他跳起，又一屁股坐到水桶里，无法起来。妈妈看到品齐滑稽的样子忍不住大笑，品齐也开始大笑，

> 笑啊笑个不停。越来越响亮！自从可怕的冬天，仿佛从那时起他明白搞笑是多么重要，品齐让所有的人大笑。他成

> 了一个逗趣的人，一个戏法玩者(trick player)，开自己的玩笑，也开他人的玩笑。也许这是第一次可取的笑声，自Neewo死后他们任何人听到的最好的东西，这让他(品齐)骄傲。某种程度上，像一只角一样，他拯救了他的家人。伟大的鹿拯救了他们的身体，品齐滑稽的一跳拯救了他们的灵魂，因为稍后祖母(Nokomis)说，她自己的奶奶认为阿尼什纳比人的灵魂是由笑声构成的。如果没有笑声，他们的灵魂就死了。品齐把笑声带回生活。他把他们的灵魂带回他们的身体。现在，他们笑得越响亮，他们就越知道他们能够活下去。(BBH 185—186)

在《豪猪年》中也有类似的场景，在品齐被豪猪刺了一脸刺后。后来，这只小豪猪成了他的宠物。无论他做什么都会把豪猪放在他的头上，豪猪成了他的保护神(medicine animal)，他的名字从品齐改为刺刺。在被拉科塔勇士追捕刺刺时，豪猪与刺刺并肩作战。拉科塔的酋长说，"我们第一次看到这个头顶着豪猪的男孩，我们迷离恍惚了。我们观察了他很久，然后判定他的巫术(medicine)一定非常厉害。很难抓住他。他的豪猪和他一起战斗。他的箭大面积击中了我们的勇士"(PY 82)。其实，这里的箭指的是豪猪的刺。在另一个场景中，厄德里克的描写就非常明确。奥玛凯阿丝姑妈的无赖丈夫拉波特尔来抢他们的给养，刺刺指挥他的豪猪袭击他，豪猪"飞奔过去，多刺的炮弹直接射向拉波特尔的脸。拉波特尔高声喊叫着，这是怪异并受到震惊的号哭。他踉踉跄跄，里倒歪斜，然后找回平衡，冲进树丛"。刺刺夸赞他的豪猪是"勇敢的武士"(PY 96)。读者感受到，豪猪与主人心心相通，读到这些幽默的描写忍俊不禁，放下书卷不禁思考奥吉布瓦人面对危机，灾难都能以幽默渡过。另一方面，厄德里克再次颠覆了“野蛮”的印第安人的形象。斯图尔特则强调，厄德里克刻画品齐这个人物是戏谑地回应高贵野人的刻板形象。她举例说明，当品齐用斧头伤了自己，“他没有以高贵的沉默(noble silence)来忍受疼痛，而是不停地蹬腿嚎叫”(GS 69)；当他的脸扎满了豪猪刺，“当品齐用自己的手指野蛮(savagely)地拔下刺，每拔一根大叫一次”(PY 15)，奥玛凯阿丝强忍不笑出声 。

“小屋系列”每本书的时间线索都是按季节变化进行的，在冬天的部分，人物就讲述传统故事，“奥吉布瓦人只在冬天讲故事”(PY 34)。讲古老的故事时间掌握很关键，古老的故事要在“青蛙和蛇都睡眠的时候”讲(PY 37)，因为，“如果地下和水下的生物听到了这些故事，他们会把这些故事复述给强大的水下神灵，或强大的动物神灵，他们会因谈论他们而对奥吉布瓦人发怒”(PY38)。《豪猪年》中厄德里克也突出了讲故事对安抚困惑恐惧儿童所起的作用。更重要的是，这些故事会带来心理、情感以及精神上的益处。在经历严冬的饥饿考验，老塔楼为奥玛凯阿丝的族人牺牲了性命，奥玛凯阿丝陷入痛苦绝望的境地，终日郁郁寡欢。祖母发现了这种情况，她用“讲故事使他们振作精神。她讲故事教育他们，疗愈他们”，祖母讲古老的故事，“因为青蛙和蛇被冰冻在土里”，当“小家庭经历了悲痛后复原，她要讲故事来帮助他们获得力量，让他们再次绽放笑容”(PY 122)。《豪猪年》中有两个古老的神话故事“熊姑娘”(The Bear Girl：Makoons)和“纳纳伯周和水牛”(“Nanabozho and the Buffalo”)。前者讲述一对儿老夫妇有三个女儿，前两个漂亮，三女儿长了一身毛和长长的牙齿，她确实是只熊。虽然她长相丑陋，但是她具有神奇的预知能力，帮助姐姐躲过坏巫师(medicine woman)的杀害,用她的智慧帮助部落找回了太阳和月亮。部落酋长强迫他的漂亮的小儿子娶了熊姑娘,但是酋长的儿子不接受她,熊姑娘伤心失望,让她的丈夫把她放在火上烧,之后熊姑娘在熊熊烈火中变成了一个漂亮的女孩。尽管她的丈夫再三请求她留下来,但是,她看透了他的人性本质,决定回到父母身边,因为父母永远无条件爱她。从熊姑娘变成漂亮的姑娘,她不再有神奇超然的能力。这个故事使奥玛凯阿丝认识到了老塔楼——她的"熊神灵",她也将会"保护她"(PY 128)。"纳纳伯周和水牛"讲述聪明智慧的纳纳伯周饥饿时想吃水牛的肉,用花言巧语引诱水牛上钩,当水牛上钩后,他的左右手争吵,互相邀功,最后水牛逃走。纳纳伯周是奥吉布瓦的神话人物,有名的恶作剧者,他的聪明反被聪明误具有教育意义。这两个古老的故事用以教育儿童。

奥玛凯阿丝的最后成人礼要进入女人帐篷(woman lodge)斋戒两天。祖母给奥玛凯阿丝讲了老塔楼成为彪悍女人的故事,题目是"与狗生活的女孩儿"(The Girl Who Lived with the Dogs),这不是"神圣的故事,也不是神奇的故事",而是"真实而悲伤"的故事,祖母这样开始她的讲述。老塔楼原名"光在树叶里移动"(Light Moving in the Leaves),她的家庭传给她的古老的名字。10 岁时遭遇天花,与奥玛凯阿丝一样,她是家里唯一幸存的人。她一无所有,被某个无耻之徒卖给了一个船运工沙雷特(Charette)。沙雷特恶毒,无论冬夏让她与狗睡在一起,只给她一条薄毯子,役使她干很重的体力活,她忍辱负重,经历几个严寒酷暑,终于长到足够强壮,对他说不,并获得自由。但是,当塔楼变得强大,沙雷特开始生病,变得虚弱老去,这时他请求塔楼帮助他。

祖母讲到这里时，问奥玛凯阿丝一个问题："当一个曾对你凶恶的人变得无助时，你做什么？"是帮，还是任其死去？奥玛凯阿丝的回答是"杀了他"（PY 177）。塔楼当天晚上喂了他。她询问那群狗怎么做，因为她与狗生活了那么久，懂得他们的语言。因为狗也受尽了沙雷特的鞭打虐待，晚上，他们在塔楼睡着时，把沙雷特吃光，然后把他的骨头埋起来，回来把塔楼当作他们的主人，子子孙孙保护她，为她服务。祖母说塔楼爱狗胜过爱她自己和她的丈夫们。"除了狗她没有孩子。她爱过唯一胜过狗的人是你，奥玛凯阿丝"（PY 178）。斋戒的第二天，奥玛凯阿丝想，她"看到岛上有人移动。是风，是个女人，一个熊女人，塔楼"（180）。最后奥玛凯阿丝完成了成人礼。库鲁总结道，奥吉布瓦人"把讲故事珍视为一种生存技能，也为消遣。部落长辈们用传统的故事分散小孩子的注意力，他们能够减轻他们的恐惧，又能分享传统并使他们获得教益"。[①]

奥玛凯阿丝的族人落脚伍兹湖，最终这里是否能成为他们永久的家园？厄德里克在下一部续写这个家族的故事。

四、《山雀》：山雀历险记

《山雀》描写奥玛凯阿丝和其族人在1866年发生的一系列事件，地点从明尼苏达北部森林到大草原，最终落脚北达科他的彭比纳。故事中心人物由奥玛凯阿丝转向她的儿子。故事开篇，奥玛

① Kurup，Seema. Understanding Louise Erdrich［M］. Columbia：The University of South Carolina Press，2015：85.

凯阿丝已是8岁双胞胎儿子山雀(Chickadee)和小熊(Makoons)的年轻母亲。部落里有一位暴脾气怪老头约翰·臭鼬(Skunk),他姓如其人令人讨厌,经常取笑山雀,轻蔑地说他"柔弱""瘦得像他的同名鸟"(CD 23),这令山雀很自卑难过。为替哥哥出气,小熊捉弄臭鼬使他难堪,臭鼬的鲁钝的儿子巴比什(Babiche)和巴蒂斯特(Batiste)兄弟俩为父报仇,劫持山雀到红河谷。故事就此分两条线索展开:一方面,奥玛凯阿丝和她的族人不顾一切追踪Babiche和Batiste兄弟,寻找山雀,他们最终到达大草原的彭比纳。如库鲁所言,"山雀的失踪突然使其家庭继续迁移,这与那时奥吉布瓦人的被迫迁移类似"。[①] 另一方面,机智的山雀设法逃脱Babiche和Batiste兄弟,回家与族人团聚,可是,他遭遇"黑袍"家庭后,又逃进森林勉力生存,后来在林中意外碰到去圣保罗卖毛皮的舅舅刺刺,这样,山雀和刺刺与牛车商队到达"大城市"圣保罗,后经由红河牛车路到达彭比纳与家人团聚。山雀和小熊将奥玛凯阿丝的故事延至下一代,奥玛凯阿丝家族从其本土的森林文化生活过渡到平原生活。

如前文分析,"小屋系列"前三部主要讲述19世纪中期由于美国联邦政府的各项举措,奥吉布瓦人被迫离开家园,踏上寻找新家园的迁徙之路。《沉默游戏》和《豪猪年》展现迁移至达科他苏族领地遭遇的困难。《山雀》中奥玛凯阿丝和她的族人要面对平原上的梅蒂斯人和美国殖民者,恶劣的新地貌,以及他们不习惯的干燥平原。在神灵岛和玛德琳岛,奥玛凯阿丝族人依赖土地生存,小说显

① Kurup, Seema. Understanding Louise Erdrich [M]. Columbia: The University of South Carolina Press, 2015: 87.

然对动植物的描写非常清晰。在这片新土地上，奥玛凯阿丝家族必须适应新的生活方式、新的饮食，他们必须通力合作，顽强生存。用台湾学者张丽萍的话概括，“奥玛凯阿丝和她的家族西迁时面对的威胁来自客观危险，如部落之间的冲突和饥饿威胁。《山雀》中，除了客观危险，主要的威胁是精神的。与前三部中的奥玛凯阿丝不同，山雀大部分的故事在社群之外，主要的威胁是他将失去其文化、他与自然的联系，他的灵魂”。[①] 张丽萍的评论道出了厄德里克在《山雀》中关注的重点。

与《豪猪年》一样，《山雀》中奥玛凯阿丝和她的族人一直处于迁徙中，奥吉布瓦人的物质和文化生活处在不断变化中，因此，小说结构也没有像“小屋系列”前两部那样按季节布局，不过季节更迭仍然体现在情节中。虽然《豪猪年》中，奥玛凯阿丝和她的族人旅行途中遭遇各种危险困难，但作者主要围绕家庭展开情节，故事比较松散，与之不同的是，《山雀》紧紧围绕主人公山雀展开情节：山雀被劫持→设法逃脱劫持者→偶遇传教士二次被“劫持”→再次逃进森林→意外遇见舅舅→一同去圣保罗→到达彭比纳与家人会合，我们可以看到故事比较紧凑。就整体而言，《山雀》可以看作是主人公山雀的历险记。美国儿童文学中不乏有关儿童历险的小说，如马克·吐温的《汤姆·索亚历险记》和《哈克贝利·芬恩历险记》等等，无论是汤姆·索亚还是哈克贝利，他们的冒险经历似乎总有小伙伴陪同，但是，山雀历险的主要部分是一个人置身于自然

---

① Chang, Li-ping. Spirits in the Material World: Ecocentrism in Native American Culture and Louise Erdrich's Chickadee [J]. Children's Literature in Education, 2016 (47) :152.

界中，独自面对生存挑战，而且，还要独自面对"奇怪的家庭"(传教士)，应对被强行同化的威胁。正是采用儿童历险小说的模式，厄德里克能够更好地探索奥吉布瓦精神信仰的巨大力量，及其将遭遇的威胁，同时，厄德里克从儿童的视角观察、感受自然神力、天主教蚕食、城市生活，更好地揭露种族主义，展现兴旺发展中的城市，反衬奥吉布瓦人的游牧生活方式及其传统文化将彻底改变。

奥吉布瓦人的精神性及其发挥的作用在《山雀》中有比较深入的探讨。土著人民信仰万物有灵，其基础是所有事物都有一个灵，包括植物、动物和人，自然界和生活在其中的众生都有他们自己的物质和精神力量，都应该受到尊敬。奥玛凯阿丝双胞胎儿子名字的由来与奥吉布瓦人信仰的万灵论息息相关。每个人都有个动物保护神，保护其终身。奥玛凯阿丝生产时，一只山雀飞到她的毯子里，而这时也是小熊出生的时间，两个男孩分别起名为山雀和小熊，所以"山雀和小熊"是他们"强有力的保护神"(CD 5)。《山雀》开篇，山雀对自己的保护神感到失望，认为他太弱小，不能保护他，"为什么不能有个像熊或者山猫或者驯鹿或者鹰那样的保护神呢？为什么被这个微不足道的小鸟选中？他突然想到，长大成男人还被叫山雀让他感到可怕"(CD 25)。曾祖母诺科米斯(Nokomis)及时对他教育，告诉他不能对其保护神不敬，提醒他"小东西力量大"(CD 27)。祖母教育道：

> 山雀在整个寒冷的冬天都保持清醒，祖母说。靠微小的籽他就能够生存。他是老师，山雀为阿尼什纳比人显示如何生存。例如，他从不把所有的食物储存在同一个地方，而是藏在许多地方，从不一下子吃光所有东西。我们也如此。山雀爱护照顾家庭，父母在他们的孩子飞向世界前一直与他们待

在一起。他们像阿尼什纳比人一样同心协力。还有,即使在困难面前山雀一直保持乐观。他勇敢,有了不起的目标和价值。你特别幸运有这个名字。(CD 28)

祖母的教育预示着山雀后来在其同名保护神的帮助下能够独自在丛林中生存。另一方面也体现了奥吉布瓦人的精神信仰,动物无论多么渺小都具有神性,必须尊敬他们。为求得山雀神灵的原谅,继续保护其孙子,祖母大声向山雀道歉,并给他们敬烟和榛子。在祖母的教诲下,山雀真诚地向其同名保护神道歉。

当山雀逃到丛林,孤独寂寞,饥饿难耐,他祈求他的同名保护神的帮助,他的保护神马上出现,对他讲话,但是"不是用鸟的声音,而是他能够理解的声音"。"我一直跟随你,我的孩子,……我记得你曾对我无礼,但是你很后悔。……你请求我原谅。因此我现在会帮助你"(CD 114—115)。他告诉山雀在哪里可以找到一只刚刚猎杀的野兔。然后教给山雀一首歌,告诉他无论什么时候需要力量就唱这首歌,这首歌也有治愈力量:

我只是山雀
然而小东西力量大
我说的是实话(CD 115)

山雀唱着歌,感觉力量倍增,他按照其保护神指引的方向,穿过山冈,来到小溪,看到两只鹰的双爪死扣对方,都不能动弹。山雀帮助她们解围。她们把野兔作为礼物给山雀,而山雀看到她们饥饿,也喂食她们一些肉。由于山雀的慷慨,鹰姐妹决定不管走到哪里,只有他需要,她们会帮助他。"他已被收养。他的父亲是山雀,两只鹰是他的母亲"(CD 118)。台湾学者张丽萍引用奇克索诗人琳达·霍根的话说明动物的指导作用,"在动物的帮助下,我们总能够找到我们的物质和精神之路,穿越未知的土地",动物"不仅在梦中而且在我们的生活里……提醒我们"。[①] 厄德里克描写的场景是小说的关键时刻,当山雀开始认识到他的同名保护神和自然界的真相,似乎他的一切改变了。

山雀沿着河流前行,每当他感到孤独,他竟会听到"山雀快乐的召唤,鼓励他继续前行,他重新振奋起来"(CD 121)。他一直与鹰和山雀的神灵保持联系,获得他们的帮助,因此能够在荒野中生存下来。山雀头发上带着鹰的羽毛,吃香蒲根,海龟肉和鱼;有一天他找不到任何吃的时候,一只鹰飞过头顶,给他扔下一只死囊地鼠。厄德里克以这种方式描写奥吉布瓦人的精神信仰。森林中穿行教会了他如何接受他的动物保护神的指引,且如何在那里生活。没有人的帮助,他向神灵祷告,应验,他的森林经历是他与自然联系的证明。

学者张丽萍把山雀的丛林经历看作萨满的成长(shamanic initiation)。她认为,山雀的森林经历与北美印第安青少年的灵视寻求类似。尽管山雀只有 8 岁,他的旅程是必要的而不是选择,他满足了灵视寻求的条件:他独赴荒野,戒食物和水,向神灵祈求帮助,动物神灵回报他。山雀和鹰的神灵回报他的方式也是萨满的成长标志,因为鸟以他自己的语言与他讲话,指引他,保护他,并且给予他神圣的疗愈歌。另一方面,她继续阐释道,山雀和小熊作为

---

① Chang, Li-ping. Spirits in the Material World: Ecocentrism in Native American Culture and Louise Erdrich's Chickadee [J]. Children's Literature in Education, 2016 (47): 154.

一个整体，发生在小熊身上的事情与典型的萨满的成长类似。许多神灵的召唤由生病开始，小熊就是这样开始消瘦，失去日常世界里的所有兴趣，如果他们活下来就成为萨满。尽管山雀是哥哥，带回来有力的疗愈歌，但是，他们是孪生兄弟，贯穿故事的是他们倾听彼此，跨越距离交流，这些都描绘了经典萨满的成长的不同方面。她认为厄德里克没有追寻小熊的内在精神之旅，但是，她指出了他的症状性寒冷、发热，除了在意骑山雀照看的马，对生活漠然，所有这些都是萨满的成长症候。小熊能够听到山雀在风中，能够感到远方的山雀第一次进入森林时在挨饿；而山雀也感到他与小熊共享圣保罗城市的印象。山雀是双胞胎中较活跃的一个，在物质世界里求索，而小熊远离尘世，走向内部，以便他能够注意倾听并与哥哥保持精神联系。在家庭中，小熊比任何其他人都能更加掌握引导山雀回家线索的另一端。张丽萍的分析说明了厄德里克通过孪生兄弟的萨满式的精神交流再现了印第安人古老文化的魅力和独特的精神内涵。

事实上，小熊一直处于生病状态，时好时坏，令家人忧虑。接近尾声时，一天晚上，小熊呼喊他的哥哥，奥玛凯阿丝受到惊吓，以为小熊要死了。但是，一会儿，山雀开门进来了。从这些描写中，我们可以看到山雀和小熊之间的神秘交流。那天晚上，山雀唱着他的同名保护神教给他的歌，这次他是唱给他生病的弟弟不是给他自己。他记起“其治愈力量，把他的每一点爱和能量倾注字字句句。小熊非常虚弱”。他让哥哥一遍遍唱着这首歌，“山雀每唱一遍，小熊感到他的内在力量增强”(CD 191)，最终开始复原。书以山雀的歌结束：

我只是山雀

但是小东西力量大
我说的是实话

厄德里克对印第安精神性的探索在山雀的歌声中结束。结构上看，可谓首尾呼应，形成一个环，也应和了印第安文化的“药轮”。

山雀的历险还遭遇天主教传教。厄德里克以这种方式揭示奥吉布瓦人精神性将遭受天主教的冲击，将面对同化的威胁。在“奇怪的家庭”(The Strange Family)这章，山雀遭遇了“黑袍”一群人，听到他们称呼“父亲”“姐妹”和“母亲”，错把这个宗教团体当作“快乐的家庭”(CD 87)。从这一点上看，山雀还不熟悉天主教教士，也就是说他的大家庭还没有受天主教的影响。虽然小屋系列前两部都有提到牧师，但是并没有描写很多数量传教士，而且牧师是奥玛凯阿丝家人的朋友。这个“奇怪的家庭”中，有些成员对他很友好，把自己并不多的食物分享给山雀。但是，女修道院院长，那个“母亲”直接表达了她的种族主义思想。她认为山雀是“肮脏的野蛮人”“他会在我们睡觉时杀了我们”，当修女反驳说“他是个小孩子”时，修道院长用冰冷的眼睛盯着山雀说道“继续盯着他”(CD 87)。这些描写我们看到，女修道院长对印第安人的偏见和她自己的优越感昭然若揭。而且，其他修女了解了山雀的名字后都认为这个名字适合他，修道院长坚定地说，“他要洗礼，并给他起个合适的名……圣徒的名字”。她认为，以鸟命名是“典型的异教徒”(CD 89)。不仅如此，她们要给山雀“洗澡”：安东尼嬷嬷用“硬毛刷”，用“强碱肥皂”清洗掉“盖在其身上古老的污垢”(CD 93)，而且要剪掉他的辫子。“洗澡”和“剪辫子”，如同《爱药》中利奥波德修女用开水浇玛丽一样是天主教试图铲除土著人民文化和信仰的象征。库鲁指出，“欧裔美国殖民者持有的宗教理念视土著人民为不洁，认为他们的征服一定程度上是上帝的事业,其目的是让异教徒获得救赎。他们对待他们占有土地上的原住民的殖民态度反映了合理化其白人至上的西方价值观”。[①] 这种白人至上的种族主义的观点在《山雀》中弥漫在与欧裔美国人贸易中。山雀与舅舅刺刺在圣保罗进行毛皮交易,他目睹了和欧裔美国人交易过程中充斥的种族歧视。当舅舅拿出一个笔记本为他的货物计价时,一个商人高呼:“快看啊,这个野人在写字”(CD 152)。厄德里克展示的这样瞬间说明奥吉布瓦人不可避免地在贸易过程中常常受到羞辱,其原因是根深蒂固的种族主义。所以,爹爹让他的后代学习英语,以白人的方式受教育,目的是为在与白人的贸易中能够读懂合同和协议书,甚至能够听懂白人对他们侮辱的话。正如库鲁所言,“英语是贸易和殖民活动的特权语言,所以学习该种语言有助于减少与殖民者交易中诸多不利因素之一”。[②] 由此,厄德里克在其创作中一直传达的观念,不能固守在不变的过去,只有适应社会的变化才能生存。即使是儿童文学作品,这个理念也贯穿其始终。

奥玛凯阿丝及其族人到达彭比纳之后,传统的家庭结构和生活方式面临挑战。在“小屋系列”前三部作品中,奥玛凯阿丝及其族人过着随季节迁移的游牧生活,需要大家庭成员之间合作共同努力才能生存。但是,在《山雀》中,家人需要定居下来,一方面是在这里等待山雀,另一方面,奥玛凯阿丝的父亲认为这里有学校,孩子们应该学习白人的语言,否则“一切都会被偷走”(CD 101)。

---

① Kurup, Seema. Understanding Louise Erdrich [M]. Columbia: The University of South Carolina Press, 2015: 88.

② Ibid.

当他们找到奥玛凯阿丝弟弟刺刺家，他的妻子玛格丽特虽然想让他们留下来，但不想让他们住在她家里，“占领她精心准备的小木屋”(CD 102)，特别是她的床，她建议他们在小镇里找个被弃的小木屋住下来。玛格丽特是梅蒂斯人(奥吉布瓦和法国人的混血)，天主教徒，是她说服刺刺定居下来，开辟菜园，祈祷。她代表了不同的家庭生活模式和价值观念，这些预示了奥玛凯阿丝及其家族将面对更多的变化，包括大家庭的崩溃。奥玛凯阿丝社群早期数代同堂的大家庭现在不受欢迎意味着宗族生存模式的巨大改变。玛格丽特代表的是核心家庭生活模式，包括丈夫、妻子和孩子，孩子们长大离家，开始他们自己的生活。换言之，个人家庭单位代替共同家庭(communal family)。

为了生存，奥玛凯阿丝及其族人要学习新的技能。奥玛凯阿丝祖母精心保存的种子已经发芽，她在母亲的帮助下给菜园围栅栏；鱼尾和奥玛凯阿丝的丈夫及斯特赖克(Two Strike)学习骑马；父亲用做独木舟的技艺学习做马车，他们都准备学习梅蒂斯人狩猎的方式猎水牛。在“小屋系列”中水牛还多次出现，《小熊》中双胞胎兄弟山雀和小熊学习猎水牛，但是一切最终将会改变。事实上，山雀的舅舅刺刺已经开始从事经验贸易，整个家庭都在学习适应变化求生存。

《山雀》中给奥玛凯阿丝及其族人带来冲击的有信仰、文化观念、生活方式，简言之，传统与现代的冲突。厄德里克通过描写山雀看到的圣保罗城市：其建筑，其夜生活，特别是梅蒂斯人的节日，展现奥吉布瓦传统生活和现代城市生活之间的差别。厄德里克许多成人小说涉及主人公的城市生活，《山雀》中的圣保罗还是发展中的集市贸易城市，山雀对所见的一切感到新奇。他看到夜晚的圣保罗：高高的山上一排排高大的房子“烛光和灯光”闪烁，他听到那里声音，“叮当的乐声”“马蹄声”，看到道路是用“木板和石头”做的（CD 154－155）；看到梅蒂斯人迎接亲人的庆典，男女身着节日盛装，翩翩起舞。厄德里克用了较多的笔墨描写欢乐的梅蒂斯人，描写细腻到从帽子到服装，到袜子和鞋子，再到“提琴曲”（fiddles）和“吉格舞”。“他们的脚步有时移动如此之快，他们似乎变模糊了。他们一直在开怀地笑着，男人们在微笑，孩子们在翻滚着，他们嘴巴上沾着食物，他们的眼睛闪闪发光”“梅蒂斯人喝着酒，跳着、笑着，直到天亮”（CD 156－157）。山雀被这欢乐的气氛感染着，思考着怎么把所见的城市告诉弟弟小熊，使他吃惊的是，他看到舅舅加入跳舞的人群，而且跳得那么技艺娴熟。从这些描写中，我们可以看到山雀对城市生活感到新奇，但是，厄德里克也有描写山雀对所看到的城市感到不安，特别是看到那些高大的房子。

> 对山雀而言，这些房子似乎掌控着世界的权力。造房子和住在那些房子里面的人在造一个超大号的世界。这是他从未梦想的生活。这几乎应存在神灵世界里，但是存在人间。山雀能够看到，造这些房子他们耗尽了森林的树木。他能够看到他们已经砍掉看得到的每一棵树。他能够感受到他们在抽干河水，甚至用尽所有的动物。他想到在圣保罗一天有很多被捆绑的兽皮在销售。阿尼什纳所比人赖以生存的一切，所钟爱的一切，在进入这张饥饿的城市之口。这张嘴，这个城市，又大又贪得无厌。山雀想着，有点茫然，这张嘴永远无法满足直到所有的东西都耗尽。（CD 155）

借山雀之口，厄德里克揭露城市发展对自然资源的过度开采，表达她对环境的担忧。“房子的意象在这里象征现代社会生活，在《四灵魂》中也有详细的描写，特别是毛瑟家盗用芙乐家的木材造的大房子。“小屋系列”前三部还有桦树和各种各样的树木，可是《山雀》中，奥玛凯阿丝及其族人到达大平原，所有的树木消失不见了。正如山雀对圣保罗的第一印象，这座城市是用死去的树建造的，白人殖民者攫取土地上所有的树木造精美的房子。

库鲁指出，“树是厄德里克作品中最重要的象征之一。它们来自土地，大地母亲。自然有语言，树是语言的基底结构之一——句法的重要部分。不详地消失的树木象征家族和作为一个民族的奥吉布瓦人面对即将到来的生存威胁。厄德里克无疑会在其桦树皮“小屋系列”继续讲述奥玛凯阿丝族人在其生存的历史旅途中的考验和苦难，他们迫切寻求称之为家园的地方”。[①]

① Kurup，Seema. Understanding Louise Erdrich [M]. Columbia：The University of South Carolina Press，2015：90.

附录一　路易丝·厄德里克作品索引

（英—汉）

小说

Love Medicine（《爱药》，1984/1993）

The Beet Queen（《甜菜女王》，1986）

Tracks（《痕迹》，1988）

The Crown of Columbus（《哥伦布的桂冠》，1991）

The Bingo Palace（《宾果宫》，1994）

Tales of Burning Love（《燃情故事集》，1997）

The Antelope Wife（《羚羊妻》，1998）

The Last Report on the Miracles at Little No Horse（《小无马保留地神迹的最终报告》，2001）

The Master Butchers Singing Club（《屠宰师傅歌唱俱乐部》，2003）

Four Souls（《四灵魂》，2004）

The Painted Drum（《手绘鼓》，2005）

The Plague of Doves(《鸽灾》,2008)

Shadow Tag(《捉影游戏》,2010)

The Round House(《圆屋》,2012)

La Rose(《拉罗斯》,2016)

Future Home of the Living God(《永生神的未来家园》,2017)

短篇小说集

The Red Convertible: Collected and New Stories 1978—2008(《红色敞篷车》,2009)

儿童文学

Grandmother's Pigeon(《祖母的鸽子》,1996)

The Birchbark House(《桦树皮小屋》,1999)

The Range Eternal(《永恒的火炉》,2002)

The Game of Silence(《沉默游戏》,2005)

The Porcupine Year(《豪猪年》,2008)

Chickadee(《山雀》,2012)

Makoons(《小熊》,2016)

诗集

Jacklight(《篝灯》,1984)

Baptism of Desire(《愿洗》,1989)

Original Fire: *Selected and New Poems*(《原始之火:精选与新诗》,2003)

散文随笔

Route Two(《路线二》,1981)

The Blue Jay's Dance: *A Birth Year*(《蓝松鸦之舞:出生年》,1995)

Books and Islands in Ojibwe Country: *Traveling Through the Land of my Ancestors*(《奥吉布瓦国的书与岛》,2003)

附录二　路易丝·厄德里克获奖一览

（英—汉）

1983　Pushcart Prize in Poetry 小推车诗歌奖

1984　National Book Critics Circle Award for Fiction，for *Love Medicine* 美国书评家协会奖

1985　Guggenheim Fellowship in Creative Arts 古根海姆奖

1985　O. Henry Award，for the short story "Saint Marie" (published in The Atlantic Monthly 1985) 欧·亨利短篇小说奖

1987　O. Henry Award，for the short story "Fleur" (published in Esquire，August 1986) 欧·亨利短篇小说奖

1998　O. Henry Award，for the short story "Satan：Hijacker of a Planet" (published in The Atlantic Monthly，August 1997) 欧·亨利短篇小说奖

1999　World Fantasy Award，for *The Antelope Wife* 世界奇幻文学奖

2000　Lifetime Achievement Award from the Native Writers' Circle of the Americas 美洲原住民作家圈终生成就奖

2001　O. Henry Award，for the short story "Revival Road"

(published in The New Yorker, April 2000) 欧·亨利短篇小说奖

2002 O. Henry Award, for the short story "The Butcher's Wife"(published in The New Yorker, October , 2001) 欧·亨利短篇小说奖

2005 Associate Poet Laureate of North Dakota 北达科他准桂冠诗人称号

2006 Scott O'Dell Award for Historical Fiction, for the children's book *The Game of Silence* 司各特·奥台尔历史小说奖

2006 O. Henry Award, for the short story "The Plague of Doves" (published in The New Yorker) 欧·亨利短篇小说奖

2007 Honorary Doctorate from the University of North Dakota; refused by Erdrich because of her opposition to the University's North Dakota Fighting Sioux mascot 北达科他大学荣誉博士,厄德里克拒绝接受因为她反对北达科他大学极力反对苏族吉祥物

2009 Honorary Doctorate (Doctor of Letters) from Dartmouth College 达特茅斯学院荣誉博士

2009 Kenyon Review Award for Literary Achievement《凯尼恩评论》文学成就奖

2009 Anisfield-Wolf Book Award, for *Plague of Doves* 阿尼斯菲尔德·伍尔夫图书奖

2012 National Book Award for Fiction for *The Round House* 美国国家图书小说奖

2013 Rough Rider Award 骑兵奖

2014 Dayton Literary Peace Prize, Richard C. Holbrooke Distinguished Achievement Award 代顿文学和平奖,霍尔布鲁克杰出成就奖

2014 PEN/Saul Bellow Award for Achievement in American Fiction 美国小说成就索尔·贝娄奖

2014 O. Henry Award, for the short story (the New Yorker) 欧·亨利短篇小说奖

2015 Library of Congress Prize for American Fiction 美国国会图书馆美国小说奖

2017 National Book Critics Circle Award for Fiction, for *La Rose* 美国全国书评家协会奖

附录三　厄德里克研究论著索引

（汉—英）

《路易丝·厄德里克小说：她族人的故事》（*The Novels of Louise Erdrich*：*The Stories of Her People*）

《阅读路易丝·厄德里克的〈爱药〉》（*Reading Louise Erdrich's Love Medicine*）

《路易丝·厄德里克》（*Louise Erdrich*）

《一页上的痕迹：路易丝·厄德里克、其生平和著作》（*Tracks on a Page*：*Louise Erdrich*, *Her Life and Works*）

《理解路易丝·厄德里克》（*Understanding Louise Erdrich*）

《厄德里克齐佩瓦景观》（*The Chippewa Landscape of Louise Erdrich*）

《路易丝·厄德里克〈爱药〉：专题汇编》（*Louise Erdrich's Love Medicine*：*A Casebook*）

《美国本土裔作家路易丝·厄德里克的文学成就研究》（*Studies in the Literary Achievement of Louise Erdrich*, *Native American Writer*：*Fifteen Critical Essays*）

《路易丝·厄德里克：〈痕迹〉〈小无马保留地神迹的最终报告〉

〈鸽灾〉》(*Louise Erdrich*: *Tracks*, *The Last Report on the Miracles at Little No Horse*, *The Plague of Doves*)

《批评洞见:路易丝·厄德里克》(*Critical Insights*: *Louise Erdrich*)

《与路易丝·厄德里克和迈克尔·多瑞斯对话》(*Conversations with Louise Erdrich and Michael Dorris*)

《路易丝·厄德里克:批评指南》(*Louise Erdrich*: *A Critical Companion*)

《路易丝·厄德里克小说导读》(*A Reader's Guide to the Novels of Louise Erdrich*)

《厄德里克作品教学方法》(*Approaches to Teaching the Works of Louise Erdrich*

参考文献

一、英文类

(一)路易丝·厄德里克作品

长篇小说

Erdrich, Louise. *Love Medicine*. New York: Harper Perennial, 1984.

Erdrich, Louise. *The Beet Queen*. New York: Henry Holt, 1986.

Erdrich, Louise. *Tracks*. New York: Harper & Row, 1988.

Erdrich, Louise. And Michael Dorris. *The Crown of Columbus*. New York: Harper Collins, 1991.

Erdrich, Louise. *The Bingo Palace*. New York: Harper Collins, 1994 .

Erdrich, Louise. *Tales of Burning Love*. New York: Harper Collins, 1997.

Erdrich, Louise. *The Antelope Wife*. New York: Harper Collins, 1998.

Erdrich, Louise. *The Last Report on the Miracles at Little No Horse*. New York: Harper Collins, 2001.

Erdrich, Louise. *The Master Butchers Singing Club*. New York: Harper Collins, 2003.

Erdrich, Louise. *Four Souls*. New York: Harper Collins, 2004.

Erdrich, Louise. *The Painted Drum*. New York: Harper Collins, 2005.

Erdrich, Louise. *The Plague of Doves*. New York: Harper Collins, 2008.

Erdrich, Louise. *Shadow Tag*. New York: Harper Collins, 2010.

Erdrich, Louise. *The Round House*. New York: Harper Collins, 2012.

Erdrich, Louise. *La Rose*. New York: Harper Collins, 2016.

Erdrich, Louise. *Future Home of the Living God*. New York: Harper Collins, 2017.

短篇小说集

Erdrich, Louise. *The Red Convertible: Collected and New Stories* 1978—2008. New York: Harper Collins, 2009.

儿童文学

Erdrich, Louise. *Grandmother's Pigeon*. New York: Hyperion, 1996.

Erdrich, Louise. *The Birchbark House*. New York: Hyperion, 1999.

Erdrich, Louise. *The Range Eternal*. New York: Hyperion，2002.

Erdrich，Louise. *The Game of Silence*. New York：Harper Collins，2005.

Erdrich，Louise. *The Porcupine Year*. New York：Harper Collins，2008.

Erdrich，Louise. *Chickadee*. New York：Harper Collins，2012.

Erdrich，Louise. *Makoons*. New York：Harper Collins，2016

诗集

Erdrich，Louise. *Jacklight*. New York：Henry Holt，1984.

Erdrich，Louise. *Baptism of Desire*. New York：Harper & Row，1989.

Erdrich，Louise. *Original Fire*：*Selected and New Poems*. New York：Harper Collins，2003.

散文随笔

Erdrich，Louise，and Michael Dorris. *Route Two*. Northridge：Lord John Press，1981.

Erdrich，Louise. *The Blue Jay's Dance*：*A Birth Year*. New York：Harper Collins，1995.

Erdrich，Louise. *Books and Islands in Ojibwe Country*：*Traveling Through the Land of my Ancestors*. Washington：National Geographic Books，2003.

（二）路易丝·厄德里克研究论著

"Mob Law in North Dakota." New York Times. *New York Times*，15 Nov. 1897，in Beidler，Peter G. *Murdering Indians*：*A Documentary History of the* 1897 *Killings that Inspired Lou-*

ise Erdrich's The Plague of Doves. Jefferson: McFarland & Company, 2013. 178—179.

Allen, Chadwick. "N. Scott Momaday: Becoming the Bear" [A]. In Joy Porter and Kenneth M. Roemer. eds. The Cambridge Companion to Native American Literature [C]. Cambridge: Cambridge University Press, 2005: 207—219.

Austenfeld, Thomas. German Heritage and Culture in Louise Erdrich's *The Master Butcher's Singing Club* [J]. Great Plains Quarterly, 2006 (26): 3—11.

Baenen, Jeff. "A Dark Event Inspires Erdrich's New Novel" [Z]. (2008-06-15)[2016-07-25].

http://waltham.wickedlocal.com/x875591699/A-dark-event-inspires-Erdrichs-new-novel

Baker, Debra K. S. "There are No Burning Wagons, Beads, or Feathers in Louise Erdrich's The Plague of Doves" [A]. In P. Jane Hafen ed. Critical Insights: Louise Erdrich [C]. Massachusetts: Salem Press, 2015: 229—255.

Beidler, Peter G. Murdering Indians: A Documentary History of the 1897 Killings that Inspired Louise Erdrich's The Plague of Doves [M]. Jefferson: McFarland & Company, 2013.

"Imagined places and characters: Louise Erdrich's Recasting of 'The Plague of Doves' Erdrich's Research on the Spicer Murders" [Z]. [2017-03-10]. www.petergbeidler.comhomelatest-projects/erdrich/3/

Beidler, Peter G., and Gay Barton. A Reader's Guide to the

Novels of Louise Erdrich: Revised and Expanded Edition [M]. Columbia, MO: University of Missouri Press, 2006.

Brown, Jeffrey. "Conversation: Louise Erdrich on Her New Novel, The Round House"[Z]. (2012-10-19) [2017-04-09].

www. pbs. org/newshour/art/conversation-louise-erdrich-on-her-new-novel-the-round-house/

Brown, Alanna Kathleen. "The Choice to Write: Mourning Dove's Search for Survival" [A]. InBarbara Howard Meldrum ed. Old West-New West: Centennial Essays[C] Moscow: University of Idaho Press 1993: 261—71.

Cajete, Gregory. Look toward the Mountain: An Ecology of Indigenous Education[M]. Durango, CO: Kivaki Press, 1994.

Camp, Gregory S.. Working Out Their Own Salvation: The Allotment of Land in Severalty and the Turtle Mountain Chippewa Band, 1870 — 1920 [J]. American Indian Culture and Research Journal, 1990, 14 (2):19—38.

Chang, Li Ping. (Re)location of Home in Louise Erdrich's The Game of Silence [J]. Children's Literature in Education, 2011(42):132—147.

Chang, Li-ping. Spirits in the Material World: Ecocentrism in Native American Culture and Louise Erdrich's Chickadee [J]. Children's Literature in Education, 2016 (47) :148—160.

Chapman, Alison A. Rewriting the Saints' Lives: Louise Erdrich's The Last Report on the

Miracles at Little No Horse [J]. Critique, 2007, 48(2):

149—67.

Charles, Ron. “Louise Erdrich’s LaRose: A Gun Accident Sets off a Masterly Tale of Grief and Love”[Z]. (2016-05-09) [2017-06-15].

www. washingtonpost. com/entertainment/books/louise-erdrichs-larose-a-gun-accident-sets-off-a-masterly-tale-of-grief-and-love ‖ 05/09/e719aa04-1215-11e6-8967-7ac733c56f12 _ story. html? utm_term=. 496121bea0e6

Chavkin, Allan, ed. The Chippewa Landscape of Louise Erdrich [C]. Tuscaloosa: University of Alabama Press, 1999.

Chavkin, Allan and Nancy Feyl Chavkin, eds. Conversations with Louise Erdrich and Michael Dorris [C]. Jackson: University Press of Mississippi, 1994.

Coltelli, Laura. “Louise Erdrich and Michael Dorris”[A]. In Allan Chavkin and Nancy F. Chavkin(eds.). Conversations with Louise Erdrich and Michael Dorris [C]. Jackson: University Press of Mississippi, 1994: 19—29.

Colwell-Chanthaphonh, Chip. When History Is Myth: Genocide and the Transmogrification of American Indians [J]. American Indian Cultural and Research Journal, 2005, 29(2): 113—118.

Cornelia, Marie. “Shifting Boundaries: Reflections on Ethnic Identity in Louise Erdrich’s The Master Butchers Singing Club” [Z]. Glossen Sonderausgabe/Special Issue: 19/2004, [2017-06-20]. http://www2. dickinson. edu/glossen/heft19/cornelia. html

Cornish, Audie. "In 'House', Erdrich Sets Revenge On A Reservation"[Z]. (2012-10-02) [2017-06-22]. http://nwpr. org-posthouse-erdrich-sets-revenge-reservation

Crispin, Jessa. *LaRose* by Louise Erdrich review-tragedy and atonement from one of America's great writers: A pertinent tale of a Native American community's attempts to come to terms with the accidental shooting of a five-year-old boy [Z]. (2016-05-25) [2017-07-10].

www. theguardian. com/books ‖ may/25/larose-by-louise-erdrich-review

Dolginow, Mackenzie K.. "Erdrich's Round House a Moving Tale of Dark Justice" [Z]. (2012-10-16) [2015-07-21].

http://www. thecrimson. com/article10/16/round_house_review/

Durran, Samuel. Bearing Witness to Apartheid: J. M. Coetzee's Inconsolable Works of Mourning [J]. Contemporary Literature, 1999, 40 (3): 430—463.

Dyke, Annette Van. Questions of the Spirit: Bloodlines in Louise Erdrich Chipewa Landscape [J]. SAIL, 1992, 4 (1): 15—27.

Dyke, Annette Van. A Hope for Miracles: Shifting Perspectives in Louise Erdrich's The Last Report of the Miracles at Little No Horse [A]. In Brajesh Sawhney ed. Studies in the Literary Achievement of Louise Erdrich, Native American Writer:

Fifteen Critical Essays [C]. Lewiston: Edwin Mellen Press Ltd, 2009: 63—74.

Erdrich, Louise. Where I Ought to Be [A]. In Hertha D. Sweet Wong, ed. Louise Erdrich's Love Medicine: A Casebook [C]. New York/Oxford: Oxford University Press, 2000: 43—50.

Falquina, Silvia M. Artínez. Louise Erdrich's The Master Butchers Singing Club or the Construction of American Ethnicity [J]. Revista de Estudios Norteamericanos, 2016 (11): 13—24.

Falvin, James. The Novel as Performance Communication in Louise Erdrich's Tracks [J]. SAIL, 1991, 3(4):1—12.

Felman, Shoshana, and Dori Laub. Testimony: Crises of Witnessing in Literature, Psychoanalysis, and History [M]. New York: Routledge, 1992.

Fischer, William. "Thomas Spicer Family Murders—1897." Emmons County North Dakota. GenWeb, 2 Jan. 1959 [Z]. [2015-11-25].

http://theusgenweb.org/nd/emmons/narrationspicermurders.htm

Fitzgerald, Stephanie. Mapping the Textual Terrain: Land, Law and Gender in American Indian Women's Writing [D]. Claremont: The Claremont Graduate University, 2005.

Friedman, Susan Stanford. Identity Politics, Syncretism, Catholicism and Anishinabe Religion in Louise Erdrich's Tracks [J]. Religion and Literature, 1994, 26(1): 107—33.

Gamber, John. "We've Been Stuck in Place since House Made of Dawn: Sherman Alexie and the Native American Renaissance"[A]. In Alan R. Velie and A. Robert Lee (eds.). The Native American Renaissance: Literary Imagination and Achievement [C]. Norman: Oklahoma University Press, 2014: 189.

Gargano, Elizabeth. Oral Narrative and Ojibwa Story Cycles in Louise Erdrich's Birchbark House and Game of Silence [A]. In Michelle Pagni Stewart and Yvonne Atkinson (eds.). Ethnic Literary Traditions in American Children's Literature[C]. New York: Palgrave Macmillan, 2009: 29—44.

Garbarino, Merwyn S. Native American Heritage[M]. Boston: Little, Brown, 1976.

Goodman, Amy. Native American Writer and Independent Bookseller Louise Erdrich [Z]. (2008-06-06) [2014-05-28]. www.democracynow.org6/6/native_american_writer_and_independent_book

Grantham, Shelby. Intimate Collaboration or A Novel Partnership [A]. In Chavkin, Allan and Nancy Feyl Chavkin(eds.). Conversations with Louise Erdrich and Michael Dorris[C]. Jackson: University Press of Mississippi, 1994:10—18.

Gray, Richard, ed. Robert Pen Warren: A Collection of Critical Essays [C]. New Jersey: Prentice-Hall. Inc. 1980.

Gross, Lawrence William. The Trickster and World Maintenance: An Anishinaabe Reading of Louise Erdrich's Tracks [J]. Studies in American Indian Literatures, 2005, 17 (3): 48—66.

Hafen, P. Jane. We Anishinaabeg Are The Keepers Of The Names Of The Earth: Louise Erdrich's Great Plains [J]. Great

Plains Quarterly, 2001, 21(4): 321—332.

Hafen, P. Jane. Reading Louise Erdrich's Love Medicine [M]. Boise: Boise State University, 2003.

Hafen, P. Jane. 'We Speak of Everything': Indigenous Traditions in The Last Report on the

Miracles at Little No Horse [A]. In Deborah L Madsen (ed.). Louise Erdrich: Tracks, The Last Report on the Miracles at Little No Horse, The Plague of Doves [C]. New York: Continuum International Publishing Group, 2011: 82—97.

Hafen, P. Jane, ed. Critical Insights: Louise Erdrich [C]. Ipswich, Massachuesetts: Salem Press, 2012.

Halliday, Lisa. "Louise Erdrich, The Art of Fiction No. 208" [Z]. [2015-09-21].

https://www.theparisreview.org/interviews/6055/louise-erdrich-the-art-of-fiction-no-208-louise-erdrich

Hamilton, Robert C. 'Disaster Stamps': The Significance of Philately in Louise Erdrich's The Plague of Doves [J]. ANQ: A Quarterly Journal of Short Articles, Notes, and Reviews, 2013, 26 (4): 266—272.

Herman, Matthew. Politics and Aesthetics in Contemporary Native American Literature: Across Every Border [M]. New York: Routledge Taylor, 2010.

Hessler, Michelle R. Catholic Nuns and Objibwa Shamans: Pauline and Fleur in Louise Erdrich's Tracks [J]. Wicazo Sa Review,1995, 11(1) : 40—45.

Hollrah, Patrice. Love and the Slippery Slope of Sexual Orientation: L/G/B/T/Q etc. Sensibility in The Last Report on the Miracles at Little No Horse [A]. In Deborah L Madsen(ed.). Louise Erdrich: Tracks, The Last Report on the Miracles at Little No Horse, The Plague of Doves[C]. New York: Continuum International Publishing Group, 2011: 98—115.

Horne, Dee. A Postcolonial Reading of Tracks [A]. In Greg Sarris, et al. (eds.). Approach to Teaching the Works of Louise Erdrich [C]. New York: The Modern Language Association of America, 2004: 191—200.

Hughes, Sheila Hassell. Falls of Desire/Leaps of Faith: Religious Syncretism in Louise Erdrich's and Joy Harjo's 'Mixed-Blood' Poetry [J]. Religion and Literature, 2001, 33(2):59—83.

Huettl, Margaret. Re/creating the Past: Anishinaabe History in the Novels of Louise Erdrich [A]. In P. Jane Hafen (ed.). Critical Insights: Louise Erdrich [C]. Massachusetts: Salem Press, 2012: 29—46.

Ingraffia, Brian D. "Deadly conversions": Louise Erdrich's Indictment of Catholicism in Tracks, Love Medicine, and The Last Report on the Miracles at Little No Horse [J]. Christianity & Literature, 2015, 64 (3): 313—330.

Jacobs, Connie A. The Novels of Louise Erdrich: Stories of Her People [M]. New York: Peter Lang, 2001.

Jacobs, Connie A. 'Exactly Like an Old-Time Pillager': Lulu Nanapush Morrissey Lamartine [A]. In Brajesh Sawhney.

(ed.). Studies in the Literary Achievement of Louise Erdrich, Native American Writer: Fifteen Critical Essays [C]. Lewiston: Edwin Mellen Press Ltd, 2009: 260—264.

Jacobs, Connie A. "I knew there never was another martyr like me": Pauline Puyat, Historical Trauma and Tracks [A]. In Deborah L Madsen (ed.). Louise Erdrich: Tracks, The Last Report on the Miracles at Little No Horse, The Plague of Doves [C]. New York: Continuum International Publishing Group, 2011:34—47.

Johnson, Carla K. "In *LaRose*, Louise Erdrich looks at atonement" [Z]. Associated Press (2016-05-09) [2017-03-05].

http://archive.sltrib.com/article.php?id=3871920&itype=CMSID

Johnston, Basil. The Manitous: The Spiritual World of the Ojibway [M]. New York: Harper Perennial, 1995.

Keenan, Dierdre. Unrestricted Territory: Gender, Two Spirits, and Louise Erdrich's The Last Report on the Miracles at Little No Horse [J]. American Indian Culture and Research Journal, 2006, 30(2): 1—15.

Kirch, Claire. "A Child for a Child: Louise Erdrich" [Z]. (2016-04-15) [2017-04-28].

https://www.publishersweekly.com/pw/by-topic/authors/profiles/article/69967-a-child-for-a-child-louise-erdrich.html

Krupat, Arnold. All That Remains: Varieties of Indigenous Expressions [M]. Lincoln: University of Nebraska Press, 2009.

Kurup, Seema. Understanding Louise Erdrich [M]. Columbia: The University of South Carolina Press, 2015.

Lincoln, Kenneth. Native American Renaissance [M]. Berkeley and Los Angeles: University of California Press, 1985.

"Louise Erdrich"[Z]. [2016-04-03]. https://www.poetryfoundation.org/poets/louise-erdrich.

Lundquist, Suzanne Evertsen. Native American Literatures: An Introduction [M]. New York: The Continuum International Publishing Group Inc. , 2004.

Mace, Richard. Louise Erdrich. The Round House [J]. Rocky Mountain Rewiew, Fall 2013:160—163.

Madsen, Deborah L.. "Louise Erdrich: The Aesthetics of Mino Bimaadiziwin" [A]. In Deborah L Madsen (ed.). Louise Erdrich: Tracks, The Last Report on the Miracles at Little No Horse, The Plague of Doves [C]. New York: Continuum International Publishing Group, 2011: 1—14.

Matchie, Thomas. Law Versus Love in The Round House [J]. The Midwest Quarterly, 2015, 56 (4) :353—364.

McKinney, Karen Janet. False Miracles and Failed Vision in Louise Erdrich's Love Medicine [J] . Critique, 1999, 40 (2): 152—160.

McNab, David T. "Plenty of Food and no Government Agents: Perspectives on the Spirit World, Death and Dying in Louise Erdrich's Writings"[A]. In Brajesh Sawhney (ed). Studies in the Literary Achievement of Louise Erdrich, Native American Writer: Fifteen Critical Essays [C]. Lewiston: Edwin Mellen Press Ltd, 2009: 95—113.

Milward, David. Justice as Healing: Indigenous Ways (review) [J]. Wicazo Sa Review, 2007 (1): 127—129.

Mudge, Alden. "Louise Erdrich explores mysteries and miracles on the reservation" [Z]. BookPage (2001-04)[2016-03-26].

https://bookpage.com/interviews/8091-louise-erdrich#.Wb3VcYUmQ6o

Myers, D. G. "Take Your Medicine"[J]. Culture & Civilization, 2012: 75—77.

Nance, Kevin. Never the Same River Twice: A Profile of Louise Erdrich [J]. Poets & Writers Magazine, Nov. Dec. 2012: 48—55.

Nelson, Robert M. "Leslie Marmon Silko: Storyteller" [A]. In Joy Porter and Kenneth M. Roemer (ed.). The Cambridge Companion to Native American Literature [C]. Cambridge: Cambridge University Press, 2005: 245—256.

Nagel, Joane. "False Faces: Ethnic Identity, Authenticity and Fraud in Native American Discourse and Politics" [A]. In Joseph E. Davis (ed.) Identity and Social Change [C]. New Brunswick: Transaction, 2000: 81—106.

Noori, Margaret. The Shiver of Possibility [J]. The Women's Review of Books, 2008, 25 (5): 12—13.

NPR Staff. After tragedy, two families find their own justice in Louise Erdrich's "LaRose" [Z]. (2016-05-11) [2016-12-

20].

http://www. mprnews. org/story ‖ 05/11/npr-books-louise-erdrich-larose

Orban, Maria, and Alan Velie. Religion and Gender in The Last Report on the Miracles at Little No Horse [J]. European Review of Native American Studies, 2003, 17(2) : 27—34.

Ortiz, Simon J. Towards a National Indian Literature: Cultural Authenticity in Nationalism [J]. MELU, 1981, 8(2): 7—12.

Papazian, Gretchen. "Razing Little Houses or Re-envisionary History Louise Erdrich's Story of the American 'Frontier' The Birchbark House and The Game o/Silence" [A]. In Brajesh Sawhney (ed.). Studies in the Literary Achievement of Louise Erdrich, Native American Writer: Fifteen Critical Essays [C]. Lewiston: Edwin Mellen Press Ltd, 2009: 187—211.

Peterson, Nancy J. History, Postmodernism, and Louise Erdrich's Tracks [J]. PMLA, 1994, 109(5): 982—994.

Poovilangothai, B. "Fractured Lives: A Study of Factionalism in Louise Erdrick's Tracks" [J/OL]. RSJLE. Vol. I Issue II, 2013:84—93 [2017-08-09].

http://www. researchscholar. co. in/member/14-poovigothai. pdf.

Porter, Joy and Kenneth M. Roemer, eds. The Cambridge Companion to Native American Literature [C]. Cambridge: Cambridge University Press, 2005.

Pratt, Mary Louise. Imperial Eyes: Travel Writing and Transculturation [M]. London: Routledge, 1992.

Preston, Rohan. "With new novel out, Louise Erdrich is exulting in life." Rev. of The Round House by Louise Erdrich. [Z]. Star Tribune (2012-09-30) [2017-06-25].

http://www. startribune. com/with-new-novel-out-louise-erdrich-is-exulting-in-life/171861621/

Pulitano, Elvira. Toward a Native American Critical Theory [M]. London, NE: University of Nebraska Press, 2003.

Rader, Pamela J. "Dis-robing the Priest: Gender and Spiritual Conversions in Louise Erdrich's The Last Report on the Miracles at Little No Horse" [A]. In Jeana DelRosso et al. (eds.). The Catholic Church and Unruly Women Writers: Critical Essays [C]. New York: Palgrave Macmillan, 2007: 221—35.

Rainwater, Catherine. Reading between Worlds: Narrativity in the Fiction of Louise Erdrich [J]. American Literature, 1990, 62 (3): 405—22.

Rainwater, Catherine. "Louise Erdrich's Storied Universe" [A]. In Joy Porter and Kenneth M. Roemer (eds.). The Cambridge Companion to Native American Literature [C]. Cambridge: Cambridge University Press, 2005: 271—282.

"Retributive Justice" [Z]. Stanford Encyclopedia of Philosophy. (2014-06-18) [2017-07-10].

https://plato. stanford. edu/entries/justice-retributive/

Riley, Patricia. There Is No Limit to This Dust: The Refusal of Sacrifice in Louise Erdrich's Love Medicine [J]. SAIL, 2000, 12(2): 13—23.

Rowe, John Carlos. Buried Alive: The Native American Political Unconscious in Louise Erdrich's Fiction [J]. Postcolonial Studies, 2004, 7 (2):197—210.

Ruoff, A. LaVonne Brown. "Afterward" [A]. In Allen Chavkin (ed.). The Chippewa Landscape of Louise Erdrich[C]. Tuscaloosa: University of Alabma Press, 1999:182—188.

Ruppert, James "Fiction: 1968 to the Present"[A]. In Joy Porter and Kenneth M. Roemer (eds.) The Cambridge Companion to Native American Literature [C]. Cambridge: Cambridge University Press, 2005: 173—188.

Sanders, Karla. A Healthy Balance: Religion, Identity, and Community in Louise Erdrich's Love Medicine [J]. MELUS, 1998, 23(2): 129—55.

Sarris, Greg et al eds. Approaches to Teaching the Works of Louise Erdrich [C]. New York: The Modern Language Association of American, 2004.

Scarberry-Garcia, Susan. "Navarre Scott Momaday" [A]. In Andrew Wiget (ed.). Handbook of Native American Literature [C]. *New York*: *Garland Publishing*, Inc. 1996: 463—477.

Shackleton, Mark. "'June Walked over It Like Water and Came Home': Cross-Cultural Symbolism in Louise Erdrich's Love Medicine and Tracks" [A]. In Elvira Pulitano (ed.). Transatlantic Voices: Interpretations of Native North American Literatures [C]. University of Nebraska Press, 2007:188—205.

Shackleton, Mark. ''Power and Authority in the Realms of

Racial and Gender Politics: Post-Colonial Race Theory in The Last Report on the Miracles at Little No Horse'' [A] In Deborah L Madsen(ed.). Louise Erdrich: Tracks, The Last Report on the Miracles at Little No Horse, The Plague of Doves [C]. New York: Continuum International Publishing Group, 2011:67—81.

Shanley, Kathryn W. "James Welch: Identity, Circumstance, and Chance"[A]. In Joy Porter and Kenneth M. Roemer (eds.). The Cambridge Companion to Native American Literature [C]. Cambridge: Cambridge University Press, 2005: 233—243.

Stewart, Michelle Pagni. Judging Authors by the Color of Their Skin? Quality Native American Children's Literature [J]. MELUS, 2002, 27 (2): 179—196.

Stewart, Michelle Pagni. "Alive and Well and Reclaiming Their Cultural Voice: Third Generation Native American Children's Literature"[A]. In Michelle Pagni Stewart and Yvonne Atkinson (eds.). Ethnic Literary Traditions in American Children's Literature [C]. New York: Palgrave Macmillan, 2009: 45—61.

Stewart, Michelle Pagni. "Counting Coup" on Children's Literature about American Indians: Louise Erdrich's Historical Fiction [J]. Children's Literature Association Quarterly, 2013, 38 (2): 215—235.

Stirrup, David. *Louise Erdrich* (Contemporary American and Canadian Writers) [M]. Manchester and New York: Manchester University Press, 2012.

Stookey, Lorena L. Louise Erdrich: A Critical Companion

[M]. Westport, Conn: Greenwood Press, 1999.

Stoodt, Barbara D. and Sandra Ignizio. The American Indian in Children's Literature [J]. Language Arts, 1976, 53 (1): 17—21.

Strehle, Susan. "'Prey to Unknown Dreams': Louise Erdrich, The Plague of Doves, and the Exceptionalist Disavowal of History". Literature Interpretation Theory, 2014,25(2): 108—127.

Stripes, James D. The Problem(s) of (Anishinaabe) History in the Fiction of Louise Erdrich: Voices and Contexts [J]. Wicazo Sa Review, 1991, 7 (2): 26—33.

Tanrisal, Meldan. Mother and Child Relationships in the Novels of Louise Erdrich [J]. American Studies International, 1997, 35(3): 67—79.

Tatonetti, Lisa. The Both/And of American Indian Literary Studies [J]. Western American Literature, 2009, 44(3): 276—288.

TeachingBooks. Louise Erdrich: In-depth Written Interview [Z]. (2009-10-23) [2017-03-22].

https://www.teachingbooks.net/content/interviews/Erdrich_qu.pdf

Thomas, R. Murray. Manitou God: North-American Indian Religions and Christian Culture [M]. Westport: Praeger, 2007.

Tillett, Rebecca. Contemporary Native American Literature [M]. Edinburgh: Edinburgh University Press, 2007.

Tillett, Rebecca . "On the Cutting Edge" [A]. In Alan R. Velie and A. Robert Lee (eds.). The Native American Renaissance: Literary Imagination and Achievement [C]. Norman: Oklahoma University Press, 2014.

Treuer, David. Native American Fiction: A User's Mannual [M]. St. Paul, MN: Graywolf Press, 2006.

Vangen, Kathryn S. "James Welch" [A]. In Andrew Wiget (ed.). Handbook of Native American Literature [C]. New York: Garland Publishing, Inc. 1996.

Velie, Alan R. and A. Robert Lee. "Introduction" [A]. In Velie, Alan R. and A. Robert Lee (eds.). The Native American Renaissance: Literary Imagination and Achievement [C]. Norman: Oklahoma University Press, 2014.

Verdelle, A. J.. A Question of Safety: The Round House [J]. The Women's Review of Books, 2013, 30 (3): 26—27.

Versluys, Kristiaan. Out of the Blue: September 11 and the Novel [M]. New York: Columbia University Press, 2009.

Walsh, Dennis. Catholicism in Louise Erdrich's Love Medicine and Tracks [J]. American Indian Culture and Research Journal, 2001, 25(2): 107—27.

Walsh, Dennis M. and Ann Braley. The Indianness of Louise Erdrich's The Beet Queen: Latency as Presence [J]. American Indian Culture and Research, 1994, 18 (3) :1—17.

Washburn, Frances. Tracks on a Page: Louise Erdrich, Her Life and Works [M]. Santa Barbara: Praeger, 2013.

Wiget, Andrew. ed. Handbook of Native American Literature [C]. New York and London: Garland Publishing, Inc. 1996.

Williams, John. "The Burnden of Justice: Louise Erdrich Talks About The Round House"[Z]. (2012-10-24) [2017-06-15].

https://commonreading. uoregon. edu/files-02/Erdrich-QA-NYTimes-1oeqr47. pdf

Winsbro, Bonnie. Supernatural Forces: Belief, Difference, and Power in Contemporary Works by Ethnic Women [M]. Amherst: University of Massachusetts Press, 1993.

Womack, Craig. Red on Red: Native American Literary Separatism [M]. Minneapolis, MN: University Of Minnesota Press, 1999.

Wong, Hertha D. "An Interview with Louise Erdrich and Michael Dorris" [A]. In Chavkin, Allan and Nancy Feyl Chavkin (eds.). Conversations with Louise Erdrich and Michael Dorris [C]. Jackson: University Press of Mississippi, 1994: 30—53.

Wong, Hertha D. Sweet. ed. Louise Erdrich's Love Medicine: A Casebook [C]. New York/Oxford: Oxford University Press, 2000.

Wright, Gregory A.. "The Work of Louise Erdrich: A Survey of Critical Responses"[A]. In P. Jane Hafen (ed.). Critical Insights: Louise Erdrich [C]. Massachusetts: Salem Press, 2012: 47—67.

Wurth, Erika . "The Fourth Wave"[Z]. [2017-03-05].

http://waxwingmag. org/writing. php? item=344

二、汉语类

包亚明. 二十世纪西方美学经典文本:后现代景观[M]. 上海:复旦大学出版社, 2000.

保罗·沃伦·泰勒. 尊重自然:一种环境伦理学理论[M]. 雷毅等译. 北京:首都师范大学出版社,2010.

蔡俊. 超越生态印第安:露易丝·厄德里克小说研究[M]. 北京:中国社会科学出版社,2013.

陈靓. 路易斯·厄德瑞克作品杂糅性特征研究[D]. 复旦大学博士论文 2008.

——象征世界中的文化身份重构——《痕迹》的生物象征解读[J]. 解放军外国语学院学报,2008, 31(1):81—85.

丁见民. 试析二战对美国印第安人的负面影响[J]. 史学月刊, 2013(5): 89—98.

付成双. 美国生态中心主义观念的形成及其影响[J]. 世界历史, 2013 (1):28—40.

高丽娟. 生存中的"平衡术"——评路易丝·厄德里克小说《屠宰师歌唱俱乐部》[J]. 外国文学动态,2014(4):43—44.

关春玲. 美国印第安文化的动物伦理意蕴[J]. 国外社会科学,2006(5): 62—69.

海登·怀特. 话语的转义:文化批评文集[M]. 董立河译. 郑州:大象出版社,2011.

胡锦山. 二十世纪美国印第安人政策之演变与印第安人事务的发展[J]. 世界民族,2004(2): 25—34.

黄心雅. 创伤、记忆与美洲历史之再现：阅读席尔珂《沙丘花园》与荷《灵力》[J]. 中外文学，2005(8)：69－105.

黎会华. 路易丝·厄德里克的儿童文学创作——兼评《桦树皮小屋》四部曲[J]. 外国文学动态，2013，250 (4)：41－43.

黎会华. 独具匠心的写阅——评《如此沃野：美国诗歌的生态圭臬》[J]. 外国文学研究，2012，34 (2)：161－164.

黎会华. 历史事件与小历史书写——解读路易丝·厄德里克的《鸽灾》[J]. 外国文学，2011(3)：94－101.

——婚姻的智力游戏——评厄德里克的《捉影游戏》[J]. 外国文学动态，2011，234 (1)：26－28.

——暴力·爱情·历史——评厄德里克的小说《鸽灾》[J]. 外国文学动态，2010，231(3)：30－31.

黎会华，楼育萍. 走向媒介间性——评《比较文化研究中的数字人文与媒介间性研究》[J]. 外国文学研究，2016，38 (1)：167－170.

李靓. 论路易斯·厄德里克的千面人物重构 [J]. 当代外国文学，2010 (4)：100－108.

梁工. 圣经指南[M]. 沈阳：辽宁人民出版社，1993.

刘意青. 文化批评视角下的《旧约》神话[J]. 外国文学，2006 (6)：15－32.

刘俊池. 原始生命力的三重展现——《爱药》中露露人格特质阐释[J]. 白城师范学院学报，2013，27 (2)：61－66.

楼育萍，黎会华. 表意的儿童：评《被窃的儿童：1851－2000 年间美国文学中的美国身份和童年表征》[J]. 文学跨学科研究，2017，1(4)：173－179.

楼育萍,黎会华.《圆屋》中的叙事策略与诗性正义 [J]. 名作欣赏,2016, 539 (51):104—108.

路易丝·厄德里克.《爱药》[M]. 张廷佺,译. 南京:译林出版社,2008.

路易丝·厄德里克.《鸽灾》[M]. 张廷佺, 译. 上海:上海译文出版社,2017.

栾述蓉. 族裔与生态:路易斯·厄德里克“北达科他四部曲”中部落身份研究[D]. 上海:上海外国语大学博士论文 2012.

罗德里克·纳什. 大自然的权利[M]. 杨通进,译. 青岛:青岛出版社,1999.

石坚,王欣. 似是故人来—新历史主义视角下的 20 世纪英美文学[M]. 重庆:重庆大学出版社,2008.

《世界文论》编辑委员会. 文艺学与新历史主义[C]. 北京:社会科学文献出版社,1993.

宋赛楠. 根与路:厄德里克的灾难生存书写研究[D]. 北京:北京外国语大学博士论文 2013.

宋赛楠,王艳艳. “谁动了我们的宗教?”——以美国土著奥吉布瓦教为例[J]. 世界宗教文化, 2016 (2):60—65.

肖向东. 战争·人性·和平—论战争文学主题的文化蕴含与启蒙意义[J]. 怀化学院学报, 2013,(10): 47—50.

王晨. 桦树皮上的随想曲:路易丝·厄德里克小说研究[M]. 北京:中央编译出版社,2011.

王建平.《死者年鉴》:印第安文学的拜物教话语[J]. 当代国外文学, 2007 (2): 45—54.

王岳川. 后殖民主义与新历史主义文论[M]. 济南: 山东教

育出版社,2001.

张冲,张琼. 从边缘到经典:美国本土裔文学的源与流[M]. 上海:上海外语教育出版社,2014.

张冬梅. 论厄德里克最新小说《拉罗斯》中的修复式正义[J]. 外国文学动态研究,2017(1):89—96.

张京媛,主编. 新历史主义与文学批评[C]. 北京:北京大学出版社,1995.

张琼. "莱斯利·马门·西尔科:行进与交融中的文化嬗变[Z]. (2015-02-09)[2016-3-20].

http://www.chinawriter.com.cn/bk/2015-02-09/80059.html

张琼.《四灵魂》中族裔价值与经典传统的结合、背离与偏移[J]. 外国文学研究,2009,126(6):122—126.

张廷佺. 作为另类叙事的齐佩瓦人故事:厄德里克小无马保留地家世传奇研究[D]. 上海:上海外国语大学博士论文 2009.

张廷佺. 长篇小说《拉罗斯》出版厄德里克"公正三部曲"收官[N]. 中华读书报,2016—07—20.

邹惠林. 美国原住民的称谓之争——当今美"美国印第安人"与土著美国人"的争议[J]. 四川大学学报,2007(2):52—59.

后　记

“初识”路易丝·厄德里克大约在2008年的秋季，可以说那时只知道她的名字，其他一无所知。在我迷惘，不知将研究方向转向何处时，朋友王卫新告诉我这个作家的名字，说她值得研究，从此我开始关注她，收集相关材料。但是，对我而言，美国本土裔文学就是一张白纸，我不知从何着手研究。也是那年秋季，我认识了恩师童明，他让我坚定了研究厄德里克的决心。记得恩师给我讲《爱药》，说读透这本书，就会懂厄德里克的作品，他还说《爱药》就可以写一本研究专著。感谢恩师在我迷惘时给了我颗定心丸，为我的厄德里克研究点亮了一盏灯，让我坚持下去。

厄德里克的成功从《爱药》开始，我的研究也从细读《爱药》开始，体味厄德里克的诗一般的语言和多声部的叙事风格。我能够感觉到《爱药》的结构与《小镇畸人》《我们的时代》和《都柏林人》有某种相似之处。但是，阅读《爱药》带给我的是生命的感动和震撼。

> 一切都似乎融为一体。整个天空好似一个神经系统，我们的思想和记忆则在其中穿梭。天空好似我们的一个巨大的

储存器，或者说是个舞池，世上所有游荡着的灵魂都在那儿翩翩起舞。我想起了琼。如果天上有舞池的话，她肯定在跳舞。她会为游荡的灵魂跳两步舞。她细长的腿抬起来，又放下。她的笑声是最甜美的。她和其他成年女人一样散发甜甜的香水味。不管碰上好事还是坏事，她都开开心心的。她的失败。她的胜利。她的两个儿子。

这是《爱药》第一章接近尾声时，年轻一代的讲述者艾伯丁·约翰逊和利普夏·莫里西一起观看美丽的北极光的情景，但是他们内心所看到的天空是齐佩瓦人记忆和理解的生命。“一切都似乎融为一体”，在这里可知与不可知、现在与过去、个人与集体以及集体与宇宙的界限模糊了，所以，整体的生命犹如美丽的夜空继续着。把夜空看成“我们巨大的存储器”，犹如观看文化仪式表演（像古雅典人观看悲剧一样），因为通过死亡继续生命需要仪式化的记忆。个体生命可达其终点，死亡——琼死了，小亨利死了，尼科特死了——但当那些活着的、爱他们的人回忆他们，他们的死亡又鼓舞着活着的人继续生活。琼的死亡使家族成员回到保留地，在他们回忆的故事中琼的“生命”复活了。正是这种记忆仪式将已故的琼作为一个舞者投射到天空中，而这天空又被比作世上所有死者“游荡灵魂”起舞的“舞池”，她的舞步和他们的舞步都被作为讲述他们生命故事的方式而理解、回忆，包括“好与坏”“失败”与“胜利”，他们的生命故事激励着“儿子们”和“女儿们”继续他们的生活。

厄德里克塑造的人物是一个个鲜活、充满生命气息的真实人物。玛丽碰念珠想到的是湖底被波浪冲刷，磨得越来越小的石子,生命不就是如此吗?玛丽在遭遇丈夫背叛,她能够自我反思,在浪子回家时,她能向他伸出有力的手把他拉回。玛丽是智慧的女人,但是,她又是邻家的女人,她就在我们身边。她对生命的理解,为爱的付出,会深深地印在读者的脑海里。厄德里克塑造这样的人物不胜枚举。记得艾格尼丝女扮男装,穿上已故达米安神父的圣袍到保留地传教,我们看到的是她内心的冲突,在陌生地她的孤独与寂寞,但是,让她内心协调,感受到爱是她看到新诞生的生命露露。她所做的一切都围绕对生命的感受和理解,对生命意义的参悟。她与纳纳普什谈论音乐,谈论时间,她与纳纳普什有关时间的对话令人难以忘怀:纳纳普什说"时间是条鱼。我们都生活在鱼鳍骨上。鱼一直在游水,永不停歇。有时游过水草,我们中一个或另一个挣脱了时间的鳍。……掉进某种不叫时间的东西里。"艾格尼丝理解的"时间在木材里,时间在锤子里。时间是钢琴的存在。时间是让钢琴发声的人。"每当读到这里,我总会想起梭罗的"时间只是我垂钓的溪"。艾格尼丝对蛇布道"我像你一样,好奇又渺小。像你一样,我警觉、沉着,张开我的感官,试图去感知空气、云朵、太阳的斜影、动物小小的动作,所有我希望了解的是我否被爱的秘密。"其实,我们的人生不都是在寻找爱与被爱的秘密吗?

厄德里克写奥吉布瓦人遭受疾病、剥夺土地、文化被屠杀的苦难历史,但她不沉湎于悲伤的过去,她要让我们看到生存的希望;她书写正义,但是更关注疗伤;无论她书写什么主题都会给读者带来内心感动和震撼,也许这就是厄德里克的艺术魅力和美学价值所在吧。

用沃什伯恩的话来概括厄德里克，她继续从其“经验、想象和研究中创作传奇故事，来表现我们的人性和非人性，使我们思考，或者让我们休息什么也不想”。厄德里克的创作不止，我们对她的研究永远在继续。希望本书的研究会把厄德里克之于我的那份震撼和感动带给你，让我们有更多的人阅读，研究厄德里克。

从开始“认识”厄德里克，到进入其研究，一路上有太多让我感谢的师长和朋友。首先感谢好友王卫新，是他让我知道路易丝·厄德里克的名字。感谢恩师童明，是他让我坚定地走在阅读、欣赏和研究厄德里克这条路上。感谢恩师郭英剑，2009 年至 2010 年随恩师在中央民族大学一年的访学开阔了我学术的视野，恩师一直给予我鼓励和帮助。感谢恩师聂珍钊，在我学术成长路上的一路扶持。感谢亦师亦友的 KK 张敬珏，在我对厄德里克知之甚少时，为我提供很多研究材料，一直关心我的写作。感谢亦师亦友的李贵苍，他对我的厄德里克研究给予太多的鼓励与帮助。感谢恩师 Scott Slovic 为我提供在爱达荷大学英语系访学的机会，带我们去参观保留地，了解当代印第安人的生活。在爱达荷大学有幸参加了印第安人的帕瓦节(Powwow)，真正体会到厄德里克小说中描写的鼓和歌的意义。那个场面深深地印在我的脑海里。帕瓦的歌者击鼓歌唱，舞者和着鼓点翩翩起舞。印第安歌者的歌声类似“呜啊”的吼叫声，充满原始生命的张力。如果你在现场，歌声和强劲鼓声会震撼到你的每个毛孔，血液便开始沸腾。再看那些来自各个部落的男女老幼，身着节日的民族盛装，伴着歌声踏着鼓点，舞动生命，你会情不自禁，加入舞者的行列起舞。真的只有亲历了，才真正明白小说中关于

Powwow 的含义。

感谢厄德里克让我有机会和我的研究生们共同学习，共同成长。他们是陶虹、胡梦蝶、唐煜、陈方圆、储俏、高丽娟、曾俊和林媛媛。他们的研究包括《痕迹》《爱药》《小无马保留地神迹的最终报告》《手绘鼓》《屠宰师傅歌唱俱乐部》《圆屋》和《捉影游戏》，除了他们的学位论文，他们也有公开发表厄德里克的研究论文。

2017 年 12 月于金华